Ar Adain Cân

AR ADAIN CÂN

Gareth Thomas

bwthyn
GWASG Y BWTHYN

DIOLCHIADAU

I bawb sydd wedi hwyluso datblygiad y nofel hon:
Alun Jones, Ann Davies, Ann Evans,
Carys Whelan, Eifion Jenkins,
Huw Meirion Edwards a Mair Evans;

I'r Cyngor Llyfrau am ei gymorth ariannol;

Ac yn arbennig i Meinir Pierce Jones, Y Bwthyn,
am ei hanogaeth, amynedd a hiwmor.

ISBN 978-1-913996-69-7
©Gareth Thomas, 2023 Ⓗ
©Gwasg y Bwthyn, 2023 Ⓗ
Mae Gareth Thomas wedi datgan ei hawl dan Ddeddf Hawlfreintiau,
Dyluniadau a Phatentau 1988 i gael ei gydnabod fel awdur y llyfr hwn.

Cyhoeddwyd gyda chymorth ariannol Cyngor Llyfrau Cymru.

Cyhoeddwyd gan:
Gwasg y Bwthyn, 36 Y Maes, Caernarfon, Gwynedd LL55 2NN
post@gwasgybwthyn.cymru | www.gwasgybwthyn.cymru
01558 821275

i

GEORGE CRABB
1925–2016

Am y sgyrsiau difyr
a ysbrydolodd y llyfr hwn.
Brodor o Lundain a gwympodd
mewn cariad â Chymru a'r Gymraeg
ac yna ei dysgu.
Comiwnydd, heddychwr
a bonheddwr y Bont-faen.

Rhan Un
1938

Atseiniai lleisiau uchel o gwmpas cyntedd mawreddog Academi Gerddoriaeth Llundain wrth i'r myfyrwyr newydd geisio creu argraff neu ennill ffrindiau. Safai'r llanciau mewn grwpiau'n ceisio edrych yn ddi-hid neu'n ffugio hyder gan chwerthin gormod. Ymdrechai'r merched i ennyn edmygedd, neu genfigen, eu cyfoedion. Roedd gwallt tonnog Loretta Young yn amlwg ym mhobman wrth iddyn nhw gyfarch ei gilydd gyda chusan ar ddwy foch a sgrechiadau gormodol o bleser. Llenwyd y gofod gan eu sgertiau llawn, eu ffrogiau lliwgar, eu siwtiau llaes a'u hetiau pert. Roedd yn orfodol bron taenu sgarff hir, gain dros un ysgwydd. Crëwyd naws o symudiad parhaus fel dawns ffair mewn teml.

Safai Siân i'r naill ochr, yn cadw draw rhag y bwrlwm, mewn gwrthgyferbyniad llwyr â'r myfyrwyr eraill. Buasai wedi bod yn hawdd iddi hi fynd ar goll ymysg y cerddorion allblyg, uchel eu cloch. Digon tawel a disymud oedd hi mewn gwisg eitha plaen: sgert las a blows lliw hufen syml fel iwnifform gwraig siop. Sylwodd ar y gwallgofrwydd o'i chwmpas, ei llygaid glas clir yn gweld pob dim a hithau'n teimlo fel petai wedi glanio ar blaned estron. Pam oedd yr haid o ferched i gyd yr un fath? 'Run wynebau, 'run gwallt, 'run lleisiau, 'run persawr a hyd yn oed yr un ystumiau merchetaidd? Chwarddodd yn dawel wrthi ei hun wrth ailadrodd geiriau y byddai'i mam yn hoff o'u defnyddio wrth weld rhai o fenywod y capel yn gorwisgo ar fore Sul: 'Shgwlwch. Ma bob iâr yn union yr un fath dan ei phlu.' Beth fyddai ei thad wedi'i feddwl o'r olygfa o'i blaen? 'Siân. Plant i Dduw 'dyn ni i gyd.' Sut yn y byd allai hi gystadlu neu hyd yn oed oroesi ymysg y rhain?

Nid oedd unigrwydd yn deimlad cyfarwydd iddi. Yn ei stryd hi, roedd bron yn amhosib bod yn unig. I'r gwrthwyneb, roedd rhaid crwydro lan i'r mynydd er mwyn cael lle i anadlu. Peth delfrydol oedd llonydd weithiau ond hollol wahanol oedd unigrwydd ymysg tyrfa. Cofiai'r fath deimlad o amddifadrwydd yn blentyn ofnus ar ei diwrnod cyntaf yn Ysgol Cwm Clydach, ond y tro 'na roedd ei mam wedi dod â hi cyn belled â'r gât ac roedd un o'r merched mawr yna i edrych ar ei hôl a dangos ble oedd y toiledau a ble i roi ei chot ac ati. Nid y tro 'ma.

I'r diawl â nhw! Y bore yr ymadawodd hi â gorsaf Tonypandy gyda'i chas bach du, rhybuddiodd ei brawd hi, 'Paid ti gada'l i unrhyw un d'andwyo. Ti cystal â neb a gwell na'r lleill. Jyst gad i dy ganu brofi 'ny. Dal dy ben yn uchel. Addo?'

Do. Addawodd. Ei bwriad gwreiddiol oedd cadw ei hun iddi hi ei hun, canolbwyntio ar ei gwaith a chanu'n iach i bopeth arall. Wedi'r cwbl, ei chanu enillodd ei lle hi yn yr Academi, nid ei dillad. Ond amharodd cerdyn bach twt ar ei chynllun y bore hwnnw. Er mawr syndod iddi derbyniodd wahoddiad i barti ar gyfer newydd-ddyfodiaid. Gwyddai nad gwahoddiad personol oedd e. Byddai pob myfyriwr newydd wedi ei dderbyn. Ond er hynny, roedd e'n wahoddiad cyfeillgar. Ddylai hi gadw draw? Fyddai gwrthod yn ddechreuad gwael, anghwrtais hyd yn oed? Fyddai gwrthod yn fethiant? Nid un i anwybyddu her oedd Siân Lewis, er bod arni fwy o ofn cymdeithasu ynghanol y syrcas yma na chanu unawd o flaen holl aelodau capeli Cwm Rhondda. Fyddai'n well iddi fentro nag aros yn ei hystafell fach a hiraethu am gartref? Wedi'r cwbl, roedd hi wedi gweithio mor galed am y cyfle i fentro i'r ffurfafen ddieithr ryfeddol hon. Tyngodd lw iddi hi ei hun i fentro lledu ei hadenydd. Byddai'n mynd! Wnâi hi ddim ymdrechu i greu argraff na thwtio llawer. Lol ddrud a thu hwnt i'w chyllid oedd colur a dillad steilus a thrin gwallt a cheisio bod yn ffasiynol. Atgoffodd ei hun, 'Ti cystal â neb a ti yma i ganu'n well na'r lleill.' Nid merch fach ddiniwed mohoni bellach ond un a fedrai ddal ei thir. Bwriadai ddangos hynny i bawb a ddôi.

＊

Roedd George wedi ymadael ag Ysgol Annibynnol King Edward ac ymuno â'r Academi Gerddorol yn ddigon diffwdan. Newid o'i drowsus brethyn llwyd a *blazer* a gwisgo trowsus brethyn llwyd arall a siaced frethyn. Roedd rhaid iddo godi'n gynt er mwyn dal y trên i'r faestref o Winchmore Hill, yn hytrach na'r bws o Green Lanes. Doedd blaenolwg yr Academi, o friciau coch a thywodfaen cerfiedig, ddim yn wahanol iawn i'w hen ysgol ac roedd y coridorau yn ddigon tebyg er nad oedd gorfodaeth i gerdded ar y chwith.

Er bod rhai o athrawon King Edward yn gymeriadau lliwgar, teimlai fod rhai o staff yr Academi yn wallgof. Madame Radarowich a ddysgai'r feiolín. Menyw dal, denau yn gwisgo dillad llac, llwyd a du. Addurnai ei hun â gemwaith a mwclis mawr a llachar. Cadwai drefn ar ei phentwr uchel o wallt drwy ddefnyddio cribau addurnedig. Safai'n syth, fel petai'n herio'r byd, ei gên bob amser yn uchel, fel petai'n dal feiolín anweledig. Ond yr hyn a dynnai sylw George fwyaf oedd ei cholur. Ceisiai beidio â llygadrythu'n fwy nag oedd yn weddus ar y gorddefnydd o baent ar yr aeliau, na'r colur gwyrdd ar y llygaid. Galwai hi ef yn 'George', yn hytrach na defnyddio'i gyfenw, fel yn yr hen ysgol. Swniai ei enw'n ecsotig, yn llawn cnawdolrwydd wrth i Madame Radarowich ei ynganu yn ei hacen Rwsiaidd.

Dechreuodd ddifaru aros gartref yn hytrach na dianc rhag ei fam warchodol a'i chwaer iau bryfoclyd. Roedd George yn genfigennus o annibyniaeth a rhyddid y myfyrwyr eraill. Rhaid oedd dal y trên olaf, a byddai ei fam yn gwybod yn union pryd y cyrhaeddai gartre, a faint roedd e wedi ei yfed. Buasai wedi bod yn braf cael ambell gyfrinach werth ei chuddio.

∗

Roedd e'n barti swnllyd, llawn cyffro a sbort. Chwiliodd George am Victoria, y westeiwraig. Cafodd ei synnu iddo dderbyn gwahoddiad ganddi ac roedd yn awyddus i ddangos ei fod yn ddiolchgar. Victoria oedd *doyenne* y partïon. Er mai dim ond wythnos a fu ers dechrau'r tymor, ei fflat hi oedd canolbwynt bywyd cymdeithasol y myfyrwyr. Cynigiodd George ei botel o sieri rhad a wnaeth iddi giglan. Yn amlwg, roedd hi ychydig yn feddw yn barod. Wedi ei gusanu a'i alw'n 'darling' anfonodd George i'r gegin i nôl diod iddo'i hun. Ar fwrdd y gegin roedd casgliad o boteli hanner llawn, eu cynnwys yn ansicr. Tywalltodd ddiod coch a melys ac aeth i chwilio am gwmni. Roedd myfyrwyr o bob cwr o Brydain yno, rhai o Ffrainc ac un o'r Almaen. Clywodd acenion anghyfarwydd a wnaeth iddo deimlo'n anghysurus, fel a ddigwyddai weithiau pan âi ei deulu ar wyliau i Lan-dudno, neu i Ffrainc. Rhyfedd fod pobl wedi teithio mor bell i fynychu'r Academi ac yntau ond wedi dal y trên boreol o Winchmore Hill.

Roedd y merched yn codi ofn arno. Treuliodd hanner awr yn y cyntedd gyda sawl cerddor oedd yn chwarae chwythbrennau ac un gantores a fynnai taw hi oedd gwir ysbryd Adelina Patti. Ni ofynnodd unrhyw un gwestiwn iddo, heblaw rhai arwynebol, ond diflannodd ei swildod wrth iddo lyncu'r hylif coch.

Eisteddai merch ar y grisiau'n mwytho gwydraid o ddiod melyn, yn gwneud ei gorau i anwybyddu'r sylw na ddymunai ei gael oddi wrth chwaraewr obo trachwantus o'r drydedd flwyddyn. Safai George wrth droed y grisiau yn ceisio peidio â sylwi. Ddylai e ymyrryd? Yn sydyn, edrychodd y ferch i fyw llygaid George, gan ei hoelio â'i llygaid glas treiddgar. Heb oedi ymhellach gwthiodd y chwaraewr obo o'r neilltu cyn neidio pum gris tuag ato. Taflodd ei breichiau amdano yn llawn angerdd theatrig. Claddodd ei phen yn ei wddw fel petai am ei gusanu, cyn sibrwd yn ei glust:

'Jyst esgusa, wnei di? Wi am ddiengyd rhag y cythrel 'na.'

Byddai George yn cofio'r eiliad honno am byth. Synnodd at y croeso mwyaf gwresog a gawsai erioed gan unrhyw ferch, heblaw am ei fam. Wedyn, y wefr o chwarae rhan mewn twyll. A'i hacen! Am acen!

'Ma fe wedi 'nilyn i trwy'r nos,' sibrydodd. 'Yn meddwl 'i fod e'n Gasanova a bod ganddo'r ddawn i swyno merched. Esgus bo' ti'n gariad i fi, wnei di? Jyst digon i'w berswadio'i fod e'n gwastraffu'i amser a'i Brylcreem.' Yna, cusanodd hi George fel petai'n llawn angerdd, gan wasgu ei gwefusau ar ei wefusau yntau, er ei bod yn cadw'i cheg ar gau. Gweithred ddigon credadwy i eraill, ond gwyddai George taw cusan ffug a gawsai.

'Rho dy freichie amdana i a cher â fi i'r lolfa.'

Swynwyd e ganddi, ac felly ufuddhaodd i'r taerineb tawel yn ei llais. Roedd yn Gymraes soniarus ac ecsotig. Symudon nhw i'r lolfa. Rhoddodd ei breichiau am ei wddw gan ei droi tuag ati hi ac yntau'n wynebu'r oböydd.

'Esgusa cusanu a chwtsio a gwed wrtha i pan fydd e wedi'i baglu hi.'

Claddodd ei phen yn ei wddw unwaith eto.

'Mae'n dal yna ac yn edrych yn ddigon crac.'

Mwynhaodd George ei hagosatrwydd ac arogl ei gwallt. Allai e gadw hyn i fynd am sbel? Ychwanegwyd at ei bleser gan ei chynllwynio. Sibrydodd yn ei chlust, 'Nawr, ma fe am danio sigarét ac mae'n holi am fatsien ... heb lwc. Nawr, mae'n mynd i mewn i'r gegin.'

'Am ryddhad!'

Gollyngodd hithau ei breichiau cyn camu'n ôl i ailsefydlu pellter parchus rhyngddynt. Teimlai George siom yn gymysg â diferyn o ryddhad. Gwenodd arno.

'Sori am yr esgus. O'n i'n ysu am ga'l 'i wared e.'

Cyn i George gael cyfle i'w hateb, cododd a'i adael.

＊

Prin fu'r merched ym mywyd George, heblaw am ei fam, ei chwaer a ffrindiau ei chwaer a oedd yn fwy o boen na'i chwaer hyd yn oed. Dioddefodd rai ymdrechion aflwyddiannus i ennill sylw Sylvia â'i gwallt brown hir, ei llygaid mawr a'i bronnau pryfoclyd, hithau'n byw ar yr un hewl ag e ac yn ddisgybl yn ysgol y merched. Am wythnosau arhosai amdani ar y 'Green' er mwyn cael cwrdd â hi 'ar hap' a chydgerdded gweddill y daith adref. Anodd fu torri'r garw, ond ar ôl sawl ymdrech letchwith gwahoddodd hi i'r sinema. Methiant llwyr. Doedd y ffilm ddim yn ei phlesio a mynnodd adael cyn y diwedd. Aethon nhw am goffi ac awgrymodd hi fod gweld ffilmiau yn ymwneud â throsedd yn ddiflas. Ar stepen ei drws oedodd hi'n ddigon hir fel y gallasai ei chusanu a chododd ei phen yn ddisgwylgar. Ond ni wnaeth e ymateb. Tybed ai oherwydd ofn, swildod neu ddiffyg awydd? Cerddodd adref drwy'r parc, yn fodlon ar ei gwmni ei hun a merched yn dal yn llawn dryswch iddo. Yn waeth na hynny, gwyddai pawb iddo fynd â hi i'r sinema. Holodd ei fam ef yn ofalus a'i chwaer yn sbeitlyd gan holi oedden nhw'n 'canlyn'. Ciliodd i ymarfer y piano.

*

'Sut ydych chi'n canu, Siân?'

'Shwd?'

Edrychodd Siân ar ei thiwtor llais yn syn. Ystyriai ddweud rhywbeth hurt fel 'jyst agor fy ngheg' ond ffrwynodd ei hunan yn gyflym. Nid ei gwers llais bore Mawrth oedd ei hoff achlysur wythnosol. Teimlai dan fygythiad. Cofiai sut roedd dyn y panel dethol wedi beirniadu ei thechneg. Rhaid iddi ymwroli. Rhaid iddi beidio ag ymateb yn amddiffynnol. Ond beth ar y ddaear oedd ei thiwtor yn ei feddwl?

'Shwt wi'n canu? Sori, wi'n ffili dyall.'

'O ble ydych chi'n canu, Siân?'

'O ble?' Gwaeth byth!

'Ie. O ble yn eich corff?'

Petrusodd cyn ateb, 'O'm calon?'

Er mawr embaras iddi chwarddodd ei thiwtor. 'Yn gorfforol, Siân. O ble? Dw i'n gwybod ein bod ni i gyd yn defnyddio ein teimladau, ein calonnau a'n pennau i ddehongli cerddoriaeth ond dw i'n gofyn cwestiwn llawer symlach. Meddyliwch amdanoch eich hun fel peiriant canu. Sut mae'r peiriant 'na'n gweithio?'

Dryswyd hi gan y cwestiwn. Teimlai'n ddig. Peiriant canu! Y fath dwpdra! I Siân rhywbeth ysbrydol oedd canu. Greddfol oedd y weithred. Byddai canu heb galon yn cyfateb i raffu celwyddau! Ond – pwyll pia hi. Rhaid iddi dderbyn hyfforddiant – dyma pam roedd hi yma. Ond nid oedd ymddwyn yn wylaidd yn dod yn hawdd iddi. Cofiai ei mam yn dweud wrthi hi am fod yn bwyllog, bod yn ddiolchgar a chymryd sylw o bopeth – gan gynnwys y pethau oedd yn wrthun iddi hi. Ond heb os, diflas oedd 'techneg llais'. Ceisiodd ei gorau glas i ganolbwyntio tra parablai ei thiwtor ymlaen ac ymlaen â'i gymhariaeth rhwng corff a pheiriant. Dylai hi feddwl am ei hysgyfaint fel megin – megin ddwbl, a'r gwddw fel trwyn megin. Rhaid dysgu sut i ddefnyddio'r fegin yn iawn er mwyn gadael i'w thannau lleisiol seinio. Rhaid iddi feddwl am ei cheg fel corn yn agor yn llydan er mwyn amlygu'r sŵn. Peidio â gwthio'i llais, anadlu o'r diaffram –

'Be'? O's 'da fi un o'r rheina?'

'Diaffram?' Dangosodd ei thiwtor fraslun o gorff dynol iddi. Wedyn pwysodd ar ei habdomen i ddangos iddi sut i reoli llif ei hanadl.

'Deall?'

Nodiodd yn ufudd.

'Siân, mae gennych chi dalent fawr. Gofalwch amdani. Cofiwch, cyn hedfan rhaid i bob cyw ddysgu sut i chwifio ei adenydd.'

*

Cyn iddi gamu ymlaen, crynai fel deilen. Wrth godi o'i chadair daeth penysgafndod sydyn drosti. Am eiliad ofnai lewygu yn y fan a'r lle neu faglu cyn cyrraedd y platfform isel. Teimlai'r deg cam dros y llawr derw fel taith i'r crocbren. Wedi cyrraedd ei lle priodol, edrychodd Siân o'i chwmpas ar furiau moel yn ymestyn fel clogwyni gwyn tuag at y nenfwd uchel. O'i blaen ar y seti derw soled eisteddai dwsin neu fwy o'i chyd-fyfyrwyr, a'i thiwtor yn eu canol yn gwenu'n gefnogol arni. Nid cyngerdd ffurfiol mohono ond cyfle iddyn nhw berfformio o flaen eu cyfoedion – heb bwysau. Heb bwysau! Doedd dim byd o'i le ar fod yn nerfus cyn perfformio ond ...

Nodiodd Siân ar y cyfeilydd dros erwau top y piano Blüthner du sgleiniog. Cymerodd anadl ddofn wrth i nodau melys cyntaf Handel lenwi gofod y siambr soniarus; gofod wedi ei adeiladu ar gyfer un pwrpas – hyrwyddo harddwch cerddoriaeth. Diflannodd ei nerfau wrth i'w cheg agor ac i'r dôn hudol hedfan i'r awyr heb iddi wneud ymdrech, bron, fel petai rhywun arall yn canu – fel petai hi'n ddim ond cyfrwng er mwyn i ysbryd yr hen gyfansoddwr fynegi ei neges bur, mor bur, mor odidog, mor fendigaid. Roedd ganddi bŵer fel eryr ond a oedd ganddi reolaeth? Canolbwyntio, Siân! Techneg! Anadlu yn y llefydd iawn. Paid gwthio dy lais yn rhy galed. Ond am wefr! Y wefr o fedru llenwi'r ystafell urddasol â'i llais, ymestyn ei chalon i'r gynulleidfa fach, i hedfan fry ar nodau pur.

Yn rhy fuan, yr oedd wedi cwpla. Cymeradwyaeth sydyn a sylwadau'r tiwtor. O leiaf nid oedd wedi gwneud traed moch o bethau. Derbyniodd glod digon cwta a rhestr o bethau y gallai hi eu gwella.

∗

Eisteddai George yn dawel yng nghefn yr ystafell wedi'i synnu gan harddwch canu Siân. Creodd ei llais gwlwm yn ei fola: llais fel golau gwyn trwy wydr lliw, neu wlith ar we pry copyn, â gwefr ym mhob nodyn. Am lais. Am ferch ryfeddol.

Dechreuodd George deimlo braidd yn aflonydd ynglŷn â'i astudiaethau. Nid am ei fod e'n methu, ond am y tro cyntaf yn ei fywyd roedd yng nghwmni cerddorion galluog iawn, rhai â thalent ryfeddol i ddehongli a'r gallu i fynegi eu hemosiwn yn eu perfformiadau. Er i George ennill clod am ei sgiliau, perodd perfformiad Siân o Handel iddo fe a'i gyd-wrandawyr wylo. Dechreuodd ymdroi yn y gobaith o'i chyfarfod ar hap, fel y gwnaeth yn aflwyddiannus gyda Sylvia.

Un bore Mawrth, arhosodd yn y coridor rhwng yr ystafelloedd ymarfer tra oedd Siân yn cael gwers ganu unigol. Roedd y waliau a'r drysau derw yn ddigon trwchus i roi taw ar y rhan fwyaf o sŵn ond nid yn ddigon trwchus i guddio holl dyndra'r ymdrechion, yr ailadrodd, y diflastod a'r ambell fuddugoliaeth a lenwai'r gofod rhwng y rhesi o gelloedd.

Pan agorodd y drws ymddangosodd Siân a geiriau ei thiwtor yn dal ar ei meddwl, wedi llwyr ymgolli yn ei ddadansoddiadau. Cerddodd George tuag ati a mentro 'Helô' siriol. Ciledrychodd Siân arno, gan ddal i ganolbwyntio ar gynghorion ei thiwtor heb brin daflu cipolwg i'w gyfeiriad.

*

'O't ti'n aros amdana i ddo', y tu fas i'r ystafell ym-arfer?'

Teimlai George ei fochau'n cochi. Ceisiodd wadu.

'Dyw'r coridor 'na ddim yn arwain i nunlle arall, ody e?'

'Ro'n i'n edrych am rywun.'

'Pwy? Fi? Sdim ots 'da fi, cofia, os o't ti'n aros amdana i.'

Chwarddodd hi, ond chwerthin caredig, 'Croeso i ti brynu disgled i fi, 'set ti moyn.'

Eisteddon nhw yn y ffreutur yn mwynhau cwpaned o de twym a chacen Eccles yr un. Atseiniai bwrlwm o sŵn o'u cwmpas, ond wnaeth neb ymuno â nhw wrth y bwrdd. Roedd hi'n ynys breifat.

Holodd ef heb arlliw o swildod a gofyn oedd e'n ei ffansïo hi. Pwysleisiodd nad oedd hi'n arfer ei thaflu ei hun at ddynion fel y gwnaeth yn y parti, ond roedd hi mewn argyfwng ac edrychai George yn ddigon saff. Er hynny, pam y byddai e'n ei ffansïo hi, y ferch fwya plaen yn ei blwyddyn?

Gwadu pob dim wnaeth e, ond mynnodd hithau fod angen i bobl fod yn onest gyda'i gilydd.

'Galla i edrych yn bertach, ond sdim ots 'da fi shwd fi'n edrych. Wi ddim yn anelu at bleso neb arall, a ma meddwl, hyd yn oed, am gost dillad newydd, yr holl ffwdan wrth goluro a thrin gwallt, yn ormod i fi. Er 'ny, wi'n barod i wneud ymdrech cyn perfformo mewn cyngerdd, gan bo' ymddangosiad mor bwysig o flaen cynulleidfa.'

Dyna oedd y gwirionedd. Gwisgai ddillad di-liw, ac roedd ei gwallt yn gwta, mewn gwrthgyferbyniad â'r rhaeadrau tonnog, ffasiynol a ffafriai Victoria a'r merched eraill. Mentrodd George wneud sylw niwtral gan y gallai cytuno â hi swnio'n ddilornus.

'Ro'n i'n credu fod pob merch yn hoffi tipyn bach o steil.'

'Falle bo' 'ny'n wir am lawer o ferched. Do's mo'r amser na'r amynedd 'da fi i fod mewn cystadleueth ag eraill, i dynnu sylw na bod yn destun edmygedd.'

Meddyliodd George am ei fam yn addoli ei bwrdd gwisgo: drych enfawr, hirsgwar ac o'i flaen yr holl bowdwr a'r hufen yn ogystal â'r gwahanol chwistrellwyr.

Meddyliodd am y ffraeo a fyddai gartre wrth i'w chwaer orfod gwisgo dillad arbennig yn erbyn ei hewyllys, yr holl grio a phrotestio dros flows, sgert neu siwmper a fyddai, yn ei thyb hi, yn gwneud iddi 'edrych fel sach o datws'.

Yn ôl Siân, roedd merched oedd yn poeni am eu hymddangosiad wedi colli'u cyfeiriad. Gwyddai hi'n union beth oedd ei huchelgais – bod yn gantores ddisglair. Roedd popeth arall yn amherthnasol.

'Pam ti yma yn yr Academi?' holodd Siân.

'Pwy? Fi?'

'Ie, ti. Does neb arall 'ma.'

'Dw i'n hyfforddi i fod yn feiolinydd.'

'Ac ma 'da ti'r uchelgais i fod yr un enwoca ers Paganini?'

Chwarddodd, ond ni chwarddodd hithau. Yn ddigyfaddawd, ychwanegodd,

'O's e?'

Ceisiodd osgoi ei llygaid ond daliodd hi ar yr un trywydd gan aros am ei ateb. Siglodd ei phen cyn dweud, 'Dw i'm yn dy ddyall di.'

Gwingodd. 'Bydden ni i gyd yn hoffi cael llwyddiant ac enwogrwydd, ond dydy hi ddim yn bosibl i bawb sicrhau hynny. Rhaid bod yn realistig.' Swniai ei eiriau yn wantan cyn iddo ychwanegu, 'O leiaf dyna beth mae 'Nhad wastad yn ddweud.'

'Rhaid i ni orfodi pethe i ddicwydd.'

'Wel, dw i'n gweithio'n galed.'

''Set ti'n ffili ennill dy le miwn cerddorfa, be' 'set ti'n 'i neud wedyn? O's opsiwn arall 'da ti wrth gefen?'

'Dysgu falle? Neu, fel y dewis olaf, gallwn ddilyn fy nhad a gweithio i'r Baltic Exchange – mae e'n bartner mewn cwmni llongau cargo. Byddai 'Nhad yn ddigon balch gweld hynny'n digwydd. Do's dim llawer ganddo fe i'w ddweud am yrfa mewn cerddoriaeth.'

Nodiodd Siân cyn pwyso yn agosach dros y bwrdd bach,

'Wi'n gweld. Nawr grinda! 'Sen i'n ffili fel cantores, gallwn i ddilyn 'yn wâr y tu ôl i gownter Woolworths neu Liptons – 'se swyddi ar gael 'co, sy'n annhebygol. Ma'n nhw'n disgw'l 'y ngweld i'n priodi glöwr a bod yn barhaol feichiog. 'Sen i'n llenwi'r diwrnode'n golchi, clau, cwcan a newid cewynne. Falle, 'sen i'n lwcus, base gwaith 'da 'ngŵr, ond ta beth, base arian yn brin. I ti, ac i'r rhan fwya o fyfyrwyr yr Academi, gêm yw cerddoriaeth. 'Sen nhw'n ffili, mae wastad opsiyne eraill. 'Na pam wi'n wahanol, does dim ail gyfle i grotenni o 'nghefndir i. Dyall?'

Yna, eisteddodd y ddau mewn tawelwch. Ymddiheurodd hi, cyn iddo fe gael cyfle i ymateb.

'Sori, do't ti ddim yn haeddu ca'l llond pen fel 'na. Dw i'n gweud 'y ngweud heb feddwl weithie. Fi sy â'r geg fwya yn y teulu, yn ôl Mam. Sori, wir yr.'

'Na, mae'n iawn, siŵr. Dw i eisiau deall a dod i dy nabod di. Dw i'n gwybod taw Cymraes wyt ti, achos dy acen gref, ond o ble'n union rwyt ti'n dod?'

'Wyt ti 'di ymweld â Chymru ariôd?'

'Do, buon ni am wythnos yn Llandudno. Gogoneddus.'

'Yng ngogledd Cymru ma Llandudno.'

'Ie, a lle poblogaidd iawn am wyliau. Arhoson ni mewn gwesty ar y ffrynt.'

'O dde Cymru wi, ardal lle nad o's neb moyn mynd, heb sôn am fynd 'no am wylie.'

'Ble?'

'Cwm Clydach, yn y Rhondda.'

'Glofeydd a phethau fel yna, onid e?'

''Na ti. Glofeydd a phethe.'

'O ddifri? Glowyr yw dy deulu?'

Disgrifiodd Siân hanes ei theulu clòs. Glöwr oedd ei thad a'i dau frawd, yn gweithio yn y Cambrian Combine, o leiaf cyn y Streic Fawr. Roedd ei thad yn dal i weithio yno, am ei fod e'n swyddog diogelwch. 'Ma 'yn wâr yn gwitho yn Liptons – ar y *cooked meats*. Ody dy dad yn gwitho ar longe?'

'Na, dim byd mor rhamantaidd. Mae e'n gweithio yn y Gyfnewidfa Hwylio yn Llundain.'

'Yn neud be'?'

'Busnes. Creu cytundebau i roi cargo ar longau.'

'Gwaith dan do felly?'

'Ie, mewn swyddfa.'

Roedd arno eisiau gwybod mwy amdani, ond ofnai ymddangos yn anfoesgar. Teimlai mor ansicr yng nghwmni merched yn gyffredinol, ac roedd ymateb Siân yn fwy anodd nag arfer i'w ragweld. Mentrodd ei chanmol yn betrusgar,

'Roeddwn i wrth fy modd yn dy glywed di'n canu Handel yn yr Ystafell Ddatganiadau yr wythnos diwetha. Mae gen ti lais arbennig o swynol.'

'Diolch o galon.'

Swniai hi'n wir ddiolchgar. Byddai myfyrwyr wastad yn cymeradwyo perfformiadau eu ffrindiau gan fynd dros ben llestri drwy sgrechian a chofleidio. Doedd neb yn hollol ddiffuant. Roedd Siân yn wahanol. Roedd hi'n ddidwyll.

Yn sydyn edrychodd ar y cloc. 'Sori, wi'n gorfod mynd, neu bydda i'n hwyr. Diolch am y te a'r gacen. Fi fydd yn talu tro nesa, os wyt ti moyn tro nesa, wrth gwrs.'

Safodd, a rhoi gwên fach cyn gadael.

Aeth George dros y sgwrs yn ei ben. Fe'i dewisodd e yn y parti am ei fod e'n 'edrych yn saff'. Doedd hynny ddim yn swnio'n addawol iawn!

*

'Sa i'n gwpod pam geson ni blant, wir. Dim byd ond trafferthion.'

'Paid siarad fel 'na, Mair. Ti yw'r fam fwya prowd yn y stryd 'ma ac ma pob rheswm 'da ti fod yn falch.'

Chafodd e ddim ateb. Doedd dim modd cysuro Mair heno. Datganai clindarddach didrugaredd ei gweill ei dicter. Wiw i'r gwlân glymu nac i David fentro'n bellach. Siglodd ei ben cyn troi ei sylw'n ôl at y *Daily Herald*. Pan fyddai hwyliau ei wraig fel hyn roedd yn well gadael iddi, ond eto, rhannai ei phryderon. Chwiliai'r papur am unrhyw ddarn o newyddion am ryfel Sbaen. Bu Brwydr Ebro'r wythnos cynt a hyd yn oed heddiw, doedd dim newyddion pendant wedi cyrraedd, dim ond adroddiadau aneglur bod sefyllfa'r Gweriniaethwyr yn drychinebus. Teimlai fod gwacter yn y tŷ. Roedd Siân yn Llundain a Glenys mas gyda'i sboner. Hanner awr yn ôl aeth Ifor, brawd Owain, i lawr i Sefydliad y Glowyr i ddarllen pob papur yno, gan chwilio am unrhyw sôn am y 57fed Gatrawd Ryngwladol, sef catrawd Owain. Y llynedd, byddai David wedi cwyno am y clebran byddarol ar yr aelwyd, a oedd yn gwneud darllen ei bapur yn dasg amhosibl, ond heno dim ond mân synau y tŷ oedd i'w clywed: clecian y tân yng ngrât y gegin, tician pendant a chysurus y cloc mawr a chlecian gweill ei wraig. Teimlai'n fygythiol o dawel fel petaent yn aros i rywbeth ddigwydd.

Plygodd David ei bapur yn ofalus cyn eistedd yn ôl yn ei gadair. Ble bynnag yr edrychai, gwelai wyneb main, cytbwys a llygaid treiddgar Owain. Tasai e'n cau ei lygaid byddai ei fab yn ymddangos; o'u hagor, gwelai ei lun mewn lle canolog ar y dresel, yn sefyll yn syth ac yn gadarn rhwng y jygiau gloyw. Gwelai lythyrau'r plant, mewn pentyrrau taclus y tu ôl i'r ganhwyllbren ar y silff ben tân. Pentwr Siân oedd yr un mwyaf, chwarae teg

– sgrifennai atynt bob wythnos. Cyrhaeddai llythyrau Owain bob hyn a hyn, fel arfer wythnosau neu fisoedd yn hwyr.

O'r diwedd cafodd y gweill lonydd. Roedd Mair naill ai wedi gorffen neu wedi cael gwared ar ei dicter am y tro.

'Dylse fe byth fod wedi gadel. Pam yn y byd y gadawon ni iddo fynd?'

'Base fe wedi mynd ta beth. Mater o egwyddor oedd 'ny iddo fe.'

'Criw penboeth y Sefydliad wna'th 'i berswadio taw dyna oedd 'i ddyletswydd e. Be' yn y byd sy 'da rhyfel yn Sbaen i'w neud 'da ni fan hyn yng Nghlydach, gwed?'

Osgoi ei hateb wnaeth David er bod ganddo ddigon o resymau i'w cynnig. Wedi gwrando ar y dadlau ymysg glowyr y Cambrian ni fedrai anghytuno. Os na châi Ffasgaeth ei rhwystro yn Sbaen, byddai'n lledaenu dros Ewrop gyfan. Roedd dyletswydd ar bob gweithiwr, yn enwedig y glowyr, i wneud beth bynnag a allent i rwystro Franco a'i derfysgwyr rhag disodli llywodraeth sosialaidd gyfreithiol eu gwlad. Nid er mwyn Sbaen yn unig, ond er lles pawb. Ond doedd dim dal pen rheswm â Mair heno. Yr unig beth wyddai hi oedd bod ei mab hynaf yn filwr troed mewn brigâd ryngwladol a gawsai ei chwalu gan luoedd arfog cryfach y Ffasgwyr. Adroddai pob papur newydd fod y Gweriniaethwyr yn dioddef colledion trwm.

Tasai Ifor yn dod gartre o'r llyfrgell heb newyddion pendant, byddent yn gwrando ar y radio. Byddai Newyddion y BBC yn cael ei ddarlledu am naw o'r gloch. Tan hynny, yr unig beth y gallai ei wneud fyddai rhannu pryderon â Mair.

*

Gwahoddodd George Siân i'r Albert Hall i wrando ar berfformiad o Bumed Symffoni Beethoven, ond gwrthododd. Gwgodd yntau. Ochneidiodd hi,

'Paid â meddwl bo' 'da fi rywbeth yn dy erbyn di. Ti i weld yn fachan caredig a chwrtes, y math o foi base Mam yn lico i fi ei ganlyn, ond rhaid i ti ddyall, wi ddim y math o berson a wnâi bartner da i ti.'

'Beth ti'n feddwl?'

'Yn syml, wi ddim moyn cariad.'

'Ond gofyn i ti ddod i'r cyngerdd dw i. Wyt ti'n hoffi Beethoven?'

'Dim llawer a bod yn onest, braidd yn rhy swnllyd a mawreddog at fy nant i. Ond dim hynny yw'r prif reswm dros wrthod. Ma'r tocynne'n ddrud a wi ddim yn gallu 'u fforddio nhw.'

'Gwna i . . .'

'Diolch, ond na wnei. 'Set ti'n dechre talu basen i'n teimlo bod arna i ddyled i ti. Wi ddim yn fo'lon i 'ny ddicwydd.'

'Fyddi di ddim . . .'

'Shwt ti'n gwpod shwt basen i'n teimlo? Y tro nesa, byddi di'n talu am bryd o fwyd a chyn pen dim 'sen i 'di ca'l 'y nghlymu wrthot ti.'

'Gwirion.'

'Nag yw. Wi weti gweld ffrindie'n ca'l eu temtio i ddechre miwn perthynas a chyn pen dim, ro'n nhw'n ddibynnol ar ddyn. Fydd 'ny ddim yn dicwydd i fi!'

Oedodd George am eiliad cyn ateb,

'Roeddet ti'n fodlon i fi brynu te a bynsen i ti, a ti awgrymodd hynny, os dw i'n cofio'n iawn.'

Edrychodd Siân yn syn arno. 'Ie, ond addawes i brynu te i ti y tro nesa. Galla i fforddio prynu disgled o de a chacen.'

'Felly . . . ?'

'Ti ariôd 'di gofyn.'
'Dw i'n gofyn nawr.'

＊

Eisteddon nhw wrth yr un bwrdd â'r tro cynt, er y bu'n rhaid iddyn nhw glirio platiau a chwpanau brwnt. Dywedodd wrth George am aros yno tra âi hi at y cownter. Gwyliodd e Siân yn tynnu ei phwrs o'i phoced a chyfri swllt a chwe cheiniog, fesul ceiniog. Roedd arno eisiau talu, eisiau gofalu amdani. Ymddangosai hi mor fach yn gweu ei ffordd 'nôl at y bwrdd gan gadw cydbwysedd yr hambwrdd llawn. Safodd George er mwyn cynnig ei helpu.

'Wi'n iawn, diolch.' Gosododd yr hambwrdd ar y bwrdd yn chwyrn. 'Ti'n meddwl bo' merched yn rhy wan i gario hambwrdd o de?' holodd.

'Na, ond ... '

'Ma dy fam wedi dy fagu di'n y ffordd iawn. Base'n beth da 'se mwy o fois fel ti'n bod.'

Cymerodd hi ddracht o'r te cyn tynnu wynebau, 'Ma'r te 'ma wedi stiwio! Tebot wedi sefyll ers orie.'

'Ma f'un i'n iawn.'

'Nac 'dy. Da'th e o'r un tebot â'n un i.'

Gosododd Siân y cwpanau yn ôl ar yr hambwrdd cyn cerdded ar frys at y cownter gan wthio'i ffordd i ben blaen y ciw. Tasai e'n gallu, byddai George wedi ceisio ei hatal. Yn reddfol roedd yn well ganddo osgoi embaras. Gwyliodd y ddadl wrth y cownter. Roedd yn rhy bell i glywed ond yn amlwg, amddiffynnai'r fenyw ansawdd y te. Daliodd Siân ei thir, ei bys yn pwyntio i'r awyr, ei hosgo yn gadarn a'i geiriau'n llifo. Dychwelodd yn fuddugoliaethus gan gario paneidiau ffres.

'Trïws y fenyw fynnu bod y ddisgled gynta yn ffres,

ond do'dd 'da hi ddim gobaith. Wi weti helpu Mam i baratoi te ar gyfer Chwaeroliaeth Calfaria ers 'mod i'n cripan. Trïws 'y mychanu i fel croten fach ond dalies i 'nhir. Ma 'da fi ddou frawd, a wi weti ca'l y profiad o achub 'y ngham o'r dechre.'

'Ma gen i chwaer fach hefyd – Sally.'

'Ac mae'n meddwl y byd ohonot ti?'

'Ddim felly. Dydyn ni ddim yn cyd-dynnu'n dda.'

'Am 'ych bod chi'n cwmpo mas? Ma 'ny'n normal. Wi'n cofio pleto'n ffyrnig 'da Owain am ga'l 'y ngwahardd rhag ware pêl 'da nhw ar y stryd. Do'dd e ddim yn fo'lon ca'l 'i weld gan 'i ffrindie'n cico pêl gyda'i wâr fach. Felly, dwges i'r bêl a gwrthod 'i rhoi hi'n ôl tan iddyn nhw ada'l i fi ware.'

'Roeddet ti'n chwarae pêl-droed?'

'Cico'r bêl o gwmpas yn y stryd. Ond ro'n i'n dda.'

'Mae'n gas gan Sally unrhyw gêm o'r fath. Rhy arw iddi hi. Beth bynnag, ma hi'n casáu unrhyw beth dw i'n wneud, o ran egwyddor bron.'

'Wi'n ame 'i bod hi'n bragian 'i brawd mowr clefer a golygus wrth 'i ffrindie.'

'Dim gobaith caneri.'

'Falle ca i gwrdd â hi rhyw ddiwrnod a cha'l sgwrs merched 'da hi i ga'l gwpod be' ma hi wir yn 'i feddwl.'

Distawrwydd.

'Gwelais ar yr hysbysfwrdd dy fod ti wedi ennill un o'r ysgoloriaethau canu – Gwobr Noreen Schladik?'

'Do. Dyna'r unig ffordd y galla i fforddio bod 'ma.'

'Beth oedd rhaid i ti wneud?'

'Canu wrth gwrs, y twpsyn!' Teithio ar y trên o Gaerdydd gyda'i brawd, Ifor, wnaeth hi. Doedd ei mam ddim yn fodlon iddi deithio ar ei phen ei hun. Canodd o flaen rhes o hen ddynion blin yr olwg ac un fenyw siriol. Cynigiodd ddau ddarn, yn cynnwys yr Handel a hoffai George. Dywedodd un o'r dynion fod ei hanadlu'n anghywir ac y gallai ddinistrio ei llais wrth barhau i ganu fel yna. Roedd hi'n sicr ei bod wedi ffaelu; wylodd ar ysgwydd Ifor yn yr orsaf cyn teithio adref. Wythnos yn ddiweddarach derbyniodd lythyr yn cynnig ysgoloriaeth.

'Gest ti lawer o hyfforddiant wrth baratoi?'

'Dim gwersi ffurfiol, heblaw am ymarfer 'da Mrs Watkins, athrawes biano, ond fel pawb yng Nghlydach ceso i gyfleoedd i ganu yn yr ysgol, yn y capel ac miwn steddfode lleol.'

Syllodd Siân ar ei blât.

'Ti ddim wedi byta dy gacen 'to, a finne wedi talu amdani. Paid â gwastraffu briwsionyn!'

*

Pwysodd Ifor dros ysgwydd Gwilym Huws, llyfrgellydd Sefydliad y Glowyr, gan geisio darllen adroddiad y *Manchester Guardian*. Awchai i wthio'r hen ddyn mas o'r ffordd gan ei fod yn darllen mor araf, gan edrych trwy ei sbectol weiar ar y print mân, a chwyno am y teip, neu'r trydan oedd ar foltedd isel. Fel petai'n ceisio gwneud Ifor yn fwy rhwystredig byth, tynnodd ei sbectol a dechrau ar y ddefod araf o'i glanhau â'i hances *paisley*.

'Plis, Mr Huws, ga i funed i'w ddarllen? Addawes i 'Nhad 'sen i 'nôl i'w helpu i droi'r radio ymlaen ar gyfer newyddion naw.'

Cymerodd Mr Huws gam yn ôl o'r ddesg ddarllen, lle cawsai'r papurau eu clymu ar osgo â chadwynau.

'Gan bwyll nawr 'te, boi bach. Ti miwn hast ofnadw, fel ma ieuenctid heddi. Tro'r tudalenne'n ofalus rhag eu rhwygo. Torrodd crwtyn wythnos diwetha dudalen fla'n *The Times* bron yn 'i hanner.'

Edrychodd Ifor yn gyflym trwy'r adroddiadau yn

chwilio am unrhyw sôn am y 57fed bataliwn o'r Frigâd Ryngwladol. Gwelodd sawl adroddiad, pob un yn fwy anobeithiol na'r llall, am frwydrau wedi eu colli a'r Gwerini aethwyr yn encilio. Yn *The Times* astudiodd fap yn dangos sut roedd milwyr Franco wedi rhannu lluoedd y Gwerini aethwyr yn eu hanner, gan atal miloedd o filwyr rhag cyrraedd eu cyflenwadau. Gobeithio nad oedd ei frawd wedi ei ddal ar yr ochr anghywir. Crychodd ei dalcen mewn rhwystredigaeth.

'Wyt ti wedi trio Ike Davies?' gofynnodd Mr Huws. 'Meddwl o'n i taw y Parti yw'r bobl allai roi newyddion i ti am dy frawd, yntyfe? Dim ond gwybodaeth gyffredinol fyddi di'n 'i darllen yn y papure. Rwyt ti moyn gwbod beth sy 'di digwydd i Owain. Dyle'r Parti neud 'u gore glas i dy helpu di, achos wedi'r cwbl, nhw sy'n gyfrifol am anfon y folentîrs mas yna. Jiw, mynnon nhw fod 'da nhw linelle uniongyrchol at y cadlywyddion – neu dyna beth fydde Ike Davies yn lico i ti feddwl.'

'Dw i ddim yn cretu 'run gair ma Ike Davies na'i griw yn 'i weud bellach. Gweud bod y fuddugoliaeth wastad rownd y gornel, ond maen nhw'n cadw'n dawel pan fydd y newyddion yn ddrwg fel nawr. Ta beth, ma cyment o ddryswch, wi'm yn meddwl bod gwybodaeth glir 'da neb ac yn bendant ddim 'da Ike Davies.'

'Mwy na thebyg dy fod ti yn llygad dy le.'

Caeodd Mr Huws y papur yn ofalus gan ei sythu ar y bwrdd. Roedd angen cysuro Ifor rhywsut.

'Shwt ma dy fam?'

'Dyw hi ddim yn dda, wedi'i llethu gan yr ansicrwydd, a dyw 'Nhad ddim llawer gwell. Chawn ni dim llonydd 'da Mam tan iddi hi glywed rhywbeth. Ma'r ddau yn beio'i gilydd am bido'i stopo fe rhag mynd.'

'O'dd hi'n bosib iddyn nhw neud rhywbeth?'

'Falle, 'sen nhw wedi bod yn hollol bendant, ond ro'dd

'Nhad mor browd bod Owain am wirfoddoli a rhoi eraill yn gynta. Gwaith anodd i Mam fynd yn erbyn y llanw.'

'Dim fel dy fam i bido gweud 'i gweud.'

'Na, chi'n gweud y gwir. Diolch yn fawr, Mr Huws, am 'ych help.'

'Unrhyw bryd, boi bach. Ta beth, do's dim ots 'da fi dy fod ti'n gofyn am ga'l defnyddio'r stafell ddarllen.'

'Ond dw i'm yn talu *contributions* ers colli 'ngwaith.'

'Na'r bois erill, ers y *lock-out*. Ond dyw'r Sefydliad ddim am stopo glowyr di-waith rhag defnyddio eu hamser sbâr i 'studio, nag ydyn? Dyna pam prynon nhw'r holl lyfre, yntyfe? Nos da, Ifor.'

'Nos da, Mr Huws.'

Camodd Ifor o'r ystafell i'r cyntedd â'i risiau urddasol a'i lawr *terrazzo*. Safodd yno am eiliad yn mwynhau'r awyrgylch. Teimlai'n gysurus a diogel yno. Disgleiriai'r paneli a chanllawiau'r grisiau, yr hysbysfwrdd yn daclus fel arfer, arwyddion o drefn mewn byd gwallgof. Câi deimlad o frawdoliaeth wrth ddarllen yr arwyddair 'Mewn Undod Mae Nerth'. Yma, roedd cymuned a fyddai'n aros yn gadarn pan âi pethau'n anodd. Ac roedd pethau'n hynod o anodd yn y cwm.

*

'Mae cerddoriaeth yn hollbwysig i ti, on'd ydy?'

'Odw, wi wir wrth 'y modd yn canu. Yn ôl Mam dechreues i ganu yn fabi. Pan wi'n canu gweithie Handel dw i'n teimlo fel 'sen i miwn byd gwahanol – miwn lle diogel a glân. Wi'n dwli ar gerddoriaeth dawns a *jazz* 'fyd. Os wi'n ffili ennill lle miwn cwmni opera, 'sen i'n hollol fo'lon canu miwn clwb nos, un parchus wrth gwrs.'

'Beth arall sy'n bwysig i ti?'

'Cwestiwn da! Fy nheulu wrth gwrs – Mam a

'Nhad, Ifor, Owain a Glenys a fy nheulu yn Nhreorci a Chaerfyrddin. Cofia, dyw'r teulu ddim yn ymyrryd yn 'y nghanu ac ma Mam yn fo'lon dim ond i fi anfon dicon o hanesion gatre iddi bob wythnos, er mwyn iddi eu rhannu 'da'r cymdogion. Pan fydda i'n dechre ennill arian, galla i wetyn anfon peth gatre iddyn nhw.' Ychwanegodd fod ei brodyr hŷn, Ifor ac Owain, yn gefen iddi, wastad eisiau'r gorau i'w chwaer fach, a bod ei chwaer, Glenys, yn falch o gael ystafell wely iddi hi ei hunan wedi iddi adael.

'Mae'n swnio'n dda felly.'

'Ody, dyna reswm arall pam wi mor awyddus i lwyddo.'

Saib hir. Torrodd Siân ddarn o'i theisen Eccles yn ofalus.

'Canu yw 'y mywyd i. Be' sy'n dy danio di?'

Rhoddodd George lwyaid ychwanegol o siwgr yn ei de. 'Paid â meddwl nad ydw i'n teimlo'n angerddol, jyst am na fydda i byth yn ei ddangos, fel y bydd rhai yn gwneud.'

'Angerdd dros be'?'

'Wel, yn amlwg, cerddoriaeth.'

'Sa i'n meddwl.'

Sythodd ei gefn. 'Sut gelli di ddweud 'na?'

'Wi weti dy wylio di. Ti mor drwyadl, wastad weti paratoi yn fanwl, dy gerddoriaeth miwn trefn berffaith, dy feiolín wedi ei thiwno a set o danne sbâr 'da ti, rhag ofon. Ti'n canu'r feiolín yn hollol gywir, ond mae'r perfformiad yn oer. Wi byth yn teimlo angerdd yn dy chware di.' Ychwanegodd ar frys, 'Rwyt ti mor broffesiynol.'

'Dw i'm yn oer.'

'Sori, do'n i ddim am dy sarhau di. Ond sa i'n cretu taw cerddoriaeth yw'r peth pwysica yn dy fywyd di.'

Tawelwch. Cymerodd George lymaid o de a hwnnw'n eithriadol o felys. Wedi ysbaid fer aeth ymlaen,

'Roedd 'na rywbeth arall yn mynd â 'mryd i. Peth twp.'

'Dim ots, mae'n bwysig.' Rhoddodd ei llaw dros ei law e. 'Dere. Ti'n gorfod gweud wrtha i nawr. Wi bron â marw moyn clywed.'

'Yn ifanc ro'n i eisie hedfan.'

'Be'? Awyrennau?'

'Ie.'

'Gwed wrtha i, pam?'

'Yn syml, er mwyn y rhyddid. Mae'n swnio'n dwp!'

'Nac 'dy, wir i ti. Gwed fwy, plis. Wi moyn clywed.'

'Wel!' Cymerodd George anadl ddofn. Gofynnodd iddi feddwl am aderyn yn hedfan yn yr awyr las. Roedd gan hyd yn oed aderyn y to ryddid yr holl wybren. Mor berffaith oedd ei fywyd. 'Mewn gwrthgyferbyniad,' meddai, 'mae'r ddynoliaeth yn gaeth i ddrysfa o ffyrdd, llwybrau, stadau a strydoedd siopa. Caethweision i'r holl gymhlethdod o reolau, deddfau a dyletswyddau. Allet ti feddwl am drio gorfodi aderyn i ddilyn y rheolau?'

Saib byr cyn iddi nodio ei phen cyn ceisio dynwared llais llym athrawes. 'Fel meddwl cyn siarad?'

Daeth yn gêm hela'r rhybuddion roedden nhw wedi eu cael:

'Paid actio'n fyrbwyll.'

'Cerdda ar y chwith.'

''Na fe. Ti'n deall.'

Twymodd Siân iddi yn sgil ei gymeradwyaeth. Chwarddodd cyn chwilio am ragor,

'Eiddo preifat, cadwch mas.'

'Paid byth cerdded ar draws y sgwâr criced.'

Crychodd ei thalcen. 'Beth yw sgwâr criced? Na, sdim ots. Ma 'da fi'r syniad. Felly pam nelet ti ddim mynd yn beilot?'

Esboniodd George sut roedd pawb wedi pwysleisio pwysigrwydd astudio gwyddoniaeth cyn mynd yn beilot, ond roedd yn casáu cemeg. Roedd ei athro'n nerfus, ei ddillad yn drewi o sylffwr a siaradai iaith gyfrinachol y tablau cyfnodol. Enwyd e'n Pipsey.

'A dyma be' wnaeth dy drechu di?'

'Dw i'n cofio crybwyll hedfan fel gyrfa unwaith yn yr ysgol a chwarddodd yr athro.'

'Wi'm yn chwerthin.'

Edrychodd ar ei hwyneb. Yn wir, doedd dim arlliw o wên, hyd yn oed, ar ei hwyneb; yn hytrach, gwgai arno mewn dryswch. Cododd George ei ysgwyddau, 'Doedd hi ddim yn bosibl.'

'Oedd. Gnelet ti 'set ti'n ddigon penderfynol! Os o't ti wir moyn llwyddo miwn cemeg dylet ti fod wedi gweithio yn y pwnc, er dy fod yn ei gasáu. Dylet ti fod wedi cnoco ar ddrws yr awdurdode, tan iddyn nhw dy dderbyn di.'

'Rhaid i bawb fod yn synhwyrol.'

'Wel, wi ddim! Ti'n swnio fel Dad-cu. Rhyw ddiwrnod, ymhen blynydde, falle bydda i fel 'na, ond ddim nawr.'

Bygythiai llif ei phendantrwydd ei sgubo fe i ffwrdd. Ond chafodd e mo'i ddychryn; yn hytrach, rhoddai diffuantrwydd ei llais hyder iddo. Fel petai'n cael ei groesawu i fyd arall, lle'r oedd popeth yn bosibl a lle gallai cyfrinachau gael eu rhannu'n hyderus.

'Wyt ti'n mwynhau mynd i lan y môr?'

'Wi'n cymryd dy fod ti am newid y pwnc.'

'Na, ddim yn hollol. Dim ond i ti beidio chwerthin, fe ranna i gyfrinach arall â ti.'

'Wi'n addo. Cris croes tân poeth, torri 'mhen a 'nwy goes.'

Mewn llais tawel dywedodd am y pleser a gawsai wrth sefyll ar ymyl clogwyn uchel yn edrych i lawr ar y môr a'r wybren – yn ddigon agos fel na allai weld y tir dan ei draed wrth edrych. Weithiau byddai'n sefyll ar glogwyn yn Brighton gyda'i freichiau ar led yn edrych i lawr ar y traeth, yn syllu a theimlo'r awyr o dan ei adenydd. Teimlai fel petai'n hedfan.

'Dw i erioed wedi cyfaddef hynny wrth neb cyn heddiw.'

'Anhygoel! Ti o bawb yn neud rhywbeth mor beryglus.'

'Gwelodd fy chwaer fi unwaith a dywedodd hi wrth fy mam. Buodd rhaid i fi addo peidio gwneud hynny byth wedyn.'

'Ond ti'n dal wrthi?'

'Ddim yn aml yn Llundain a byth yn Winchmore Hill. Does dim clogwyn ffordd hyn a byddwn yn siŵr o gael fy ngharcharu.'

Chwarddodd George eto a phwyso dros y bwrdd.

'Fyddet ti'n hoffi dod i Brighton gyda fi? Gallen ni ddal trên o Victoria a chyrraedd mewn awr.'

Agorodd llygaid Siân yn llydan.

'Wyt ti'n awgrymu *dirty weekend*? Base Mam yn dy flingo di a rhoi dy gro'n ar y lein i sychu, os wyt ti!'

'Nag ydw, wir i ti.' Teimlodd ei wyneb yn cochi. 'Dim ond trip am ddiwrnod lawr i lan y môr a cherdded lan i dop y clogwyn. Galla i ddangos i ti sut i hedfan.'

'Shwt i esgus hedfan, ti'n feddwl.'

'Y nesa peth iddo. Beth ti'n feddwl?'

'Na, base'n rhy ddrud.'

'Fy nhro i yw hi i dalu am de a chacen. Taswn i'n dewis ymweld â chaffi yn Brighton, fi ddylai dalu am docynnau.'

''Na i ystyried y cynnig.'

'Pa mor hir fyddi di cyn penderfynu?'

'Ddim yn hir iawn.'

*

'Beth ddwedest ti? Chest ti ddim mynediad! Pam?'
Pwniodd Mair yr haearn smwddio ar y bwrdd gydag
ergyd angerddol.

'Do'n i ddim yn disgw'l cael, Mam', atebodd Ifor. 'Mae
Ike Davies wastad yn mynnu taw dim ond aelode sy'n
ca'l mynediad i'r cyfarfodydd achos yr angen i gadw
disgyblaeth. Ma pethe'n anodd fel ma hi ar hyn o bryd.'

'Wi ddim yn gwpod beth sy'n cael 'i drafod sy'n werth
'i glywed,' sibrydodd ei dad o'i gadair wrth dân y gegin.

'Ma'r Parti'n derbyn adroddiade o'r ffrynt. Yn ôl Ike,
rwtsh yw popeth sy'n ymddangos yn y papure a'r Parti
yn unig sy'n derbyn y gwirionedd.'

'O Foscow? Wastad yn gywir?'

Caeodd David ei lygaid. Yn ystod y diwrnodau
diwethaf roedd e wedi ailadrodd wrtho'i hun, dro ar ôl
tro, ei drafodaeth â'i fab hyna. Cofiai fynd gydag Owain
ac Ifor i glywed Lewis Jones, areithiwr carismataidd, a
Wil Paynter, arweinydd y glowyr, yn siarad ar ran y di-
waith. Cofiodd mor unol oedd y cyfarfod, sut yr enynnodd
geiriau Lewis Jones dân yng nghalonnau ei wrandawyr.
Roedd gan Lewis y ddawn i leisio'r hyn a gredent, fel
petaen nhw'n siarad. Mor hawdd oedd hwylio ar y llanw
coch.

Ond wedyn, byddai cwerylon yn codi ynglŷn ag
athroniaeth y 'Parti'. Er ei fod yn ffyddlon i'w blaid
Sosialaidd doedd e ddim yn fodlon clywed beirniadaeth
yn erbyn y capeli. Trafodid hyn wrth dân y gegin oedd
yn mudlosgi, wedi i Mair fynd i'w gwely gyda rhybudd
iddyn nhw gymryd gofal rhag baglu a'i dihuno hi pan
ddeuen nhw lan i'w gwelyau a chofio rhoi'r gard o flaen
y tân.

I'r mab, arf y perchnogion oedd crefydd. Po fwyaf
fyddai dioddefaint y gweithwyr yn y byd hwn, byddai eu
hiawndal yn uwch yn y byd nesaf.

'Sylwch taw nod neges y capel yw ein cadw ni'n dlawd, yn dawel a digwyno. Yn gyson, bydd y pregethwyr yn adrodd straeon am ddyn a gafodd ei arteithio i farwolaeth ac yn dweud y dylen ni ei edmygu am roddi maddeuant i'r bobl hynny a'i treisiodd! Dych chi am i ninne ddilyn ei arweiniad? Pan fydd Cory Brothers yn torri ein cyfloge unweth 'to, y dylen ni droi'r foch arall a gweud "Popeth yn iawn, Syr, 'dyn ni'n gwerthfawrogi'r dioddefaint. Cawn ein gwobr ddisglair yn y nefoedd".'

Trodd David at y Beibl. Ceisiodd esbonio pam roedd Efengyl Crist yn llwybr i'w droedio iddo fe ac i arweinydd ei genhedlaeth, sef Mabon. Ond hyd yn oed wrth siarad, gwelai yn glir ei fod wedi colli ei fab.

'Pam yn y byd na chest ti fynediad?' gofynnodd Mair unwaith 'to.

Safai'n gadarn, ei dwylo ar ei chluniau yn dominyddu'r gegin fel petai'n barod i wrthsefyll lleng o Folsieficiaid.

'Falle nad wyt ti'n aelod o'r Parti, diolch byth, ond mae dy frawd yn aelod. Dyna'r rheswm ei fod e draw yn Sbaen yn ymladd miwn rhyfel nad o's a wnelo fe ddim ag e. Ike a Wil a'u math anfonodd e mas.'

'Aeth Wil Paynter draw i Sbaen hefyd, Mam,' dywedodd Ifor. 'Chware teg, aeth llawer ohonyn nhw.'

Daliodd Mair ei thir, 'Ond aeth Lewis Jones ddim. Er ei holl eirie mowr, aros gatre wna'th e.'

'Na, triodd e fynd 'fyd, ond gwrthododd y Parti 'i gais. Ro'dd e'n rhy werthfawr yma, yn areitho a chodi arian, yn ôl y sôn.'

'Ma'r aelode fel defaid! Yn ymuno â'r Parti ac yna bydd yn rhaid iddyn nhw dderbyn pob gorchymyn gwallgo a ddaw. A phan ddywedon nhw wrth 'y mab hyna am fynd i ymladd miwn rhyfel nad o'dd ddim o'i fusnes e, buodd e'n ddigon dwl i wrando.'

Gwyddai David fod ei wraig wedi cyrraedd pen ei

thennyn ond sylwodd mo'r mab ifanca ar yr arwyddion.

'Ware teg, Mam. Roedd Owain wir moyn mynd. A ro'n ni, fel teulu, mor browd ohono fe, on'd o'n ni, Dad?'

'Oedd, roedd e'n bendant am fynd, ond wrth feddwl, falle gallen ni fod wedi trio'n galetach i'w berswadio fe i bido â mynd.'

Dododd Mair yr haearn smwddio'n ôl ar y pentan. Heb yngan gair tynnodd ei chot a'i het o gefn y drws.

'Ble ti'n mynd mor hwyr?'

'I'r capel – a wnele fe ddim drwg i ti ddod gyda fi, David Lewis!'

Caeodd y drws gyda chlep ffyrnig.

※

Roedd y profiad o ddod i adnabod Siân wedi siglo George rhywfaint. Soniodd e ddim gair amdani wrth ei fam na'i chwaer. Pam tybed? Doedd hi ddim yn gariad iddo, oedd hi? Ffrind oedd hi, a dim mwy. Heblaw'r digwyddiad bach yn y parti, doedden nhw ddim wedi cusanu. Yn wir, doedd e ddim wedi cusanu unrhyw ferch arall chwaith, er iddo fod yn hollol hapus i grybwyll eu henwau a gadael i'w fam ddyfalu a oedd un ohonyn nhw'n gariad iddo, ac i'w chwaer ei wawdio. Ofnai na fyddai Siân yn gwireddu ei delfryd o fod yn gantores gyfareddol. Doedd ganddi ddim gwallt hir tonnog i'w siglo fel sêr y ffilmiau. Doedd hi ddim yn gwisgo colur. Byddai Sally'n beirniadu unrhyw gantores nad oedd yn gwisgo fel model mewn cylchgronau ffasiwn. Byddai'i hacen yn cael ei hystyried yn gomon gan synnu ei fam, a derbyn gwawd gan ei chwaer. Doedd dim ots ganddo fe beth ddyweden nhw am Victoria, ond gwyddai, tasai ei fam yn ei gwestiynu am Siân, y byddai'n cochi, ac yn ei fradychu ei hun. Byddai'i chwaer yn synhwyro gwendid ac yn tynnu ei goes yn ddiddiwedd. Gwell o lawer cadw Sally hyd braich, felly. Doedd hynny ddim yn anodd, gan fod ei chwaer yn ddiweddar yn dragwyddol bwdlyd. Cyrhaeddai adref o'i hysgol, cilio'n syth i'w hystafell, cau'r drws yn glep a gwrthod dod i lawr am swper. Âi ei fam â bwyd iddi ar hambwrdd a'i adael tu fas i'w drws.

'Fyddech chi ddim wedi gadael i fi fihafio fel yna,' dywedodd George wrthi.

Gwenodd ei fam. 'Mae hi'n pryderu am ei harholiadau – ac yn mynd trwy gyfnod o newidiadau. Mae angen i ni fod yn amyneddgar.'

'Ond does dim ots ganddi hi am ei harholiadau, dyna ddywedodd hi wrtha i, nad o'dd yr ysgoloriaeth yn meddwl dim iddi, bod iwnifform Ysgol Lady Margaret yn salw a Lladin yn hurt.'

'Dyna ei hyswiriant hi, George. Rhag ofn iddi fethu. Mae hi'n dyheu am fod fel Sylvia a'i ffrindiau. Rwyt ti wedi eu gweld nhw ar y Green ar ôl ysgol.'

Gofynnodd ei dad iddo a oedd George yn dal i fwynhau ei gerddoriaeth. Dyfalodd George fod ei dad eisiau iddo gyfaddef ei gamgymeriad ac y byddai'n gofyn am swydd iddo yn y Baltic Exchange. Pan na chafodd yr ymateb a ddymunai siglodd ei bapur a phroffwydo rhyfel.

'Mae Chamberlain yn dal i swnio'n hyderus ond cred ti fi, dw i'n gweld adlewyrchiad o beth sy'n digwydd yn y nwyddau mae'r llongau yn eu mewnforio, yn cynnwys arfau o bob math. Yn sicr, mae rhywbeth mawr ar y gorwel a bydde'n syniad da i ti ystyried dy gamau nesaf.'

Dechreuodd ystyried sut roedd e wedi ennill mynediad i'r Academi. Dilyn y llif oedd ei hanes, heb lawer o lywio. Anfonwyd e i gael gwersi piano pan oedd yn ifanc iawn a derbyniodd yr awr o wers wythnosol a'r ymarfer dyddiol fel rhan o'r drefn arferol. Er iddo fwynhau'r gwersi ni theimlai unrhyw angerdd. Wrth i'w gyfoedion wrthryfela, neu ymddangos yn anobeithiol ym maes cerddoriaeth, datblygodd sgiliau George a daeth yn arweinydd ar gerddorfa'r ysgol, ac yn destun balchder i'r adran gerddoriaeth. Ond rhaid cydnabod nad oedd gan yr adran statws uchel yn yr ysgol – chwaraeon a Lladin oedd ar y brig. Pennaeth yr adran a fynnodd ei fod yn ceisio am le yn yr Academi, a llwyddodd, er bod ei dad yn llawn amheuon. Gwelai'r diddordeb a gymerai George mewn cerddoriaeth fel mympwy a fyddai'n diflannu yn raddol. Bu'n trafod ac yn dadlau y buasai dewis busnes fel gyrfa yn fwy diogel a mwy cymwys iddo. Ond mynnodd y Prifathro y byddai ennill lle yn yr Academi yn anrhydedd, un y gallai'r ysgol ymffrostio ynddi, a byddai enw George yn ymddangos ar wal yr anrhydeddau yng nghyntedd yr ysgol. Doedd dim dewis gan dad George ond cydsynio. Gwnaeth ei orau i swnio'n falch.

✳

Atseiniai'r *Evening Standard* rybuddion tad George am dwf y bygythiad. Clywid sïon ym mhobman. Aeth Chamberlain i Munich a dychwelodd yn arwr, dros dro. Tyfodd y posibilrwydd o ryfel ym meddyliau pawb ond ymysg y myfyrwyr; doedd neb yn fodlon datgan eu pryderon yn uchel.

'Wyt ti'n meddwl bydd rhyfel arall?' gofynnodd George.

Edrychodd Siân arno'n syfrdan; siglodd ei phen yn araf wrth ddatgymalu haen arall o'i *Chelsea bun*.

'Wi'm moyn siarad amdano.'

'Na neb arall chwaith, ond petasai rhyfel arall ar y gorwel . . . '

Cwympodd y darn o'r fynsen o'i bysedd wrth iddi

rythu arno. 'Be' ti'n feddwl, "petasai"? Ma rhyfel yn cael ei ymladd nawr a hynny ers tair blynedd, yn Sbaen.'

'Ond 'dyn ni ddim yn rhan o hwnnw.'

''Dyn ni ddim?'

'Wel, sut felly?'

Saib hir. Edrychodd Siân ar weddillion ei bynsen gan ollwng dagrau. Nid i greu sŵn fel y byddai'i chwaer yn ei wneud ond yn amlwg wedi ei syfrdanu. Taflodd ei phen yn ôl a sychodd ei llygaid.

'Sori, sa ti'n dyall. Ond gwell i fi fynd cyn bod yn destun sbort.'

Gwyliodd George hi'n codi ar frys o'i chadair ac anelu am y drws. Oedodd yn rhy hir cyn ei dilyn. Edrychodd i lawr sawl coridor, ond doedd dim sôn amdani. Roedd Siân wedi diflannu yn gynt nag a wnaeth ar noson y parti.

✳

'Dim gwleidyddiaeth! Iawn?'

'Iawn, dim gwleidyddiaeth. Ond ga i ofyn pam? Dw i'n gwybod i fi dy gynhyrfu wrth ofyn ... '

'Does dim bai arnat ti.'

Anadlodd George yn rhwyddach, yn ddiolchgar o glywed hyn, ond mynnodd esboniad. Roedd arno angen deall mwy. Gofynnodd am faddeuant os oedd wedi bod yn ansensitif. Doedd e ddim am ei brifo, ond roedd am ddeall y sefyllfa.

'Yn y byd mawr?'

'Na, yn dy ben di.'

Chwarddodd hi cyn gafael yn ei law. 'Creta di fi, George, base neb am ddisgw'l tu miwn i 'mhen i.'

Lleddfodd y tyndra wrth iddyn nhw chwerthin, ond ni laciodd ei gafael yn ei law. Oedd e wir am iddi esbonio?

'Ar hyn o bryd, yn fwy na dim.'

Gwenodd. Beth roedd e am ei wybod?

'Pam rwyt ti mor anfodlon trafod gwleidyddiaeth? Dim bod gen i lawer o ddiddordeb ynddo'n bersonol ond mewn cyfnod fel hwn ...'

'George! Wi wir yn meddwl bo' ti'n fachan caredig a sensitif ac er 'mod i am osgoi perthynas glòs, wi'n meddwl y byd ohonot ti ond ...' Cydiodd yn ei ddwylo yn dynnach. 'Paid â gwyllto, ond does dim clem 'da ti am y pethe sy'n dicwydd heddi.'

'Felly esbonia – i ddechrau, pam osgoi siarad am wleidyddiaeth?'

'George, des i Lundain i ddianc rhag bod ynghanol gwleidyddiaeth danbaid. Cyn gadel Clydach addewes i Mam 'sen i'n cadw draw oddi wrth unrhyw ddadl o'r fath. Yn ein cwm ni, do's dim dihangfa rhag pleto a chweryla am wleidyddiaeth – yn y stryd, yr ysgol, hyd yn oed yn ein cecin gartre.'

'Dros beth?

'Dros gyfalafiaeth, Karl Marx, comiwnyddiaeth, y *means test*, anghenion y glowyr, anghytuno â'r dihirod sy miwn pŵer. 'Sda ti ddim syniad.'

Pwysodd Siân dros y bwrdd fel petai'n awyddus i gadw ei geiriau'n breifat. Esboniodd sut y gallai ffrindiau gwympo mas yn chwyrn dros wleidyddiaeth. Sut y gallai pobl, hyd yn oed pobl oedd yn cyd-dynnu'n dda, golli tymer, bloeddio a chlatsian drysau a'r cyfan oherwydd gwleidyddiaeth. Gallai drwgdeimlad ledu hyd yn oed o fewn ei theulu, er bod pawb yn caru ei gilydd.

'Ma arna i wir ofn sôn am y dirwasgiad, sefyllfa'r glowyr, diweithdra a phyncie fel yna 'da unrhyw un yma.'

'Ond gallen ni gynnal sgwrs resymol am y pethe hyn. Mae 'Nhad wastad yn mynnu mai'r dyn sy'n gweiddi yw'r dyn sy wedi colli'r ddadl.'

'Dicon teg, ond shwt galla i esbonio? Wn i ddim be' o'dd dy dad yn neud yn ystod y Streic Fawr – ond wi'n weddol siŵr nad o'dd e'n chwilo am lo sbâr ar ochre tomen slag i dwymo'r tŷ, nac yn sefyll ar linell biced yn ca'l 'i fygwth gan bastwn yr heddlu.'

'Ro'n i'n ifanc ond dw i'n meddwl . . . '

'Paid gweud gair! Yr eiliad 'set ti'n gweud, bydden ni'n dodi'n hunen ar ochre gwahanol a wal weti'i hadeiladu: un o angerdd, rhagfarn ac ymlyniad wrth hen deyrngarwch. Do'n i ddim yn gallu cretu 'nghlustie wrth glywed y pethe sarhaus wetws rhai yn yr Academi am y glowyr. Eu disgrifio nhw fel bwystfilod, bradwyr, heb fod yn well nag anifeilied. Wyddet ti hynny?'

'Dw i'n gwybod bod rhai yn meddwl amdanyn nhw fel pobl drafferthus.'

'T'mod be'? Ma 'da nhw reswm dros gwyno. Wi'n gwpod y gwir, ond wi wedi dysgu cnoi 'nhafod. Wi'n berwi tu miwn ond wi'n cadw rheoleth, cadw'n dawel er mwyn aros yn gyfeillgar â phobl fase yn 'y nghasáu i 'sen nhw'n clywed bod 'y mrawd yn sarhau tirfeddianwyr boliog Tŷ'r Arglwyddi, neu 'y nhad yn gwawdio holl foneddigion y "Ddinas" â'u hetie crwn a'u hacenion crachaidd. Ti'n dyall?'

Meddyliodd George am ei dad. Roedd ganddo het gron ond, chwarae teg, anaml y gwisgai hi. Ond gwingodd tu mewn wrth gofio amdano'n ymffrostio am yr hyn a wnaethai yn ystod y Streic Gyffredinol. Gwirfoddolodd e a dau hen ffrind o'r fyddin i yrru injan stêm er mwyn bod o gymorth i drechu'r streicwyr. Yn ôl ei fam, roedd haen o huddygl drostyn nhw pan ddaethon nhw gartre wedi cynhyrfu wedi iddyn nhw daro yn erbyn y 'bloody Bolsheviks'. Fyddai wiw iddo rannu'r hanes yna gyda Siân.

'Dw i'n deall. Wir, dw i'n meddwl 'mod i.'

'Wir?' Edrychai Siân arno'n ddiolchgar. 'Sori os wi'n mynd dros ben llestri. Ti'n dod o hyd i 'nhafod i bob tro. Wi ddim yn gwpod pam rwyt ti'n dygymod â fi.'

'Ma dy acen di'n cryfhau wrth i ti gynhyrfu.'

'Ody e, rili?'

'A dw i'n dwli ar y ffordd rwyt ti'n ynganu "ri-li".'

'Paid ti â sôn. Wi wedi ca'l hen ddigon ar Vicki yn gofyn i fi "weud rhywbeth yn y Gymraeg" fel 'sen i'n rhyw fath o barot yn perfformo.'

'A'r rhyfel?'

'Rhyfel?

'Dywedest ti bod y rhyfel wedi dechrau rhyw dair blynedd yn ôl. A finne'n meddwl nad yw e wedi dechre 'to.'

'Yn Sbaen.'

'Ond dyw Prydain ddim yn rhan o'r frwydr honno, ydy hi?'

'Ma hi'n rhan o'r ymgyrch fyd-eang yn erbyn Ffasgaeth.'

'Ond arhoson ni'n niwtral.'

Ymatebodd Siân heb gyffroi. ''Se Prydain yn mynd i ryfel yn erbyn Hitler a Mussolini, 'se hynny'n ail ran y rhyfel mowr yn erbyn Ffasgaeth.' Esboniodd hefyd fod Owain, ei brawd hynaf, yn ymladd yn Sbaen ers dwy flynedd, cyn iddo ddiflannu ar ôl Brwydr Ebro, ac nad oedden nhw wedi clywed dim amdano ers hynny. 'Ma Mam a Dad yn becso cymaint. A finne 'fyd. Ti'n dyall nawr?'

'Ydw. Rhaid bod rhywun yn gwybod ble mae e.'

''Set ti'n meddwl hynny.'

'Beth am Lysgenhadaeth Sbaen?'

'Dim gobaith.' Roedd ei thad ac Ifor ei brawd wedi ceisio cysylltu â nhw, ond yn ofer. Aeth Ifor i Lundain unwaith i holi yn swyddfeydd y Llywodraeth, ond doedd dim arwydd eu bod am gynnig help. Dywedodd swyddog yn y Swyddfa Dramor na ddylai Owain fod wedi mynd yno o gwbl.

'Dyle'r Parti wpod, ond ro'dd 'na gymaint o anhrefn a dryswch yn eu swyddfa, cheson nhw ddim ateb yno chwaith.'

'Y Parti?'

'Y Parti Comiwnyddol.'

'Duw mawr! Dydy e ddim yn Gomiwnydd, ydy e?'

Edrychodd Siân yn syn arno am eiliad cyn chwerthin.

'Ody, Comiwnydd coch go iawn 'da dou gorn a chwt. Mae e'n anadlu tên ac yn siarad 'dag acen y Rhondda. Ti'n dyall nawr am be' wi'n sôn? Be' sy'n dicwydd pan ma pobl yn ymateb yn ôl eu rhagfarn yn hytrach na gweld pobl fel unigolion? Dyna be' wnest ti jyst nawr i 'mrawd. Plis, paid byth â neud yr un peth i finne.'

✳

Prin oedd myfyrwyr fel George a drigai'n ddigon agos fel y gallai deithio gartref bob nos. Roedd y mwyafrif yn byw yn weddol agos at yr Academi mewn fflatiau neu lety mewn strydoedd yn Bloomsbury Square, Covent Garden a Holborn. Yn Gower Street roedd fflat Victoria ac roedd tŷ cyfan yn Covent Garden wedi ei rentu gan garfan o lanciau. Er eu bod yn esgus byw yn rhad, mewn gwirionedd roedden nhw'n mwynhau eu hunain yng nghanol Llundain. Bydden nhw'n yfed te wrth stondinau yn y farchnad lysiau a chymysgu â'r porthorion a mynychwyr yr opera.

Ond bob noson daliai Siân fws i Camden Town, er y cerddai weithiau er mwyn arbed pris tocyn. Doedd hynny ddim yn gosb gan ei bod yn ystyried gwau ei ffordd trwy strydoedd Llundain yn antur, a byddai'n mwynhau'r rhyfeddodau newydd. Rhybuddiodd George hi y dylai osgoi cerdded drwy Somers Town ar ei phen ei hun gan fod enw drwg i'r ardal.

'Wi'n cadw at y strydoedd sy wedi eu goleuo, a ma pìn hat 'da fi!'

'Mae gen ti beth?'

'Pìn hat.'

Chwiliodd Siân yn ei bag a dangos pìn hat – pum modfedd o ddur â charn cerfiedig du ac iddo flaen miniog.

'Wetws Mam wrtha i am ei gario bob amser, rhag ofn.'

Roedd gan fam George nifer o rai tebyg, er mai cydio het Mrs Kemp-Smith yn ei bynsen gwallt oedd eu hunig bwrpas.

'Siân, mae hwnna'n arf peryglus.'

'Gwir, boi bach, felly gwell i ti bido 'ngwyllto i.'

'Faset ti'n licio i fi gerdded gyda ti?'

'Do's dim angen.'

'Nag oes, ond fyddet ti'n fodlon?'

'Wrth gwrs 'sen i.'

Felly fe gerddon nhw ar hyd Woburn Place ac Eversholt Street heibio Euston a Mornington Crescent i ardaloedd garw Camden Town. Tywyllodd y strydoedd a chynyddodd maint y sbwriel. Clywent ambell floedd, sŵn cweryla ac wedyn chwerthin uchel. Pam aros yma? Pam gwrthod aros gyda gweddill y merched? Esboniodd Siân yn amyneddgar mai dyma lle cafodd hi'r llety rhataf. Roedd gan gyfnither bell i'w mam lety bach yn Lyme Street, y tu ôl i Mother Redcap ger Camden High Street.

'Wi'n 'i galw hi'n Anti Eli, ond sdim syniad 'da fi shwt ry'n ni'n perthyn, os 'dyn ni o gwbl. O'n i'n galw pob ffrind i Mam yn Anti.'

'Cymraes yw hi?'

'Ie, Cymraes i'r carn ond yn briod â Gwyddel, a Gwyddelod yw mwyafrif preswylwyr y tŷ – yn gwitho ar y rheilffordd. Weithie bydd Anti Eli yn gadael i fi dalu hanner 'yn rhent, ond i fi ei helpu i serfio brecwast a chnau ac ati.'

Pan gyrhaeddon nhw Rif 5, Lyme Street, edrychodd George ar y tŷ teras yn ddrwgdybus. Gwelai sut roedd y waliau wedi'u duo gan ddegawdau o fwg a budreddi. Roedd angen peintio'r ffenestri a sylwodd ar grac yn y gwydr uwchben y drws. Digon rhydlyd oedd y rheiliau haearn ac roedd y llenni'n llychlyd. Byddai'r olygfa wedi codi braw ar ei fam. Teimlodd awydd i ddweud wrth Siân nad oedd y lle yma'n addas fel llety i ferch ifanc, barchus. Ond ni ddywedodd air. Sylweddolai erbyn hyn fod Siân yn symud mewn cylchoedd cymdeithasol na wyddai e ddim amdanynt, a'r peth olaf yn y byd y dylai e'i wneud oedd beirniadu. Byddai hynny'n siŵr o'i brifo a gallai golli ei chyfeillgarwch.

'Ti am ddod i miwn?'

Seibiant hir a lletchwith.

'Falle byddai'n well i fi ddal y trên.'

'Falle taw hynny fase ore. 'Set ti'n dod i miwn baset ti'n cwrdd ag Anti Eli a 'se hi'n siŵr o weud wrth Mam 'mod i'n canlyn dyn ifanc a 'se dim diwedd arni. Ble fyddi di'n mynd i ddal dy drên? Ti wedi cerdded milltiroedd mas o dy ffordd arferol.'

'Does dim ots gen i. Bydda i'n mynd 'nôl i Mornington Crescent a dal y Northern Line o fan yna.'

'Diolch am ddod â fi gatre.'

Am eiliad, cofiodd George iddo fod mewn sefyllfa debyg ar stepen drws Sylvia. Cofiai betruso rhwng ei chusanu neu beidio. Aros wnaeth Sylvia. Y tro yma fyddai dim ail gyfle. Estynnodd Siân ato, cusanodd ei foch ar frys, a diflannu'n ddisymwth, fel arfer.

Trwy ffenest byglyd gwyliodd Siân e'n cerdded i lawr y stryd. Beth, synfyfyriodd, a ddenodd y boi 'na ati hi? Doedd 'da nhw ddim byd yn gyffredin. Boi clên, cwrtais, digon golygus ond braidd yn betrus ac yn amhendant tu hwnt. Byddai hi wedi gadael iddo ei chusanu tasai e wedi mentro ond wnaeth e ddim. Oedd hynny wedi peri siom iddi? Oedd – a rhyddhad. Beth bynnag, teimlai gysur o wybod bod ganddi edmygwr yn ei bydysawd rhyfedd newydd. Ond eto, sut? Ai teimlo'n unig oedd hi, a dyn unig ei natur oedd e? Nid oedd hynny'n rheswm da dros gynnal perthynas. Tynnodd ei llenni cyn setlo i ysgrifennu ei llythyr wythnosol gartref. Byddai'n llenwi tudalennau di-ri â holl ffwdan a chlecs yr Academi, ond ni fyddai gair am George.

*

Roedd gan Siân un wisg arbennig. Ffrog hir las tywyll a wnïwyd â llaw gan ei mam a hithau gyda chymorth ambell gymdoges. Prynwyd deunydd da o stondin Evans Drapers ym marchnad Pontypridd ddwy flynedd ynghynt. Cawson nhw fenthyg patrwm gan un o ffrindiau Mair o Chwaeroliaeth Capel Calfaria. Llafurion nhw arni am nosweithiau bwygilydd nes bod bysedd Siân yn boenus ond Mair yn fodlon. Cafodd eu hymdrech ei gwobrwyo wrth i Gapel Calfaria edmygu gwisg orffenedig y gantores ifanc o High Street. Cofiai Siân pa mor aeddfed a chyfareddol y teimlai hi'n sefyll yn y ffrog laes o flaen cynulleidfa am y tro cyntaf yn canu emyn Eifion Wyn, 'Fry yn dy Nefoedd clyw ein cri'. Gweddai'r lliw a steil geidwadol y ffrog i berfform-iadau ac achlysuron o bob math: cyngherddau, oedfaon, priodasau, eisteddfodau a, gyda siôl ddu dros ei hysg-wyddau, angladdau.

Erbyn hyn, hongiai'r ffrog yn ei chwpwrdd dillad yng nghroglofft Lyme Street, ei heiddo mwyaf gwerthfawr a'i harf cryfaf, heblaw ei llais, yn ei hymgais i ennill enw fel cantores o fri. Ond, ers wythnos, swatiai ffrog arall wrth ei hochr, ffrog estron – ymdreiddiwr wedi sleifio i mewn.

Roedd hi wedi gwisgo ei ffrog las sawl gwaith yng nghyngherddau'r Academi a dwywaith wrth ganu fel rhan o gôr St Martin's. Teimlai'n gyfforddus ynddi ond nid yn gyfareddol bellach. Ceisiai ei gorau i anwybyddu'r modd y byddai'r menywod eraill yn amrywio eu wardrob o gyngerdd i gyngerdd a rhai ohonynt, yn enwedig Victoria, yn clebran am ddillad a steil a lliwiau byth a hefyd. A Victoria daniodd ei helynt presennol wrth gynnig,

'Siân, hoffet ti'n fenthyg fy ngwisg werdd y tro nesa? Mae'n ffrog bert ond, gwaetha'r modd, mae'n un seis o leiaf yn rhy fach i fi. Gormod o deisenni hufen – dyna fy ngwendid. Ond byddai'n gweddu i ti yn berffaith. Be' ti'n feddwl?'

Rhewodd Siân, yn ansicr sut i ymateb, tra parablai Victoria ymlaen gan awgrymu y dylai Siân fwrw draw i'w fflat yn fuan i drio'r ffrog. 'Beth am brynhawn fory – wedi'r dosbarth? Byddai'n hwyl!'

Cododd gwrychyn Siân. Beth oedd Victoria'n ei olygu? Oedd hi'n dilorni ei ffrog las? Ei gwawdio am fethu cynnal gorymdaith o ffrogiau newydd fel y gwnâi hi a'i ffrindiau? Ffrind oedd Victoria – merch uchel ei chloch ond hael ei hysbryd. Wrth edrych ar ei hwyneb welai Siân ddim edliw na sarhad. Roedd hi'n hollol ddiffuant – ar goll yn ei brwdfrydedd am ddillad. Doedd dim ystyr cudd tu ôl i'w geiriau. Pam oedd Siân yn priodoli malais iddi? Ffrwynodd ei thafod wrth geisio gwthio ei hymateb greddfol o'r neilltu. Wythnosau ynghynt byddai hi wedi ateb yn ffyrnig gan ddatgan ei hannibyniaeth a dweud wrth y gantores gyfareddol am ganu'n iach. Ond er syndod iddi, y prynhawn canlynol, safai o flaen drych ystafell Victoria yn edrych yn ddrwgdybus ar ei hadlewyrchiad. Roedd y ffrog werdd yn sicr yn hudolus, wedi ei thorri'n gain er mwyn i'r sgert sgubo i un ochr yn steilus. Gadawai y top strapiau ffasiynol ei hysgwyddau hi'n noeth.

'Wi ariôd wedi dangos cymaint o gnawd.'

Chwarddodd Victoria. 'Mae'n hollol barchus, wir i ti – ond taset ti eisiau dw i'n gwybod yn union be' sydd angen.' Chwiliodd yn ei drôr, gan daflu dillad i bob cyfeiriad nes ebychu'n fuddugoliaethus o'r diwedd, a chwifio siôl lliw hufen yn yr awyr. Taenodd y siôl sidan dros ysgwyddau Siân. Roedd yn gweddu i'r dim.

'Wow. Diolch, Victoria.'

'Vicki! Plis. Dw i wedi mynnu o'r blaen. Vicki!'

'Vicki. Diolch, wn i'm be' . . . ond wi'n meddwl bo' hi'n rhy fowr yn y cefn. Base rhaid i fi ei haltro ac wetyn 'se'n dda i ddim i tithe.'

'Wyt ti'n medru gwnïo felly?'

'Odw, yn weddol. Nid cystal â Mam, ond yn weddol.'

'Does dim diwedd i ddawn y ferch! Altra hi. Dim ots 'da fi. Fydda i fyth yn ei gwisgo eto a byddai'n dda i ti gael defnydd ohoni.'

'Wn i'm . . . Rwyt ti'n rhy garedig.'

'Nac ydw. Dillad yw fy obsesiwn, ar ôl cerddoriaeth wrth gwrs, a ti'n gwybod be', Siân? Dw i mor genfigennus o dy ffigwr! Rwyt ti mor siapus allet ti wisgo pethe llawer mwy anturus. Byddai'n hwyl rhoi cynnig ar dy wisgo di.'

'Ti weti neud gormod fel y mae. Ond diolch . . . Vicki.'

Wedi nosweithiau o lafurio yn ei hystafell dywyll roedd y ffrog werdd yn barod. Ond a oedd Siân? Teimlai ei bod hi wedi bradychu ei mam rywsut – neu wedi torri ei haddewid i beidio dod yn ddyledus i neb. Ond wrth edrych yn y cwpwrdd roedd y ddwy wisg yn edrych yn hapus ochr yn ochr. Efallai y byddai'n beth da i'r wisg las gael cwmni ac ambell hoe pan fyddai ei chymdoges werdd newydd ar ddyletswydd.

Oedd hi wedi cyfaddawdu? Oedd! Ond a oedd hynny'n beth gwael? Daeth i'r casgliad mai peth gwarthus oedd ymddwyn yn rhy groendenau.

*

Un nodwedd arbennig yng nghalendr yr Academi oedd dilyniant o gyngherddau: llif diddiwedd o gyfleoedd i fyfyrwyr arddangos disgleirdeb mewn perfformiadau offerynnol, operatig, Lieder, siambr, unigol, deuawdau a thriawdau. Yr uchafbwyntiau oedd y cyngherddau enfawr pan unai'r gerddorfa, yr unawdwyr a'r corws gyda'i gilydd i arddangos holl sgiliau'r Academi. Yn y cyngherddau mawreddog, gallai'r offerynwyr hawlio'u lle ar y llwyfan, ond byddai'n rhaid i'r unawdwyr frwydro am eu cyfle i serennu o dan y goleuadau.

O'r holl rannau y dymunai Siân eu canu, rhan y soprano yn y *Messiah* oedd ei huchelgais. Canasai y rhan honno eisoes, dair blynedd ynghynt yng nghyngerdd Nadolig Capel Calfaria pan ganmolwyd ei llais gan y gweinidog fel 'rhodd o'r nefoedd', gan ychwanegu at ei hangerdd dros weithiau Handel. Wedi cyrraedd Llundain, gwelai ran y soprano yn y *Messiah* fel ei heiddo personol hi, fel ei genedigaeth-fraint. Ni allai ffawd fod mor greulon â gwadu'r cyfle iddi ei chanu yn yr Academi. Cofiai yr unawd 'Mi a wn fod fy ngwaredwr yn fyw' ar ei chof ac fe'i canai'n dawel ar y bws neu yn uchel yn y groglofft yn Camden.

Ni chafodd y rhan. Rhythodd yn syn ar y dudalen deipiedig am funud hir yn hollol anghrediniol. O'r diwedd gadawodd i'r dyrfa ei gwthio hi i'r naill ochr er mwyn i eraill ddarllen eu tynged. Cerddodd i'r parc bach er mwyn ymdawelu. Roedd dawn gan Siân i ddiflannu pan deimlai'r angen, ond heddiw roedd y boen yn ormod ac wrth ddianc ni wnaeth hi sylweddoli bod rhywun yn ei dilyn.

Dylai George fod wedi gadael llonydd iddi. Oedodd wrth y gatiau. Clywodd hi'r graean yn crensio dan ei hesgidiau. Heb edrych synhwyrodd ei bresenoldeb yn agos ati.

'Iawn i fi eistedd yma?'

Daliodd Siân i syllu ar y llawr.

'Ma'n fainc gyhoeddus.'

Eisteddodd George yn araf fel petai'n ofni tanio ffrwydrad. 'Dyw hi ddim yn ddiwedd y byd, cofia.'

Saib hir, wedyn ochenaid, 'Nag yw, debyg.'

Disgynnodd distawrwydd anghysurus. 'Grinda, George, wi'n gwpod dy fod ti moyn helpu, ond 'se hi'n well i ti 'ngadael i.'

'Ro'n i'n meddwl ...'

'Na, paid! Creta fi, wi'n ferch fawr nawr a galla i dderbyn ergydion heb gonan pan fydd rhaid. Dyw dy ga'l di'n loetran o gwmpas fel 'set ti'n galaru ac yn teimlo piti drosta i ddim o unrhyw help.'

'Ro'n i'n meddwl y bydde angen ffrind arnat ti i sychu dy ddagrau.'

'Wi ddim yn llefen. O leia ddim miwn llefydd cyhoeddus.'

'Dw i wir yn sori.'

Gwgodd hi arno. Daeth fflach sarrug i'w llygaid, 'George, paid, plis! Wi ddim moyn dy dosturi a wi ddim yn 'i lico fe. Dyall? 'Sen i gatre nawr 'sen i'n cerdded ar

hyd y mynydd a gweiddi ar y defed. Wi'n llawer gwell ar
'y mhen 'yn hunan, felly gad lonydd i fi bwdu. Plis.'

Ni symudodd George.

'Dw i'n meddwl byddai well i ti siarad amdano fe.'

Trodd ato. 'Ti'n fyddar, neu be'? Wi moyn pwdu ar 'y
mhen 'yn hunan. Iawn?'

Edrychodd George i ffwrdd. Cerddodd dyn a gwraig
heibio. Gwyrodd y fenyw at ei gŵr a sibrwd rhywbeth
wrtho. Arhoson nhw gan esgus darllen hysbyseb.

'Siân, mae perygl mewn bod yn rhy fewnblyg, mae
angen ffrindie ar bawb.'

'Oes gwir angen? Ond pam . . . ?'

'Beth ti'n feddwl?'

'T'mod? Wi'n cretu taw'r unig reswm dros aros 'da
fi yw bo' ti'n teimlo bo' ti'n ddyn pwysig yn amddiffyn
croten fach druenus o'r Cymoedd, un ag acen ddoniol a
dillad tlodaidd. Falle nad ydw i'n codi cymaint o ofon ynot
ti â'r crotenni erill, eu gwalltie weti'u lliwio, yn gwisgo
sgyrtie tyn a dillad swanc. Ti'n 'y ngweld i fel croten saff.
Ond t'mod be', er nad o's cefndir teulu crachaidd tu ôl i fi,
wi'n gryfach na'r gang o' chi i gyd 'da'ch gilydd. Wi weti
gweld mwy o dristwch a thlodi yn y cwm na weli di yn
dy holl fywyd – a wi weti goroesi. Felly cadw dy dosturi
i rywun sy ei angen e. A phaid â meddwl jyst achos 'mod
i'n fach nad wi'n gallu brathu!'

Arhosodd George.

'Symud dy ben ôl, wnei di? Cer o 'ma!'

Trodd Siân ei chefn arno. Cododd George yn araf. Er
mwyn gadael y parc, roedd rhaid iddo gerdded heibio'r
dyn a'r wraig oedd nawr wrthi'n edmygu'r border blodau
di-nod.

❋

Dau ddiwrnod yn ddiweddarach stopiodd Siân George yn y coridor. Rhwystrodd e rhag camu heibio drwy roi ei llaw ar ei frest fel heddwas wrth arestio rhywun. Edrychodd yn syth i fyw ei lygaid. Cofiai George ddelwedd o'i llygaid coch yn y parc ond nawr disodlwyd hynny gan lygaid oedd yn pefrio.

'Ti'n dal i siarad â fi?'

Edrychodd George arni'n llawn ansicrwydd.

'Achos 'sen i'n dyall 'set ti'n gwrthod siarad â fi byth 'to ar ôl y pryd o dafod gesot ti 'da fi echdoe. Sori! Wi'n gwpod 'mod i'n gallu tanio fel matsien weithie, a wetyn do's dim ots 'da fi be' wi'n gweud. Ond rhybuddies i ti a dylet ti fod wedi 'ngadel i stiwio bryd 'ny. Base Mam yn hala fi mas i fynwent y capel, am nad o'n i'n gwmni addas i neb byw, medde hi, pan o'n i fel 'na. 'Dyn ni i gyd fel 'na fel teulu heblaw am Dad. Fe yw heddychwr y teulu. I'r parlwr 'se fe'n mynd, i ganu'r piano. Emyne, wastad emyne. Dyw'r stormydd ddim yn para'n hir fel arfer a 'dyn ni'n ffrindie mowr wetyn.'

Gwrandawodd George, tra llifai'r geiriau fel pistyll yn gorlifo, heb iddi gymryd anadl bron. Sylwodd, am y tro cyntaf iddo gofio, ei bod yn bryderus yn ei gwmni, ei llygaid yn aflonydd, cyn fflachio'n ôl ato i weld ei ymateb.

'Be' wi'n trio gweud yw sori. Ti sy'n iawn. Mae angen ffrindie arna i fel pawb arall ac os wi'n 'u trin nhw fel 'nes i dy drin di, wi ddim yn haeddu ffrindie o gwbl. Ti'n ffrind da a finne wedi camfihafo fel croten hyf. Base Mam wedi rhoi clatsien i fi er mwyn i fi weld synnwyr.'

Agorodd George ei geg ond ni ddywedodd air.

'Do's dim rhaid i ti fadde i fi ac os ti'n dal yn grac, wi'n hollol fo'lon i ti weiddi arna i fel y mynni di. A wi'n addo aros yn dawel wrth i ti roi pryd o dafod i fi.'

Chwarddodd George, 'Dw i'm yn credu hyn.'

Crychodd talcen Siân. 'Be', 'mod i'n sori?'

'Na, dy fod ti'n addo aros yn dawel wrth i fi ddweud y drefn.'

'Wi'n addo!'

'Iawn. Dw i'n maddau i ti, ond ar un amod.'

'Be'?'

'Rhaid i ti dalu fforffed.'

Edrychodd hi arno'n wyliadwrus. 'Be'?'

'Dy fod ti'n dod 'da fi i Brighton am de a fi sy'n talu.'

'Y diawl!'

'Ro'n i'n gwbod na fyddet ti'n gallu cadw'n dawel.'

'A hedfan o ben y clogwyn?'

'Wrth gwrs.'

*

O'r Sefydliad, neu'n hytrach, oddi wrth Gwilym, y llyfr-gellydd bach, daeth newyddion. Rhuthrodd a'i wynt yn ei ddwrn, ar frys i lawr High Street, a chnocio ar ddrws teulu'r Lewisiaid mor galed nes i Mair ofni mai'r bwmbeilïaid oedd yno. Ond er mawr ryddhad gwelodd Mr Huws y llyfrgellydd, yn anadlu fel megin.

'Mae'r drws ar agor, Mr Huws. Sdim isie cnoco.'

Cymerodd amser i Gwilym Huws adennill ei wynt wrth hercian i'r gegin.

'Eisteddwch, Mr Huws. Gymerwch chi ddisgled?'

'Dim diolch, Mrs Lewis. Diolch ond wna i'm aros. Mae 'da fi gartrefi eraill i ymweld â nhw. Dw i ddim am gadw neb mwy nag sy raid rhag ca'l y newyddion.'

'Jiw jiw, be' sy? Rhywbeth i neud ag Owain, yntyfe? Ody e'n iawn? 'Dyn ni 'di bod ar bige'r drain ers wythnose.'

'Does 'na'm newyddion pendant ynglŷn â'ch Owain chi'n benodol, Mrs Lewis, ond derbyniodd y Parti delegram o Lunden hanner awr yn ôl i ddweud bydd y rhan fwya o'r bois gatre wythnos nesa. Pawb yn dod 'nôl gyda'i gilydd – y rhai sy 'di goroesi, yntyfe? Mae Gweriniaeth Sbaen wedi disbandio'r Frigâd Ryngwladol ac wedi galw ar Franco i wneud yr un peth gyda'i luoedd tramor e.' Edrychodd Gwilym Huws ar y nodyn yn ei law. 'Byddan nhw'n croesi i Ffrainc ac wedyn yn mynd ymlaen i Dieppe. O Dieppe i Newhaven ac wedyn i Lunden. Dw i'm yn siŵr yn union pryd, ond dydd Mowrth ne ddydd Mercher nesa, mae'n debyg.'

Taflodd y llyfrgellydd ei freichiau i'r awyr i rwystro Mair rhag gofyn rhagor o gwestiynau.

'Dyna'r unig beth dw i'n gwbod, Mrs Lewis. Rhaid i fi 'i symud hi'n syth. Stop nesa yw'r Jameses, Marion Street. Maen nhw wedi bod yn aros cymint â chi am air am Stan.'

Lledodd y newyddion ar lafar gwlad ledled Clydach i lawr i Donypandy. Cynhaliwyd cyfarfodydd ar frys mewn sefydliadau a festrïoedd i baratoi croeso gartre i'r arwyr. Trefnwyd cyngerdd, band, parti, areithiau a gorymdaith. Roedd pawb, yn cynnwys nifer fawr oedd yn dal i haeru taw ffolineb llwyr oedd y cyrch yn Sbaen, wrth eu boddau i glywed y newyddion da am y meibion o'r diwedd.

Cymerodd hi'n hirach i'r newydd gyrraedd Siân, er i'w mam ysgrifennu a phostio llythyr ati'r noson honno gan brintio 'URGENT' mewn coch ar yr amlen. Cymerodd y post i Lundain ddeuddydd ac roedd ar Mair ofn bob amser y byddai'r llythyron i 5, Lyme Street yn cael eu dwyn. Doedd dim angen iddi boeni. Cyn i'r llythyr gyrraedd Camden darllenodd George, neu i fod yn gywir, tad George, y newyddion yn y *Daily Telegraph*, mewn erthygl dila, gan na chefnogai'r *Telegraph* y Frigâd Ryngwladol. Ond, fel arfer, adroddodd tad George y wybodaeth a chael ei synnu gan ymateb ei fab.

'Rwyt ti'n dechrau cymryd sylw o bethau o'r diwedd, on'd wyt ti? Da iawn a hen bryd, hefyd.'

Wedi i'w dad fynd allan i'r ardd i fwrw golwg ar y pysgod aur yn y pwll, fel y gwnâi bob nos, darllenodd George yr erthygl yn fanwl ar ei ben ei hun heb ennyn cwestiynau na ddymunai eu hateb.

*

Ni allai Siân gredu ei chlustiau. Oedd George yn sicr?

'Dweda 'to, wnei di?'

'Y Frigâd Ryngwladol? Dyna ddywedon nhw. Dyna gatrawd dy frawd, onid e?'

Nodiodd Siân ei phen. Teimlodd ei chalon yn cynhyrfu a dagrau'n cronni.

'Mae disgwyl iddyn nhw gyrraedd Victoria ddydd Llun.'

Nodiodd hi eto, wedi'i syfrdanu gormod i siarad. Carthodd ei llwnc. Oedd llygedyn o obaith o'r diwedd? 'Wi ddim yn medru cretu'r peth.'

'Wir i ti. Darllenes i'r adroddiad yn y *Telegraph*.'

Gollyngodd hi sgrech o foddhad, gan daflu ei breichiau amdano a'i gofleidio'n dynn cyn dawnsio gydag e o gwmpas yr ystafell. Wedyn pwl o ddifrifoldeb. ''Sen i ddim yn cretu hyn tan i fi 'i weld e. Dyw Mam ddim wedi derbyn llythyr ers hydoedd, ond, ym mêr 'yn esgyrn, o'n i'n gwpod bydde fe'n dod gatre. Wir i ti.'

'Ddywedaist ti nad wyt ti byth yn crio.'

'Dagrau o ryddhad a hapusrwydd yw'r rhain. Rhai hollol wahanol.'

'Ga i ddod gyda ti i'r orsaf?'

'Pam? Wrth gwrs, base 'ny'n braf ...' Saib. Gan bwyll! Beth fyddai'n digwydd wrth i'w dau fyd hi gyfarfod? Tan nawr, doedd ei phobl Llundain hi a'i phobl Cwm Clydach ddim wedi cwrdd. Gwyddai ei bod hi'n ymddwyn yn wahanol gyda'i theulu, ac yn enwedig gyda'i brodyr, i'r hyn a wnâi hi yng nghwmni George a gweddill yr Academi. Beth tybed fyddai'n digwydd pan fyddai Siân Llundain a Siân y Rhondda yn cwrdd?

'Diolch am gynnig ond ma'n flin 'da fi, na, gwell i ti bido!'

'Pam lai?'

'Base angen i fi esbonio i Ifor pam wyt ti yno . . . ac wetyn i Owain.'

''Dyn ni'n ffrindie.'

Edrychodd ym myw ei lygaid mwyn. Ni allai hi fod mor greulon â'i wahardd. Sut allai hi ei wrthod ac yntau'n negesydd newyddion mor dda?

'Ffrindie? Ti'n meddwl 'sen nhw'n derbyn 'ny?' Heb aros am ateb torrodd gwên fawr dros ei hwyneb. 'Ta beth. Does dim ots 'da fi. Wi mor hapus.'

Gallen nhw fod wedi cusanu, ond wnaethon nhw ddim.

Cyrhaeddodd llythyr Mair y diwrnod wedyn i gadarnhau y byddai Ifor yn teithio i Lundain fel rhan o ddirprwyaeth swyddogol i'r seremoni groesawu. Byddai Sefydliad y Glowyr a'r Parti yn trefnu tocyn trên iddo. Dylai Siân gyfarfod â'i brawd ger siop W H Smith, y drws nesaf i brif swyddfa docynnau Gorsaf Victoria.

✳

Clywodd Gwilym Huws sŵn cadeiriau yn cael eu llusgo ar y llawr uwchben, arwydd bod ymarfer y côr meibion yn ystafell cyfarfodydd y Sefydliad wedi dod i ben. Aeth y llyfrgellydd i aros ar waelod y grisiau am David Lewis.

'Ga i air, Mr Lewis, yn breifet?' Gydag ystum â'i law arweiniodd e i gysgod un o'r silffoedd llyfrau trefnus.

'Be' sy, Gwilym?'

'Gair bach, Mr Lewis. Wi am 'ych rhybuddio chi taw yr unig wybodaeth sy 'da ni yw y bydd y bois gatre o Sbaen, ond does dim sicrwydd pwy yn union fydd yn y grŵp. Dywedodd y Parti bydd rhyw dri chant ohonyn nhw o bob rhan o Brydain. Gobitho bydd Owain yn eu mysg, er does dim sicrwydd.'

Edrychodd David Lewis ar y llyfrgellydd fel petai wedi dwyn ei becyn cyflog.

'Beth o'ch chi'n feddwl, "Do's dim sicrwydd"? Pam nad o's sicrwydd, myn uffarn i? O's 'na beryg na fydd Owain ar orsaf Victoria ar ôl yr holl ddisgw'l a'r paratoade! O's 'da chi syniad be' fydde effaith hynny ar 'i fam? Ar ôl dwy flynedd o aros a phoeni amdano, a chithe'n awgrymu wrtha i taw celwydd yw'r holl siarad?'

Credai'r llyfrgellydd cyn hynny taw dyn mwyn ac amyneddgar oedd David, yn ymgolli yn y byd cerddorol ac ar bedestal uwchlaw cwerylon pobl gyffredin. Nawr, teimlai fod arweinydd y côr yn ei lygadu fel y byddai glöwr meddw ar nos Sadwrn yn ei wneud, wrth geisio penderfynu a ddylai roi crasfa iddo neu beidio.

'Dim celwydd, Mr Lewis, dim celwydd, credwch chi fi. Ond rhybudd nad yw'r wybodaeth bob tro mor gywir ag y dylai fod.'

'Ond o's 'da chi unrhyw reswm penodol i amau na fydd Owain ymysg y tri chant?'

'Dim byd yn benodol, Mr Lewis, nag o's, dim ond rhoi rhybudd ro'n i.'

'Wel, diolch am y rhybudd, ond 'sen i'n ddiolchgar 'sech chi heb ei roi, rhag i ni boeni cyn bod rhywbeth pendant i ni boeni amdano.'

'Wrth gwrs, Mr Lewis, dim ond gair bach yn 'ych clust, ontyfe?'

✳

Atseiniai'i eiriau trwy'r noson honno yng nghlust David Lewis. Difarai siarad â Gwilym Huws mor swrth ond dihunodd y llyfrgellydd bryderon yr oedd David wedi ceisio eu gwthio o'i feddwl. Yn wir, doedd dim rhestr o'r milwyr a fyddai'n dychwelyd. Gwaeth byth, roedd Owain wedi ymuno o ganlyniad i'r addysg ideolegol a dderbyniodd yn Sefydliad y Glowyr. Fyddai lluoedd Franco yn ei weld fel lledaenydd propaganda rhy beryglus i'w ryddhau? Heb os, roedd rhesymau da i bryderu. Eisteddai yn ei gadair arferol, y papur newydd o'i flaen, ond heb ei ddarllen. Ddywedodd e ddim gair wrth Mair oedd wrthi'n brysur yn pobi a choginio, yn paratoi at y derbyniad mawr. Siaradai'n llawn cyffro am y paratoadau, a'r baneri ar hyd y strydoedd ac yn y festri. Edrychodd Mair i fyny o'i thoes yn disgwyl ymateb gan ei gŵr.

'Pam wyt ti'n dal i edrych mor ddiflas, David Lewis?'

'Odw i?'

'Wyt, ti fel clwtyn gwlyb. Pam nag wyt ti'n ymarfer dy emyne neu'n cyfansoddi cân fach i groesawu dy fab hyna gartre?'

Un gwael am ddweud celwydd oedd David a gwyddai y byddai Mair yn gwybod ar unwaith tasai e'n ceisio ei thwyllo. 'Wi jyst yn becso, rhag ofn yr aiff rhywbeth o'i le. Ody pethe yn rhy dda i fod yn wir?'

'David Lewis, do's dim i fecso amdano! Wi'n beio dy fam. Menyw ffein, capelwraig ffyddlon, ond wastad yn becso a gwna'th hi jobyn da o basio hynny 'mlân i ti.'

Gadawodd Mair ei thoes a cherdded draw at gadair David, sychu ei dwylo yn ei ffedog cyn pwyso drosto a chymryd ei ben rhwng ei dwylo. Plannodd gusan ar ei geg agored cyn troi ei ben ac edrych i fyw ei lygaid.

'Nawr grinda, fy annwyl briod. Ma 'da ni, am unwaith, rywbeth gwerth 'i ddathlu a dw i ddim am ada'l i ti sbwylio pethe gyda dy wyneb diflas, dyall?'

Cusanodd y ddau eto'n llawn angerdd.

'Duw annwyl,' gweddïodd David yn dawel, 'plis gad i Owain fod ymhlith y tri chant.'

*

Noswaith ddigon diflas o aeaf a welai George drwy ffenest y bws. Synnwyd e gan dawelwch Siân wrth ei ochr oedd fel petai wedi ei tharo'n fud gan gynnwrf a phryder. Am unwaith, caniatâi hi iddo gymryd cyfrifoldeb a'i harwain i Victoria. Bachodd ar y cyfle i ddangos ei wybodaeth wrth ddewis y bws cywir a sylwebu ar yr olygfa tu fas. Llenwodd y tawelwch gyda llwyth o fanylion diangen am yr ardal a'r orsaf. Prin y cafodd ateb, ond roedd ambell amnaid yn ddigon i'w fodloni.

Cropiai'r bws yn araf ar hyd y strydoedd prysur gan gymryd mwy o amser nag a ddisgwyliai George i gyrraedd yr orsaf. Tu allan, gwelsant fand pres yn dadlwytho ei offerynnau a grwpiau yn agor baneri, gweithred ddieithr i fwrlwm arferol yr orsaf. Fel arfer, ar noswaith aeafol fel heno, byddai'r orsaf yn llawn o ddynion mewn cotiau glaw llwyd a hetiau trilbi smart yn cario cesys ac ymbaréls. Heno, ymysg y rheiny gwelid dynion mewn dillad treuliedig gyda chapiau fflat, y math o labrwyr y byddai mam George yn croesi'r ffordd er mwyn eu hosgoi. Gwelid dynion mewn dillad ffasiynol bohemaidd, gyda throwseri llydan, hetiau Fedora cantelau llaes, cotiau du hir a sgarffiau coegwych, i gyd yn siarad mewn lleisiau croch. Roedd yno ddynion gordrwm mewn siwtiau rhy fach yn ceisio trefnu pethau ac yn bloeddio at ei gilydd . Torrodd dadl ffyrnig rhwng gyrrwr tacsi a grŵp yn cario baner goch enfawr ac arni arwydd morthwyl a chryman. 'Mae gen i gwsmeriaid parchus a fydd yn anhapus o gael eu croesawu gan gang o Gomiwnyddion a Sosialwyr. Nawr i ffwrdd â chi o 'ma.'

Y funud honno, ymddangosodd porthor trwy fwa'r orsaf, yn tynnu troli trwm ac arno fynydd o gesys lledr drudfawr i flaen y tacsi. Yn ei ddilyn roedd menyw foneddigaidd yn gwisgo cot camel wedi ei theilwra â choler o ffwr uchel o dan hat ffasiynol. Agorwyd drws y tacsi iddi ac eisteddodd fel ymerodres yn y sêt gefn yn aros i'r byd ufuddhau i'w dymuniad. Diystyrodd y morthwyl a'r cryman.

Y tu mewn i'r orsaf adeiladwyd llwyfan dros dro o blanciau dros hen fareli cwrw. Chwifiai baneri ym mhobman, rhai yn dangos tair seren bigfain y Frigâd Ryngwladol, a nifer ohonynt yn datgan 'Croeso i'r Frigâd Ryngwladol', 'Dros Sbaen' neu ddim ond 'No Pasarán!' Cafodd George ei syfrdanu gan y bwrlwm. Byddai wedi oedi i wylio mwy ond roedd Siân yn wir awyddus i ganfod y stondin lle trefnwyd iddynt gwrdd â'i brawd. Baglodd y ddau drwy'r dyrfa tuag at y Brif Swyddfa Docynnau. Gwelodd arwydd W H Smith bron wedi ei guddio gan y tyrfaoedd. Gwaeddodd hi, 'Ifor!' gan chwifio ei llaw. Safai ei brawd yn y lle priodol yn chwilio'n bryderus o'i gwmpas gan fwrw golwg bob yn ail ar gloc mawr yr orsaf.

'Ifor, Ifor, draw yn fan hyn!'

Yn sydyn, teimlai George fel gwyliwr wrth i'r brawd a'r chwaer aduno. Rhedodd Ifor tuag ati hi i'w chofleidio a'i chodi i'r awyr, 'Haia, Titch.'

'Rho fi lawr, yr hurtyn!' Ymdrechodd Siân i adennill ei hurddas. Rhyfeddai George wrth glywed y cyfarchiad 'Titch'. A oedd wedi clywed yn gywir? Pwniodd Siân ei brawd yn chwareus cyn taro cwestiynau di-ri ato. Siaradai'r ddau yn rhy gyflym i George allu eu clywed yn iawn. Swniai'r geiriau yn estron. Ai Cymraeg oedd yr iaith? Doedd e erioed wedi clywed Siân yn siarad Cymraeg. Sylwodd ar agosatrwydd perthynas y brawd a'r chwaer, mor annhebyg iddo fe a Sally. Edrychodd yn ofalus ar Ifor a gwelai'r tebygrwydd teuluol; yr un llygaid siarp â'i chwaer a'r un wên hudolus. Roedd Ifor yn dalach na hi, ond dim hanner digon i gyfiawnhau ei galw yn 'Titch'. Roedd ganddo ysgwyddau llydan, wyneb gwelw a dwylo mawr, garw. Cafodd ei siaced ei botymu'n dynn ac roedd cadach o gwmpas ei wddf. Synnai George nad oedd yn gwisgo cot ar ddiwrnod mor oer. Arhosodd y naill ochr nes i Ifor ddod yn ymwybodol o'i bresenoldeb. Teimlai allan o le – ar gyrion cyfarfod teuluol gwresog. Tybed ai dyma pam y bu Siân yn gyndyn i adael iddo ddod i'r orsaf? Wedi eiliadau hir o aros edrychodd Ifor yn anfodlon i'w gyfeiriad ac wedyn yn ôl ar ei chwaer am esboniad.

'Pwy yw hwn?'

'George, ffrind o'r Academi a dda'th i ddangos y ffordd i fi.'

'Dy sboner di?'

'Nage, jyst ffrind.'

Doedd dim amheuaeth bellach, Cymraeg oedd eu hiaith. Am y tro cyntaf teimlai George yn estron yng nghwmni Siân. Sythodd Ifor gan fwrw golwg dros George a'i lygadu o'i gorun i'w sawdl. Wrth sylwi ar hyn roedd George yn edifar iddo wisgo cot mor foethus a drud heddiw: cot Daks llabedi dwbl a brynwyd gan ei fam 'i'w gadw fe'n gynnes trwy'r gaeaf'.

Ni ddywedodd Ifor air. Cynigiodd George ei law iddo.

'Helô, yn falch o gael cwrdd â chi.' Teimlai mor ymwybodol o'i acen Winchmore Hill. 'Mae Siân yn siarad llawer amdanoch chi.'

Ar ôl saib cymerodd Ifor y llaw estynedig a'i siglo'n ffurfiol cyn ateb mewn Saesneg clir,

'Ody hi wir? Dim byd drwg, gobitho.'

'I'r gwrthwyneb.'

Saib eto. Mentrodd Siân,

'Mae George yn gerddor – yn yr Academi.'

'Pa offeryn?'

'Feiolín.'

'Ma Ifor yn gerddor hefyd,' ychwanegodd Siân gan edrych yn bryderus o'r naill wyneb i'r llall.

'Nid un go iawn.'

'Beth ydych chi'n ganu?'

'Wi'n ware tipyn ar y piano. Ma 'da ni biano gartre ond ma Siân wedi gweud 'ny wrthoch chi, siŵr o fod.'

'Do, rydych chi'n deulu cerddorol felly?'

Ciledrychodd Ifor ar Siân fel petai'n gofyn am ganiatâd i ateb. 'Na, 'Nhad a Siân sy â'r ddawn gerddorol yn y teulu.'

''Dyn ni i gyd yn canu.'

'Am fod Dat yn ein gorfodi ni!'

'Dere, ma Mam yn hoff o ganu a thithe 'fyd, cyfaddefa.'

'Ma Mam yn canu ond dyw hi ddim yn gallu cadw nodyn miwn tiwn bob amser. Wi'n cymryd ar 'i hôl hi. Ma'ch teulu chi 'fyd yn gerddorol, wi'n cymryd?'

'Na, dim o gwbl. Dim ond fi. Dyw Mam ddim yn dyall sut cafodd hi fab cerddorol achos does dim unrhyw ddawn gerddorol ganddi hi.'

Wedi chwerthiniad bach cafwyd saib lletchwith.

'Mae 'da chi chwaer mor dalentog.'

'Wi'n gwpod.'

'Falle byddech chi'n falch o glywed taw dyna farn yr Academi gyfan.'

'Dim syndod.'

'Dyna ddigon, chi'ch dou. Nawr, ble ma criw Clydach? Dwyt ti ddim wedi eu colli nhw, wyt ti?'

'Paid â phoeni, Titch. Trefnon ni gwrdd ar blatfform

pedwar, lle bydd y trên yn cyrraedd, am chwech o'r gloch, ond bydd yn debygol o fod yn hwyr.'

'Miwn ucen munud felly.'

*

Bu'n rhaid i bawb aros am awr arall cyn i'r trên gyrraedd, ond doedd neb yn poeni wrth ddisgwyl. I'r gwrthwyneb, cynyddodd y cynnwrf fesul munud. Chwaraeodd y band pres ddetholiad o donau poblogaidd, emynau, ac wedyn cân na chlywsai George mohoni o'r blaen ond, er mawr syndod, gwyddai'r cannoedd ar y platfform y geiriau Sbaeneg a'i chanu'n angerddol.

> *Viva la Quince Brigada,*
> *rumba la rumba la rumba la.*
> *que nos cubrirá de gloria,*
> *¡Ay Carmela! ¡Ay Carmela!*

Doedd George ddim yn siarad Sbaeneg ond roedd y dôn yn syml. Esboniodd Ifor taw 'Hir Oes i'r 15fed Frigâd' oedd hon, anthem y Frigâd Ryngwladol. Gwyddai'r dyrfa y geiriau'n berffaith, gan eu bloeddio'n angerddol i ddangos eu bod yn ffyddlon i'r achos, yn arbennig y gytgan, 'rumba la rumba la rumba la'. Ysbrydolwyd George gan yr holl frwdfrydedd a'r unoliaeth a deimlai. Uwch y dyrfa pontiai asennau haearn to'r orsaf, gan atgoffa George o oedfa mewn eglwys, ond un dra gwahanol i awyrgylch St Paul's, Winchmore Hill. Yma, roedd angerdd, egni a hwyl i'w deimlo, fel petai pawb yn feddw, ond eto heb yfed diferyn. Teimlodd Siân yn cydio yn ei fraich, ac mor falch ydoedd mai yn ei fraich ef y gafaelodd ac nid braich ei brawd. Ysgubwyd pawb gan donnau o obaith.

Erbyn i'r trên gyrraedd roedd heddlu marchogol

wedi ymddangos i gadw trefn, ond doedd mo'u hangen. Er y cynnwrf, roedd y dyrfa yn gwrtais a gwâr. Daeth llais ar yr uchelseinydd yn dweud y byddai'r trên yn cyrraedd o fewn munudau, ac yn gofyn iddynt aros yn llonydd i groesawu eu harwyr ac osgoi pwyso ymlaen. Cafwyd perfformiad angerddol arall o 'Viva la Quince Brigada', ac wedyn yr 'Internationale'. Gofynnodd y llais iddynt ufuddhau i orchmynion y stiwardiaid a chadw llwybr agored i'r swyddogion gerdded oddi ar y trên. Byddai croeso ffurfiol yn cael ei roi iddynt gan y Gwir Anrhydeddus Clement Attlee AS.

Mewn cymylau o stêm a chwibanu byddarol daeth yr injan i stop. Chwaraeodd y band yn egnïol a chanodd y dorf yn nerthol. Gan na allai weld llawer, mynnodd Siân fod George ac Ifor yn ei chodi ar eu hysgwyddau. O'r safle uchel hwnnw sylwebodd ar yr olygfa. Er mawr syndod, nid oedd y Frigâd mewn iwnifform ond yn hytrach yn gwisgo siwtiau brown, er nad oeddent yn ffitio. Roedd gan y mwyafrif gesys bychain ac roedd rhai yn chwifio baneri, a achosodd fwy o gymeradwyaeth byth. Cafodd y rhai a anafwyd eu cynorthwyo i ddod oddi ar y trên, dynion â'u pennau wedi eu rhwymo'n drwm, rhai ar ffyn baglau a rhai hyd yn oed yn cael eu cario ar stretsier.

'Beth ti'n gallu ei weld?' gwaeddodd Ifor. 'Alli di weld Owain?'

'Dim 'to.'

Clywodd George dinc o bryder yn llais Siân.

'Wi ffili gweld eu hwynebe'n glir.' Erbyn hyn, llanwyd y llwyfan â phwysigion a swyddogion y Frigâd. Galwodd y cadeirydd am dawelwch cyn dechrau'r areithiau.

'Alla i ddim gweld Owain yn unman,' cwynodd Siân.

Amherthnasol oedd yr areithiau iddi hi, ond nid i George a wrandawai'n astud. Mynegodd y siaradwyr eu diolchgarwch dwfn ar ran y mudiad Llafur, yr undebau a'r Blaid Gomiwnyddol am holl aberth y gwirfoddolwyr. Cynhyrfwyd y dorf gan Willy Gallacher, yr AS Comiwnyddol dros Orllewin Fife, a ddywedodd na fyddai neb byth yn anghofio eu dewrder na'u gwroldeb, na chwaith yr egwyddorion disglair y brwydrodd y Frigâd drostynt. Yn ystod y gymeradwyaeth wedyn, cynhyrfodd Siân gymaint nes cafodd George ac Ifor drafferth ei chadw rhag syrthio.

'Be' sy?'

'Wi'n meddwl . . . Ie. Dyna fe!' sgrechiodd.

'Ble?'

'Fan 'co. Ar y whith. A ma ganddo fwstás!'

'Arglwydd, ie wir – Owain!' Chwifiodd Ifor a Siân eu breichiau'n uchel fel petaen nhw'n chwifio baneri anweledig.

Camodd un o'r Brigadyddion ymlaen at y meicroffon i ddiolch i'r dorf, yr undebau a'r pleidiau gwleidyddol am y croeso a'r gefnogaeth.

'Gymrodyr, yr ydyn ni i gyd mor falch a diolchgar am gael ein croesawu gartref mewn modd mor gynnes a chefnogol, yn enwedig wedi'r holl galedi a ddioddefasom, credwch chi fi. Yn anffodus, nid yw pob gwirfoddolwr yma i fwynhau'r achlysur arbennig hwn, mae rhai'n aros yn Sbaen yn garcharorion i Franco. Fydd carfan sylweddol arall byth yn dychwelyd, gan eu bod wedi aberthu eu bywydau er mwyn yr achos.'

Roedd am bwysleisio nad dathliad buddugoliaethus mo hwn. Gadawsant Sbaen, a hynny ar adeg pan oedd ar y wlad eu hangen fwyaf. Roedd llawer yn anfodlon gadael, ond fel milwyr disgybledig, ufuddhau i'r gorchymyn a wnaethant. Cyfnewidiwyd eu hiwnifform am siwtiau i sifiliaid, ond . . . ddylai neb feddwl am eiliad eu bod wedi ildio, na rhoi'r ffidil yn y to, na meddwl bod yr ymgyrch wedi dirwyn i ben. Addawodd y byddent yn dal i ymladd dros Sbaen ym mha fodd bynnag oedd o fewn eu gallu. Efallai y byddai'r dulliau yn wahanol a'r arfau yn newydd ond roeddent, bob wan jac, yn bendant am barhau ymgyrch y gweithwyr yn erbyn desbotiaeth, Ffasgaeth a chyfalafiaeth. 'Yn awr, wnewch chi glirio digon o le i'r Frigâd ffurfio'n rhengoedd er mwyn i ni orymdeithio allan o'r orsaf.'

O barch at gynnwys sobr yr araith, cymeradwyodd y dyrfa yn hytrach na bloeddio. Symudon nhw yn ôl gan ddilyn cyfarwyddiadau'r stiwardiaid i greu llwybr. Ffurfiodd y Frigâd golofn mewn rhesi o chwech.

'Adelante!' gwaeddodd y swyddog ac, fel un, safodd y Frigâd yn unionsyth. 'En marcha!' a gorymdeithiodd y milwyr tuag at allanfa'r orsaf y tu ôl i'w baner, i gyfeiliant y band pres yn chwarae 'The Valley of Jarama'.

*

'Jiw jiw! Wi mor hapus i'ch gweld chi. Rho gwtsh arall i fi 'to.' Cofleidiodd Owain ei chwaer a'i frawd am y canfed tro'r bore hwnnw. Y diwrnod wedi'r croeso swyddogol oedd hi, ac ni chawsai Owain gyfle i dreulio amser gyda Siân ac Ifor cyn hynny. Cafodd y gwirfoddolwyr giniawau gwych, eu clodfori mewn areithiau gan ragor o Sosialwyr blaenllaw, a'u hanrhydeddu mewn llwncdestunau diderfyn. Cawson nhw letygarwch yng nghartrefi aelodau'r Blaid Gomiwnyddol, neu gefnogwyr y Blaid Lafur Annibynnol.

Ddydd Gwener trefnwyd gorymdaith i Whitehall er mwyn gosod torch ar y cofadail i anrhydeddu'r cymrodyr a gollwyd. Ond heddiw cawsant ddiwrnod rhydd a chyfle i Owain ymgolli yng nghwmni ei anwyliaid. Cafodd ei holi'n ddi-baid gan Siân. Cydiai hi yn ei fraich fel petai'n ofnus y byddai'n diflannu'n ddisymwth unwaith eto.

Mynnodd glywed yr holl fanylion na chafwyd ganddo cyn hynny.

'Sa i'n gwpod ble i ddechre.'

'Siarad am y bobl yn y Frigâd.'

'Wel, ro'dd pob sort yno, gwirfoddolwyr o bedwar ban y byd. Fel *miniature League of Nations*.'

'Shwt o'ch chi'n dyall 'ych gilydd?' gofynnodd Ifor.

'Cofia taw bataliwn Brydeinig o'n ni, a gallai pawb siarad Sisneg, er do'dd hynny ddim yn hawdd bob tro. Ti ariôd wedi siarad ag un o'r Alban neu Gocni go iawn? Ro'dd y gorchmynion a'r drilie yn Sbaeneg, felly dysgon ni'r rheina fel iaith gyffredin.'

Soniodd am y glowyr eraill o Gymru, am y gyrrwr o'r Alban a chanddo nerth stêm-roler, am yr awdur Saesneg yn siarad ag acen ysgolion bonedd a dreuliai bob eiliad sbâr yn sgrifennu nodiadau. Siaradodd am Matteo, ei gyfaill o'r Eidal a oedd, fel pob un ohonynt, wedi gorfod gadael Sbaen ond fel Sosialydd, a fyddai'n cael ei saethu pe bai'n ceisio dychwelyd i Napoli, oherwydd gormes Mussolini. Beth, tybed, fyddai ei dynged e?

'Siarad am Sbaen.' Pwysodd Siân ar ei fraich fel petai'n ceisio ei annog i siarad yn gyflymach. Gwingodd, wrth dynnu ei fraich yn rhydd.

'Nefoedd! Paid, Titch, mae'n dal i roi dolur.'

Gollyngodd Siân ar frys. Beth oedd o'i le ar ei fraich? Cawsai ei glwyfo yn Teruel, eglurodd, ond roedd y briw bron â gwella, oherwydd trwy lwc derbyniodd y moddion a'r driniaeth gywir. Bu farw nifer fawr o'u clwyfau, wrth i'w cnawd bydru. Bellach, doedd dim poen yn ei fraich, er iddo ddioddef pan fwriodd ei chwaer hi.

'Pam na wetest yn dy lythyre dy fod ti wedi ca'l anaf?'

'Pam ti'n feddwl, Titch? 'Se Mam wedi becso'i henaid.'

Mynnodd Owain gael ei dro i holi cwestiynau. Beth am Glydach? Sut oedd ei rieni? Oedd ei fam yn dal i fod yn asgwrn cefn Chwaeroliaeth Calfaria? A chwaraeai eu tad yr organ bob dydd Sul? Sut oedd Glenys? Oedd ganddyn nhw ddigon i'w fwyta? Beth oedd yn digwydd yn y Cambrian? Oedd yr Undeb wedi llwyddo i gadw'r bradwyr a dorrodd y streic i ffwrdd? Plymiodd Ifor ac Owain i ganol cymhlethdodau a ffwlbri gwleidyddiaeth y Cymoedd, fel petai Owain erioed wedi gadael. Gridd-fanodd Siân wrth gofio'r oriau rhwystredig yng nghegin High Street wrth i'r drafodaeth gael ei llenwi gan y cynllwynio a'r dadleuon gwleidyddol. A dyna hi eto, 'Titch', yn diflasu ac yn ceisio meddwl am ffordd o droi'r sgwrs.

'A beth am fy annwyl Titch?' gofynnodd Owain o'r diwedd. 'Yn ôl be wi'n glywed yn llythyre Mam, rwyt ti'n serennu yn Llundain. Sut mae pethe ymysg y crach cerddorol? Ti'n siŵr o fod yn eu syfrdanu 'da dy lais euraid, on'd wyt ti?'

Tynnodd Siân gwep, 'Ma pethe'n iawn, ch'mod?'

'Na, wi ddim. Dere, Titch. Shwt ma pethe? Ti'n dal dy dir?'

Doedd ar Siân ddim awydd brolio am lwyddiant ei chanu. Atebodd Ifor ar ei rhan. 'O be glywes i, Siân yw seren y Coleg.'

'Sdim syndod.'

'Ac ma ganddi gariad. *Gent* Sisneg go iawn.'

'Na, dyw e ddim . . . !'

'Mae e'n dwli arni! Sylwes i shwt o'dd e'n disgw'l arni yn yr orsaf neithiwr a'r ffordd ro'dd hi'n cwtsio lan ato fe! Mae e'n un o'r crach go iawn!'

'Dyw e ddim yn un o'r crach!'

'Ei acen? Y got ddrud 'na? Shwt gallet ti?'

'Shwt gallwn i be'?'

'Gyfeillachu â'r gelyn.'

'Dim un o'r gelyn yw e, ond boi cwrtes a gwaraidd. Fel

chi'ch dou, ond jyst 'i fod e'n dod o le arall – a dim ond ffrind yw e.'

Ciledrychodd Owain ac Ifor ar ei gilydd cyn chwerthin. Cochodd bochau Siân.

'Newyddion gwych,' meddai Owain, 'a hen bryd 'fyd. Ti 'di cadw dy hunan yn bur ac yn felys yn llawer rhy hir. Wi'n falch bod rhyw ddyn wedi ca'l gafel ynot ti.'

'Dim 'y nghariad i yw e, dim ond ffrind! Sawl gwaith sy angen gweud wrthoch chi?' protestiodd, ond gwyddai'n iawn nad oedd dim gobaith ganddi rwystro'i brodyr rhag ei phrofocio, dim ots faint fyddai hi'n gwylltio. Roedden nhw wedi ei phrofocio hi'n gyson yn ystod y deunaw mlynedd diwethaf bob cyfle gaen nhw. Nawr, byddai George yn rhoi cyfle arall iddyn nhw ailddechrau.

'Shwt ddyn yw'r Prince Charming 'ma 'te?' gofynnodd Owain i Ifor gan anwybyddu Siân yn gyfan gwbl.

'Un o'r crach mwya, wharëwr ffidil sy'n gwisgo'n hynod o smart o'r enw George.'

'Owwwwwwww!' bloeddiodd y brodyr.

'Dim fe laddodd y ddraig?'

'Gobitho nage!'

'Draig bert o Glydach gwmpws o'i flaen e!'

Aeth y brodyr i bwl o hysteria tra pwniai Siân y ddau bob yn ail.

'Cerwch i'r diawl, chi'ch dou.'

'Ti 'di cryfhau ers mynd i Lunden,' bloeddiodd Ifor wrth geisio amddiffyn ei ben rhag ergydion ei chwaer.

'Wedi'r holl ymgodymu â Sant George,' ychwanegodd Owain o'r tu ôl i'w freichiau.

Defnyddiodd Siân y papur newydd i ymosod unwaith eto.

'Aw, nid ar y fraich dost!' plediodd Owain rhwng pyliau o chwerthin.

'Rhy hwyr, y bustych. Chi'n haeddu popeth gewch chi.'

*

'Wyddwn i ddim dy fod ti'n siarad Cymraeg. Rwyt ti wastad yn defnyddio Saesneg yn yr Academi.'

'Wrth gwrs.'

'Ydy dy deulu i gyd yn siarad Cymraeg?'

'Ddim drwy'r amser. Maen nhw'n gallu siarad Sisneg 'fyd!'

'Gartref?'

'Cymraeg fwyaf, ac yn y capel, ond Sisneg falle yn y pylle a'r ysgol.'

'Ti'n fodlon dysgu brawddeg o Gymraeg i fi?'

'Pam?'

'I dy ddeall di dipyn yn well?'

'I ddechre, beth am i ti ddysgu shwt i ynganu Clydach yn gywir?'

'Clydi-k?'

'Clyd ACH.'

'Clyd aak.'

Chwarddodd Siân, 'Rwyt ti mor anobeithiol o Sisneg!'

*

'Oes cariad cyfrinachol gan George?' mentrodd Sally, ei chwaer. Gwenodd ei mam cyn ychwanegu,

'Beth wyt ti'n feddwl?'

'Mae wedi mynd yn eitha tawel – roedd e'n dawel cynt, ond nawr dyw e ddim yn dweud bw na be. Ac mae'n defnyddio Brylcreem! Ma hynny'n arwydd o rywbeth, on'd yw e? Mae gan Jean yn fy nosbarth frawd hŷn sy'n canlyn ac mae ei gariad e wastad yn eu tŷ nhw. Mae'n annheg, dw i eisie cwrdd â hi. Pan oedd George yn y chweched dosbarth roedd llawer o ferched yn galw.'

'Dim llawer.'

'Dwy neu dair. Cofio Sylvia? Merch smart, llawn sbri, yn dal i'w ffansïo fe ond wedi colli amynedd. Mynd allan gyda'r Henry Chadwick ofnadwy 'na yn awr – boi mor hyll mae'n rhaid ei bod hi'n desbret. Dw i ddim yn ei ddeall – pam dyw e ddim eisiau mynd allan gyda merch mor bert â Sylvia? Naill ai mae e wedi colli diddordeb mewn rhyw, neu mae'n canlyn ar y ciw-ti.'

'Sally!'

'Neu falle bod e'n cael affêr ar y slei gyda menyw aeddfed, soffistigedig. Mae e'n cymdeithasu gyda nifer o gantoresau o'r cyfandir a bydd rhai o'r rheina yn barod â'u cymwynasau, siŵr o fod.'

'Sally! Rhag dy gywilydd di. Rwyt ti'n defnyddio geiriau faswn i ddim wedi eu deall yn dy oedran di.'

'P'un – "rhyw" neu "parod â'u cymwynasau"?'

'Y ddau. Rwyt ti'n gadael i'th ddychymyg gael y gorau arnat ti. Mae dy frawd yn ddyn ifanc sydd o ddifri yn canolbwyntio ar ei gerddoriaeth, dyna'r cwbl.'

'Dw i'n credu . . . '

'Dyna hen ddigon, Sally! A dw i'n dy wahardd di rhag lledaenu sïon di-sail am dy frawd ymysg dy ffrindiau. Ti'n deall?'

'Ohhh, Mummy. Ry'ch chi mor hen ffasiwn.'

✳

'Dw i'n mynnu dod i weld yr orymdaith at y cofadail, beth bynnag rwyt ti'n ddweud. Mae gen i bob hawl, cymaint ag unrhyw ddinesydd Prydeinig arall.'

Cymerodd George lymaid o'i de fel tasai'n blasu ei eiriau. Siglai Siân ei phen. Syllodd arno'n galed cyn tanio ei hateb,

'Tan heddi, 'sen i byth wedi cretu y gallet ti fihafo mor . . . falch a rhwysgfawr!'

'Na thithau mor afresymol.'

'Rwyt ti i fod yn gyfaill!'

'Beth arall alla i wneud?' ymatebodd George.

Gwylltiodd Siân. 'Does dim ots 'da fi be' nelet ti. Alli di aros gartre, sgrifennu nofel, mynd am dro, ymarfer dy feiolín, hedfan barcut, unrhyw beth heblaw bod wrth fy ochor i ger y cofadail! Am ryw reswm mae 'mrodyr yn cretu ein bod ni'n gariadon. Pam dyw e ddim yn bosibl i ferch a bachgen aros yn ffrindie heb fod yn gariadon? Os ti'n dal yn styfnig . . . ' – chwiliodd am fygythiad digon cryf – 'yna fydda i ddim moyn dy weld di byth eto. Byth! Ti'n dyall?'

'Dw i'm yn credu 'na. Y gwir yw, dw i eisiau dy gwmni di a dw i'n gwybod dy fod ti eisiau fy nghwmni i.'

'Am haerllugrwydd!'

'Na, jyst dweud yr hyn sy'n amlwg ydw i.'

Plethodd Siân ei breichiau ac edrych i ffwrdd yn bwdlyd, ond ni symudodd oddi ar y fainc. Mentrodd George,

'Dyw dy frodyr ond yn tynnu dy goes, achos eu bod nhw wir yn dy garu di a thithau yn eu caru nhw.'

'Shwt ti'n gwpod?'

'Pwy arall fyddai wedi osgoi cael cosfa ar ôl dy alw di'n "Titch"?'

'Ble glywest ti 'ny?'

'Dyna beth oedd Ifor yn dy alw di drwy'r amser yn yr orsaf.'

'Os do fe, diolch am fod mor gwrtes drwy bido â'i ailadrodd wrtha i. Ma dy wâr yn dy alw di yn bob math o enwe, siŵr o fod.'

'Byddwn i'n croesawu hynny. Ar wahân i ambell ochenaid dyw hi heb siarad â fi ers misoedd. Ma dy frodyr yn amlwg yn dy garu di.'

'Odyn sbo, ti'n llygad dy le. Ond paid ti trio cymryd

mantes. 'Set ti'n dechre galw fi'n "Titch" basen i'n dy dagu di.'

Cododd George ei freichiau i ddangos ei fod yn ildio.

'Rhywbeth teuluol yw enwau plentyndod a dim byd i'w wneud â thaldra.'

Gwenodd George yn llydan.

'Gorrit?'

'Gorrit.'

＊

Safai Siân, Ifor a George ar y palmant yn Sgwâr Trafalgar yn disgwyl am orymdaith aelodau'r 15fed Frigâd Ryngwladol i lawr y Strand gyda'u baneri a thorch i'w gosod o flaen y cofadail. O'u cwmpas safai cant neu fwy o gefnogwyr, rhai yn dal baneri, y mwyafrif yn gwisgo rhubanau coch, melyn a phiws i ddangos eu cefnogaeth i achos Sbaen. Roeddent wedi ymgynnull ar ochr ddwyreiniol y sgwâr, rhwng y Strand a St Martin-in-the-Fields.

Dan do Gorsaf Victoria ddiwrnodau ynghynt, nhw oedd piau'r lle. Teimlent yn anorchfygol wrth ddominyddu'r orsaf gaeedig gyda'u sŵn a'u hyder. Heddiw, ar ochr sgwâr enfawr Trafalgar teimlent yn llai ac yn wannach. Digon llwydaidd oedd yr awyr. Gwgai Nelson o'i golofn ac edrychai'r llewod arnynt yn atgas. Er i'r heddlu fod yn ddisylw yn Victoria, yma safai'r glas ar hyd y palmentydd ac ar draws mynedfa Whitehall fel llinell amddiffynnol filwrol. Tu ôl i'r llinell flaen eisteddai dwsin o heddweision ar eu ceffylau a'r rheiny'n ffroeni a stampio eu carnau'n ddiamynedd. Roedd yr heddlu fel petaent yn disgwyl gwrthdaro. Ymgasglodd y dyrfa i ganu a chymeradwyo, ond yn hytrach na chynhesrwydd yr orsaf, oerni a phryder oedd yn llenwi'r aer. Trodd George at Ifor.

'Pam fod cyment o heddlu 'ma?'

'Mae'n debyg bod gan yr heddlu orchymyn i wahardd yr orymdaith.'

'Pam? Arwydd o barch at filwyr sydd wedi colli eu bywydau yw hyn. Dyna'r rheswm dros gael cofadail, onid e?'

Anadlodd Ifor yn ddwfn. 'Mae'n dibynnu pwy sy'n ca'l 'u cyfri fel "ein milwyr ni". Yn amlwg, dyw'r Frigâd Sosialaidd ddim yn haeddu'r un parch gan yr awdurdode.'

Safai'r dyrfa'n dawel, yn ansicr sut i ymddwyn nac ymateb. Ond glöwr oedd Ifor, er ei fod yn löwr di-waith. Symudai o gwmpas yn gweiddi nerth ei ben, 'Gwrandewch bawb. Dangoswch gefnogaeth. Rhaid sefyll y tu ôl i'r gwirfoddolwyr,' cyn bloeddio, 'Hir oes i'r Frigâd Ryngwladol!'

Chwalwyd yr hud. Dilynodd y dyrfa arweiniad Ifor gan godi eu cloch. Hyrddiwyd bloeddiadau ar draws y sgwâr i gyfeiriad y llinell las. Trawodd y band nodau cyntaf 'The Valley of Jarama' a chododd calonnau'r cefnogwyr.

Erbyn hyn clywid lleisiau eraill ar ochr orllewinol y sgwâr. Chwifid baneri Ffasgaidd a chlywid siant 'Mosley' yn gymysg â gweiddi cefnogwyr y Frigâd. Cydiodd yr heddlu ym mreichiau'i gilydd. Gwelodd Siân heddwas ifanc o'i blaen yn ciledrych ar ei bartner hŷn, yn chwilio am gysur.

Cyrhaeddodd y Frigâd y sgwâr mewn rhesi milwrol taclus. Chwifiai baner y Bataliwn ar flaen y gad. Cododd bloedd. Pwysai'r dyrfa yn erbyn llinell yr heddlu gan wasgu yn erbyn ei gilydd. Teimlai Siân ei gwynt yn cael ei wasgu o'i hysgyfaint ac wrth i'r pwysau gynyddu arni, sgrechiodd mewn poen ac ofn. Gwelodd Ifor yn gweiddi ar yr heddwas a cheisiodd George dynnu Siân yn nes ato.

Camodd colofn y Frigâd yn heriol i gyfeiriad y llinell las ddiysgog.

Cofiai Siân sefyll gyda'i mam ar ochr Stryd Dunraven yn Nhonypandy pan redodd merch bump oed mas i'r lôn o flaen lorri ddodrefn. Sgrechiodd rybudd nerth ei phen wrth i'r gyrrwr geisio stopio'i lorri yn stond. Eiliadau yn unig a gymerodd ond cofiai Siân yr olygfa hyd heddiw – yr arswyd o weld sut roedd gwrthdrawiad yn anochel a neb yn medru ymyrryd.

'Alto!' Daeth y golofn filwrol i stop.

'Descansen!' Gostyngodd y Frigâd eu baneri gan aros yn stond a disgwyl gorchymyn fel petaent ar faes parêd. Camodd y Capten at ganol y llinell las. Saliwtiodd uwch-arolygydd yr heddlu ac oedodd hwnnw am eiliad, cyn i'w reddf filwrol ei gyfarwyddo i saliwtio yn ôl. Trafododd y ddau a chynyddodd y tensiwn. Safent yn hynod o ddisgybledig tra chwyrlïai tonnau gwyllt o sŵn a dicter o'u cwmpas. Chlywodd neb y drafodaeth ac efallai i uwch-arolygydd yr heddlu osgoi gwrthdrawiad a allasai fod wedi arwain at drais. Yn amlwg, roedd y Frigâd yn llu disgybledig ac o'r dyrfa y deuai'r unig fygythiad o drais.

Saliwtiodd y ddau unwaith eto cyn i'r Capten droi a chamu'n ôl at y golofn. 'Firmes!' Ymsythodd y Frigâd fel un a chodi eu baneri. Bloeddiodd y uwch-arolygydd orchmynion ac agorodd y wal las. Ymrannodd yr heddlu a symud i'r naill ochr ar ffordd eang Whitehall gan ymddangos yn debycach i osgordd na llu ymosodol.

'Adelante, en marcha! Izquierda, Derecha!' a chamodd y golofn ymlaen.

∗

Drannoeth, safai Siân ar orsaf Paddington yn aros am y trên 12:05 a fyddai'n cario ei brodyr, y pwyllgor croeso, a dau gerbyd llawn o gyn-aelodau'r Frigâd, gartref.

Sylwodd ar yr wynebau; adwaenai sawl un yn dda ac roedd ganddi frith gof o rai eraill. Roedd llawer o'r cynfilwyr yr un oedran â hi, eraill dipyn yn hŷn. Deuai llawer o Faerdy ac o bentrefi eraill oedd yn ddierth iddi, ond roedd sŵn eu bloeddio, rhegi a jocan, a'u hosgo wrth frolio, yn union yr un fath â rhai'r bechgyn a gofiai yn ystod ei magwraeth.

Chwiliai am wynebau a ddylsai fod yno a dychrynodd wrth fethu â'u gweld. Chwiliodd am Stan, ei chariad cyntaf a fu'n byw yn Marion Street, jyst rownd y cornel o'u tŷ. Cafodd sawl cusan ganddo ar y mynydd. Fe'i cofiai fel bachgen mwyn a hynaws gyda gwallt brown afreolus a gwên gynnes. Gwirfoddolodd yr un pryd ag Owain. Holodd amdano.

'Perthyn, y'ch chi?'

'Na, cymydog.'

'Wi'n gweld. Buodd Stan yn anlwcus. Sori am fod mor blaen, ond cafodd ei saethu a'i ladd yn Teruel.'

Caeodd Siân ei llygaid.

'Ma llawer wedi ffili dod 'nôl, rhyw dri deg, falle mwy?' meddai'r gŵr fel petai hynny o gysur.

Safodd Siân yn stond cyn iddi glywed chwiban y trên a'r injan yn codi stêm. Cafodd ei chofleidio gan Ifor ac Owain cyn iddynt ysgwyd llaw â George yn gynnes.

'Mae'n fraint bod yma. Gobeithio cawn ni gwrdd eto, rywbryd?'

'Gobitho. Edrych ar ôl Titch, plis. Wi'n gwpod bo' ganddi geg fel Twnnel Mersey ond ma hi'n ferch arbennig, cofia.'

'Dw i'n gwybod.'

Clywodd Siân, ond phrotestiodd hi ddim. Pwysodd y brodyr mas o ffenest y trên cyn diflannu i'r pellter.

'Bydd parti mawr yn Clydak heno,' meddai George.

'Clydach! Gweud e'n gywir.'

Claddodd Siân ei phen yng nghot Daks gynnes George gan feichio llefain.

'Pam y dagrau?'

'Jyst bod yn fi. Dim rheswm.'

Pam yr anfodlonrwydd i siarad am Stan? Doedd dim llawer i'w adrodd. Prin ei bod wedi meddwl am y bachgen o Marion Street ers dyddiau ysgol. Doedd eu carwriaeth ysgol ddim o ddifrif, er ei bod yn hwyl. Stan oedd y bachgen cyntaf iddi hi ei gusanu a byddai'n cofio hynny am byth. Buont yn canlyn am fisoedd, tan iddi hi ddatgan ei fod yn gwastraffu ei amser. Bellach doedd Stan druan ddim yn bodoli. Gwasgodd George hi'n dyner,

'Ti'n iawn?' Sylweddolodd ei bod yn gafael mor dynn ym mraich George, mwy nag oedd yn weddus. Tynnodd ei hun i ffwrdd.

'Ma'n drist meddwl am y rhai oedd ffili dod 'nôl.'

*

Oedodd Owain yn betrus cyn curo ar y drws. Er ei bod yn ganol dydd, roedd llenni'r ffenest ar gau, yn arwydd bod y teulu mewn galar. Doedd y drws ddim ar gau. Yn y parlwr y dylai'r corff fod yn gorwedd, er mwyn i ffrindiau, perthnasau a chymdogion ffarwelio ag e. Ond doedd dim corff ym mharlwr rhif 26. Curodd Owain ac o fethu cael ateb, mentrodd dros y rhiniog a galw mor dawel â phosibl, 'Helô, Mrs James? Fi sy 'ma, Owain.'

Clywodd sŵn yr haearn smwddo a gwaedd, 'Owain! Yn y gegin dw i. Dere miwn.' Pan ymddangosodd Owain dododd hi'r haearn 'nôl ar y pentan i'w gadw'n dwym cyn dechrau plygu crysau a chynfasau.

'Wi'n cadw'n fisi. Y beth gore i'w neud o dan yr

amgylchiade,' meddai. 'Eistedda fan 'na nawr ac fe gei di ddisgled.'

'Plis, peidiwch â ffwdanu, Mrs James.'

'Dim trafferth o gwbl, Owain. Esgus i fi gael hoe fach. Do's mo'r un nerth yn yr hen freichie ag oedd yn arfer bod ac ma'r harn smwddo'n mynd i bwyso'n drymach bob tro wi'n 'i godi. Nawr 'te, gad i fi edrych arnat ti'n iawn. Annwyl, rwyt ti'n werth dy weld!' Siglai ei phen. 'Wi mor falch o gael croesawu un o ffrindiau Stan 'ma 'to.'

Fe a Stan! Yn llygad ei feddwl, trodd Owain 'nôl i fod yn fachgen saith mlwydd oed yn sefyll yno wrth ochr ei ffrind, y ddau yn ddu drostynt wedi bod yn chwarae ar y domen wastraff ac yn awchu am dderbyn brechdan jam neu bicen.

'Eistedda lawr, 'ngwas i.'

Eisteddodd wrth y tân yn ei gwylio hi'n gosod y tegell mawr du i ferwi. Gosododd ei dwylo sigledig y llestri ar y bwrdd a bu'n rhaid iddi ymbalfalu wrth agor y bocs te. Gwyddai'r ddau y byddai trafodaeth anodd yn dilyn.

'Ga i'ch helpu chi, Mrs James?'

'Na, aros di ble rwyt ti. Bydd Evan miwn nawr. Mae e mas yn y cefen yn yr ardd.'

Roedd Evan James rai blynyddoedd yn hŷn na'i wraig ac yn ddyn gwael ei iechyd. Bu'n gweithio o dan y ddaear yn y Cambrian am dros dri deg mlynedd ac roedd effaith hynny'n amlwg iawn arno, wrth iddo frwydro am bob anadl. Anodd oedd gwneud gwaith corfforol ond mynnai ddal ati i drin yr ardd lysiau fach, hyd yn oed os cymerai chwynnu rhes ddiwrnod i'w gwblhau.

Diolchodd Evan i Owain am fwrw draw. Edrychodd Owain ar yr wynebau gwelw a'i hatgoffodd o'u gweld yn festri Calfaria, pan ddychwelodd y gwirfoddolwyr i Glydach. Ni chymerodd y ddau ran yn yr orymdaith o Donypandy, byddai hynny wedi bod yn ormod i

Evan. Yn hytrach, eistedd yn rhes flaen festri Calfaria wnaethon nhw yn disgwyl gweld eu Stan annwyl yn camu i mewn ymysg y lleill. Cofiodd Owain weld eu hwynebau dryslyd wrth iddyn nhw sylweddoli nad oedd eu mab wedi dychwelyd. Dau wyneb llawn tristwch ymysg môr o orfoledd. Cafodd Evan ei rybuddio gan Gwilym Huws, fel y cawsai David Lewis, ond y tro 'ma gwireddwyd y rhybudd. Am rai dyddiau roedden nhw'n gobeithio y byddai Stan yn ymddangos mewn carfan hwyrach, neu ei fod wedi ei garcharu neu wedi ei anafu ac y byddai'n ysgrifennu atynt o'i ysbyty yn fuan. Cymerodd Wil Paynter y cyfrifoldeb i ymweld â nhw i dorri'r newyddion annioddefol. Roedd Stan yn y llinell flaen ym Mrwydr Teruel a bu farw'n wrol. Na, welodd Wil mo'r digwyddiad ei hun, ond cafodd Stan ei gladdu ar faes y gad. Addawodd Wil holi a fuasai rhywun yn gallu rhoi mwy o fanylion iddynt.

Pendronai Owain ynglŷn â beth y gallai'i ddweud fyddai'n lleddfu ing rhieni a gollodd eu hunig fab, eu hofn wedi cilio, ond hefyd eu gobaith. Disgrifiodd Owain y mynydd lle collodd Stan ei fywyd a'r ffos lle cafodd ei gladdu, ond ni soniodd am y gaeaf rhewllyd, na'r llau yn y ffosydd, na'r prinder bwledi, na'r bwyd afiach, na'r ofn a'r anobaith llethol yng nghalonnau'r milwyr. Doedd Owain ddim am ddweud celwyddau ond roedd rhaid iddo fod yn ofalus rhag gwneud dioddefaint y rhieni'n waeth.

'Shwt bu farw Stan?'

'Cafodd ei saethu yn ei frest. Ro'dd y diwedd yn gyflym.' Bron yn wir gan i Stan farw mewn munudau, ond wnaeth Owain ddim sôn am yr ofn ar ei wyneb wrth iddo ymdrechu'n wyllt i ddal croen y briw wrth ei gilydd â'i ddwylo. Ni soniodd Owain chwaith am ei sgrech orffwyll wrth iddo foddi yn ei waed ei hun.

'Welest ti fe yn ei arch?'

Ei arch? Sut y gallai esbonio? Gwell peidio. Doedd dim arch ar gael i filwr a gâi ei ladd yng nghanol brwydr ffyrnig fel Teruel. Roedd Stan yn lwcus i gael ei gladdu mewn ffos. Doedd dim amser i balu'n ddwfn gan mai caregog oedd y tir. Llusgwyd dwy graig weddol drom dros y bedd i'w amddiffyn rhag y cŵn a'r bleiddiaid ysglyfaethus. Disgrifio golygfa ffug wnaeth Owain.

'Gafodd e dusw o flodau o ryw fath?'

Ar lethrau mynydd anial yng nghanol gaeaf! Bu'n rhaid ychwanegu celwydd arall i leddfu'r ing. Dirmygai Owain ei hun wrth wneud.

'Oedd ei ffrindiau yn yr angladd?'

Angladd? Tad annwyl, doedd dim oedfa! Ar ochr arall y frwydr oedd yr offeiriaid, yn bendithio'r gynnau a laddodd dy fab. Corff oedd e a ninnau'r rhai byw yn awyddus i oroesi. Oeddwn! Ro'n i yno a gwelais farwolaeth dy fab. Mae hynny'n hen ddigon! Ond cynigiodd Owain gelwydd cysurus arall tra berwai ei du mewn yn llawn atgofion arswydus, llygaid marwol, y gwaed, a'r glaw di-ben-draw.

'Roedd Stan yn ffrind ffyddlon ac yn filwr dewr. Un o'r goreuon. Byddwn ni'n ei gofio am weddill ein hoes.'

'Diolch, Owain. Mae'n meddwl cymaint i ni wybod taw ti oedd 'da fe yn ystod ei funude olaf. Roedd yn dy barchu di'n fwy na neb.'

Canllath a hanner oedd y daith yn ôl i High Street, ond aeth Owain ar hyd y ffordd hir lan y tyle a heibio'r lofa. Chwyrlïai delweddau tymhestlog yn ei ben fel corwynt. Yn ychwanegol at yr artaith o golli ffrind, bu'n rhaid iddo ddweud celwydd. Cysurodd Mr a Mrs James gystal ag y gallai, ond drwy greu golygfa ffug. Diolchon nhw iddo fe am fod yno! Brifai hynny'n waeth byth. Ie, bachgen braidd yn araf oedd Stan James heb y gallu i wneud penderfyniadau ar ei ben ei hun. Fyddai e byth wedi mentro i Sbaen tasai Owain heb arwain y ffordd.

✳

Roedd patrwm digyfnewid i gyngherddau Nadolig Neuadd yr Academi ac oedfaon St Martin-in-the-Fields. Chwaraeai George, canai Siân a ffrwydrai Sgwâr Trafalgar gawodydd disglair o ewyllys da a heddwch i'r ddynolryw. Daeth y tymor i ben ac aeth Siân i ddal y trên gartref.

'Ti'n dod i ffarwelio â fi?'

'Os wyt ti'n fodlon.'

''Sen i'n grac 'set ti ddim.'

Cwtsiai'n dynn ato fe ar y bws, er ei bod yn mynnu taw ei got gynnes oedd yr atyniad yn hytrach na fe. Roedd ganddi ges bach a pharsel trwm wedi ei glymu â chortyn.

'Beth sydd gen ti yn y bag?'

'Cyw iâr, fel anrheg Nadolig i bawb. Helpws Anti Eli fi brynu un da a gweddol rad yn Smithfield.'

Wrth gyrraedd y glwyd gadawodd hi iddo ei chofleidio. Edrychodd i fyny i fyw ei lygaid, 'Wi moyn cusan!'

'Wyt ti nawr? Ond cofia taw dim ond ffrindie ydyn ni.'

'Gall ffrindie gusanu.'

Am y tro cyntaf cusanon nhw'n iawn. Cusan hir a barhaodd tan iddi ei wthio fe bant . . . 'Alla i ddim anadlu.'

'Beth achosodd hynna?'

''Dolig falle? Ac ro'n i'n o'r.'

'Rwyt ti mor sbesial.'

''Na ddigon. Dim ond cusan Nadolig ro'n i moyn, dim byd dwys!'

Chwifiodd ei llaw wrth ddiflannu trwy'r glwyd i'r platfform.

＊

Ar ôl erfyn arno'n ddi-baid, perswadiodd mam George ei mab i chwarae unawd yng nghyngerdd Nadolig Eglwys St Paul's, Winchmore Hill. Cynhaliwyd gwasanaeth carolau ar y Green, oedd yn hwyl, er gwaethaf yr oerni.

Ar noswyl Nadolig, yn ôl eu harfer, aeth y teulu i ymweld ag Uncle Geoffrey yn ei dŷ ysblennydd ar Church Hill. Roedd Geoffrey yn hŷn na'i frawd Arthur ac wedi priodi'n hwyr â gwraig oedd, yn nhyb Grace, yn amheus o ifanc a phert. Denai Belinda sylw George, yn rhannol am iddi gofio ei enw ers y Nadolig cynt ac yn rhannol oherwydd yr atgasedd a ddangosai ei fam tuag ati. Yn nhyb ei chwaer, 'gold-digger' oedd Belinda a briododd Uncle Geoffrey am ei arian.

'Sut wyt ti'n gwybod hynny?'

'Jyst edrych arni hi – *tarty*.'

'Mae hi'n edrych yn iawn i fi.'

'Beth wyt ti'n wybod am fenywod?'

Dim ond pobl o sylwedd a statws gawsai wahoddiadau i ddathliad Nadoligaidd Uncle Geoffrey: detholiad o gymdogion teilwng, perthnasau parchus a chyfeillion busnes gyda'u gwragedd ffroenuchel mewn ffrogiau dichwaeth. Gweithiai'r dynion busnes yn y Farchnad Stoc, neu mewn cwmnïau eraill yn y 'City'. Cyflwynodd tad George ef i ddyn tenau, gwallt llwyd, yn gwisgo siwt smart, ond hynod o hen ffasiwn.

'Henry, ga i gyflwyno'r mab, George, i chi? George, dyma Henry Boscombe, *King of Commodities*.'

Estynnodd y brenin ei law.

'Paid â chredu dy dad, George. Masnachwr diymhongar, yn trafod te a choffi ar y farchnad ydw i. Beth yw dy oedran?'

'Ugain, Syr.'

Nodiodd Henry Boscombe yn ddoeth. 'Rwyt ti'n gorffen yn y brifysgol blwyddyn nesa, felly?'

'Rydw i'n astudio'r feiolín, Syr, yn yr Academi.'

Edrychodd Mr Boscombe ar dad George mewn syndod. 'Mab i chi yn artistig, Arthur! Sut digwyddodd hynny?'

'Dim syniad, Henry. Dim o fy ochor i, dw i'n sicr. George yw'r unig dalent artistig yn nheulu'r Kemp-Smiths.'

'Dw i'n gweld!'

Edrychai Mr Boscombe ar George fel gwrthrych rhyfeddol. Siaradai amdano fel pe na bai yno. Yn ei farn ef, difyrrwch oedd cerddoriaeth, oedd yn iawn dros dro, ond yn y pen draw, yn anochel, byddai'n rhaid i George droi ei olygon at y 'City' fel pawb o'i dras.

Symudodd George tuag at Belinda, y westeiwraig berffaith oedd wrthi'n diddanu a swyno ei gwesteion. Cyfarchai hi'r dynion gyda sgrech o bleser a chusanai'r gwragedd ar y ddwy foch, gan ganmol eu dillad, a sibrwd pethau cyfrinachol yn eu clustiau. Arhosodd George am ychydig yn y gobaith y gwelai hi ef gan ddenu'r sgrech groesawgar arferol ganddi.

'Diolch o galon am ddod. Dydyn ni ddim yn cwrdd â'n gilydd yn ddigon aml ac mae'n hyfryd gweld dynion ifainc golygus yn ein mysg ni'r hen a'r eiddil. Dw i'n siŵr y byddi di wedi diflasu'n llwyr ar y trafod, ond paid â cholli gobaith. Bydd dawnsio yn fuan a dw i'n mynnu cael *boogie-woogie* 'da thi – os wyt ti'n fodlon dawnsio gyda fi. Cofia nawr . . . ' Oedodd am eiliad. Sylweddolodd George ei bod hi wedi anghofio ei enw, cyn i Belinda ychwanegu, 'Cofia nawr . . . fy nyn ifanc, golygus . . . fe wela i ti'n nes ymlaen,' gydag awgrym o fflyrtian yn y gair 'ti' cyn llithro i ffwrdd.

Fel cymaint o bethau eraill yn ei fywyd, aeth i'r parti'n

ddifeddwl. Ond, am y tro cyntaf yn ei fywyd, edrychai'n ofalus ar y bobl o'i gwmpas a gweld mor ffug oedden nhw. Pam roedd ei deimladau mor wahanol y tro yma? Ceisiodd ddychmygu beth fyddai Siân wedi'i feddwl neu'i ddweud amdanyn nhw. Heb sôn am Ifor ac Owain! Chwiliodd am ei chwaer, oedd yn ddi-hwyl oherwydd bod ei mam wedi ei gwahardd rhag yfed diod feddwol.

'Wyt ti'n meddwl bod parti Uncle Geoffrey yn wahanol eleni?'

'Mae e mor ddiflas, ffroenuchel a hen ffasiwn ag erioed, efallai ychydig yn waeth na'r llynedd.'

Roedd hi yn llygad ei lle. Nid yr achlysur oedd wedi newid, ond fe.

✳

'Sa i'n gallu dyall pam na chafodd neb o'r teulu 'ma'u mwrdro,' meddai Mair unwaith eto gyda gwên o falchder. Er holl ddadlau a thyndra'r blynyddoedd cynt, a fyddai wedi rhwygo teulu arferol yn rhacs, er gwaethaf pob anghydfod, cadwai'r teulu ei undod. Rhyfeddai'r cymdogion. Roedd mam a thad Siân yn aelodau ffyddlon o Gapel Calfaria. Sosialwyr ffyrnig ac anffyddwyr oedd ei dau frawd, a byddai dadlau a hyd yn oed cweryla o fewn y teulu, ond yn y diwedd roedd gwaed yn dewach na dŵr.

Swyddog yng Nglofa'r Cambrian oedd David Lewis, dyn gyda'r cyfrifoldeb am sicrhau diogelwch a chynnal safonau yn y gwaith. Ym 1926 roedd wedi gwrthsefyll dicter yr undebau gan fynnu bod ganddo ddyletswydd i gynnal a chadw'r ponciau tanddaearol, er mwyn i'r glowyr gael glofa i ddychwelyd iddi ar ôl y streic. Safai ei fab hynaf ar y llinell biced yn ceisio gwahardd y swyddogion, yn cynnwys ei dad, rhag mynd o dan ddaear.

Cafodd geiriau chwerw eu taflu. Gadawodd Owain ei gartref a thyngu llw na fyddai byth yn dychwelyd yno. Wnaeth e ddim chwaith, ond rhywsut cadwodd gysylltiad â rhai o'r teulu a heddiw roedd e wrth y bwrdd. Allai e ddim beio'i chwiorydd na'i fam ac roedd pawb yn fodlon cydnabod bod ei dad yn ddyn egwyddorol, er gwaethaf ei benderfyniad ddegawd yn ôl. Ymladdodd i gynnal safonau diogelwch y pwll, pan oedd y perchnogion am eu gostwng er mwyn gwneud mwy o elw.

Roedd Siân a Glenys yn ferched chwedlonol, a gallai eu tafodau miniog dorri crib unrhyw ddyn ifanc trahaus ac ambell swyddog hunanbwysig. Ystyriai rheolwr Liptons taw Glenys oedd ei her fwyaf a'i arf cryfaf. Siaradai yn blwmp ac yn blaen â phawb. Roedd yn chwim ei meddwl ac yn hollol fodlon rhoi pryd o dafod i unrhyw ferch nad oedd yn gwneud ei gwaith. Doedd y Rheolwr Rhanbarthol ddim yn hapus wedi i Glenys gwyno am safon y cig moch a gyrhaeddai'r siop. Cafodd Glenys gerydd swyddogol – cyn cael dyrchafiad i fod yn bennaeth *Cooked Meats*. Ychwanegwyd chwe cheiniog yr wythnos at ei phecyn tâl hefyd.

Codai Mair yn gynnar bob bore i flacledio'r grât, cynnau tân a sgleinio pres yr aelwyd, gan weithio'n ddi-stop trwy'r dydd. Hi oedd conglfaen Undeb y Mamau yng Nghalfaria, a byddai wrthi'n frwd gyda'i lletwad a'i ffedog ymysg y llu o fenywod a gynhaliai'r ceginau cawl yn ystod y streic hir. Llwyddodd i roi pryd o dafod i sawl gwleidydd lleol nad oedd, yn ei thyb hi, wedi cefnogi digon ar y glowyr. Yn bennaf oll, teyrnasai dros ei chegin a'i theulu ac yn ôl Glenys, hi oedd y nerth a gadwai'r teulu yn unedig rhag pob dim, er y gwadai Mair hynny. David ei gŵr oedd yr unig un na fyddai byth yn colli ei dymer, siarad yn fyrbwyll, na dweud pethau y byddai'n rhaid ymddiheuro amdanynt wedyn.

'Wi mor prowd o deulu a all weud eu gweud,' meddai, 'ar yr amod eu bod yn parchu teimladau'r gweddill, ac yn trin pawb 'da chariad.' Cytunai pawb. 'Wedi'r cwbl, mae arian weti bod yn brin ond 'dyn ni'n dal i gasglu wrth y bwrdd ac yn derbyn pryd o fwyd.'

A byddai bwyd yno bob amser, hyd yn oed os oedd y cawl heb gig, y bara'n denau, menyn yn atgof a dim byd o gwbl i bwdin. Ond ddydd Nadolig eleni cymerodd cyw iâr Siân ei le'n ogoneddus yng nghanol y bwrdd. Safai David drosto yn hogi'r gyllell gerfio fel pennaeth y llwyth. Adroddodd Siân yr hanes, unwaith eto, am ei thaith i farchnad Smithfield. Aeth Anti Eli yn syth at stondin dyn roedd hi'n ei nabod o Gaerfyrddin, a bargeiniodd y ddau yn hir dros brisiau, mewn cymysgedd o Gymraeg a Saesneg. Yn y diwedd protestiodd y stondinwr, tasai Anti Eli yn dal i fargeinio'n hirach, y byddai'n mynd mas o fusnes, er na allai e wrthod llais melys Cymraes.

'Llais Anti Eli yn felys!'

'Fel lemon!'

'Nest ti fflyrto 'da fe, neu be'?'

'Naddo wir, Anti Eli wnaeth y trafod.'

Roedd tatws o'r 'lotment a moron o ardd Mr James, Marion Street, saws bara, jar o jam cyrens coch, jygiau o grefi a thafelli trwchus o fara. Cyfrannodd Ifor ddwy botelaid o gwrw bach. Gwledd deilwng i frenin. Pan nad oedd y cyw ond sgerbwd a'r platiau mor lân fel nad oedd angen eu golchi bron, roedd hi'n amser codi llwncdestun i Owain am ei ddewrder yn Sbaen ac am ddychwelyd yn ddiogel. Wedyn, cafwyd llwncdestun i lwyddiant Siân ac un arall i weddillion y cyw nobl.

'Aros, paid â gorffen dy ddiod 'to,' meddai David yn sydyn wrth Ifor, ''sen i'n lico cynnig un llwncdestun arall, i ni fel teulu. Ch'mod, roedd Mam a finne'n poeni na 'sen ni byth yn gweld y chwech ohonon ni wrth y bwrdd 'ma gyda'n gilydd 'to. Mae'n wefr fwy nag alla i esbonio. I ni'r teulu!'

'I deulu'r Lewisiaid!' atseiniodd pawb.

Ciledrychodd Siân ar Glenys. 'Cer amdani, Glenys. Dyma dy gyfle.'

Trodd pob pen at Glenys, ei hwyneb yn goch. Llyncodd ei phoer, 'Iawn, ma 'da fi rywbeth i'w weud. O's cwrw ar ôl 'da pawb?'

'Nag o's,' meddai Siân, 'ond paid â phoeni. Mae peth pop yn y gegin fach.' Aeth Siân o gwmpas y bwrdd i nôl y *dandelion* a *burdock* tra eisteddai Glenys â gwên lydan yn mwynhau'r dirgelwch. Edrychodd David ar Mair,

'Ti'n gwpod be' sy 'mlân?'

'Ma 'da fi syniad.'

'Dere, Glen, ni i gyd ar bige'r drain.'

'Iawn 'te. Oes 'da pawb rywbeth i'w yfed? Mae'n bleser o'r mwya 'da fi i weud,' oedodd a gwenu'n swil, 'gofynnws Arwel i fi a faswn i'n 'i briodi fe.' Edrychodd o gwmpas ar yr wynebau oedd wedi dyfalu'n barod ond chwaraeodd pawb eu rhan gan ffugio syndod. 'A wi wedi derbyn, os bydd 'Nhad yn rhoi'i ganiatâd, wrth gwrs.'

'Pryd?'

'Gorau po gynta.'

'Pam wyt ti ar hast? Dwyt ti ddim miwn trwbl, wyt ti?'

'Mam, plis! Dych chi'n napod fi'n well na 'ny! Mae Arwel yn y Territorials ac mae'n ame taw nhw fydd rhai o'r cynta i gael eu consgriptio. Felly, meddylion ni bo' hi'n well mynd amdani.'

Codwyd llwncdestun i Glenys ac Arwel. Synnodd David pa mor dda oedd blas cymysgedd o gwrw bach a *dandelion* a *burdock*.

'Iawn 'te.' Cododd David ar ei draed. 'I'r parlwr â ni, ac o gwmpas y piano, plis. Eleni ma 'da ni ddigon o resymau dros ganu.'

Rhan Dau
1939

Pwysodd Siân dros ochr yr Embankment yn gwylio badau'n hwylio ar hyd afon Tafwys. Digon aneglur oedd siâp Tŵr Oxo gyferbyn, gan fod y niwl mor drwchus. Crynodd Siân yn yr oerni. Roedd hi angen cwtsh gan George ond dal i barablu'n ddiddiwedd roedd e. Roedd hi bron â drysu wrth ateb ei gwestiynau di-baid am ei Nadolig, am ei theulu ac am Owain yn arbennig. Trodd ei phen ato.

'Pam yr holl gwestiyne?'

'Am Clydich?'

'Clyd-ach. O leia yngana fe'n gywir!'

'Sori. Clyd-ak. Yn well?'

'Rhaid iddo neud y tro.'

'Oherwydd ei fod mor wahanol i unrhyw le arall yn fy mhrofiad i. Mae'n swnio'n rhyfeddol.'

'O, ma 'ny'n wir! Ond shwt baset ti'n gwpod? Ti ariôd wedi bod 'na!'

'Na, ond dw i wedi cwrdd â phobl ryfeddol o fanno. Cyn i fi gwrdd â ti llynedd, doeddwn i ddim yn sylweddoli mor wahanol y gallai pobl fod. Nid o ran pryd a gwedd, ond sut roedden nhw'n meddwl a beth oedd yn bwysig iddyn nhw mewn bywyd.'

'Be' o't ti'n meddwl gynt 'te?'

'Duw a ŵyr. Osgoi meddwl, mwy na thebyg. Cymerais yn ganiataol fod pawb yn debyg i fi yn y bôn, neu yn hytrach, i 'Nhad. Fe oedd y dyn "normal". A byddwn i'n tyfu i fod fel fe, i fod yn un o'r bobl "normal" a phawb arall yn llai "normal".'

'Oedd dy fam yn "normal" hefyd?'

'Oedd, wrth gwrs, a dylai fy chwaer ei chopïo hi.'

'A dros 'Dolig . . . ?'

'Sylweddolais i nad oes y fath beth â bod yn "normal". Gallwn gwestiynu popeth.' Saib hir cyn i George fentro eto. 'Wyt ti'n cofio Galileo?'

'Y boi clyfar a ddyfalws bod y byd yn grwn?'

'Dyna'r un. Cefais i weledigaeth! Gwelais i'r byd mewn miloedd o ffurfiau gwahanol.'

'A fi sy i'w beio am dy weledigaeth?'

'Ie, ti ac Owain.'

'Pam Owain?'

'Dw i erioed wedi cwrdd â rhywun tebyg iddo fe o'r blaen.'

'Beth? Ariôd wedi cwrdd â Chymro anhyblyg ac ystyfnig sy'n siarad gormod? Wyt ti'n napod ei wâr?'

Chwarddodd George. 'Dw i erioed wedi cwrdd â rhywun ag egwyddorion mor gryf, ac yn fodlon peryglu ei fywyd drostynt.'

'Ie, dyna Owain i'r dim. Ond dwyt ti heb weld y gost.'

'Cost iddo fe . . . ?'

'Ie, ac i bawb arall. Ma'n ddi-waith, heb arian, ac mae'n wyrth nad yw e'n gorwedd yn gelain yn Sbaen, fel nifer o'i ffrindie. Ma 'ny 'di achosi pryder i'w holl deulu, yn enwedig Mam. Dyw hynny ddim yn deg.'

'Ond rwyt ti'n falch ohono fe, on'd wyt ti?'

'Wrth gwrs, fe yw 'mrawd mowr i, ond ma'n dal i 'ngyrru i'n dwlali. Ma Mam wastad yn gweud base fe'n siŵr o'i hel hi i'w bedd yn gynnar.'

'Ond byw ei fywyd mae e wrth weithio dros achosion mae e'n credu ynddyn nhw, gan ei wneud yn hapus?'

Trodd Siân ei holl gorff tuag ato, a dweud, 'Ti'n jocan, boi bach? Hapus!' Adroddodd sut yr arhosodd Owain yn High Street nos Nadolig yn cysgu ar gowtsh y gegin. Trwy'r nos clywai Siân e'n siarad yn ei gwsg, weithiau'n gweiddi. Ni allai deall beth ddywedai. Parablai yn Sbaeneg, ac yn y Gymraeg drwy adrodd adnodau o'r Beibl yn gymysg ag ambell orchymyn Sbaeneg. Wedyn cafodd ryw fath o hunllef erchyll, gan weiddi nerth ei ben fel petai'n ceisio atal rhyw drychineb rhag digwydd. Atebai leisiau pobl anweledig.

'Codws Mam a'i ddihuno, er bod rhai'n honni ei bod hi'n beryglus dihuno person ynghanol hunllef. Arhoses i wrth y drws yn disgwyl ar Mam yn siglo Owain fel babi. Wylws ynte yn ei breichie am yn hir. Dyna pa mor hapus yw e.'

Llygadrythodd George i'r niwl heb ymateb. Synhwyrai Siân ei chwithdod. "Set ti weti stopio ar ôl gweud ei fod e'n ymroddedig dros neud y pethe iawn, baset ti'n reit i wala. Dyna be' sy'n bwysig i Owain, yn hytrach na hapusrwydd.'

'Boddhad falle?'

'Na, gair i ddisgrifio mwynhau pryd o fwyd yw "boddhad". Ma 'na rai pethe ti'n gorfod 'u neud, nid am y pleser na'r lles i ti dy hunan – do's dim dewish. Mae Owain o hyd yn sôn am frwydro dros fyd gwell. Yn ôl 'i weledigeth e, weti'r whyldro pan fydd y gweithwyr yn cymryd rheoleth, fydd neb yn marw o achos diffyg trinieth feddygol, na hen bobl yn rhewi yn 'u cartrefi achos bod pris tanwydd yn rhy uchel, na phlant newynog heb esgidie. Fydd 'na ddim meistri na gweithwyr ond pobl yn parchu 'i gilydd, yn cydweithio i wella bywyd pawb.'

'Byd delfrydol!'

'Byd y blydi tylwyth teg!'

'Dw i erioed wedi dy glywed di'n rhegi o'r blaen.'

'Wi ariôd wedi bod mor o'r o'r bla'n. Diawch, wi'n rhewi. Drycha, ma'n iawn i ti yn y got fawr 'na. Rho le i fi.'

Agorodd George ei got Daks drwchus a swatiodd Siân ynddi.

'Sori. Gwelliant?'

'Tamed bach. Ond wi'm yn dyall pan 'dyn ni'n crynu 'ma ger yr afon, pan ma llefydd twym dan do y gallwn ni fod ynddyn nhw.'

'Sori. Roeddwn i eisiau trafod.'

'Yn bersonol, ma'n well 'da fi drafod tra galla i gadw 'nannedd rhag sgrytian.'

'Sori am fod yn hunanol.'

'Dim hanner mor hunanol â fi. Plis, allwn ni fynd i gaffi? Mae 'na un rhad ar gornel y Strand sy'n gwpod shwt i fwrw ffrwyth y te. A wnei di plis stopio gweud "sori"?'

*

Anwesodd Siân ei chwpan er mwyn cynhesu ei dwylo. Cymerodd ddracht, 'Ah. Dyna welliant. Wi ddim yn dyall pobl sy angen cwrw neu wisgi. Gwell 'da fi ddisgled o de cryf bob tro.' Parhaodd y tawelwch pleserus am funud gyfan cyn i George dorri'r hud,

'Ga i ofyn cwestiwn?'

'Wrth gwrs.'

'Dywedais i 'mod i'n hunanol wrthot ti, ac atebaist ti "ddim mor hunanol â fi".'

'Do.' Saib. 'Falle dylen i fod wedi cadw'n dawel.'

'Am nad wyt ti'n hunanol?'

Cymerodd hi ddracht arall cyn edrych i ffwrdd. 'Na,

achos ro'n i'n gweud y gwir ac ma'r gwir yn gallu bod yn anghyffyrddus.'

'Dw i'm yn deall.'

'Ro'n i'n siarad am gymhelliant Owain, 'i angerdd e dros greu byd gwell, dros helpu pawb sy'n diodde newyn neu anobaith. A finne? Fy unig nod yw creu byd gwell i Siân Lewis.'

'Dydy hynny ddim yn wir. Rwyt ti'n anfon arian gartre.'

'Yn bwriadu gneud – i dawelu 'nghydwybod.'

'Dw i'm yn dy gredu di.'

'Grinda, wi weti gweud wrthot ti dro ar ôl tro, yr unig beth wi moyn yw ca'l canu ac ennill arian ar yr un pryd. Arian, gwisgo dillad neis, mynd i lefydd swanc, edrych yn gyfareddol, profi tipyn o'r moethusrwydd wi'n 'i weld o 'nghwmpas i. Wrth gwrs 'sen i'n anfon arian 'nôl at Mam a 'Nhad, ond 'sen i'n twyllo 'yn hunan 'sen i'n meddwl 'mod i'n gwneud hynny i gyd er eu mwyn nhw. Wi am wella 'mywyd. Dyall? Fi sy'n bwysig. Dyna pam ma Owain yn berson llawer neisiach na'i wâr fach.'

'Dw i'n meddwl bod ei chwaer fach yn hynod o neis hefyd.'

'Uffern dân. Paid siarad mor dwp, wnei di!'

'Ti'n rhegi eto.'

'Ma 'da fi reswm.'

'Mae'n wir. Ti yw'r ferch fwyaf rhyfeddol o neis dw i erioed wedi'i chyfarfod.'

'Yn amlwg dwyt ti heb gwrdd â llawer 'te. Drycha nawr, fy Mhaganini bach i. Ti'n ffrind da a wi'n hoff ohonot ti, yn rhy hoff a bod yn onest. Cris croes tân poeth, wi'n cymryd mantais ohonot ti a dylet ti weld 'ny, erbyn hyn. Mae Owain yn hollol ymroddedig i neud ta beth sy angen 'i neud er mwyn cyflawni'i weledigaeth. Y gwahaniaeth mawr rhwng Owain a fi yw 'i fod e'n trio gwella'r byd i bawb a wi ond yn poeni am Siân Lewis ac i'r diawl â phawb arall. Nawr, ti'n dal i'n ystyried i fel "merch ryfeddol o neis"?'

'Ydw.'

'Felly ti hyd yn oed yn fwy o dwpsyn nag o'n i'n meddwl o't ti.'

Drachtiodd Siân y diferyn olaf o'i the.

'Mae hynny'n hollol bosibl. Sut wyt ti'n bwriadu cyrraedd adref?'

'Wyt ti'n fo'lon cerdded 'da fi i'r Tiwb? Covent Garden yw'r orsaf agosa.'

*

Cymerodd Siân amser hir i gyfrif ei harian wrth ffenest y swyddfa docynnau. Crafodd yng ngwaelod ei phwrs. Gadawodd y ciw a symud i'r cornel pellaf, yn dal i chwilio.

'Gaf i gynnig benthyciad i ti?'

Pendronodd Siân cyn llyncu ei phoer a'i balchder.

'Wi'n brin o ddwy geiniog. Tala i ti 'nôl fory.' Edrychodd arno gan ledwenu, 'Ddylen i ddim bod 'di prynu'r fynsen 'na.'

'Roedd hi'n flasus. Pryna i'r ddau docyn.'

'Na wnei, pryna i 'nhocyn 'yn hunan ar ôl ca'l dwy geiniog.'

Gwthiodd hi ei cheiniogau drwy ffenest y swyddfa docynnau a derbyniodd ei thocyn. Wrth sefyll yn y lifft oedd yn eu cludo lawr i'r platfform, siaradon nhw ddim am hir tan i Siân ddweud,

'Diolch am fenthyg yr arian. Cei di fe 'nôl fory.'

'Do's dim hast.'

'Wetws Mam na ddylen i gymryd arian oddi wrth ddyn achos gall 'ny arwain at bethe ...'

'Ond nid dyn dieithr ydw i.'

'Na, dim o gwbl. Diolch am ddyall.'

'Mae arian yn brin?' Saib hir.

'Y gwir yw, wi'n brin ar hyn o bryd. Ma arna i bythefnos o rent i Anti Eli, er nele hi ddim 'nhaflu fi mas ar y stryd, ond bydd rhaid i fi neud mwy o waith yn y tŷ i dalu'r ddyled.'

'Pryd fyddi di'n derbyn taliad arall?'

'Diwedd Ionawr, felly lot o gerdded a dim bynsen am bythefnos.'

Doedd neb arall ar y platfform a swatiodd hi tu fewn i got Daks gynnes George gan gofleidio'r cynhesrwydd. Meddai fe, 'Tasai rhywun yn mynd heibio nawr buasen nhw'n meddwl ein bod ni'n gariadon.' Edrychodd hi arno,

'Ma pawb yn meddwl 'na ta beth.'

'Gan gynnwys y merched?'

'Yn enwedig y merched. Ti moyn clywed cyfrinach?'

'Ydw.'

'Ti'n addo pido gweud wrth neb? Wel, jyst cyn y Nadolig gofynnws Vicki i fi, yn ei llais cyfrinachol, a o'wn i'n ddigon carcus. Wi mor naïf do'dd dim clem 'da fi am be' ro'dd hi'n siarad. Ro'n i'n meddwl 'i bod hi'n becso am gyflwr fy llais cyn y cyngerdd mowr. Felly wetes 'mod i'n neud fy ymarferion yn gydwybodol bob dydd a 'mod i wastad yn cario pecyn o Fisherman's Friend. Edrychws hi arna i'n syn, gan gynnig dangos ei phecyn atal cenhedlu i fi! Coches hyd 'y nghlustie pan ddyalles be' o'dd hi'n cyfeiro ato! Yn amlwg ma hi'n meddwl 'yn bod ni'n – t'mod – caru yn y gwely!'

'Ddangosodd hi'r pecyn i ti?'

'Na! Chath hi mo'r cyfle. Protesties 'mod i'n hollol saff.' Saib. 'Sori.'

'Ces i row am ddweud "sori".'

'Ti'n gweud sori heb reswm.'

'Pam wyt ti'n ymddiheuro nawr?'

Siaradodd Siân yn dawel, 'Wi'm yn deg 'da ti. Rwyt ti'n canlyn croten heb fod unrhyw elfen o rywioldeb yn y berthynas. Wi ddim mo'r naïf nad wi'n gwpod am chwant dynion. Os ti'n fy ffansïo fi o gwbl, rhaid bo' ti y tu hwnt o rwystredig.'

'Dw i ddim wedi cwyno.'

'Dim ots. Dyna un ffordd arall wi'n dy ddefnyddio di, t'wel?' Doedd neb arall ar y platfform i glywed, ond sibrydai Siân yn dawel,

'A t'mod, wi ddim yn erbyn caru am resyme moesol. Ti'n fachgen mor ffein ac atyniadol a wi'n teimlo'n rhwystredig hefyd ond, t'mod, 'sen ni'n dechre caru base'r ysfa'n tyfu, a wi'n gwpod yn iawn be' fydde canlyniad 'ny.'

'Ddim taset ti'n gwrando ar gyngor Victoria.'

Symudodd Siân i ffwrdd gan ddal i edrych i fyw ei lygaid. 'Gelli di jyst rhoi'r syniad 'na mas o dy ben di nawr, boi bach. Ond . . . croeso i ti 'nghusanu i, 'set ti moyn wrth gwrs.'

*

Roedd yr arch yn boenus o ysgafn a'r pwysau ar ysgwydd Owain yn fwy fel llaw gyfeillgar na baich. Dim ond dau lygad a thrwyn oedd Lewis Jones pan fu farw. Cerddodd Owain mewn tawelwch disgybledig. Synfyfyriodd. Mor debyg i'r fyddin oedd bod yn gludwr arch, wrth stepio'n gytûn. Gwell peidio â meddwl, dim ond edrych ar gefn y cludwr o'i flaen, edrych ar y faner goch a orchuddiai'r arch rad, a chael cipolwg sydyn ar y galarwyr oedd yn sefyll ar y palmant. Ysgydwodd marwolaeth Lewis Jones y gymuned gyfan.

'O't ti 'na?' holodd Ifor y noson cynt. 'Shwt digwydd-odd e?'

'Jyst cwmpo weti iddo areitho. Codi arian i'r achos yn Sbaen o'n ni.'

'Fel arfer.'

'Ie, fel arfer, o fore gwyn tan nos. Ymweld ag unrhyw fan lle ma pobl yn fo'lon gwrando. Tri deg o gyfarfodydd o leia erbyn hyn. Ro'dd crowd go fawr ym Mhandy Fields, ac ar ôl hynny ond dyrned ar gorneli'r strydoedd ac o fla'n y tafarne. Tu fas i'r Station Hotel dim ond dau feddwyn ac un bachgen o'dd 'no. Ond fe siaradws Lewis yn llawn angerdd ac mor huawdl ag arfer. Do'n i byth yn blino gwrando arno fe'n pwysleisio taw brodyr a whiorydd i ni oedd y Sbaenwyr, yn brwydro yn erbyn yr un gelyn, sef gormes cyfalafiaeth, perchnogion y pylle glo, tirfeddianwyr a chrefydd. Ro'n nhw'n ymladd dros ddemocratiaeth fel ni, dros heddwch, brawdoliaeth ryngwladol a byd gwell i fyw ynddo. Ro'dd hi'n swno fel neges ffres bob tro. O'dd, ro'dd 'da Lewis ddawn arbennig, ond ... '

'Ond be'?'

'Ro'dd yr ymdrech yn ormod iddo fe. Do'dd e ddim yn gryf er nad o'n i'n sylweddoli hynny'n iawn. Ei lais o'dd wedi 'nhwyllo i, t'mod? Llais fel taran yn atseino o gwmpas y cwm a nawr wi'n sylweddoli mai twyll o'dd hynny. Tries weud wrtho 'i fod e 'di neud dicon am un diwrnod, ond 'i ateb o'dd, "Byth. Meddwl am blant Guernica, wnei di, weti 'u sgubo gan fomie o'r awyr!"

'Ro'dd 'da fi gaws a bara ond gwrthodws gymryd darn. Cymerws ddracht o ddŵr gan dynnu ar 'i Woodbine. Wi ariôd 'di gweld dyn yn smocio fel Lewis, yn tynnu'r mwg i miwn fel 'se'i fywyd yn dibynnu ar 'ny. Wetyn, dringws 'nôl ar 'i focs a llenwi'r stryd â'i eirie a thaclo'r heclers heb unrhyw drafferth. Yna, es i o gwmpas yn siglo 'nghap i gasglu ffyrlingod ar gyfer Sbaen.'

'Ble ro'ch chi?'

'Tu fas i'r Judges' Hall. Wedi camu oddi ar 'i focs, cwmpws e 'nôl fel 'se rhywun wedi 'i fwrw fe. Rhedes i draw ato, gan feddwl 'i fod wedi llithro. Gorweddws yn dawel cyn dechre plyco fel tase fe'n derbyn ergydion. Cwmpws yn ôl . . . a dyna fe.'

Caeodd Owain ei lygaid i geisio dileu'r ddelwedd o'r wyneb marw. Sut gallai ysbryd dyn mor fywiog ddiffodd mor sydyn? Cofiodd mor hynod o denau oedd y fraich pan chwiliai am byls.

'Ei eirie ola un?'

'Ro'dd weti gweud hen ddigon, on'd o'dd e?'

*

Atseiniai'r 'Internationale' o gwmpas y fynwent wrth iddynt ostwng Lewis i'r ddaear. Edrychodd Owain i lawr ar yr arch. Nid dyma'r tro cyntaf iddo sefyll uwchben corff cymrawd roedd e'n ei garu. Cafodd Lewis ei wahardd rhag brwydro yn Sbaen, ond serch hynny bu farw fel arwr tu fas i'r Judges' Hall yn Nhonypandy tra bod Stan wedi teithio ar draws Ewrop i farw ar faes y gad, fel anifail ofnus, heb sicrwydd bod ystyr i'w farwolaeth.

Yr un wythnos ag angladd Lewis, cipiodd lluoedd Franco Barcelona. Trechwyd unrhyw obaith gwan oedd ar ôl i achub gweriniaeth Sbaen rhag gormes Ffasgaeth.

*

Meddiannodd byddin Hitler Czechoslovakia. Datganai'r papurau, gan gynnwys *The Daily Telegraph*, fod rhyfel yn anochel. Newidiodd yr awyrgylch ymysg myfyrwyr yr Academi: tra mai eu hunig ystyriaethau gynt oedd cerddoriaeth a chael hwyl, yn sydyn clywsant sŵn byddarol yn torri ar draws eu harmoni, eu heddwch a'u gobeithion.

Un noson aeth George i'r dafarn i ganol grŵp o chwaraewyr chwythbrennau. Tystiai'r gwydrau ar y bwrdd iddynt benderfynu yfed digon i foddi eu pryderon a'u hofnau. Roedden nhw'n unfrydol yn credu fod Hitler wedi twyllo Chamberlain yn llwyr ac mai llanciau ifainc Lloegr fyddai'n talu'r pris. Dywedodd Henry, yr obŵydd, fod ei ewythr wedi dod adref o Bicardi heb goesau. Rhestrodd Lionel aelodau ei deulu a fu farw yn y Rhyfel Mawr. Llyncodd Phillip beint arall o gwrw cyn datgan,

'A rydyn ni i gyd wedi cyrraedd yr oed penodol i gael ein hanfon draw i Ffrainc, er mwyn gadael ein trugareddau ar weiren bigog y ffosydd.'

'Diolch, Phil.'

'Sori, ond dyna'r gwir.'

'Rhaid ei wynebu,' meddai George. 'Mae rhyfel yn anochel a does dim y gallwn ni ei wneud i'w atal.'

'Ydy hynny i fod i'n cysuro ni?'

'Efallai. Gwell gwneud rhywbeth nag aros i bethau ddigwydd.'

Edrychodd Henry arno'n syn.

'Be' sy gen ti mewn golwg? Anfon llythyr cas at Mr Hitler?'

'Dw i'n ystyried gwirfoddoli.'

'Cyn cael dy gonsgriptio! Ti am fod yn arwr neu beth?'

'Y cyntaf i'r felin gaiff ei falu'n gelain!' meddai Lionel.

'Yn ôl fy nhad, taswn i'n gwirfoddoli cyn cael fy nghonsgriptio byddai gen i fwy o siawns ymuno â'r llu o'm dewis i. Baswn i'n hoffi hedfan.'

'Ti off dy ben,' meddai Henry, wrth lyncu'r diferyn olaf o'i gwrw cyn troi tua'r bar.

*

Cyrliai Sally fel cath yn y gadair freichiau yn cnoi bar o siocled Five Boys. Darllenai lyfr rhamantaidd rhad na fyddai Adran Saesneg Ysgol Lady Margaret byth wedi ei gymeradwyo. Chododd hi mo'i phen pan ddaeth George i'r ystafell ond cuddiodd y siocled dan y glustog rhag ofn iddo fe hawlio darn.

'Ble mae Mother?'

Roedd Sally yn rhy glwm yn anturiaethau'r Dywysoges Louisa i'w ateb. Cyn i George ymyrryd cafodd y dywysoges brydferth ei herwgipio gan Shîc Arabaidd golygus ond ffiaidd, a nawr roedd yn wynebu ffawd waeth na marwolaeth.

'Ble mae Mother?' holodd eto.

'Yn yr ardd yn ffraeo gyda Daddy. Mae Daddy wedi ei cholli hi.'

'Ym mha ffordd?'

'Mae e'n dinistrio'r pwll pysgod.'

Trodd Sally dudalen a chwtsiodd yn ddyfnach i'r clustogau ac i fyd llawer mwy dymunol.

Gor-ddweud oedd Sally, fel arfer. Doedd ei rieni ddim yn ffraeo. Roedd ei fam yn gwylio ei gŵr yn trafod yn ddwys gyda dau weithiwr oedd wrthi'n palu yn y man lle bu'r pwll pysgod. Roedd darnau o goncrit o waelod y pwll wedi eu gwasgaru ar hyd y lawnt a thros y border blodau. Symudodd Mrs Kemp-Smith at ei mab, yn amlwg am ennill ei gefnogaeth.

'Ti'n gwybod sut mae dy dad yn mynd ati pan mae e'n cael chwilen yn ei ben. Wyt ti'n gallu dyfalu beth sy'n digwydd?'

'Dad yn adeiladu lloches Anderson. Ro'n i'n amau bydde fe'n archebu un cyn bo hir.'

'Oes llawer o bethau fel yna o gwmpas?'

'Gweles i nifer yn Knightsbridge Gardens a Victoria.'

'Ond dim un yn Winchmore Hill?'

'Dim hyd yn hyn.'

'Does dim rheswm i'r awyrennau fomio mor bell â'r fan hyn, oes e? Tasai'r Almaenwyr yn dechrau bomio, bydden nhw'n chwilio am ffatrïoedd, porthladdoedd a thargedau o'r fath.'

'Efallai, ond cofiwch beth wnaethon nhw yn Sbaen – bomio trefi, cartrefi a sifiliaid yn fwriadol er mwyn codi ofn ar bawb.'

Brysiodd Arthur Kemp-Smith i gyfarch ei fab gyda thudalen o gyfarwyddiadau yn ei law, gwên ar ei wyneb a mwd ar ei drowsus gwaith. Ystumiodd ar George i'w ddilyn er mwyn gallu esbonio rhinweddau'r lloches. Disgrifiodd sut y byddai'r darnau haearn yn asio wrth ei gilydd, heb ddim mwy i'w cynnal na'r bocseidiaid o folltau.

'Pam disodli'r pwll pysgod? Ro'ch chi mor falch ohono fe.'

'Doedd dim dewis. Rydyn ni i gyd yn gorfod aberthu mewn rhyfel.'

'Ond gallech chi fod wedi ei adeiladu ar y lawnt.'

'Draeniau, fy machgen i, draeniau. Rhaid peidio ymyrryd â'r draeniau sy'n rhedeg o dan y lawnt. Rhaid palu pedair troedfedd a hanner, felly roedd yn syn-hwyrol cymryd mantais o dwll oedd yma'n barod.'

Esboniodd Arthur sut byddai'r lloches yn gallu gwrthsefyll bomio, os na fyddai bom yn disgyn yn uniongyrchol arni. Edrychai'n hapus am y tro cyntaf ers misoedd gyda'r cysur o wybod ei fod yn cyfrannu yn ymarferol at yr ymdrech yn erbyn Hitler. Ond doedd dim gwên i'w gweld ar wyneb ei fam.

Yn y lolfa, gwasgodd y Dywysoges Louisa ei breichiau o gwmpas canol y swyddog tal a oedd wedi ei hachub, tra carlamai'r stalwyn gwyn dros yr anialwch i ddiogelwch. Llyncodd Sally ddarn olaf y siocled mewn llawenydd.

*

Rhedodd Siân tuag ato yng nghoridor yr Academi, yn llawn cyffro. Siaradai'n gyflym, ei geiriau'n byrlymu a'i braich yn chwifio llythyr.

'Ma 'da fi waith, George! Wi'n mynd i ga'l 'y nhalu am ganu – cyflog iawn.'

'Gwych. Dw i mor falch. Ble?'

'Clwb o'r enw Blue Parrot yn Wardour Street.'

'Wow. Sut digwyddodd hynny?'

Roedd Siân wedi dweud wrth ei thiwtor bod ei harian yn brin a chynigiodd ei helpu drwy gael clyweliadau iddi. Rhybuddiodd hi nad canu clasurol fyddai hynny, ond dywedodd hithau y byddai'n hapus i wneud unrhyw fath o ganu. Methodd yn llwyr yn y clyweliad cyntaf, yn enwedig pan ofynnon nhw a allai hi ddawnsio!

'Gwnes i'n iawn yr eildro. Ti'n hapus drosta i?'

'Wrth gwrs 'mod i.'

'Felly . . . ?'

Chwarddodd e. 'Felly be' . . . ?'

'Rho gwtsh i fi.'

Cofleidiodd George hi. Gwasgodd hi George yn dynn am eiliad neu ddwy cyn ei wthio i ffwrdd. Sut i ddathlu? Te a chacen, wrth gwrs, ond nid yn ffreutur yr Academi ond yn Lyons Corner House a hi fyddai'n talu!

Camodd George i lawr yr hewl i gyfeiriad y Strand tra dawnsiai Siân wrth ei ochr, weithiau'n cerdded wysg ei chefn, weithiau yng nghanol yr hewl gan barablu'n ddi-stop. Doedd dim angen iddo ofyn cwestiynau wrth iddi adrodd pob manylyn am y clyweliad ac arweinydd y band, Victor, oedd â mwstás tenau fel Clark Gable ac a wisgai siwt streipiog gyda labedi llydan. Gofynnodd Victor iddi ganu 'Over the Rainbow' ac 'I've Got My Love to Keep Me Warm'. Dywedodd pa mor felodaidd a chynnes oedd ei llais. Wedyn darllenodd hi ddarn o gerddoriaeth ar yr olwg gyntaf heb drafferth.

'Mae e'n cyfansoddi darne ei hun, rhai y base'n well i fi bido sôn amdanyn nhw wrth Mam – maen nhw braidd yn awgrymog, t'mod? Gofynnws i fi ganu "She had to go and lose it at the Astor". Gofynnws e i fi ei chanu hi a rhoi winc.'

'Ti'n hapus yn canu pethau fel yna?'

'Tipyn o hwyl, 'na'r cwbl.'

Roedd canu gan ddefnyddio meicroffon yn her iddi. Yn ei chlyweliad cyntaf canodd yn rhy uchel, ond dysgodd y dechneg o ganu fel petai'n sibrwd yng nghlust rhywun agos. Cafodd gynnig y swydd ar un amod. Byddai'n rhaid iddi gael dillad newydd a Victor fyddai'n talu! Siglodd ei phen mewn anghrediniaeth,

'Ucen punt ar ddillad. Bydda i'n edrych fel Loretta Young.'

Wedi cyrraedd Lyons Corner House, daeth gweinyddes ffroenuchel atyn nhw yn gwisgo ffedog a chap bach rhyfeddol o wyn. Archebodd Siân bot o de a thafell o'r deisen wedi ei haddurno ag eising pinc a channoedd o felysion mân.

'Darn o deisen y plant i Madam. A beth mae Syr eisiau?'

'Yr un peth, os gwelwch chi'n dda.'

Ysgrifennodd y weinyddes nodyn yn ei llyfr bach du cyn troi i ffwrdd yn urddasol. 'Snotty cow,' meddai Siân, gan addo peidio ymweld â Lyons pan fyddai'n enwog, er mwyn talu'r pwyth yn ôl. Dim ond y Ritz fyddai'n haeddu ei sylw.

Wedi ennill y swydd byddai digon o arian ganddi i orffen ei chwrs a thipyn ar ôl i'w anfon gartref. A tasai hi'n cael gwaith tebyg, byddai'n gallu aros yn Llundain ar ôl y cwrs a chwilio am waith canu clasurol. O'r diwedd roedd pethau'n edrych yn addawol.

Wedi saib, ychwanegodd George yn dawel, 'Ma gen i newydd hefyd.'

'Pa newydd?' meddai Siân, ei cheg yn llawn cacen binc.

'Dw i'n ymuno â'r RAF.'

'Y llu awyr?'

'Ie.'

Diflannodd ei gwên a phwysodd 'nôl yn ei chadair.

'Pryd?'

'Mis Mai?'

'Paid â siarad dwli!'

'Na, wir i ti.'

'Pam? Pam nawr? Mae blwyddyn arall cyn bo'r cwrs ar ben. Allet ti o leia orffen dy dystysgrif.'

'Mae nifer o resymau. Mae rhyfel yn anochel, yn enwedig ar ôl y newyddion diweddaraf o Albania.'

'Albania?'

'Am Mussolini? Mae'n debyg y byddwn ni'n wynebu dau unben Ffasgaidd ar yr un pryd. Ond gwirfoddolais yn gynnar er mwyn cael gwell cyfle i hedfan. Ti'n gwybod mai dyna oedd fy nyhead gwreiddiol. Gwnes i gais, ac er syndod ces i fy nerbyn.'

'Beth am dy ddiffyg gwyddoniaeth?'

'Dim sôn am hynny.'

'Beth am dy feiolín?'

Edrychodd George ar y darnau o eising pinc ar ei blât, er mwyn osgoi llygaid Siân. Esboniodd yn araf. Ar ôl byw a bod ymysg cerddorion dawnus, fel hi a Victoria, roedd wedi dod i'r casgliad mai chwaraewr digon cyffredin oedd e, medrus ond heb y fflach o ysbrydoliaeth oedd gan eraill. Er protestiadau Siân, mynnodd ei fod yn gwneud y dewis cywir. Edrychodd i fyw ei llygaid wrth gyfaddef bod y tymor diwethaf wedi bod fel artaith iddo. Daeth y cyfle i hedfan ar yr adeg gywir.

'Ond bydd rhaid i ti frwydro.'

'Yn y pen draw, bydd. Dyna beth yw rhyfel.'

Arhosodd y deisen heb ei gorffen.

'Pryd fyddi di'n mynd?'

'Dw i'n aros am y llythyr.'

Saib hir.

'Wi am dy gadw di at dy addewid cyn i ti fynd.'

'Pa un?'

'Te a sgons yn Brighton. Cofio?'

'Wrth gwrs.'

*

Cafodd George ei synnu pa mor fuan y daeth y curiad ar y drws. Awgrymodd ei dad y byddai'r awdurdodau yn cymryd wythnosau cyn iddo dderbyn galwad, ond cyrhaeddodd y telegram ddyddiau'n ddiweddarach. Roedd ei dad yn Llundain a'i chwaer yn yr ysgol. Felly aeth i'r gegin a rhoddodd y darn o bapur tyngedfennol i'w fam heb ddweud gair. Hwn fyddai'r tro cyntaf iddo adael cartref yn iawn. Cymerodd hi'r neges a'i darllen, gan sythu ei chefn, ei hosgo nodweddiadol wrth dderbyn newyddion annymunol.

'Yfory?'

Doedd dim syniad gan yr un ohonyn nhw beth i'w ddweud nesaf. Llenwodd yr ystafell â thensiwn. Synhwyrai George fod ei fam am iddo fe ddweud rhywbeth o bwys, rhywbeth fyddai'n cydnabod perthynas ystyrlon rhwng mam a'i mab. Am flynyddoedd, doedd ei fam ac yntau ddim wedi trafod unrhyw beth, heblaw pethau ymarferol. Ers y diwrnod pan ddywedodd wrthi pa mor annerbyniol a chwithig oedd i fachgen ysgol dderbyn cusan gan ei fam, neu hyd yn oed gael ei weld yn ei chwmni, cadwai hi bellter parchus rhyngddynt.

'Oes gen ti bopeth?' Doedd dim angen llawer. Dywedodd yr RAF wrtho am ddod â rasel, brwsh dannedd ac un neu ddau beth bach o'i eiddo personol. 'Mi wna i bacio ces i ti. Yr un lledr brown ar ôl Uncle Donald. Wyt ti am fynd â dy feiolín? Gwell i ti fynd â Thermos a brechdanau. Wyt ti'n gwybod i ble maen nhw'n dy anfon di eto?'

'Rhywle yng ngogledd Lloegr.'

Yna, tawelwch llethol. Pam roedd hi'n anodd trafod gyda'i fam? Tan ddosbarth pump roedd wedi ei galw hi'n 'Mummy' fel y gwnâi ei chwaer. 'Does dim angen i chi boeni amdana i, Mother. O'r diwedd caf hedfan. Bydd yn *spiffing*.'

'Wyt ti'n addo ysgrifennu?'

Addawodd. Byddai'n rhaid iddo ymweld â swyddfa yn Victoria i gasglu ei drwydded deithio. Tasai e'n symud y funud honno, gallai ddal y 12:36. Wedyn byddai'n bwrw draw i'r Academi i ffarwelio.

'I weld dy gariad?'

'I weld pawb. Fy ffrindiau. Does dim cariad go iawn 'da fi – ond merch sydd yn gyfaill agos.'

'Beth yw ei henw?'

Fel arfer byddai George wedi osgoi'r cwestiwn, ond heddiw teimlai y dylai ateb yn onest.

'Siân.'

'Enw pert. Cymraes yw hi?'

'Ie, hi ganodd unawd Handel yn y cyngerdd y daethoch chi a Father iddo.'

'Dw i'n ei chofio hi. Merch fach bert a chanddi lais cryf?'

''Na hi.'

'Gwell i ti fynd i ddal dy drên. Mae hi'n ddeng munud wedi deuddeg yn barod.'

'Iawn. Diolch, Mother.'

*

'Wi am i ni fynd i Brighton gyda'n gilydd. Ti weti addo.'

'Awn ni. Ond ddim cyn yfory.'

'Pryd felly?'

'Wn i ddim. Ond caf ddod adre rywbryd.'

'Fi sy ar fai. Gallen ni fod wedi mynd i Brighton nifer o weithie, ond netho i esgus bob tro, yn rhy brysur yn ymarfer at rywbeth byth a beunydd.'

'Dw i'm yn diflannu, cofia.'

'Wyt!'

'Ond bydda i'n dod yn ôl.'

Edrychodd Siân arno fel petai arni ofn y byddai'n toddi o flaen ei llygaid. Cofiai sut y diflannodd Owain a Stan yn ddirybudd yng nghanol nos, rhag ofn y byddai eu teuluoedd yn crefu arnyn nhw i aros. Teimlai mor ddryslyd, mor amddifad, mor ffôl. Hi wrthododd y cyfle iddyn nhw ddod yn gariadon go iawn . . . ac yn awr. . . Llyncodd yn galed. Efallai na fydden nhw'n gweld ei gilydd byth eto.

'Dw i ond yn mynd i wersyllfa rhywle yn Lloegr, nid i'r ffosydd.'

'Hyd yn hyn.'

'Ie, hyd yn hyn, ond . . . '

Cydiodd Siân yn ei law a'i dywys ar hyd y coridor a rownd sawl cornel, yn ceisio dod o hyd i le distaw ymhell o olwg y myfyrwyr eraill. Ymddangosai'r Academi yn uffernol o brysur heddiw. Doedd dim lle preifat ar gael. Mewn rhwystredigaeth taflodd ei breichiau amdano a'i gofleidio.

'Wi'm yn fo'lon. Dwyt ti ddim yn ca'l mynd.'

'Pwy fyddai'n fy rhwystro?'

'Fi.'

'Alli di ddim,' chwarddodd George. 'Neu byddi di'n troseddu yn erbyn y brenin wrth rwystro aelod o'i luoedd arfog . . . '

'Sdim ots 'da fi.'

'Ti'n rhyfeddol.'

'Nag'w, 'mond yn dwp. Ti mor annwyl. Dylen i fod yn ddiolchgar bo' ti'n mynd, wi'n llawer rhy hoff ohonot ti. Wi weti gweud hyn wrtha i fy hunan ers misoedd ac yn awr, ti yw'r un sy'n mynd a 'ngadael i 'ma.'

'Dw i'n rhyfeddu dy glywed di'n rhyddhau dy holl deimladau, hyd yn oed fan yma. Fyddai fy nheulu i byth yn mynegi eu teimladau fel 'na.'

'Stiff upper lip y Sa'son?'

'Yn union.'

'Falle 'i bod hi'n well fel 'na.'

'Dw i'm yn meddwl.' Tynnodd e hi'n agosach.

'Siân, taswn i'n sgrifennu, faset ti'n fodlon ateb?'

'Wrth gwrs.'

'A gwnawn ni gwrdd pan gaf ddod adref.'

'Addo?'

'Addo.'

'Byddi di'n anghofio amdana i.'

'Na fydda.'

Y tro cyntaf iddyn nhw gwrdd roedd Siân wedi ffugio cusan angerddol mewn ystafell lawn cerddorion yn partïo. Y tro 'ma cusanodd hi e'n hirach ac yn fwy angerddol byth er gwaethaf y sylwadau, y chwibanu a'r hwtian gan y myfyrwyr o'u cwmpas. Tapiodd Madame Radarowich ysgwydd George.

'Peidiwch â rhwystro pawb rhag defnyddio'r coridor, os gwelwch chi'n dda, a plis rhowch ffrwyn ar eich chwantau anifeilaidd.'

*

Fyddai George ddim yn ysgrifennwr llythyrau fel arfer. Edrychodd ar y dudalen wag o'i flaen yn chwithig, yn cofio'r profiad hurt o gael ei orfodi i sgrifennu llythyrau o ddiolch adeg y Nadolig i fodrybedd mewn oed. Ar ôl cryn dipyn o feddwl rhoddodd sicrwydd i'w rieni iddo gyrraedd y gwersyll yn ddiogel. Roedd yr hyfforddiant yn galed, ond roedd yn ymdopi'n iawn. Gobeithiai fod ymdrechion ei dad wedi llwyddo wrth adeiladu'r lloches Anderson ac nad oedd Sally yn cael gormod o drafferth gyda'i gwaith cartref Lladin. Cariad at bawb.

Cafodd fwy o drafferth sgrifennu at Siân. Cwynodd am safon bwyd yr RAF ond wedyn roedd yn brin o syniadau. Trodd at y recríwt a orweddai ar y gwely nesaf ato a gofyn pa fath o bethau y byddai e'n eu hysgrifennu at ei gariad.

Caeodd Rob ei lyfr. 'Ti'm o ddifri?'

'Ydw.'

Cofleidiodd Rob ei glustog gan rolio ar ei wely yn ffugio angerdd, 'O Mattie, fy nghariad, dw i'n awchu am dy gofleidio. Dw i ar dân eisiau cusanu dy wefusau melys, a mwytho dy fronnau meddal. Dw i'n breuddwydio amdanat, am deimlo dy galon yn curo yn erbyn fy nghalon i, am deimlo dy goesau yn lapio o 'nghwmpas i.' Stopiodd yn sydyn yng nghanol ei bwl o ecstasi,

'Wyt ti eisiau mwy o syniadau?'

'Mattie yw ei henw go iawn?'

'Matilda, ond mae hi'n ei gasáu. Drycha!' Cipiodd Rob ffoto oddi ar erchwyn ei wely a'i ddal yn llawn balchder o flaen George. Disgwyliai George weld seren ffilmiau nwydus, ond ymddangosai Mattie fel merch fach swil â gwên ddeniadol.

'Am ddel.'

'Ydy. Hynod o bert.'

'Ga i weld llun o dy gariad di, gan 'mod i wedi dangos Mattie i ti.'

'Does dim llun gen i.'

'Anodd credu. Ydy e'n llun anweddus? Dyna pam rwyt ti'n swil?'

'Na, wir i ti, does gen i ddim ffoto. Mae un ar y ffordd, digwyddodd y recriwtio mor gyflym.'

'Wnei di ei ddangos i fi pan gei di fe?'

'Wrth gwrs.'

Yn ei lythyr, gobeithiai fod pob dim yn iawn ganddi hi. Gofynnodd a oedd hi wedi perfformio yn gyhoeddus yn y Blue Parrot eto. Mentrodd ei hatgoffa hi am y diwrnod y cusanon nhw yng nghyntedd yr Academi a faint o bleser a gâi wrth gofio am hynny. Teimlai ei cholli'n fawr iawn. Cymer ofal. O.N. Allet ti anfon ffoto plis?

*

Mewn gwrthgyferbyniad â George, roedd Siân yn ysgrifenwraig brofiadol. Roedd disgwyl mawr am ei llythyr yn 90, High Street bob wythnos yn ddi-ffael. Gallai lenwi hanner dwsin o dudalennau yn sôn am yr holl fynd a dod yn llety Anti Eli. Wedyn, disgrifiai'r ymarferion a chyngherddau'r Academi i blesio ei thad. Weithiau, sgrifennai adroddiadau ar yr hyn a welai hi ar strydoedd Llundain gan greu syfrdandod, anghymeradwyaeth neu chwerthin o gwmpas bwrdd cegin High Street.

Doedd dim llawer o newid yn atebion ei mam o'r naill wythnos i'r llall. Byddai Mair yn canmol pregeth ddiweddaraf y Parchedig Elias a chwyno am ymddygiad Mrs Owens Nymbar 35. Byddai'n pryderu am frest ei gŵr ac yn beirniadu'n hallt brisiau uchel bara a pharaffîn. Byddai'n sôn am drefniadau diweddaraf priodas Glenys ac yn mynegi ei gobaith y byddai hi ac Arwel yn gallu rhentu tŷ bach twt yn Wern Street. Gweddïai y caent sbel go dda gyda'i gilydd cyn i Arwel fynd i'r rhyfel. Roedd newyddion da am Ifor. O ganlyniad i fygythiad y rhyfel cynyddodd y galw am lo a chafodd waith unwaith eto yng Nglofa'r Cambrian. Ar y llaw arall, roedd Owain yn dal dan waharddiad. Pryderai Mair dros ei mab hynaf a oedd yn isel ei ysbryd ers angladd Lewis Jones. Treuliai ddyddiau yn cerdded dros y mynyddoedd fel enaid clwyfus. Yn ei thyb hi, ar y Comiwnyddion roedd y bai a hynny yn cynnwys Lewis.

'Ma'n nhw'n addo tangnefedd ar y ddaear ac yn achosi dim byd ond dioddefaint. Llyfr y Pregethwr, Pennod V:2 "Canys Duw sydd yn y nefoedd a thithau sydd ar y ddaear." Ond trallod ac anobaith sydd yn aros y rhai sydd yn chwilio am nefoedd ar y ddaear hon.'

Mwynhaodd Siân ddisgrifio'r ymateb i ymadawiad sydyn George. Roedd wedi ennill statws fel arwr. Llefain wnaeth Victoria, gan brotestio nad oedd dim awydd bwyta arni. Taflodd Madame Radarowich ei breichiau i'r awyr gan wylofain fel arwres drasig Roegaidd. George oedd ei bachgen bach hi, ei hoff ddisgybl erioed, yn llawn potensial – am wastraff. Syfrdanwyd pawb gan ei benderfyniad. Credai Siân y dylai hithau hefyd ei glodfori, am wneud ei benderfyniadau ei hunan am unwaith, ond ni wnaeth.

Ysgrifennodd am ei sesiynau ymarfer yn y Blue Parrot, y cyntaf gyda Victor wrth y piano. Mynnodd ei bod yn canu mewn dull hollol newydd a heriol. I ddod yn gantores band swing roedd angen rhoi pwyslais ar dempo a rhythm. Roedd y geiriau yn llawer pwysicach nag mewn canu clasurol, er mor arwynebol oedden nhw. Gofynnodd e i Siân ddweud rhai cymalau ar lafar yn hytrach na'u canu. Yn yr ail ymarfer canodd hi gyda'r band; Victor, Ronnie'r drwmwr, Phillip ar y bas ac Archie ar y sacsoffon a chlarinét. Gwnaeth lawer o gamgymeriadau i ddechrau, ond roedd bois y band yn hollol gefnogol ac yn digon hyblyg i ymdopi â phob dim. Erbyn diwedd y sesiwn roedd Victor yn hapus a phrynodd y bois ddiod iddi hi mewn bar cyfagos. Dysgodd hi taw olynydd oedd hi i gantores o'r enw Doreen a gyflogid gan Victor am resymau amheus. Bedyddiwyd hi'n 'Dumb Doreen' gan Phillip, a hithau'n edrych yn glam ond heb fawr o glem. O leiaf, yn nhyb y bois, medrai Siân ganu. Aeth adref, yn arnofio ar gwmwl, yn ei seithfed nef.

Chwiliodd ymysg ei chasgliad bach o ffotos am un y gallai ei anfon at George. Gwingai wrth lygadu un ohoni hi yn ei gwisg ysgol. Edrychodd ar rai wedi eu tynnu tu fas i 90, High Street, un gyda hi a'i chwaer mewn gwisg ffansi. Roedd un ohoni hi'n canu yng Nghalfaria a llun o blant y capel yn bwyta hufen iâ ym Mhorthcawl, adeg trip yr ysgol Sul. Er syndod, roedd llun o Stan a hithau. Crychodd ei thalcen. Pa mor fregus oedd bywyd? Yn gyflym, gwthiodd y casgliad 'nôl yn y drôr. Roedden nhw i gyd yn rhy hen, yn rhy aneglur neu'n warthus. Tasai hi'n gorfod cael ei harddangos mewn barics RAF i gynulleidfa o ddynion ifainc byddai'n trefnu rhywbeth gwerth ei anfon, llun fyddai'n gwneud i George fod yn falch ohoni. Sut i orffen y llythyr? Pryd byddai'n cael gwyliau? Roedd wedi cael tynnu'i choes yn ddigyfaddawd oherwydd y gusan gyhoeddus, ond dim ots. Roedd hi'n trysori'r atgof.

'Dw i'n gorfoleddu yn yr anrhydedd o gael arwr yn gariad. Rhaid mynd nawr. Mae Anti Eli yn gweiddi am help yn y gegin. Dw i wir, wir yn gweld dy golli.

Cariad,

Siân x'

*

Credai Siân taw hi fyddai'n dewis sut i wario'r ugain punt a addawyd iddi i gael dillad newydd. Ond nid felly y bu. Dywedodd Victor Bellini taw ei fuddsoddiad ef oedd e, er mwyn sicrhau y ddelwedd gywir i gantores newydd o flaen cynulleidfa chwaethus. Anfonodd hi at gynllunydd gwallt crachaidd. Dywedodd y fenyw fod gan Siân wallt moethus ond ei bod wedi'i dorri'n rhy fyr. Tan iddo dyfu, yr unig beth y gallai ei wneud oedd ei greu yn steil gwas bach haerllug. Siwtiai'r steil hi i'r dim ond addawodd Siân y byddai'n gadael iddo dyfu.

Y peth nesaf oedd y sgidiau.

'Mae'n hollbwysig canfod y sgidiau iawn cyn chwilio am ffrog,' meddai Victor. Eisteddodd Siân ar stôl yng nghanol deuddeg bocs o sgidiau coch sgleiniog, sodlau uchel, maint tri, sef yr holl stoc o sgidiau o'r fath oedd gan Swan & Edgar i'w gynnig. Gwisgodd Siân bob pâr yn ei dro ond Victor a ddewisodd. Cwynodd hi fod y sodlau'n rhy uchel ac y byddai'n sigledig ar ei thraed, ond anwybyddodd Victor ei sylwadau. Tynnodd rolyn trwchus o arian o'i boced ac aeth ati i dalu. Wedyn, tywysodd Siân ar draws Leicester Square, trwy Cecil Court dros St Martin's Lane gan aros y tu fas i J Bolshakov, Costumiers: Vaudeville and Burlesque. Roedd Siân wedi cerdded heibio'r siop o'r blaen ac wedi edrych yn chwilfrydig yn y ffenest. Gwisgai'r *mannequin* leotard wedi'i addurno â miloedd o secwins llachar, teits fishnet, ac ar ei phen eisteddai tiara aur gyda thair pluen estrys goch. Ar bob ochr i'r torso dangosid lluniau o ddawnswyr, cantoresau a merched y sioeau, y cyfan wedi eu harwyddo mewn llawysgrifen annarllenadwy.

Siop fechan oedd hi, llawer rhy fychan i'r holl gynnwys. Er ei bod yn fore braf tu fas, roedd y tu mewn yn dywyll. Rhywsut, roedd hyn yn addas i siop y clybiau nos. Er y tywyllwch, disgleiriai'r raciau o ddillad: y secwinau, y sbanglau, y tinsel a'r sêr yn wincio. Sgrechiai'r sidan llachar, y taffeta ysgarlad, yr organsa, y siffon a'r les am sylw. Cafodd Victor groeso cynnes gan y siopwraig. Roedd hanner dwsin o wisgoedd wedi eu dethol yn barod.

'Dim ond y pethau mwya coeth, Mr Bellini, fel y gofynnoch chi.'

Er mawr ryddhad i Siân ffrogiau hir oedd yn aros amdani. Tasai leotard wedi cael ei gynnig, byddai hi wedi ffoi. Aeth â'r ffrog gyntaf, un goch llachar, gyda phaneli les du, tu ôl i lenni'r ystafell newid. Ceisiodd beidio ag edrych yn y drych wrth dynnu'r wisg dros ei chorff. Wedi gosod y sgidiau, trodd at y drych a giglan. Beth fyddai'i mam yn ei ddweud? Teimlai fel merch fach oedd wedi cael ei dal yn gwisgo ffrog oedolyn. Ceisiodd dynnu'r bodis yn uwch i beidio â dangos cymaint ar rigol ei bronnau.

'Dere allan pan ti'n barod, *sweetheart*.'

Eisteddai Victor Bellini ar gadair aur yn smygu sigarét Sobranie gan lenwi'r siop fach â mwg glas ecsotig.

'Tro rownd.'

Ymbalfalodd Siân gan deimlo'n hunanymwybodol.

'Er mwyn Duw, mae'n ffrog hynod o ddeniadol. Gwisga hi, wnei di?'

'Beth chi'n feddwl?'

'Torrwyd y wisg yna gan wniyddes o fri i ddangos dy atyniadau. Llenwa hi!'

'Beth ry'ch chi am i fi neud?'

'Nefoedd wen! Oes rhaid i fi ddangos i ti?' Safodd Victor o'i blaen. 'Nawr rho dy ddwylo ar dy gluniau fel hyn. Gwthia dy dits mas. Dyna welliant! Wedyn cerdda'n araf! Dim fel taset ti'n rhedeg i ddal bws! Ydyn nhw'n gwybod y gair "sensual" yng Nghymru?'

'Dim lle dw i'n dod.'

'Symuda'r cluniau gyda phob cam.'

'Bydda i'n cwmpo.'

'Fyddi di ddim. Dyna welliant, nawr gwena fel petait ti'n mwynhau. Tro dy gefn ata i. Da iawn, a sigla dy ben ôl.'

'Na wna i!'

'Paid troi yn biwritanaidd nawr, *sweetheart*. Edrycha 'nôl ata i dros dy ysgwydd, yn araf. Go lew. Iawn. Y ffrog binc nesa, plis.'

Triodd Siân chwe ffrog, dwy ohonyn nhw fwy nag unwaith. Camodd, trodd, gwenodd. Roedd dangos ei chorff fel hyn yn beth hollol estron iddi. Teimlai'n ansicr a oedd hi'n mwynhau'r profiad ai peidio. Yn y siop glyd a thywyll dechreuodd fagu hyder.

'Dyna'r un, yn bendant!' datganodd Victor o'r diwedd gan roi pat bach ar ei phen ôl. Doedd neb wedi mentro gwneud y fath beth o'r blaen! Erioed! Digiodd hi ond heb brotestio. Dewisodd Victor wisg lliw eirin gwlanog, sidan, a lifai i lawr y tu ôl iddi'n osgeiddig, er nad oedd bron dim cefn i'r wisg a bod y tu blaen wedi ei dorri'n llawer rhy isel at ei dant hi. Ond yn bendant, doedd hi erioed wedi gwisgo ffrog mor ysblennydd. Teimlai'n fentrus a chyfareddol.

Ychwanegodd Victor bluen boa, stôl sidan a menig hir. Ymddangosodd y rholyn trwchus o arian unwaith eto a thalodd lawer mwy nag ugain punt. Cododd y bag gan ofyn i Siân ddodi'r sgidiau ynddo hefyd. Doedd hi ddim yn cael mynd â nhw gartre.

'Dim peryg, *sweetheart*. Bydd y wisg gyflawn yn aros yn y clwb. Dim dillad bob dydd yw'r rheina ond buddsoddiad yn llwyddiant y band a'th yrfa di fel cantores. *Capisce*? Dyna'r Eidaleg am "deall".'

Cafodd ffoto ei dynnu ar y nos Iau, prin awr cyn perfformiad cyntaf Siân yn y Blue Parrot. I sicrhau'r ansawdd gorau, tynnodd y ffotograffydd lun ar ôl llun nes i'r prif weinydd fynnu bod rhaid iddo adael y cwsmeriaid i mewn. Byddai'r llun yn ymddangos mewn cas gwydr ger mynedfa'r clwb. Rhoddwyd llun o'r gantores yn y canol a delweddau llai o'r band o'i chwmpas. Ymddangosai llun o Victor ei hun uwchben pawb, ceiliog pen y domen, yn gwisgo DJ gwyn a gwên ffals.

*

Pan agorodd George yr amlen, disgynnodd ffoto ar ei wely. Cymerodd sawl eiliad iddo sylweddoli taw Siân oedd yn syllu'n ôl arno. Beth ar y ddaear roedd hi wedi'i wneud iddi hi ei hun?

'Ai dyna'r ffoto ro't ti'n 'i ddisgwyl?' Pwysodd Rob drosto'n eiddgar.

Oedodd George, 'Ie.'

'Ga i weld?'

Greddf George oedd gwrthod ond cofiodd pa mor barod fu Rob i ddangos llun o'i Mattie e. Agorodd llygaid Rob fel soseri wrth ddal y ffoto yn ofalus yn ei ddwylo fel petai'r print yn llythrennol boeth. 'Wow! Am ddel!' Wedyn mewn llais uchel gwaeddodd dros weddill yr ystafell, 'Bois, dewch i weld wejen George. Am wejen rywiol!'

Wrth synhwyro sbort, rhuthrodd yr wyth recríwt ifanc o gwmpas gwely George. Cymerodd y ffoto'n ôl. 'Jyst merch yw hi.'

'Unrhyw beth arbennig?' gofynnodd Antony, arbenigwr ar bob dim yn ymwneud â chanlyn merched. 'Ga i weld?'

'Na, ffoto preifet yw e.'

'O! Ffoto anweddus yw e? Ydy hi'n noeth?'

Chwarddodd y llanciau. Ni symudodd George. Gwenodd Rob gyda pheth embaras. 'Dangos y ffoto iddyn nhw, George, neu chei di ddim llonydd. Byddan nhw'n llawn cenfigen.'

'Ydy hi'n hyll fel pechod?'

'Wyneb fel twll tin buwch?'

'Nag ydy wir,' gwaeddodd Rob dros y chwerthin. 'Dere, George, tawela'r diawled.'

Doedd dim dewis. Pasiodd y ffoto i Rob a phasiodd yntau e i Antony, a chwibanodd mewn edmygedd. Pasiwyd y ffoto o'r naill i'r llall, gan ryfeddu.

'Am ferch bert.'

'Cracer go iawn.'

'Ti'n ddiawl lwcus.'

'Jyst drycha ar 'i bronne hi.'

'Yn union fel y dywedes i. Fodlon nawr?' atebodd Rob i roi pen ar y tynnu coes. Fesul un aeth y llanciau'n ôl at eu gwelyau, eu llythyrau, neu eu siartiau adnabod awyrennau. Roddodd George mo'r ffoto ar ei wal, fel y lleill. Yn hytrach, cuddiodd e o dan ei obennydd.

Darllenodd lythyr Siân a gawsai ei anwybyddu yn ystod y llygadu. Llythyr hir, llawn clecs yr Academi ond hefyd yn adrodd ei phrofiad cyntaf fel cantores clwb nos. Dywedodd pa mor nerfus oedd hi, mwy nerfus hyd yn oed na phan ganodd yn yr eglwys gadeiriol. Teimlai mor unig, dim ond hi ar ei phen ei hun yn y cylch o olau a'r gwrandawyr yn ddigon agos i'w chyffwrdd – yn llythrennol! Gwnaeth lanast o bethau wrth ddod i mewn yn y man anghywir, ond achubwyd hi gan fois y band. Fe chwaraeon nhw'r darn yr eilwaith tan iddi ennill ei hyder. Wedyn aeth pethau yn ddigon hwylus.

Actio oedd hanner y gamp gyda chanu cabare, defnyddio'r geiriau, ymestyn draw a siarad â phob unigolyn. Teimlad gwefreiddiol ac anhygoel o bwerus. Gofynnodd iddo beidio â chwerthin wrth weld y ffoto. Anodd credu taw hi oedd yn y llun, ond rhaid iddi gyfadde bod y dillad yn gymaint o help ar y llwyfan. Gwnaent iddi deimlo'n hyderus o flaen y 'punters' – gair Victor am y gynulleidfa. Gofynnodd iddo beidio â dangos y llun i eraill. Gyda llaw, yr enw llwyfan arni, yn ôl Victor, fyddai 'Gloria' gan ei fod yn enw mwy cyfareddol na 'Siân'. Beth fyddai ei mam yn ei ddweud?

'Cariad,

Siân (Gloria)

xxx

O.N. Bydd Glenys ac Arwel yn priodi yng Nghapel Calfaria ar Hydref 15fed.'

✳

Datganodd y swyddog y byddai eu cyfnod o hyfforddiant sylfaenol yn gorffen y dydd Gwener canlynol. Byddent i gyd yn cael eu trosglwyddo i Swydd Efrog a chael y profiad o hedfan awyrennau Tiger Moth.

'Hen bryd,' sibrydodd Antony. 'Ond Tiger Moths! Gweddillion y rhyfel diwetha, dw i'n credu.' Caent wythnos o seibiant, cyn ymgynnull yn Ysgol Hyfforddi Hedfan Blackburn erbyn 18:00 ddydd Llun, 20 Hydref.

✳

Roedd y seibiant ar y dyddiau gwaethaf posibl, gan fod Siân i fod i ganu'r unawd 'Jesu, Joy of Man's Desiring' ym mhriodas Glenys. Ni allai hi ganu yng Nghalfaria a threulio dyddiau yn Brighton gyda George. Wedi cyfnewid llythyrau, trefnwyd galwad ffôn o swyddfa'r *adjutant* i flwch ffôn yn Somers Town.

'Allet ti ofyn am gael gohirio dy wylie am wythnos?'

'Dydy'r RAF ddim yn trafod, dweud maen nhw.'

'Be' am ddigwyddiade annisgwyl?'

'Gall rhywun wneud cais am ei ryddhau, tasai perthynas clòs wedi marw, neu eu bod yn priodi.'

'Mae rhywun yn priodi!'

'Oes, ond dim fi.'

Saib llawn tyndra. 'Fyddwn ni ddim yn gallu cwrdd o gwbl felly?'

'Ond taswn i'n dod i'r briodas...'

'Syniad twp!'

'Pam? Gallwn i chwarae yn y gwasanaeth. Dw i'n feiolinydd talentog, cofia.'

'Ti, yng Nghlydach! Byth! Ta beth, baset ti'n casáu'r lle.'

'Dw i'm yn meddwl. Yn enwedig os taw dyna'r unig ffordd o gyfarfod. A 'swn i'n falch o'r cyfle i gyfarfod â'th frodyr eto.'

'Na, syniad hollol hurt! Ble byddet ti'n cysgu? Bydd High Street yn llawn dop fel y mae.'

'Mewn gwesty?'

'Na, base 'ny'n hollol wrthun.'

Chwifiodd yr *adjutant* ei law gan ofyn i George ddod â'i alwad i ben. Dywedodd wrthi am ystyried ei gynnig.

'Wna i sgrifennu.'

'Iawn.'

Lledwenodd yr *adjutant*, 'Problemau gyda'ch cariad, Syr?'

✳

Cyrhaeddodd llythyr Siân ddiwrnodau wedyn. Tasai e'n dal eisiau dod, cynigiai ei mam le iddo a chroeso cynnes. Byddai'n aros ar yr un stryd yn ystafell sbâr Bopa Rhys. Modryb i fam Siân oedd Bopa, yn weddw ers deng mlynedd, yn ei henaint, ond yn gogydd pasteiod heb ei hail.

Gofynnodd ei thad a fyddai'n hapus i chwarae 'Jesu, Joy of Man's Desiring'. Roedd Siân wedi cytuno ar ei ran yn barod.

'Yn sicr, bydda i'n edifarhau! Yn wir yn gweld dy golli di.

Cariad,

Siân xxxx

O.N. Paid, ar unrhyw gyfrif, â dod â'r ffoto 'na!'

Gwenodd George.

*

Wnaeth Sally ddim ymgais i guddio ei siomedigaeth. Roedd wedi brolio wrth ei ffrindiau am ei brawd oedd yn beilot ac wedi bod ar bigau'r drain wrth ddisgwyl ei weld yn ei iwnifform. Dychwelodd George yn yr un siwt ag y gadawodd ynddi. Byddai rhaid iddi aros tan iddo gael ei ddyrchafu'n beilot-swyddog – tasai e'n cael ei ddewis, wrth gwrs.

Roedd pethau gartref mor ddiflas ag erioed yn ôl Sally, gyda'i thad yn parablu am y rhyfel fel petai'n gadfridog yn y fyddin. A plis, meddai wrth George, paid â gofyn am y lloches Anderson. Llenwyd y twll oer, llaith a thywyll gan y Cadfridog Arthur â gwelyau bync, caniau bwyd, lamp olew Tilley, a photi! Cafodd Sally hunllefau dim ond yn meddwl am dreulio noson ynddi, yn rhewi ac yn gwrando ar ei thad yn chwyrnu, a dychmygai sŵn pobl yn piso mewn poti trwy'r nos! Dim diolch. Gwrthododd Sally fynd yn agos at y lle. Byddai'n aros yn y tŷ cynnes, gyda thoiled parchus o fewn cyrraedd. Tasai'r Almaenwyr yn ystyried bod Rhif 10, Yr Alders yn werth ei fomio, boed felly. Am faint fyddai ei brawd yn aros? Tri diwrnod yn unig! A byddai'n ymweld â'i gariad yng Nghymru? Mwynhaodd Sally'r syndod ar wyneb ei brawd. Sut yn y byd . . . ?

Roedd gan un o'i ffrindiau ysgol gefnder yn yr Academi ac anodd cadw cyfrinachau ac yntau wedi cusanu'n gyhoeddus! Addawodd Sally gadw ei gyfrinach rhag ei rhieni, ond byddai'n rhaid iddo dalu pris am ei distawrwydd, sef mynd â hi a'i ffrind, Sarah, am de a chacen i siop de ar y Green.

'Dw i'n siomedig na fydd 'na ddim iwnifform i'w baredio – dyna oedd hanner yr atyniad – rhaid i ti wneud yn well y tro nesa.'

Edrychodd George ar ei chwaer drwy lygaid newydd.

*

Ymhyfrydai David Lewis yn ei ddyletswydd fel cyfarwyddwr cerdd y briodas. Byddai tri emyn cynull-eidfaol, darnau gan Joseph Parry gan gôr y capel, a byddai Siân yn canu 'Jesu, Joy of Man's Desiring' gan Bach i gyfeiliant ei sboner, gyda Mrs Watkins ar y piano. Wrth siarad â'r côr cyfeiriodd David at George fel 'feiolinydd o'r Academi yn Llundain', fel petai hynny'n beth cyffredin. Yn wir, roedd e bron â byrstio gan falchder.

*

Dros swper dywedodd Mair, 'Trueni am Bopa. Ma hi'n becso gymint am ddarparu lletygarwch teilwng i gymar Siân.'

'Pam?'

'Ma hi'n becso a fydde ei hystafell sbâr yn ddigonol i ddyn ifanc ffein o Lundain gan nad oes gole trydan 'da hi. A be' fydde fe'n meddwl o'i chwcan? Dywedes y gwnewn ni ein gorau glas iddi, ond diwrnod mawr Glenys ac Arwel yw e, a dw i'm yn poeni llawer amdano fe.'

'Yn gwmws, Mam,' cytunodd Glenys.

'Ifor, rwyt ti 'di cwrdd â fe. Fydd e'n iawn gyda Bopa?'

'Falle. Cofia taw un o'r crach yw e, yn siarad fel rhywun ar y radio. Ch'mod, sdim llawer o Sisneg 'da Bopa. Wi'm yn gweld nhw'n dod 'mlân yn dda iawn.'

'Ond mae'n ddyn ffein?'

'I fod yn hollol onest, tipyn bach o lipryn ro'n i'n 'i weld e.'

'Rhaid bod Siân wedi gweld rhywbeth ynddo fe?'

'Arian?'

'Ifor! Rhag dy gywilydd di! Paid byth â dweud bod Siân yn canlyn dyn am ei arian. Dw i'n napod fy merch yn well na 'ny a dylet ti 'i napod hi'n well 'fyd. Welest ti nhw gyda'i gilydd?'

'Do, ac yn amlwg ma fe'n dwli arni hi. Er bod Siân yn mynnu taw dim ond ffrind yw e.'

'Felly, pam rwyt ti 'di cymryd yn 'i erbyn?'

'Ma fe'n ormod o fonheddwr Sisneg i fi.'

'A gydag Owain?'

'Dim ond sgwrs fer geson nhw, ond dethon nhw 'mlân yn iawn.'

'Ma hynny'n rhyfedd,' meddai David. 'Dim ond gwleid-yddiaeth ma Owain yn 'i drafod y dyddie hyn. Yn y fyddin mae'r dyn ifanc, yntyfe?'

'Yn y llu awyr, 'Nhad.'

'Llu awyr – 'run peth. Os ydy e'n gallu ymdopi gyda bwyd barics, bydd e wrth 'i fodd 'da phasteiod Bopa.'

'Ond fydd Bopa yn gallu ymdopi 'da fe?'

∗

Roedd y trên i Donypandy yn orlawn, ond llwyddodd George i gael sedd wrth y ffenest. Gwrandawai ar y bwrlwm o'i gwmpas, yr acenion a'r Gymraeg mor estron iddo â'r ffaith bod pobl yn siarad â'i gilydd ar y trên.

Byddai ei gyd-deithwyr ar y trên boreol i King's Cross wedi ystyried sgwrsio'n anghwrtais.

Gwyliodd George y dirwedd trwy'r ffenest. Wedi gadael cyrion Caerdydd disgleiriai'r haul ar gefn gwlad. Cafodd gipolwg ar y nentydd a'r coed, ond yna newidiodd y lliwiau o wyrdd i lwyd, o lastir i ddüwch. Rhedai'r trên ar lan afon Taf, a honno'n llawn gwastraff glo a sbwriel. Dan bontydd haearn llifai dyfroedd llawn ewyn cemegol a hen ganiau tun.

Aeth y gorsafoedd heibio o un i un; y gerddi taclus a'r posteri lliwgar, rhesi o fwcedi tân coch ac arwyddion enwau lliw brown a hufen: Taff's Well, Trefforest, Pontypridd, Trehafod, Porth. Swynwyd George gan glydwch y cerbyd a rhythm y trên.

'Oi, deffrwch! Pandy.'

*

Roedd Siân yn aros ar y platfform. Siân ers talwm oedd hon, heb golur, mewn sgert ddi-lol, blows syml a chardigan. Pigiad o gusan ar ei foch gafodd e.

'Dyma'r cwbl dw i'n 'i haeddu?'

'Ie, yma. Ti yn y Cymoedd nawr a phob symudiad yn ca'l ei adrodd 'nôl i Mam, felly bihafia! Be' am ddal bws lan y tyle? Ody'r ces yna'n drwm?'

'Ti'n siarad â dyn sydd newydd gwblhau dau fis o hyfforddiant milwrol caled, cofia.'

'Be' ddigwyddws i dy wallt?'

'Barbwr RAF.'

Siaradai Siân yn ddi-stop i guddio ei nerfusrwydd, gan gyfeirio at bob adeilad oedd yn haeddu sylw: Judges' Hall, siopau Stryd Dunraven, Theatr yr Empire, Mirror of Gems. O flaen y De Winton Hotel bloeddiodd llais ar draws y stryd,

'Siân! Siân Lewis! Pwy yw'r pishyn 'na sy 'da ti?'

'Dim o dy fusnes di, Dot Williams!'

'Paid neud dim byd na nelen i.'

'Bydde hynny'n gadael tipyn o ryddid i fi, 'yn bydde fe!'

'Ddealles i ddim gair o hynna,' chwarddodd George wrth i Siân gochi a phrysuro ei cham. 'Da o beth, falle?'

'Dim byd i ti fecso amdano,' atebodd Siân yn siort. 'Dere.'

Roedd y tyle yn heriol. Wrth basio'r New Inn stopiodd Siân am hoe. Edrychodd ar George fel petai eisiau sicrwydd. Peth rhyfedd tu hwnt oedd ei weld yma, mas o'i gynefin, fel llong yn yr anialwch.

'Diolch am ddod,' meddai. 'Dw i wir wedi gweld dy angen.' Symudodd e'n nes ati hi. 'Paid â chyffwrdd!' meddai wrth gamu'n ôl yn gyflym. Ystumiodd hi â'i llygaid at ddwy fenyw'r ochr arall i'r hewl.

Wrth ddringo rhoddodd Siân gyfarwyddiadau ynghylch sut y dylai ymddwyn, beth i'w wneud a'i ddweud a beth ddylai beidio â'i ddweud. Yn gyntaf, doedd e ddim i sôn am y Blue Parrot. Doedd Gloria ddim yn bodoli yng Nghwm Clydach.

'Iawn.'

Byddai'n well iddo fe gael ei gyflwyno fel George Smith, nid Kemp-Smith a swniai'n rhy grachaidd. A pheidio â dweud bod ei dad yn gweithio yn y Ddinas, neu byddai gwaed yn llifo!

'Mae Smith yn iawn i fi.'

Rhaid iddo gofio bod y tŷ bach ar waelod yr ardd ac os byddai'n rhaid mynd yn y nos, yna, byddai pot o dan y gwely.

Nodiodd.

Ofn mwyaf Siân oedd arferiad ei mam o ofyn cwestiynau treiddgar. Byddai'n rhaid iddo fe fod yn wyliadwrus a pheidio siarad amdani hi.

'Bydd yn rhaid i ni siarad am rywbeth!'

'Os o's amheuaeth, taw pia hi a llenwa i'r bylche.'

'Iawn, arwain di a dilyna i.'

Dechreuodd Siân giglan, ''Na arwyddair y band. Arwain di a dilyna i – pan ma un yn dechre ware'r melodi, bydd pawb arall yn ymuno gan ware'n fyrfyfyr.'

*

Wedi dechreuad lletchwith, bu swper yn High Street yn llwyddiant ysgubol. Ar y bwrdd roedd ham o Liptons gyda thatws a moron o'r ardd. I bwdin, roedd crempogau gyda jam a galwyni o de cryf. Teimlai'r gegin yn glyd a chynnes wrth i fflamau'r tân daflu colur llachar dros y pres sgleiniog. Ticiai'r cloc mawr yn hamddenol. Ymlaciodd George, er ei fod mewn byd mor bell o'i gynefin. Ar ddiwedd y pryd cynigiodd ei anrhegion gyda gair o ddiolch am y croeso. Cafodd Mair ddŵr lafant a David hancesi lliain Gwyddelig.

'Do'dd dim isie i chi,' meddai'r ddau, ond yn amlwg yn gwerthfawrogi'r weithred yn fawr.

Am ddeg munud i chwech cododd David i estyn ei got er mwyn cyrraedd y capel mewn da bryd. Arweiniodd y ddau ifanc lan y tyle i Galfaria, a chyflwynodd George i'r pianydd, Mrs Watkins, gwraig mewn oed mewn gwisg ddu a phorffor, gyda llygaid treiddgar a bysedd hir. Roedd hi'n weddw ac ychwanegai at ei phensiwn drwy gynnig gwersi piano. Croesawodd George yn Saesneg ond siaradai â David yn Gymraeg. Chwaraeodd George a Mrs Watkins y dôn ddwywaith heb Siân ac wedyn yn gyfeiliant i'w chanu. Troesant at David am ei ymateb ond distawrwydd a gafwyd. Crychodd Siân ei thalcen, ''Nhad, oedd hynny'n iawn?'

'Gad iddo fe ddod at ei iawn bwyll,' dywedodd Mrs Watkins wrth Siân. Safai David gan siglo'i ben yn araf,
'Sori, sori. Roedd y sain yna mor bert, na, nid pert – nefolaidd.'

*

'Rwyt ti'n aros gyda Bopa Rhys,' meddai Siân.
'Dyna ei henw go iawn hi?'
'Dim enw yw "Bopa", y twpsyn. Gair am Anti yw e.'
Doedd dim llawer o Saesneg 'da Bopa a bu'n rhaid i Siân siarad ar ran George. Llifai'r Gymraeg rhyngddynt tra safai George â gwên sefydlog ar ei wyneb yn teimlo'n fwy dierth byth. Ceisiodd ddehongli o'u tôn a'u hystumiau beth oedd y testun. Trodd Siân ato.
'Hoffet ti wy 'da'th giper i frecwast?'
'Bydde hynny'n wych.'
'Bydd y drws ar glicied er mwyn iti ga'l mynd a dod fel y mynni di.'
'Diolch.'
Siaradai Siân yn gyflym. Roedd llawer o nodio ac ar ddiwedd y sgwrs cofleidiodd hi a Bopa. Ewyllys da oedd yr olew fyddai'n cadw pawb yn hapus.
'Dywedes wrth Bopa ein bod ni'n mynd am dro bach cyn iddi hi nosi ond y byddi di'n ôl miwn da bryd am ddisgled cyn gwely.'
Gwenodd George ar Bopa gan ddiolch iddi.
Atebodd Bopa mewn Saesneg lletchwith taw pleser mawr oedd cael croesawu ffrind Siân i'w chartref. Siglodd George law Bopa yn ofalus gan deimlo ei bysedd bregus. Gwenodd hithau arno'n wresog.

*

'Wyt ti'n siarad Cymraeg drwy'r amser os na fydd ymwelydd Saesneg yma?'

'Gartre, bron trwy'r amser. Ond ro'dd cyfnod, pan o'n i'n dair neu bedair oed, pan drodd y teulu cyfan i siarad Sisneg.'

'Pam?'

'Ro'dd llawer yn neud e, "er mwyn i'r plant gael dod ymlaen yn y byd". Ond pharodd e ddim yn hir yn tŷ ni! Fel merch o Sir Gâr y Gymraeg a ddôi'n reddfol i Mam. Sisneg yw iaith addysg a masnach a iaith siope mawr fel Liptons. Ond Cymraeg yw iaith y capel, iaith y nefoedd.'

'Fydd popeth yn Gymraeg yfory? Sut bydda i'n gwybod pryd i ddechrau?'

'Jyst drycha arna i.'

'Arwain di a dilyna i?'

'Da iawn.'

Cydiodd Siân yn ei law a chamu draw i'r lôn fach gul y tu ôl i'r rhes o dai teras.

'Ble 'dyn ni'n mynd?'

'Rhywle yn ddigon pell o lygaid y cymdogion.'

'Arwain di a dilyna i.'

*

Am hanner awr wedi un arweiniodd Siân George i eistedd ar gadair ger y piano, yn ymwybodol bod sylw nifer yn y gynulleidfa arno.

'Dyna'i sboner hi – o Lunden.'

'Hi fydd y nesa i briodi, creta di fi.'

'Rhaid gweud, ma fe'n foi golygus, er taw Sais yw e.'

Crwydrai llygaid George dros ysblander mahogani ac efydd Capel Calfaria. Fel llawer o bethau eraill, roedd pensaernïaeth Anghydffurfiaeth yn newydd iddo. Ymddangosai Calfaria yn fawreddog, ei bulpud yn urddasol, ond yr organ yn frenhines ar bopeth. Er ei faint, teimlai'n gapel mwy cartrefol na St Peter's, gyda'i garped cynnes yn hytrach na haearn a cherrig oer. Lapiai'r galerïau o gwmpas y gynulleidfa fel dwy fraich yn eu cofleidio'n glyd.

Pan ddringodd y gweinidog i'r pulpud anadlodd y gynulleidfa'n ddwfn. Roedd y sain yn ogoneddus, a'r pedwar llais yn bersain. Tywysodd David ei ferch ifanca ar hyd yr eil. Gwisgai Glenys ffrog wen syml gyda rhuban arian yn ei gwallt a thusw o flodau yn ei dwylo. Dyna'r tro cyntaf i George ei gweld. Roedd hi mor debyg i Siân! Safodd hi ac Arwel o flaen y gweinidog, a'u cyfarchodd cyn troi i annerch y gynulleidfa. Llifai ei eiriau yn gynnes a soniarus. Siaradai am eu magwraeth yn y cwm, sut roeddent wedi dod yn ŵr a gwraig y gallai'r gymuned ymfalchïo ynddynt. Synhwyrodd George bopeth roedd angen ei ddeall heb gael cyfieithiad.

Diflannodd y pâr ifanc i arwyddo'r gofrestr a chamodd Siân ymlaen. Arhosodd George am amnaid Mrs Watkins a thrawodd y llinynnau gydag angerdd. Esgynnodd ysbryd J S Bach drwy'r capel. Trechwyd George gan donnau o orfoledd. Clywsai sawl cerddor yn sôn am y profiad o deimlo'i offeryn yn dod yn fyw, yn cymryd drosodd fel petai. Doedd George ddim wedi deall hynny tan heddiw.

Yn dilyn y gwasanaeth, cynhaliwyd parti yn y festri. Doedd yno ddim diod gref er bod galwyni o gwrw sinsir i dorri syched a digon o deisennau i fwydo'r cwm. Gwrandawon nhw ar araith emosiynol David a datganiad o ddiolch gan Arwel. Aeth y pâr o gwmpas yr ystafell i dderbyn llongyfarchion. Cafodd George wên a chusan gan y briodferch. Meddai Siân wrth ei chwaer,

'Mae 'da ti ŵr yn barod, felly cadwa'n ddicon pell o'n feiolinydd i!'

Gyda gwên a winc, dywedodd Glenys y byddai George yn ŵr perffaith i Siân os byddai'n ddigon cryf i'w gwrthsefyll! Diolchodd Arwel am yr anrheg hardd iawn. Câi ei drysori.

'Be' roist ti iddyn nhw?'

'Set o gylchau napcyn.'

'Arian?'

'Nid arian soled. EPNS, ond Mappin & Webb.'

'Aros yn y blwch fyddan nhw am byth. Ond bendith ar dy fam am wneud jobyn da o'th fagu fel boi cwrtais.'

*

Roedd Owain yn bresennol ond arhosodd yng nghefn y capel heb ganu'r emynau nac ymuno yn y gweddïo. Byddai hynny'n rhagrith ond eto, roedd am fod yn dyst i'r briodas. Teimlai'n falch. Yn nhyb Owain, roedd y ddau'n cydweddu'n dda. Rhyfeddai wrth glywed ei 'Titch' bach e'n canu fel *diva* ac wrth gwrs, synhwyrodd y ddealltwriaeth rhwng y feiolinydd a hi. Er iddo dynnu coes Siân, doedd e ddim wedi disgwyl i'r Sais bonheddig ei dilyn hi i Glydach. Rhaid ei fod e wedi cwympo'n drwm! Y noson cynt, derbyniodd Owain neges oddi wrth Siân yn gofyn a fyddai'n fodlon cael sgwrs gyda'i 'ffrind'. Pam tybed? Pam lai?

Yn y festri, gwelodd fod George ar goll ymysg bwrlwm a thwrw yr iaith estron. Gwnaeth Siân jobyn gwael o'i warchod gan i'w mam ei thywys hi o gwmpas perthnasau pell ac agos i adrodd ei hanes yn Llundain.

'Helô, ti'n cofio fi?'

Trodd George i ysgwyd llaw'n gynnes.

'Wrth gwrs. Owen, ie?'

'Owain, ond sdim ots.'

Edrychodd y naill ar y llall yn ofalus. Roedd Owain

yn chwilfrydig. Pam roedd y Sais crachaidd yma eisiau siarad â fe? Pam treulio ei amser prin gyda'r brawd Comiwnyddol, di-waith yn lle mwynhau cwmni pleserus Siân? Alle fe fod yn ysbïwr? Rhybuddiai'r Parti fod angen iddyn nhw aros yn wyliadwrus. Ond wnaeth George ddim ymgais i guddio ei fod yn aelod o'r dosbarth canol Seisnig.

'Siân ddywedws dy fod am ga'l gair â fi.'

'Tasech chi'n fodlon.'

'Ma tafarn ar y sgwâr ond bydd rhaid i ti dalu.'

'Iawn.'

'Gwell i ti weud wrth Siân. Byddwn ni yn y Clydach Hotel, 'se hi moyn dy achub di.'

*

Roedd tafarn Cwm Clydach ryw hanner canllath i ffwrdd, ond mewn bydysawd arall o ran ysbryd. Bob dydd Sadwrn yn ystod y tymor chwaraeai tîm rygbi'r 'Clydach Bois' ar y cae gerllaw. Wedi'r gemau byddai'r dafarn yn llawn sŵn a gorfoledd chwaraewyr chwyslyd yn ymffrostio am eu campau wrth dorri eu syched. Doedd dim galw am gwrw sinsir! Gwthiodd Owain ei ffordd trwy'r dyrfa ac ystumio ar George i'w ddilyn. Cipiodd fwrdd bach yn y cornel cyn gweiddi'n uchel i gyfeiriad y bar, 'Huw! Dou beint draw fan hyn pan ti'n gallu. Fy ffrind sy'n talu.'

Deallodd George heb gael cyfieithiad a dododd yr arian ar y bwrdd. Cododd Owain ei beint mewn llwncdestun gan wenu'n llydan. 'I Arwel a Glenys – *down the hatch!*' meddai mewn acen Rhydychen ffug. Roedd George yn ansicr a oedd e'n cael ei ddychanu ai peidio, ond ailadroddodd, 'Down the hatch,' rhag iddo ymddangos yn anghwrtais.

Cymerodd Owain lwnc o'i gwrw cyn brolio ei allu i siarad Saesneg crachaidd.

'Dysges i yn Sbaen. Ro'dd 'da fi gymrawd clòs yn y bataliwn. Bardd Sisneg o'dd e o gefndir cefnog; ysgol fonedd, criced, Rhydychen, pyntio ar y Cherwell, yr holl siebang. A dyna be' wetws 'y mardd pan oedd e am yfed gormod – *Down the hatch.*'

Roedd y sŵn bron yn fyddarol, yn rhy swnllyd iddyn nhw glywed ei gilydd yn iawn, yn nhyb George.

'Wel ie, sori, rho'r bai ar Siân. Ceso i orchymyn i ddangos mwy o'r Rhondda i ti. Ar ôl parchusrwydd Calfaria credes y base'n llesol i ti ga'l gweld gwedd wahanol o Glydach, y tu hwnt i gwmni modrybedd gwyryfol a diaconiaid hunanbwysig. Be' well na hala awr fach yn y dafarn i weld shwd ma glowyr go iawn yn hala'u hamser hamdden ar ddydd Sadwrn – rygbi, pêl-droed, ymladd ac yfed?'

Pwyntiodd at lun o Billy Thomas y tu ôl i'r bar, bocsiwr o fri a gâi ei herio yn y bwth bocsio bob bore Sadwrn. Punt i unrhyw un a lwyddai i oroesi pum munud gyda fe, heb gael ei fwrw lawr. Fyddai George am ei herio? Oedd e'n focsiwr? Siglodd ei ben yn bendant.

'Na, ond dw i wedi chwarae cryn dipyn o rygbi ers ymuno â'r RAF, tase hynny'n cyfri.'

'Dim i fi, wi wir yn casáu rygbi. Gwastraff ar egni ac amser, wedi ei ddyfeiso gan y dosbarth uwch er mwyn i'r gweithwyr ddefnyddio'u hegni i ymosod ar ei gilydd, yn hytrach nag ar eu meistri.'

O ochr arall y bar daeth bloedd, 'Pwy yw'r dyn crachaidd 'na sy 'da ti, Owain? Ti'n cydweithio 'da'r cyfalafwyr nawr, neu be'? Sioni Bob Ochr, efe?'

Safodd Owain. 'Dal dy wynt, Evan Walters, os nag wyt ti'n whilo am glatsien, ne wa'th. Ffrind i'n wâr yw'r gŵr 'ma. Felly, gwell i ti fod yn gwrtais wrtho fe. Dyall?'

Deallodd Evan Walters a throi'n ôl at ei gwrw.

Dywedodd Owain ei fod yn synnu nad oedd Siân wedi mynnu ei fod yn gwisgo cap a chadach am ei wddw cyn mentro i'r Cymoedd. Yr eiliad y gwelai un o fois y dafarn ddillad George, rhaid eu bod nhw'n meddwl ei fod yn aelod o Dŷ'r Arglwyddi.

'Dim fi!' meddai George gan chwerthin.

'Wi'n napod 'ny. Yn Sbaen cymysges ag Albanwyr, Saeson, Ffrancwyr, Eidalwyr, Iddewon a Gwyddelod heb sôn am Sbaenwyr. Pobl o bob dosbarth, cefndir addysgol a galwedigeth. Dysges nad o'dd hi'n bosibl napod cymeriad wrth ddisgw'l ar 'i ddillad neu glywed 'i acen. Galle 'nghyfaill barddol Sisneg greu awyrgylch Ascot yng nghanol anialwch Sbaen jyst drwy agor 'i geg a mentro "Down the hatch". Ond weles i neb dewrach ariôd na Chomiwnydd mwy ymroddedig na fe.'

'Ydych chi wedi cadw mewn cysylltiad?'

'Bu farw o'r dwymyn.' Cymerodd lwnc arall. 'Be' wyt ti am i ni drafod?'

'Ga i siarad yn blaen?'

'Wrth gwrs.'

'Yn gyntaf, pam ymunoch chi â'r Frigâd Ryngwladol?'

'I ymladd yn erbyn Franco. Digon syml?'

'Ond doedd dim gorfodaeth arnoch chi i ymladd.'

'Anghywir. Fel aelod o'r Blaid Gomiwnyddol ro'dd rhaid i fi, weti i fi ga'l y gorchymyn.'

'Ond roeddech chi'n hapus i fynd?'

'Ro'dd 'y nheimlade i'n llwyr amherthnasol, ystyriaeth hollol *bourgeois*. Jyst milwr, fel unrhyw filwr miwn unrhyw fyddin.'

'Ond oeddech chi wir yn credu yn yr achos, yn ddigon i beryglu eich bywyd?'

'Ti'n wel', ro'n i'n lwcus fel 'na. Wi'n cofio rhai milwyr erill a fase weti osgoi mynd 'se dewish 'da nhw.'

Eisteddodd 'nôl yn ei gadair. 'Pam y fath gwestiyne? Am dy fod weti ca'l dy gonsgripto?'

'Nage, gwirfoddolais i'n gynnar.' Saethodd aeliau Owain i fyny.

'Pam? I ymladd dros Wlad a Brenin?'

'Efallai, ond dyw'r syniad o gyflawni dyletswydd ddim yn ddigon i fi. Taswn i'n cael fy saethu, hoffwn wybod bod yr achos yn un cyfiawn. Ar hyd fy oes, pobl eraill sy wedi gwneud y penderfyniadau ar fy rhan. Nawr, dw i'n wynebu cael fy saethu'n gelain heb lywio cyfeiriad fy mywyd fy hun o gwbl! Dyna un rheswm dw i'n edmygu Siân cymaint. Mae hi mor bendant, am dorri ei chŵys ei hun.'

Chwarddodd Owain. 'Ie, Siân yw'r fwya styfnig ohonon ni i gyd, pan ma hi'n rhoi 'i bryd ar rywbeth.'

'Hi wnaeth fy sbarduno i ddechre gofyn cwestiynau.'

'Pa fath o gwestiyne?'

'Am gyfeiriad fy ngyrfa a'r hawl i lywio fy mywyd. Ac mae'n edrych i fi fel taw'r un peth wnaethoch chi. Dw i eisiau gwybod beth oedd wedi eich ysbrydoli ddigon i ddewis brwydro.'

'Diawch! Dim nawr yw'r amser na'r lle i d'addysgu am athroniaeth Marx, ond . . . ' Cymerodd Owain anadl ddofn cyn esbonio taw gwrthdaro mwya'r cyfnod oedd yr un rhwng cyfalafiaeth – y bobl gyda'r arian, y pŵer a'r pylle – a'r bobl sy'n llafurio. Fyddai'r cyfalafwyr byth yn fodlon ildio eu cyfoeth na'u pŵer yn wirfoddol, felly rhaid eu trechu. 'Ti'n wel', un frwydr oedd Rhyfel Cartref Sbaen yn y gwrthdaro byd-eang rhwng llafur a chyfalafiaeth. Bydd yr ymdrech yn para tan caiff y gweithwyr fuddugoliaeth anochel.'

'A nawr, beth amdanoch chi?'

'Cwestiwn da! Wi'n bendant yn mynd i ddal ati, para i neud be' bynnag galla i dros yr achos: casglu arian ar

gyfer Spanish Aid, gwerthu'r *Daily Worker*, annerch cyfar-
fodydd, trefnu, a lledaenu'r neges. Wi'n darlithio ar Marx
yn Sefydliad y Glowyr. Hoffet ti ddod i 'nghlywed i?'

'Byddwn i wrth fy modd, ond dw i dan orchymyn i
ddychwelyd i'r gwersyll erbyn dydd Llun.'

'Rwyt ti'n fodlon ymladd felly?'

'Do's dim dewis gen i, nag oes? Ond o leia bydd rhyw
gysur o wybod y byddwn ni ar yr un ochor yn y rhyfel yn
erbyn y Ffasgwyr.'

Oedodd Owain. 'Sori, wi ddim yn gallu cynnig y fath
gymorth. 'Se byddin yr Almaen yn martsio i miwn i'r
Rhondda yfory, fase dim newid ym mywyde'r glowyr
na'u teuluoedd. Sdim ots gan y Parti Comiwnyddol pa
grŵp o fandits fase'n ennill.'

'Byddwch yn cael eich consgriptio!'

'Bydda i'n gwrthod, fel gwrthwynebwr cydwybodol.'

Roedd hi'n hen bryd i Owain fynd â George 'nôl at ei
chwaer ond doedd George ddim wedi gorffen ei beint.
Doedd e ddim am ei yfed, felly yfodd Owain weddill
cwrw George mewn un llwnc.

'Well pido'i fradu.'

Tu fas i'r dafarn ysgydwon nhw law. 'Pob lwc. Wna i
ofyn i Siân fy niweddaru i ar shwt dych chi'n dod 'mlân.
Cymerwch ofal nawr a phaid gada'l iddi hi dy fosian di.
Ma hi'n gallu bod yn wir geilioges.'

*

'Am olygfa. Gelli di weld draw'r holl ffordd hyd at
Benrhys.'

Eisteddai Siân a George ymysg y rhedyn ar dop y
mynydd lle nad oedd y llygredd diwydiannol wedi
cyrraedd. Disgleiriai'r haul, er yn wan, a hwyliai'r

cymylau gwlân cotwm dros yr wybren. Wrth edrych i lawr ymddangosai'r cwm fel llyfr agored, ond gyda thudalennau wedi eu staenio a'u difetha gan ddihirod gwallgof.

Pwysodd Siân arno. Cofleidiodd e hi'n dyner. Arhoson nhw'n ddistaw am funud neu ddwy yn gyfforddus yng nghwmni ei gilydd. Siân dorrodd ar y tawelwch.

'Wyt ti wedi gweld digon o Glydach i dawelu dy chwilfrydedd?'

'Am y tro.'

Rhestrodd George lefydd diddorol a welsai, yn wledd i'w synhwyrau; golygfeydd y strydoedd cul a gormes y tipiau, synau fel defaid yn brefu, wageni glo yn clecian i lawr y cwm ddydd a nos. A'r arogl unigryw.

'Arogl?'

'Ie. Arogl y cwm – ym mhobman. Cryfach mewn rhai llefydd – fel dy dŷ di. Gwannach yn y capel. Cryf iawn yn y dafarn er gwynt y cwrw.'

'Arogl ffiaidd?'

'Na, ddim o gwbl. Arogl cynnes a chlyd a braidd yn fyglyd.'

'Sawr llwch yw hynny. Glo mân. Mae'n gryf yn ein cecin am mai dyna ble ma 'Nhad ac Ifor yn ymolchi ac ma'u dillad gwaith yn y cwtsh dan stâr. Bob man ma 'na löwr allet ti wynto fe. Ac ma'n lledu i bobman. Ro'n i heb sylwi cyn i fi ada'l y cwm a dod 'nôl. Be' am fy nheulu?'

Cafodd groeso cynnes gan ei rhieni a sgwrs ddifyr gydag Owain. Ifor oedd yr unig un a ymddangosai'n ddrwgdybus.

'Wi'n amau na fyddi di byth yn dod yn ôl 'ma.'

'Bydda, os byddi di'n gadael i fi. Beth bynnag, ddes i ddim 'ma ond i weld y cwm.'

'Wir? O'n i'n rhan o'r rheswm o gwbl?'

'Falle.'

'Ddoe ro'dd mwy o awydd arnat ti i dreulio amser 'dag Owain na 'da'th gariad.'

'O! Ry'n ni *yn* gariadon nawr, yn swyddogol?'

Edrychodd Siân arno mewn syndod ffug. Anfonodd hi ei ffoto ato, on'd do fe? A chusanodd hi fe o flaen pawb yn yr Academi. Cofio? A mentrodd hi fynd â fe lawr yr hewl gul am gusan a chwtsh noson cynt, on'd do fe? Allai pethau ddim bod yn fwy swyddogol na hynny?

'Felly cusana fi nawr.'

'Meddylia i am y peth.'

Gwthiodd George hi'n ôl ar ei chefn yn y rhedyn. Lledwenodd hi gan droi ei phen i ffwrdd, 'Wi'n dal i ystyried . . . '

Cusanodd e hi. Rhoddodd ei breichiau am ei wddf a'i dynnu i lawr i orwedd arni. Rholiodd y ddau yn y glaswellt gan danio eu hangerdd a'u chwant. Gwthiodd hi George bant.

'Diawch, boi, gad i fi 'nadlu, wnei di?'

Yna, dechreuodd y cusanu unwaith eto, cyn i Siân ei wthio fe bant yr eilwaith a rholio ar ei ben ac edrych i lawr arno.

'T'mod, wi'n ysu amdanot ti cymaint. Ti'n achosi i fi deimlo a meddwl pethe addewes i na 'sen i byth yn eu teimlo.'

'Byth?'

'Nid nes i fi ddod yn enwog.'

'Efallai y byddi di'n rhy hen i fwynhau erbyn hynny.'

'Nid fi, boi bach. Ma 'da fi'r egni sy'n para.'

'Felly, does gan Siân ddim rheolaeth lwyr dros ei theimladau?'

'Wi'n neud 'y ngore glas ond ma 'da fi wendide. A tithe, 'nghariad annwyl i, yw'r dyn sy wedi dod o hyd iddyn nhw.'

Chwarddodd cyn tawelu'n sydyn. Cofiodd sut roedd

hi wedi bychanu merched eraill am golli eu pennau dros ryw fachgen golygus. A nawr, dyma hi'n gorwedd yn y rhedyn ac yn ysu amdano. Tynnodd George hi'n glòs ato. Cordeddodd y ddau yn ei gilydd yn berffaith fel breichiau dwy goeden yn tyfu ynghyd. Cusanodd George ei gwddw a gwasgodd ei bron. Ymatebodd hithau. Agorodd ei blows a thynnodd hi ef i lawr i orwedd arni. Teimlodd ei goesau yn llithro rhwng ei chluniau a'u hagor. Pwysai ei godiad yn drwm yn ei herbyn. Roedd ei sgert rownd ei gwast a'r ddau gorff yn ymdoddi'n un. Yn sydyn, trodd ei phen i ffwrdd.

'O Dduw annwyl, George, sori ond ddim fan hyn, plis? 'Set ti'n mynnu, fe wna i, achos do's dim modd 'da fi i dy stopio di, ond plis paid.'

'Roeddwn i'n meddwl . . . '

'Ti'n iawn. Wi wir dy angen di, ond dim dyma'r lle. Awn ni i Brighton ac aros miwn gwesty bach yn fuan.'

'Siân, does dim gwahaniaeth gen i os nad ydyn . . . '

'Diolch, ond wi ddim yn dy gretu di. Wi weti temtio llawer gormod arnat ti. Wi'n eithaf naïf ond wi'n gwpod dicon am fechgyn a dynion i ddyall cymaint o rwystredigaeth wi weti ei hala. Wi heb ddelio'n deg â ti. Weti bihafio'n greulon. Ond wi wir dy angen di nawr – yn ysu am dy ga'l di. Ti'n dyall hynny, on'd wyt? Wi wir dy angen a tithe'n mynd bant i'r fyddin.'

'RAF!'

''Run peth – a falle delet di byth gatre! Wi'm yn gallu wynebu'r posibilrwydd 'na; alla i byth, t'mod, caru'n iawn ac yna dy weld di'n gadael.' Oedodd. 'Wyt ti ariôd wedi'i neud e cyn hyn?'

'Naddo.'

'Na finne chwaith. 'Sen ni siŵr o neud cawl ohono fe.'

'Dywedodd Madame Radarowich dro ar ôl tro: Rhaid ymarfer, ymarfer ac ymarfer!'

'Dyle hi wpod.'

'Aww!' ebychodd George yn sydyn gan afael yn ei dalcen. Teimlodd Siân ergyd ar ei chefn gan rywbeth bach caled. Trawodd sawl un yn erbyn George. Neidiodd hi i fyny gan edrych o'i chwmpas a gweiddi,

'Cerwch o 'ma'r cnafon. Wi'n gwpod pwy y'ch chi a bydda i'n ca'l gair 'da'ch mame i chwipio'ch penole chi'n ddu-las.'

Chwarddodd lleisiau ifainc. Bloeddiodd y plant yn heriol wrth ddiflannu i lawr y tyle.

'Beth ar y ddaear . . . ?' gofynnodd George.

'Cachu defed. Dyna be' ma'r cryts yn arfer neud pan ma'n nhw lan ar y mynydd ac yn dod ar draws cariadon yn camfihafo ymysg y rhedyn – taflu baw defed atyn nhw.'

'Wnest ti mo hynny erioed?'

'Do wir. Do's dim defed yn Brighton, nag oes?'

'Wel, ddim yn y gwestai o leiaf.'

✳

Roedd George i fod i gyrraedd Gwersyll Hyfforddi Blackburn erbyn chwech o'r gloch brynhawn Llun. Byddai'n rhaid iddo ddal trên chwarter wedi naw o Donypandy. Gofynnodd i Bopa Rhys ei ddihuno erbyn saith, ond doedd dim angen. Lawer cynharach, cyn toriad y wawr, clywodd gnociwr yn taro'n fras a digywilydd ar ddrws gyferbyn. Eiliadau wedyn clywodd gnociwr arall i fyny'r stryd ac yn fuan, rhagor yn ymuno i dorri ar lonyddwch ben bore.

Ymlusgodd George o'i wely at y ffenest. Yn y golau llwyd gwelodd ddefod a oedd yn dilyn patrwm digyfnewid: dynion mewn dillad du, capiau a chadach gwddf yn cnocio o ddrws i ddrws. Gwnâi'r glaw mân i'r palmentydd ddisgleirio ac o bob tŷ ymddangosai glöwr, weithiau ddau neu dri, yn cario tun a jac. Cymerodd y glowyr eu lle ymysg y rhengoedd gan droedio i fyny High Street ar eu ffordd i Lofa'r Cambrian ar dop y bryn. Asiai sŵn y sgidiau trwm ynghyd, wrth iddyn nhw daro'r hewl ithfaen fel byddin yn gorymdeithio. Doedd dim lleisiau i'w clywed, dim cellwair na brolio, dim ond sŵn y sgidiau haearn yn martsio. Yng ngolau rhyfeddol y wawr ymddangosai'r llwyth fel delwedd arallfydol. Pa mor ofer a naïf oedd ei sylwadau wrth Owain am ewyllys rydd? Pa reolaeth oedd gan y dynion yma dros eu bywydau, eu teuluoedd, neu hyd yn oed dros eu camau nesaf i fyny'r tyle?

✳

Gwyddai Siân yn union ble i ddod o hyd i'w brawd hynaf am hanner dydd, sef wrth y ffynnon yng nghanol Sgwâr y Pandy yn gwerthu'r *Daily Worker*.

'Faint ti 'di gwerthu?'

'Hanner disen. Aiff mwy ar ddiwedd y shifft.'

'Ti moyn paned? Yn siop Bracchi?'

'Duwcs odw! Ond 'sen i'n colli gweithwyr iard y rheilffordd 'sen i'n mynd nawr.'

'Wi 'ma i ffarwelio cyn mynd 'nôl i Lundain y prynhawn 'ma. Gawn ni sgwrs?'

'Wrth gwrs. Wastad yn bleser siarad 'da ti, Titch.'

'Yn y caffi?'

'Na, fan hyn. *Worker! Daily Worker!* Am be' ti moyn siarad?'

'Be' sy'n dy boeni di, Owain?'

'Dim byd, heblaw cyflwr trychinebus y byd. Wyt ti ddim yn poeni?'

'Ma Mam a Dad yn becso amdanot ti. A finne 'fyd.'

'Byddi di wedi anghofio popeth abithdi fi ar ôl cyrra'dd

'nôl yn Llundain ymysg dy ffrindie crachaidd. Mam ofynnws i ti roi pryd o dafod i fi, yntyfe?'

'Nage!'

'Grinda, Titch, wi'n torri 'nghwys 'yn hunan a ti'n neud yr un peth, mor syml â 'ny.'

'Nag yw, wi'n dy napod di'n rhy dda, Owain. Wi ddim am drio dy berswado di i bido bod yn Gomiwnydd, er bo' fi'n meddwl taw twpdra yw'r syniad. 'Na shwt un wyt ti. Ond cyn i ti fynd i Sbaen ro't ti'n gallu bod yn Gomiwnydd ac yn dal i fwynhau hwyl a sbri a neud pethe dwl. Be' ddigwyddws? Ti fel 'set ti'n cwato rhywbeth poenus tu miwn.'

'Sdim cyfrinach. Wi 'di ca'l amser i feddwl.'

'Meddwl?'

'Am Sbaen, y meirw a'n rhan i yn yr uffern. Wi'n gwyllto pan ma pobl yn ymateb fel 'sen ni 'di ennill – Da iawn, Owain bach, jobyn da. Gwell anghofio amdano fe nawr, yntyfe? Wi moyn ysgwyd pobl i'w dihuno. Pam na allan nhw weld be' sy'n digwydd yn y byd?'

'O't ti'n iawn pan gwrddon ni yn Llunden.'

'O'n, ar ben 'y nigon. Dyddie i'w trysori. Ond weti dod 'nôl i'r cwm wi'n gweld bod pethe'n dal mor warthus ag ariôd er gwaetha'r holl aberth. Mae'n artaith dishgw'l ar wynebe'r Jameses bob tro ma'n nhw'n holi am Stan a shwt buodd e farw.'

Camodd pâr o weithwyr y rheilffordd draw o'r iard.

'Worker! Daily Worker! Y diweddara am Sbaen. Darllenwch am gynllunie'r perchnogion i neud elw mowr mas o'r rhyfel. Pob manylyn yn y *Worker*. Dere, Lyn myn, tair ceiniog i ddyall holl ddrygioni cyfalafiaeth. Bargen! Diolch, Lyn.'

'Dim ond i roi taw arnat ti, Owain.'

'Dim gobaith caneri,' atebodd yr ail weithiwr cyn cerdded bant.

'Cwrddes â dy sboner yn y briodas.'

'Do. Wetws e.'

'Ti 'di bachu bachan ffein. Jyst ware dy gardie'n ofalus a byddi di'n cwpla miwn tŷ mowr moethus yn gwahodd lêdis Llunden i de.'

'Paid â bod mor gas. Wetws e faint roedd e 'di mwynhau siarad 'da ti.'

'Do fe?'

'Do, a'i fod e 'di ca'l croeso hael gan bawb.'

'Sdim syndod, yn enwedig 'da Mam. 'Se hi'n 'i weld e fel tipyn o gatsh i ti. Be' am Ifor?'

'Na, dim Ifor. Ma fe'n becso bod George jyst yn 'y nefnyddio fi i ga'l tipyn bach o sbort, fel bydd y byddigions yn neud, medde fe.'

'Ody e?'

'Dim un fel 'na yw e. Wir i ti. Os o's un ohonon ni'n defnyddio'r llall, fi yw honno.'

'Falch clywed, Titch. Ma fe'n fachan cwrtes ac ma hi'n ymddangos fel 'se cydwybod 'da fe. Mae e'n "decent chap" fel 'se 'mardd Sisneg wedi gweud, ond llo gwlyb se'ch 'ny.'

'Am greulon. Pam wyt ti'n gweud 'na?'

'Do's dim clem 'da fe gymint o gyflafan arswydus fydd y rhyfel nesa. Do's dim bai arno fe am hynny. Ma papure newydd y cyfalafwyr yn llawn rwtsh gwladgarol. Yn lle baneri Jac yr Undeb dylen nhw ddangos llunie o gartrefi wedi eu bomio a chyrff gwaedlyd plant. 'Na fydd realiti pethe.'

'Wetest ti wrtho?'

'Naddo. Wi, hyd yn oed, ddim mor greulon â 'ny. Bydd e'n sylweddoli'n ddigon clou.'

'Beth arall wetws e?'

'O, ma 'da fe syniade ffantasïol am gymryd rheolaeth dros 'i fywyd 'i hun. Neud y penderfyniade pwysig heb ga'l 'i arwain gan ffawd. Dyna rwyt ti a fi weti neud, medde fe.'

'Dwyt ti ddim?'

'Nag'w. Paid twyllo dy hunan. Bydd unrhyw Farcsydd gwerth 'i halen yn datgan bod llanw hanes yn anochel. Yr unig beth wi'n neud yw trio helpu'r tonne dorri ar y tra'th mymryn yn gynt. *Worker! Daily Worker!* Ti 'di colli dy ben ar y George 'ma, on'd wyt?'

Wedi ysbaid fer atebodd, 'Odw.'

'A thithe yw'r un o'dd yn mynnu bod heb gariad, rhag ofn i ti golli rheolaeth.'

'Wi'n gwpod.'

'Gobitho cei di dy ddofi.'

'Dim gobaith!'

'Ti 'di cwympo'n galed a fe'n mynd i ryfela. Sori, Titch. Wi wir yn sori drostot ti, achos gall y blynyddoedd nesa fod yn rhai caled.'

'Dim fel yr ucen diwetha, felly?'

Rhan Tri
1940

'George Kemp-Smith. Mae'n dda gen i'ch hysbysu i chwi gael dyrchafiad i fod yn Beilot-swyddog Dan Hyfforddiant. Llongyfarchiadau.'

Teimlai George gyfuniad o syndod a rhyddhad. Dair wythnos ynghynt y gwnaeth George ei hediad unigol cyntaf. Aeth yr esgyn yn iawn a hefyd ei chwarter awr o hedfan mewn cylchoedd, ond gwnaeth gawl llwyr wrth lanio. Ymdrechodd dair gwaith i hedfan y Tiger Moth at y rhedfa ar yr uchder cywir, ond methodd bob tro. Llwyddodd ar y pedwerydd cais i gymeradwyaeth ddychanol ei gymrodyr. Daeth ei gyfres o gamgymeriadau'n destun sbort yn y ffreutur.

'Ro'n i'n meddwl 'mod i 'di gwneud gormod o gamgymeriadau, Syr.'

'Do,' atebodd y swyddog yn sur.

'Felly . . .'

Cyfaddefodd y swyddog fod hediad solo cyntaf George wedi codi ofn arno, ond ar ôl gwneud cawl o bethau roedd wedi cadw ei ben, a dilyn y cyfarwyddiadau i'r llythyren. Er yr embaras, doedd e ddim wedi peryglu'r awyren nac ef ei hun, a glaniodd yn ddidrafferth yn y diwedd. Dangosodd George ddawn hedfan, pen clir a'r gallu i ddilyn cyfarwyddiadau. Dyna pam yr enillodd ddyrchafiad.

'Diolch, Syr.'

'Fy mhleser i. *Dismiss.*'

Sythodd George gan droi'n smart a gadael yr ystafell cyn bloeddio mewn rhyddhad.

*

'Gwych, *sweetheart.* Llawn teimlad. Mae'r pynters yn dy garu di. Ti'n gwybod beth, cariad? Ry'n ni'n dau yn mynd i fod yn bartneriaeth heb ei hail.'

Cymerodd Victor lymaid arall o'i frandi. Roedd hi'n oriau mân y bore yn y Blue Parrot a'r band wedi chwarae trwy gydol y nos, heblaw am ambell egwyl. Ar ôl un o'r gloch newidiodd yr awyrgylch a chrëwyd sain feddal, gan ailadrodd yr un dôn dro ar ôl tro tan i'r cwsmer olaf adael. Canai Siân yn dawel, gan siarad â'r meicroffon er mwyn arbed ei llais. Yn ystod y nos anfonwyd gwydrau o frandi iddi gan Victor, er iddi ddweud wrtho ei bod yn casáu ei flas ac yn ofni'r effaith a gâi arni. Felly, roedd rhes o wydrau llawn ger ei meicroffon yn gofnod o'r oriau hir y bu'n canu.

Roedd Victor a'r clwb wedi mwynhau noson fuddiol. Talodd y cwsmeriaid brisiau gwallgof am siampên rhad a bwyd gwael ac yn ôl arferion clybiau nos Soho, taflwyd arian ar y llwyfan. Daeth un dyn swanc mewn siaced ddu a dici-bo at Siân gan geisio stwffio papur decpunt i lawr rhwng ei bronnau. Dim ond gwthiad ysgafn ganddi oedd ei angen i'w anfon ar wastad ei gefn ar lawr y llwyfan. Er mawr fwynhad i'w ffrindiau meddw, cododd Siân y papur decpunt oddi ar y llawr, a gan nad oedd ganddi boced yn ei ffrog, gwnaeth sioe fawr o'i guddio yn yr union fan y methodd y meddwyn ei gyrraedd. Dangosodd y gynulleidfa eu mwynhad drwy gymeradwyo a chwibanu.

O'r diwedd, roedd y Blue Parrot yn wag. Disodlwyd y golau pinc meddal gan fwlb gwyn gwan. Roedd y bêl o ddrychau'n llonydd a gwelid sbwriel y nos ar y byrddau a'r llawr, y blychau llwch yn gorlifo, llieiniau budr, rhubanau'r parti, poteli gwag ac ambell ddici-bo colledig. Wedi blino'n rhacs, yr unig beth roedd ar Siân ei angen oedd cwsg.

'Ble mae dy gartre di? Mae'r tiwb olaf wedi hen fynd.'

'Mae'n iawn, Victor, fe gerdda i.'

Mynnodd Victor y byddai'r daith yn rhy hir ac yn rhy beryglus yr adeg honno o'r bore. Roedd Llundain yn llawn dihirod treisgar. Cafodd gynnig aros dros nos gyda fe. Safodd Archie y sacsoffonydd ar ei draed y tu cefn i Victor a'i chymell i wrthod. Gwrthododd Siân yn bendant, ond camodd Victor ati gan roi ei fraich am ei hysgwyddau noeth, ei anadl yn drewi o frandi a mwg sigâr.

'Byddi di'n hollol saff gyda fi, *sweetheart*. Fyddwn i byth yn brifo Gloria fach, fy aderyn cân Cymreig. Yn enwedig gan dy fod ti'n denu'r pynters fel yr wyt ti.'

Disgynnodd ei law ar ei phen-ôl. Tynnodd Siân hi i ffwrdd. 'Chwilia i am dacsi.'

'Pam, *sweetheart*? Bydd yn costio ffortiwn yr adeg 'ma o'r bore. Paid â bod yn wirion nawr. Gelli di ymddiried ynof i, *sweetheart*. Dw i wedi gwneud cymaint drosot ti'n barod, paid anghofio hynny.'

'Ydych, Victor, a dw i'n ddiolchgar, ond mae hi bron yn dri o'r gloch y bore. Dw i jyst yn dyheu am gartre, iawn?'

Llyncodd ei ddiferyn olaf o frandi, ac ochneidiodd ei siom gan godi'i ddwylo fel petai'n ildio. 'Beth bynnag ti moyn, *sweetheart*. Phil, galwa dacsi i Gloria fach din dynn. Mae angen noson gynnar arni. A hi fydd yn talu'r gyrrwr – defnydd da o'r papur £10 guddiest ti yn gynharach.'

*

Anfonwyd George a'r peilotiaid dan hyfforddiant eraill yn ddwfn i gefn gwlad Rutland. Wedi awr o daith ar gefn lorri o orsaf drenau Oakham ar hyd lonydd garw a thrwy bentrefi pert, cyrhaeddon nhw'r maes awyr. Edrychai RAF Cottesmore fel eu syniad nhw o faes awyr go iawn. Yn dominyddu'r safle roedd tŵr rheoli du awdurdodol gyda phedair sied awyrennau anferth yn ei amgylchynu. Ar y tarmac roedd sawl awyren fomio Handley Page. Adwaenent i gyd siâp yr Hampden newydd; awyren fodern, peiriant ymosodol – cudyll ysglyfaethus wrth ochr y Tiger Moth, a oedd fel dryw bach o'i chymharu â hi.

'Amser i ni chwarae gydag oedolion,' meddai Antony.

Cawson nhw eu gosod mewn criwiau. Daeth George yn sgiper a Rob oedd ei lywiwr. Frankie o Alberta, Canada oedd y dyn radio a'r gynnwr. Doedd Frankie ddim yn cydymffurfio â'r ystrydeb o Ganadiaid. Nid oedd yn siarad llawer, ond gweithredai'n ddiffwdan. Elsie oedd ei gariad ers dyddiau ysgol. Un diwrnod bydden nhw'n priodi – os byddai'n dychwelyd. Tynnodd ffoto allan o'i waled ac yn fuan, ymunodd Elsie, Mattie a Siân mewn oriel ar y bwrdd a chaent eu hedmygu yn eu tro. Gwnaethant gytundeb, y bydden nhw a'u cariadon yn cwrdd â'i gilydd am noson o hwyl yn Llundain un diwrnod.

*

Ers yr wythnos y gwrthododd hi gynigion chwantus Victor, gofalai Siân ei bod yn ei gadw hyd braich. Er mawr ryddhad iddi fe wnaeth e ymddwyn yn gwrtais, fel petai wedi derbyn ei neges, sef mai perthynas broffesiynol a

143

dilys oedd ei hangen. Deuai Victor i'w gweld yn gyson wedi'r perfformiadau i roi nodiadau cerddorol iddi. Rhaid cydnabod ei fedrusrwydd. Er ei hoffter o frandi, fel arfer byddai'n ddigon dymunol. Siaradai'n dawel wrth drafod pwyntiau technegol. Roedd ganddo ffraethineb a berodd i Siân ymlacio. Mwynhâi ei glywed yn canmol ei chanu ac er na chredai ei weniaith, gadawodd iddo'i swyno â'i glodydd a'i addewidion i roi gair yn y lle priodol.

'Ti'n nabod George Black?'

'Nag'w.'

'O, fe ddylet ti, *sweetheart*.' Yn sicr, byddai hi wedi clywed am *These Foolish Things*, sioe hynod o lwyddiannus oedd yn llenwi'r Palladium bob nos gyda Chesney Allen, Frances Day a Bud Flanagan? Fel mae'n digwydd, hen ffrind i Victor oedd hyrwyddwr y sioe, felly pe bai ond yn rhoi gair yng nghlust ei hen gymar am ferch brydferth, atyniadol oedd yn canu fel angel, byddai'n ymgeisydd perffaith i'w chynnwys yn ei sioe nesaf – pwy a ŵyr? Fyddai hi am iddo siarad â George ar ei rhan? Wrth gwrs y byddai hi, ac roedd hi'n fodlon fflyrtio dipyn mwy er mwyn ennill y fath gyfle.

Dechreuodd Siân deithio'n ôl i Camden mewn tacsi – o leiaf pan fyddai'r noson yn ymestyn hyd yr oriau mân. Costiai grocbris, ond enillai hi arian da ar nosweithiau hwyr o'r fath a bu'n werth yr arian er mwyn y clydwch a'r diogelwch. Daeth i adnabod Bert, cabi a'i cludodd hi gartref sawl gwaith. Dyn mawr oedd Bert, yn hoff o sgwrsio, ac yn llawn straeon ynglŷn â phobl enwog oedd wedi eistedd yng nghefn ei dacsi.

✳

'Ddywedest ti wrth Mattie ein bod ni'n cael ein hyfforddi i hedfan liw nos?'

'Ydy hynny'n gyfrinach swyddogol na all gael ei datgan, rhag ofn dioddef cyfnod hir mewn cell yn Nhŵr Llundain?'

'Falle.'

'Byddai hi'n siŵr o bryderu.'

'Byddai hi'n dy weld di fel arwr.'

'Mae hi'n barod. Fyddi di'n dweud wrth Siân?'

'Annhebygol.'

Gyrrai Rob hen Austin 10 bregus ar hyd y lonydd cul gwledig o RAF Cottesmore i gyfeiriad yr arfordir. Eisteddai George yn y blaen gyda Frankie a Will yn y cefn. Aelod newydd o'r criw oedd Will, ysgolhaig o Gaergrawnt oedd yn arbenigo mewn barddoniaeth Eingl-Sacsonaidd gynnar. Ar ôl iddo astudio campau ysbeilwyr chwedlonol, roedd yn barod i wynebu ysbeilwyr cyfoes.

Syniad George oedd i'r criw gael cyfle i ymlacio dipyn yng nghwmni ei gilydd ar ôl cyfnod hir o hyfforddiant. Cawson nhw i gyd eu herio gan y ddisgyblaeth roedd ei hangen i hedfan yn y nos. Gyda blacowt llwyr bron, doedd dim tirnodau na goleuadau i ganfod lleoliad yr awyren. Roedd y straen mwyaf ar Rob; arno fe roedd y cyfrifoldeb o benderfynu ar eu lleoliad drwy ddefnyddio offerynnau yn unig. Cawsant nifer o brofiadau anodd, ond dim un trychinebus.

Felly, beth well na thrip i lawr i lan y môr am hoe fach? Roedd Frankie yn awyddus i weld y môr. O'i dre yn Alberta, roedd y môr agosaf bron fil o filltiroedd i ffwrdd. Cofiai Will ei ewythr yn siarad am fwynhau gwyliau glan y môr yn Hunstanton ar y Wash, felly dyna oedd eu cyrchfan. I newid patrwm eu cyfrifoldebau arferol, Rob oedd y sgiper a George oedd yn dilyn y map. Frankie oedd y mecanig a chafodd Will, y gynnwr cefn, orchymyn i daflu cyfrolau o Beowulf dros unrhyw frodorion ymosodol.

Yn fuan, collon nhw'r ffordd. Cafodd George ei ddisodli fel darllenwr map gan Frankie ond gwaethygu wnaeth pethau. Ailgyfeiriwyd pob arwyddbost gan yr Home Guard er mwyn drysu goresgynwyr o'r Almaen.

'Yn 'y marn i ry'n ni'n gyrru rownd mewn cylchoedd,' meddai Will. 'Dw i'n adnabod y fuwch 'na erbyn hyn.'

'Mae pob buwch yn edrych yn debyg.'

'Na, mae gwên neis gan yr un 'na.'

Ar y groesffordd nesaf safai'r Beaufort Arms, tafarn dawel, na welsai ddynion mewn iwnifform ers adeg Cromwell. Cawson nhw groeso gan y tafarnwr; cwrw cynnes am ddim, brechdanau corn-bîff a straeon di-ri. Gofynnodd George am help, ond byddai cyfar-wyddiadau'r tafarnwr wedi drysu Marco Polo! Dim ots. Wedi tri pheint gwellodd sgiliau gyrru Rob yn eithriadol. Anwybyddwyd y map. Dewison nhw'r hewl trwy ddilyn eu greddf.

Er syndod i bawb cyrhaeddon nhw Hunstanton a'r môr erbyn tri'r prynhawn. Gyrrodd Rob ar hyd y prom Fictoraidd, ac fel rhan o addysg Frankie mewn arferion traddodiadol Prydeinig, aethon nhw am dro ar hyd y prom, oedi i edmygu safle'r seindorf, taflu cerrig i'r dŵr, cyn i George, er gwaetha'r oerni, brynu hufen iâ yr un iddynt. Eisteddon nhw i'w fwyta ar y pier gan edrych allan dros y môr. Tynnodd Will eu sylw at haenau coch a gwyn y calch a'r tywodfaen ar y clogwyn. Nodiodd pawb.

Llyfon nhw eu hufen iâ mewn tawelwch bodlon, heb jôcs na thynnu coes. Ni froliai neb. Teimlent i gyd arwyddocâd yr eiliad. Dyma'r realiti roedd George wedi chwilio amdano ers blynyddoedd. Trwy gydol ei fywyd, roedd wedi teimlo fel un na fyddai'n rhan o ddigwyddiadau, fel petai'n wyliwr yn hytrach nag yn chwaraewr. Hyd yn oed yn yr Academi teimlai fel un a oedd yn dynwared bod yn rhan o'r byd cerddorol, byd oedd yn eiddo i bobl eraill. Dyna un rheswm y daeth Siân mor bwysig iddo. Dangosodd hi iddo sut i fyw bywyd yn hytrach na sylwi arno. Heddiw, teimlai'n gyfforddus yng nghwmni'r criw hwn, mewn modd nad oedd e wedi ei brofi yng nghwmni unrhyw grŵp arall o ddynion. Roedden nhw i gyd, heb ddweud gair, wedi cytuno i ymddiried yng nghyfeillgarwch ei gilydd ac wedi rhoi eu bywydau yn nwylo ei gilydd.

Frankie dorrodd ar y distawrwydd, gan dynnu ei got yn dynn amdano rhag y gwynt oer.

'Felly, dyma sut bydd Saeson yn cael hwyl?'

'Nage, weithie ry'n ni'n sefyll yn y glaw ac yn gwylio pêl-droed.'

*

Oer a digysur oedd y nos. Enciliai Siân yn belen dynn yng nghefn y tacsi. Heno, ar ei ffordd gartref, ni chlywai lais Bert, y cabi, yn ceisio codi sgwrs. Heno, roedd Siân wedi cilio i'w chragen, yn ffaelu cyfathrebu. Yn fuan, rhoddodd y cabi'r gorau iddi a gyrru'n fud i gyfeiriad Camden. Ceisiodd Siân roi trefn ar ei chorff a'i meddwl. Ailadroddodd ddigwyddiadau'r noson yn ei phen, nid mewn trefn, ond fel storm gyda phob dim yn chwyrlïo o'i chwmpas yn wyllt; y geiriau meddw, y delweddau yn y drych, y gweiddi, yr aroglau a'r ymosodiad. Ai hi oedd ar fai?

Caeodd ei llygaid yn dynn mewn ymgais i gael gwared ar wyneb Victor a'i wên ffug, ond yn ofer. Clywodd ei lais yn trio'i orau i'w swyno. Heno daeth i'w hystafell wisgo heb guro. Nid digwyddiad anghyffredin mo hynny ac yn ofer y gofynnodd Siân am glo i'r drws.

'Amser i ni gael sgwrs fach am dy yrfa, *sweetheart.*

Y pethe galla i wneud ar dy ran. Mae 'da fi lwyth o ffrindie yn y busnes, t'mod.'

Safai tu ôl i'w chadair yn wynebu'r drych coluro. Edrychai'r ddau ar eu hadlewyrchiad wedi'i loywi gan fylbiau trydan o gwmpas y drych.

'Taset ti'n ymddwyn yn iawn tuag ata i, gallwn i helpu llawer mwy arnat ti. Dyna'r ffordd mae'r busnes yn gweithio, *sweetheart*. Deall? Heb ffrindie yn y llefydd pwysig, do's dim gobaith llwyddo.'

Gwelodd hi ei ddwylo yn hofran o gwmpas ei hysgwyddau. Teimlodd ei fysedd yn anwesu ei gwallt a chefn ei gwddf. Gwridodd hi'n anghysurus. Ysgydwodd ei phen fel petai'n ceisio cael gwared â chacynen.

'Plis, peidiwch.'

Parhaodd i siarad yn yr un dôn feddal. Dylai hi ymddiried ynddo. Ei unig nod oedd edrych ar ei hôl. Crwydrodd ei law chwith i lawr ei braich, tu mewn i'r wisg dros ei bron a gwasgodd. Wedyn, chwyrlïodd popeth yn flêr yn ei chof. Cofiai sefyll ar frys a rhedeg i gornel pellaf yr ystafell fechan gan weiddi arno i adael llonydd iddi. Clywodd ei llais ei hun, ond swniai fel llais rhywun arall, yn fain a gwan. Cofiai weld Victor yn camu tuag ati'n araf gyda'i wên ffug a'i lais tawel, bygythiol.

'Ymlacia, del. Dw i'm yn mynd i dy frifo di.'

Heb rybudd, cydiodd yn ei breichiau a gwthiodd hi yn erbyn y wal gan geisio'i chusanu. Brwydrodd i roi ei phen i'r naill ochr.

'Na, gad lonydd i fi. Gwna i sgrechen!'

'Sgrechia di faint fynni di, *sweetheart*. Fydd neb yn ein clywed ni lawr fan hyn.' Pwysodd ei gorff yn galed yn ei herbyn. Cusanodd ei gwddf a theimlodd Siân ei law yn gwthio'i ffordd rhwng ei chluniau. Pwysodd ei ben ar ei phen hi i'w chadw hi'n sownd wrth y wal, ac aroglau'r brandi a'r Brylcreem bron â'i mygu. Cnodd ei glust yn galed, nes bod gwaed yn llifo i'w cheg. Cri o boen, a gan regi gollyngodd hi a symud 'nôl yn dal ei glust.

'Yr hen ast!' gwaeddodd. Gwylltiodd a rhoddodd glatsien iddi ar ei hwyneb a wnaeth iddi gwympo wrth ymyl y gadair. Ymbalfalodd yn ei bag o dan y bwrdd gwisgo cyn troi'n ôl ato gyda'i phìn hat, pum modfedd o ddur miniog. Edrychodd e'n syn arni, a gwelodd fflach sarrug yn ei lygaid.

'Rwyt ti'n bihafio'n ynfyd.'

'Fi yn ynfyd!'

'Fyddi di byth . . . '

'Peidiwch mentro. Dangosodd fy mam yn union ble i hala'r pìn hwn, 'sen i miwn peryg.'

Siglodd Victor ei ben wrth symud at y drws.

'Byddi di'n difaru hyn. Mae 'na ddegau o ferched fel ti jyst yn awchu am y cyfle i ganu gyda band Victor Bellini. Un o'r bandiau gorau yn Llundain.'

'Ond fase yr un ohonyn nhw cystal â fi.'

'Paid twyllo dy hunan. Mae hi ar ben arnat ti a thithau wedi croesi Victor Bellini. Wnei di byth weithio yn Stryd Wardour eto nac yn unrhyw glwb arall yn Llundain. Fyddi di ddim hyd yn oed yn golchi llestri mewn bwyty Tsieineaidd.'

'Hen gythrel diawledig wyt ti!'

'Merch din dynn wyt tithe, fflyrt heb ei hail ond un hollol oeraidd. Mae angen i ti ddysgu sut mae pethau'n gweithio yn y busnes hyn os wyt ti am lwyddo.'

Yng nghefn y tacsi dyna'r geiriau oedd yn ei brifo fwyaf. Doedd hi ddim yn wylo. Teimlodd galedwch yn tyfu tu mewn iddi fel plwm.

∗

Yn ystod eu plentyndod roedd Glenys a Siân yn eneidiau hoff cytûn. Beth bynnag fyddai'n digwydd gallen nhw rannu eu problemau a'u cyfrinachau hapus a thrist. Yn yr ystafell fechan yn High Street treuliai'r ddwy oriau bwygilydd yn cloncan tan oriau mân y bore, neu tan i'w mam weiddi arnynt i fynd i gysgu. Fel y chwaer hŷn, Siân oedd yr un gyda'r mwyaf i'w gyfrannu o ran profiad, ond Glenys oedd yr un a fyddai'n torri'i chalon dros fechgyn. Bydden nhw'n trafod rhyw yn aml, yn giglan a chwerthin wrth ddweud mor ddi-chwaeth roedd e'n swnio, ond eto ...

Chafodd yr un ohonyn nhw brofiad tebyg i brofiad Siân heno. Unwaith, cafodd Glenys ei phoeni gan fachgen nad oedd yn fodlon derbyn 'Na' yn ateb. Owain ac Ifor ddatrysodd y broblem, fel y dylai brodyr mawr ei wneud. Yn ystod un haf twym, cafodd merch Davis y Siop Ffrwythau ei threisio'n wael ar lechwedd y mynydd a chafodd dyn ei arestio. Dyna pryd y cawson nhw 'sgwrs rhwng merched' gan eu mam. Fel arfer mae dynion yn wâr a chwrtais, meddai, yn enwedig dynion y capel, ond weithiau bydd rhai yn colli eu pwyll wrth garu a gall pethau fynd ar gyfeiliorn, yn enwedig ar ôl bod yn yfed. Roedd dyletswydd ar ferched i beidio codi chwant rhyw-iol ar fechgyn. Protestiodd Siân nad oedd Deb Davis hyd yn oed yn adnabod y dyn a'i treisiodd hi. Doedd dim bai arni hi, nag oedd? Nag oedd, cytunodd ei mam, ond yn aml y ferch sy'n cael y bai, ta beth. Dangosodd achos Deb Davis sut mae pethau annisgwyl yn gallu digwydd i ferched diniwed. Gwell bod yn saff. Dyna pryd y cafodd y ddwy eu harfau, pìn hat pum modfedd o ddur yr un, jyst rhag ofn, gydag esboniad am sut i'w ddefnyddio mewn argyfwng.

Heno, teimlai Siân fod arni angen cwtsio lan at ei chwaer, i rannu'r holl faich. Tasai breichiau Glenys o'i chwmpas byddai hi wedi llwyddo i grio. Ond roedd Glenys ymhell i ffwrdd, yn fenyw briod, yn hapus ym mreichiau ei gŵr yn Wern Street. Cofleidiodd Siân ei chlustog gan geisio esgus taw Glenys oedd yn agos ati ac yn gwrando. Gofynnodd yr un cwestiynau. Ai hi oedd ar fai? Yn euog o fflyrtio, yn euog o adael i Victor ei gwisgo hi mewn dillad y byddai ei mam wedi eu galw yn bechadurus?

Beth allai hi ei wneud nawr? Roedd hi wir angen cymorth. Beth am sgrifennu at Glenys? Na, wedi meddwl, câi ei dychryn gan y syniad o roi digwyddiadau'r Blue Parrot i lawr ar bapur. Gallai Arwel neu ei mam ei ddarllen! Beth am George? Na, roedd Siân yn ansicr o'i ymateb e, a sgwrs â merch arall roedd arni ei hangen.

Gofynnodd i Victoria a fyddai'n fodlon trafod mater personol. Cytunodd ar unwaith. Byddai wedi bod yn well gan Siân gaffi tawel, ond dewisodd Victoria gynnal eu sesiwn cyffesol yn ei hystafell wely gyda photelaid o win a bocs o siocled yn gwmni.

'Iawn, galli di gyfaddef popeth wrth Anti. Does dim byd yn fy synnu i.'

Gwrandawodd Victoria yn astud gan ymyrryd o dro i dro gydag ebychiadau fel 'Creep!' neu 'Sglyfaeth!'. Hanner ffordd trwodd dechreuodd Siân grio a chafodd ei synnu faint o ryddhad a gawsai. Rhoddodd Victoria hances iddi.

'Sori,' meddai Siân.

'Pam? Does dim angen. Dw i'n falch o gael cynnig clust.'

'Galws e fi'n "ferch din dynn", ac yn "fflyrt oeraidd".'

'Siân, mae e'n galw enwau hurt arnat ti am dy fod ti wedi ei wrthod. Ei fwriad oedd dy fwlio di, i wneud i ti deimlo'n ddiwerth, fel baw. Paid â gadael iddo. Mochyn yw e.'

Ddywedodd Siân ddim gair. Ceisiodd Victoria ei chysuro. Yn ei thyb hi roedd gan bob dyn dueddiad i geisio dominyddu – rhan o natur dynion yw gallu profi eu rhagoriaeth wrywaidd. Mae'r mwyafrif yn gwneud hyn trwy gyflawni gorchestion o ryw fath, ar y cae pêl-droed, er enghraifft, neu drwy chwilio am gyfleoedd i ddangos eu cryfder a'u medrusrwydd, pethau digon diniwed fel arfer, er eu bod nhw'n hollol blentynnaidd. Ond gall rhai dynion geisio dominyddu'r bobl fwyaf truenus ac ennill math o hunan-barch trwy fwlian merched neu blant. Gorau po wannaf.

'A dyna dy Victor Bell-bechingalw.'

'Bellini.'

'Ie siŵr. Dw i'n credu taw Albert yw ei enw go iawn, a'i fod yn hanu o Hackney.'

'Siŵr o fod. Diolch, Victoria.'

'Vicki! Cymera wydraid o win. Dim y gwin gore, mae arna i ofn, ond gall fod o help.'

Ceisiodd Siân wrthod ond tywalltodd Victoria wydraid mawr iddi. Oedd hi'n bwriadu dal ati? Os nad yn y Blue Parrot, mewn clwb arall? Oedd angen yr arian arni o hyd? Roedd hi'n mwynhau'r canu a pherfformio, on'd oedd?

'O'n wir! Ceso i'r fath hwyl wrth ganu a dysgu arddull *cabaret*!' Mwynhâi deimlo'n ddeniadol a gwisgo dillad llawn steil. Doedd dim ots ganddi ganu caneuon drygionus na fflyrtio gyda'r rhes flaen, gan ei gadw fel tipyn o hwyl. Eto, teimlai yn llai cyffordddus wrth sylweddoli bod y gynulleidfa yn ei llygadu hi'n chwantus a Victor yn adrodd jôcs awgrymog. Oedd gwahaniaeth rhwng hyn a pherfformio mewn clybiau stripio yn yr un stryd, heblaw am fod yn noeth? Chwarddodd Victoria.

'Cofia,' meddai, 'os wyt ti am berfformio yn gyhoeddus, does dim i rwystro dynion rhag edrych arnat ti'n chwantus, dim ots pa fath o gerddoriaeth rwyt ti'n ei chanu, na ble. Hyd yn oed cerddoriaeth sanctaidd mewn cynhebrwng. Gall gwisg ddu edrych yr un mor ddeniadol. Rhaid dy fod ti wedi sylwi sut mae'r *verger* yn yr eglwys gadeiriol wastad yn cilwenu ar ferched y côr. Does neb yn gwybod beth sydd yn digwydd o dan ei gasog.'

Sgrechiodd Siân, 'Vicki! Ma 'ny mor amharchus!'

'Ond yn hollol wir!'

Chwarddon nhw am y tro cyntaf, a giglan fel merched ifainc. Gorweddon nhw ar y gwely yn edrych at y nenfwd.

'Wyt ti'n bwriadu dweud yr hanes wrth George?'

'Dim peryg!'

'Penderfyniad doeth, 'swn i'n dweud. Gallai roi straen diangen ar eich perthynas. Wedi'r cwbl, mae George braidd yn ddiniwed, on'd ydy e?'

'Ody, ond dw i hefyd.'

'Dim bellach.'

Un peth oedd yn dal i ddrysu Victoria. Fel pawb yn yr Academi gwelai hi Siân fel merch gref, fedrus a deniadol. Rhaid bod rhyw ddyn wedi ceisio ei chamddefnyddio cyn hyn ac yn amlwg, roedd Siân wedi delio â Victor yn eithaf cadarn. Felly, pam roedd ei drachwant wedi effeithio gymaint arni?

Dododd Siân ei gwydr i lawr gan ochneidio'n dawel. Edrychodd yn galed draw at y papur wal streipiog ac wedyn at Vicki. Yn lle ateb, gofynnodd Siân gwestiwn damcaniaethol. Tasai rhyw arweinydd pwysig neu impresario wedi cymryd diddordeb yng ngyrfa Vicki ac wedi treulio amser yn ei helpu fel ffrind, yn gyfeillgar a doniol, yna, dros ddiod a phryd o fwyd, tasai e'n awgrymu'n dawel y byddai'n hoffi iddi ganu unawd mewn cyngerdd mawr, ar yr amod ei bod hi'n gwneud 'ffafr' ag e, a fyddai hi'n cael ei themtio?

'Duw annwyl, Siân, mae'n gwestiwn annheg.'

Oedodd. Cymerodd lwnc o win cyn ateb, 'Tase fe'n ddyn gwâr a taswn i wir yn ei hoffi, falle? Rhaid i ferch ennill bywoliaeth ac mae'n digwydd o hyd, ry'n ni i gyd yn gwybod hynny.' Saib. 'Dwyt ti ddim wedi yfed dy win.'

'Vicki, ga i ofyn cymwynas?'

'Beth?'

''Se'n iawn 'da ti, base'n llawer gwell 'da fi ddisgled o de.'

*

'Nôl yn ei hystafell ei hun eto, sibrydodd ei phryderon i'w chlustog croesawgar. Er bod Vicki, a bron pawb arall, yn gweld Siân fel merch gref, teimlai hi'n ddigon egwan. Ai esgus bod yn gryf roedd hi, act roedd hi wedi ei pherffeithio dros y blynyddoedd ac oedd wedi twyllo pawb, gan gynnwys hi ei hun?

Broliai wrth bawb, ers gadael yr ysgol, taw ei gyrfa oedd ei blaenoriaeth, a nawr a oedd hi'n barod i dderbyn goblygiadau'r fath ddatganiad? Oedd hi'n gweddu i ffordd o fyw byd y celfyddydau? 'Rhaid i ferch ennill bywoliaeth,' dyna beth gyfaddefodd Vicki. Fyddai hi'n fodlon cael cyfres o gariadon, fel un o sêr y byd opera?

Wrthododd Vicki mo'r syniad o 'gynnig ffafr' pe bai angen. Gofynnodd Siân yr un cwestiwn ag a ofynnodd i Vicki iddi hi ei hun. Beth tasai Victor wedi bod yn ddyn gwaraidd, a ddim wedi dod ati'n feddw? Tasai ei addewidion wedi swnio'n fwy credadwy, beth fyddai hi wedi'i wneud? Ai ei gyrfa fyddai'n cael y flaenoriaeth bob amser, gan ei fod yn 'digwydd o hyd'?

Am y tro cyntaf ers cyrraedd Llundain meddyliodd rhyngddi a hi ei hun, 'Odw i'n perthyn 'ma? Odw i wir yn perthyn i'r ddinas 'ma? Odw i'n gofyn gormod, jyst yn esgus bod yn berson nad wi ddim?'

Falle taw dyna'r rheswm roedd hi'n fodlon, neu hyd yn oed yn hapus i Victor ei hailfedyddio yn 'Gloria'. Enw rhywun arall, rhywun ffug y gallai 'Titch' guddio y tu ôl i'w mwgwd. Siân fel merch fach yn gwisgo dillad oedolyn ac yn esgus bod yn frenhines yn ei ffrog gyfareddol a'i sgidiau uchel. Pyped carnifal oedd Gloria gyda merch fach o Glydach yn cuddio y tu mewn iddi.

✳

Y diwrnod wedyn agorodd Siân lythyr:

> *Annwyl Gloria,*
> *Gobeithio dy fod ti'n iawn er gwaethaf ymddygiad Vic. Mae e wedi bod yn camfihafio am flynyddoedd ond roedd ymosod arnat ti'n hollol waradwyddus. Rhybuddion ni fe tasai fe'n dal i geisio manteisio ar ferched y band fel hyn, fyddai dim band ganddo i'w arwain. Rhoesom ein tri y dewis iddo. Rhaid iddo fe naill ai ymddiheuro a'th wahodd yn ôl, neu berfformio ar ei ben ei hun o hyn ymlaen. Caem weld wedyn sut byddai hynny'n denu'r pynters! Wedi iddo ymddiheuro, fyddi di'n fodlon dod 'nôl? Roeddet ti mor wych fel aelod o'r band. Plis. Byddai un ohonon ni'n actio fel chaperone taset ti eisiau, ond yn ôl yr hyn glywson ni, byddai Vic yn rhy ofnus i roi cynnig arall arnat ti!*
> *Cofion cynhesaf at gantores heb ei hail.*
> *Plis dere 'nôl.*
> *Archie, Phil a Ronnie X*

Neidiodd ei chalon. Pam roedd y llythyr byr yma'n rhoi cymaint o obaith iddi? Yn gyntaf, roedd ganddi hi'r dewis o ddychwelyd i'r Parrot a datrys ei phroblemau ariannol.

Yn ail, roedd hi eisiau canu eto am yr hwyl ac er mwyn ailfagu ei hyder. Yn drydydd, profodd ymateb Archie a bois y band ddoethineb geiriau ei mam, 'Fel arfer, mae dynion yn wâr a chwrtais'. Victor oedd yr eithriad ac fe gafodd ei haeddiant. Diolch i Archie. Archie oedd y dyn y gallai unrhyw ferch ymddiried ynddo. Dyn mwyn, dawnus, cwrtais a hoyw.

*

Eisteddai Owain yn ystafell aros Neuadd y Dre yn Nhonypandy. Wrth ei ochr ar y fainc hir eisteddai pedwar dyn arall yn aros eu tro. Ar y drysau derw mawreddog roedd arwydd 'Tribiwnlys Gwasanaeth Milwrol Rhondda Fawr'.

'Mr Owain Lewis,' cyhoeddodd y clerc. 'Mae'r tribiwnlys yn barod.'

'Pob lwc.'

Yno, wynebodd Owain bum dyn mewn oed yn eistedd y tu ôl i fwrdd hir wedi ei orchuddio â brethyn gwyrdd. Oddi ar y wal edrychai llun y brenin i lawr arnynt. Adwaenai Owain y dynion, heblaw am y dyn yn y canol a siaradodd gyntaf.

'Eisteddwch, Mr Lewis. Diolch. Fel rydych yn deall, ni ydy Tribiwnlys Gwasanaeth Milwrol Rhondda Fawr gydag awdurdod i wrando ar geisiadau y rhai sydd am gael eu heithrio rhag gwneud gwasanaeth milwrol dan amodau Deddf Gwasanaeth Cenedlaethol (Lluoedd Arfog) 1939. Ustus Reginald Williams ydw i, Cofiadur Mainc y Brenin a benodwyd gan y Swyddfa Gartref i oruchwylio'r gwrandawiad. Gaf i gyflwyno aelodau'r tribiwnlys ...'

Edrychodd Owain ar yr wynebau i gyd; gwladgarwr Prydeinig oedd Councillor Davies a fachai ar bob gyfle i chwifio Jac yr Undeb, ac un a oedd yn casáu gwrth-wynebwyr cydwybodol. Byseddodd Councillor Roberts ei bensil. Blaenor yng Nghapel Ebeneser oedd e, dyn gonest ond hawdd ei anwybyddu. Gallai Eli Thomas o Ffederasiwn y Glowyr fod yn ddyn ystyfnig, a chofiai Owain iddo gael nifer o ddadleuon chwerw gyda Robert Pugh o Lofa'r Cambrian. Doedd dim gobaith am gymorth o'r pen yna i'r bwrdd.

'Unrhyw gwestiwn, Mr Lewis?'

'Nag oes, Syr.'

'Ga i ofyn beth yw eich rhesymau dros wneud cais am gael eich eithrio rhag gwneud gwasanaeth milwrol?'

Esboniodd Owain ei fod yn aelod o'r Blaid Gomiwnyddol. Derbyniodd gyfarwyddyd gan y Blaid taw rhyfel rhwng dau endid cyfalafol oedd hwn, a'r unig gymhelliant oedd ymgyfoethogi. Felly, gwrthodai'n gwrtais wahoddiad y brenin i ladd ei gyd-weithwyr o'r Almaen.

Dilynodd y gwrandawiad batrwm clir wedyn gyda Justice Williams yn holi a'r aelodau eraill yn saethu o'r ochrau. Oedd rhesymau crefyddol gan Owain?

'Nag oes. Wi ddim yn grefyddol.'

'A dim cydwybod chwaith,' meddai Councillor Davies yn ffroenuchel.

'Mae 'da fi fwy o gydwybod dros gyflwr fy nghym-dogion a'm dosbarth nag sy gan berchnogion y pylle wrth iddyn nhw bara i dorri cyfloge, ar draul teuluoedd a phlant.'

Ymyrrodd Justice Williams i dawelu pethau.

'Allwn ni gytuno bod Mr Lewis "yn ddiffuant wrth fynegi ei gredoau"?'

'O, heb os nac oni bai. Yn ddiffuant dros achosi helynt i bawb,' atebodd Councillor Davies.

Yn annisgwyl, siaradodd Eli Thomas i'w amddiffyn.

Er nad oedd yn cytuno ag Owain am lawer o bethau, tystiai ei hunanaberth i'w ddiffuantrwydd, wrth iddo ymgyrchu am flynyddoedd dros ei blaid ac wrth wirfoddoli i ymladd dramor o blaid Gweriniaeth Sbaen am dros ddwy flynedd.

Crychodd Justice Williams ei dalcen, 'Felly, yr ydych chi wedi gwasanaethu fel milwr yn barod?'

'Odw, fel aelod o'r Frigâd Ryngwladol.'

'Nid byddin mo'r rheiny, ond ciwed o Folsieficiaid a dihirod,' meddai Councillor Davies gan bwyntio'n ymosodol â'i bib.

Anwybyddodd Justice Williams yr ymyriad gan ddatgan pa mor werthfawr fyddai profiad Owain i'w wlad a'i frenin. Doedd dim llawer o ddynion oedd â'r fath brofiad. Ymddiheurodd Owain ond pwysleisiodd ei wrthwynebiad i'r rhyfel hwn.

'Mr Lewis, tasai'r tribiwnlys yn gwrthod eich cais am gael eich eithrio, beth fyddai eich ymateb chi?'

'Gwrthod ymladd.'

'Hyd yn oed tasai hynny'n golygu wynebu carchar?'

'Hyd yn oed 'se 'ny'n meddwl cael fy saethu.'

Tynnodd Justice Williams linell ar draws ei nodiadau, 'Oes crefft gennych chi, Mr Lewis?'

'Glöwr, Syr.'

Unwaith eto, ychwanegodd Eli Thomas mai gweithiwr diwyd a medrus dan ddaear yn y Cambrian Combine fu Owain am dros bum mlynedd.

'Ond mae wedi ei wahardd,' ychwanegodd Pugh, fel petai hynny'n rhoi terfyn ar bopeth.

'Oherwydd ei safbwynt gwleidyddol?'

'Am ei fod e'n Folsiefic sy'n creu stŵr a thrwbl lle bynnag mae e. Peidiwch ystyried rhoi hawl iddo wneud "gwasanaeth amgen" yn y pyllau. Fyddai Arglwydd Rhondda byth yn caniatáu hynny.'

'Nid Arglwydd Rhondda sydd yn rhedeg y tribiwnlys hwn, Mr Pugh. Mae prinder o ddynion sydd yn gwybod eu crefft, ac mae'n ddyletswydd arnon ni i sicrhau fod pob adnodd yn cael ei ddefnyddio.'

Gofynnodd Justice Williams, tasai'r tribiwnlys yn cytuno â chais Owain am gael ei esgusodi, a fyddai Owain yn fodlon dychwelyd i weithio o dan ddaear. Cytunodd Owain.

'Felly, eithriad ar yr amod ei fod yn cyflawni gwasanaeth amgen yw'r casgliad synhwyrol. O blaid, plis.'

Cododd Councillor Roberts a Mr Thomas eu dwylo.

'Yn erbyn.'

Councillor Davies a Mr Pugh.

'Cyfartal. Fel cadeirydd rydw i'n bwrw fy mhleidlais fantol o blaid.'

'Rhaid i fi eich rhybuddio, Syr, fydd Arglwydd Rhondda byth yn caniatáu hynny.'

'Fel y dywedoch chi cynt, Mr Pugh.'

*

Dychwelodd Siân i'r Blue Parrot. Anwybyddodd Victor hi, heblaw am ei beirniadu am wneud camgymeriadau bach dibwys. Ceisiodd ei dirwyo am ryw 'drosedd' ond cafodd ei hamddiffyn gan Archie a'r bois. Llwyddodd i gael clo ar ddrws ei hystafell wisgo ac arhosai Archie gyda hi tan i'w thacsi gyrraedd i fynd â hi gartre. Y Blue Parrot a dalai am y tacsi. Teimlai Siân yn ddiogel er na lwyddodd i wir fwynhau canu dan yr amgylchiadau chwerw.

Rhywbeth arall oedd yn peri pryder oedd y lleihad yn nifer y gynulleidfa a fynychai glybiau fel y Blue Parrot. Yn raddol, cafodd y llanciau swanc eu gorfodi i ymuno â'r fyddin neu wirfoddoli. Dihangodd y bancwyr tew a'r dynion bonheddig i ddiogelwch cefn gwlad.

Yn ôl ei gytundeb gyda'r clwb, derbyniai Victor a'i fand ddeugain y cant o'r arian wrth y drws. Tan hyn, roedd wedi bod yn ddigon i Victor dalu'r cerddorion yn dda gan gadw elw sylweddol iddo fe'i hunan. Ond lleihau a wnâi'r arian wrth y drws fesul noson. Datganodd Victor y byddai'n rhaid torri'r cyflogau.

Gwaethygodd pethau ymhellach pan dderbyniodd Archie ei bapurau consgripsiwn.

'Ro'n i'n disgwyl y rheina. Ro'n nhw'n sicr o gyrraedd rhywbryd.'

'Tria wneud pethe'n haws i ti dy hunan. Mae nifer o lefydd yn y fyddin, heblaw mynd i ymladd ar y ffrynt,' meddai Phil y chwaraewr bas. 'Tria am ENSA, gwaith diddanu'r lluoedd. Mae'r bois 'na'n derbyn amodau gwell.'

Wedyn, dechreuodd y bomio. Y tro cyntaf i Siân glywed y seirenau yn yr Academi roedd hi, lle'r oedd y dril wedi cael ei ymarfer yn feunyddiol dros yr wythnosau blaenorol. Camodd pawb yn drefnus i lawr y grisiau i'r hen seler damp, lle cedwid hen ffeiliau 'a sgerbydau hen diwtoriaid', yn ôl Victoria. Roedd y peth yn antur y tro cyntaf ond pan ddigwyddai deirgwaith mewn diwrnod, trodd yr hwyl yn ddiflastod.

Byddai'r cwrs yn dirwyn i ben ymhen yr wythnos ac roedd y paratoadau ar gyfer cynnal eu cyngerdd olaf wrthi o ddifrif. Ond teimlai fod eu hymdrech yn ofer. Fel arfer byddai asiantau a hyrwyddwyr yn llenwi'r Neuadd ond cawsai nifer o docynnau eu gwrthod, neu eu hanfon yn ôl. Derbyniodd Siân wahoddiad i wrandawiad â chorws Sadler's Wells ond cafodd yr apwyntiad ei ohirio ac wedyn, ei ganslo. Disgwyliai ateb oddi wrth gwmni D'Oyly Carte ond doedd fawr o obaith.

Ysgrifennai at George ddwywaith yr wythnos gan sôn lai a llai am y Blue Parrot a mwy am ei phryderon.

Gorffennodd un llythyr â'r geiriau:

Croesa dy fysedd drosta i. Gweld dy golli di cymaint.
Cymer ofal. Wi wir angen cwtsh. Oes unrhyw sôn am
'leave' eto? Brighton?
    Cariad a swsys,
    Siân x

                  *

Cafodd George ganiatâd i fod yn absennol dros y penwythnos, o hanner dydd ddydd Gwener tan hanner dydd ddydd Llun. Cynlluniodd yn drwyadl; galwad ffôn gartref, telegram i Camden Town, lifft i orsaf Oakham, newid trên yn Peterborough ac wedyn trên i King's Cross. Stopiai'r trên ym mhob gorsaf leol a theirgwaith yng nghanol y wlad heb reswm heblaw peri rhwystredigaeth. Ond erbyn pump o'r gloch roedd George yn rhedeg ar hyd Platfform 3 ac yn dal y trên i Winchmore Hill.

Erbyn saith eisteddai o gwmpas bwrdd y teulu yn mwynhau cig oen gyda *spotted dick* i bwdin. Edmygai pawb ei iwnifform, yn enwedig Sally. Ymffrostiai Sally taw teulu mewn iwnifform oedden nhw i gyd. Roedd ei dad wedi gwirfoddoli fel warden cyrchoedd awyr gyda'r ARP. 'Mae'n e'n gallu chwythu chwiban bach ac ordro sgowtiaid a hen ddynion o gwmpas. Ac mae Mam wedi ymuno â'r WVS. Yn y bôn, y WI mewn iwnifform yn gwneud lot o de a sgwrsio!'

'Ti wedi troi'n gegog!' meddai George wrth ei chwaer.

'Do wir,' meddai Arthur gyda thinc o falchder yn ei lais.

Sylwai Sally ar ansawdd pob iwnifform yn ei thro. Un George oedd yr orau, wrth gwrs, ei mam a'i thad yn ail ac yn drydydd ond ganddi hi roedd yr un waethaf o bell ffordd. 'Mae'n erchyll, Mummy, a phaid trio gwadu. Hetiau gwellt a sanau llwyd sy'n gwneud i ni edrych fel pryfed.'

Ymddiheurai George am fethu dod ag anrhegion. Cafodd ganiatâd am seibiant ar fyr rybudd. Mynnodd Sally y byddai rhaid iddo brynu te a sgons iddi hi a'i ffrindiau yn y siop de ar y Green cyn cael maddeuant.

'Faint fydd yna y tro 'ma?'

'Lot. Bydd yn costio crocbris i ti. Wyt ti am weld dy gariad tra wyt ti yma?'

'Ti'n gwybod bod croeso mawr i ti ei gwahodd hi yma, taset ti eisiau,' meddai Arthur.

'Daddy, does dim syniad gennych chi, nag oes?' bloeddiodd Sally. 'Pam fyddai George eisiau gwastraffu noswaith ramantus drwy ddod â hi yma i gael ei hedmygu fel buwch mewn sioe?'

'Felly pryd ei di i'r ddinas?' gofynnodd ei fam.

'Mae hi'n ffonio'r tŷ heno i drefnu ble a phryd,' esboniodd George.

'A dw i am fod yr un i ateb,' meddai Sally.

Arhosodd hi yn ymyl y ffôn, heb symud mwy na phum cam, rhag ofn. Cafodd ei siomi unwaith gan alwad ffôn i'w thad, ond ei gwobrwyo yr eildro wrth glywed llais Siân. Yn lle galw George yn syth o'r lolfa, mwynhaodd sgwrs fer gyda'r ferch ddirgel. Ar ôl cyfnod byr cipiodd George y ffôn ac anfonodd Sally i ffwrdd. Aeth hi i'r gegin yn torri ei bol eisiau rhannu'r profiad gyda'i mam.

'Siarades â hi!'

'Pwy?'

'Cariad George.'

'Roeddet ti'n gwrtais, gobeithio.'

'Wrth gwrs.'

'Sut un ydy hi?'

'Hynod o Gymreig. Braidd yn gomon, yn fy marn i.'

'Sally, sut allet ti ddweud peth felly? Cofia y gelli di feddwl rhai pethau, ond mae'n well osgoi eu datgan. Mae hi siŵr o fod yn ferch neis.'

'O, mae hi, hynod o gyfeillgar. Gwyddai pwy o'n i a chawson ni sgwrs fel petaen ni'n hen ffrindiau. Ac roedd hi'n hwyl. Gofynnodd a allwn i ddweud rhai pethau am George na fyddai e eisiau iddi wybod.'

'A . . . beth ddywedaist ti?'

'Ei fod e'n hoff o siocled ac yn edrych yn hynod o olygus yn ei iwnifform newydd. Ddywedes i ddim am ei sanau drewllyd rhag ofn na fyddai am ei weld eto. Chwarae teg, soniodd hi ddim gair am ysgol.'

*

Cwrddodd y cariadon y tu allan i orsaf danddaearol Leicester Square. Roedd George yn gynnar, ond roedd Siân yn aros amdano yn y glaw trwm. Gwthiodd hi George 'nôl o dan y canopi, gan ei gofleidio a'i gusanu'n gynnes. Wedyn, gwthiodd hi fe hyd braich er mwyn ei archwilio o'i gorun i'w sawdl.

'Diawch! Cer o dan y gole, wnei di? Am iwnifform! Am bishyn! Wi'n falch 'mod i 'di ca'l rhybudd 'da dy wâr.'

'Sori, mae hi'n groten hyf.'

'Ro'n inne 'fyd. Hyd yn oed yn fwy nag odw i nawr. Felly, i ble 'dyn ni'n mynd?'

'Dim clem.'

'Be'? Ti'n gwahodd merch mas am noswaith yn y West End heb fwcio pryd o fwyd na sioe! Pa fath o gariad wyt ti?'

'Un sy wedi cael penwythnos bant heb rybudd ac sy'n awchu am weld ei annwyl gariad.'

'Am esgus anobeithiol. Popeth yn iawn. Ma dy gariad yn arbenigwr ar glybie amheus Soho. Be' ti moyn? Jazz bywiog yn y Blue Door neu fand swing yn Frisco's? Neu ma sioe ddawnsio wych yn y Palace.'

'Allen ni jyst eistedd mewn caffi a sgwrsio?'

'Ai dyna dy syniad di o shwt i swyno merch?'

'Beth petai'r gwahoddiad yn cynnwys bynsen Chelsea?'

'A the?'

'Wrth gwrs.'

Daethon nhw o hyd i gaffi tawel yn un o'r strydoedd cefn ger St Martin's Lane. Ddywedodd Siân ddim llawer, doedd arni ond eisiau clywed sŵn ei lais. Parablai George am ei hyfforddiant; y camgymeriadau, rhai'n agos at fod yn drychinebau. Siaradai am y wefr o hedfan ac am y criw a weithiai mor glòs gyda'i gilydd. Tra siaradai, rhyfeddai Siân at y dyn golygus a eisteddai gyferbyn â hi. Dyma ei chariad! Am ferch lwcus, ond am ba mor hir? Roedd George wedi newid, wedi aeddfedu. Roedd y rhyfel yn newid popeth mor gyflym. Fyddai'n well 'da hi gael yr hen George yn gwmni na'r arwr yma? Falle dylai hi fod wedi gwisgo yn smartach i fod yn bartner teilwng iddo?

Gofynnodd George am ei newyddion hi. Adroddodd yr un stori ddiflas ag a ysgrifennodd yn ei llythyrau. Perfformiodd myfyrwyr yr Academi eu cyngerdd terfynol o flaen neuadd hanner llawn. Y sôn oedd y byddai'r Academi yn symud mas o Lundain yn fuan fel pawb arall a allai ddianc. Wrth i'r gynulleidfa leihau ac iddynt golli Archie, byddai ar ben ar y Parrot cyn bo hir. Doedd dim gwrandawiadau yn cael eu cynnal gan y cwmnïau opera na'r hyrwyddwyr cyngherddau. Roedd arni ofn.

'Ofn y bomio?'

Na, erbyn hyn y dociau a gâi eu dewis fel targedau yn hytrach na chanol y ddinas. 'Beth bynnag, all neb gymharu'r perygl yma â'r peryglon ti'n wynebu.'

'Pa berygl? Ar hyn o bryd ry'n ni'n cwato yng nghefn gwlad Rutland ymhell bell o unrhyw fomio.'

Saib hir.

'Ofnus o beth felly?'

Teimlai ddagrau'n cronni yn ei llygaid.

'O golli popeth. Dy golli di, colli 'nghanu, 'ngyrfa. Popeth.' Saib. 'Allwn ni fynd mas, plis? Ma arna i ofn dechre llefen a wi ddim am neud hynny fan hyn. Ma pobl yn edrych arnon ni fel ma hi.'

Cerddon nhw'n araf ar hyd y strydoedd tywyll tuag at Covent Garden. Gyda braich George o'i chwmpas llifai holl rwystredigaeth Siân fel nant fyrlymus. Teimlai gywilydd am fod mor hunanol mewn cyfnod mor drychinebus pan fyddai miloedd o bobl yn cael eu lladd. Wedi'r cwbl, gallai ddianc gartref rhag y perygl ond . . . wedi gweithio mor galed, wedi aberthu cymaint, er mwyn beth? Doedd dim angen cantores ar neb. Arhosodd yn sydyn, ac edrych i fyw ei lygaid.

'Ac wetyn, ti! Lladdwyd llawer o beilotiaid yn ystod y Battle of Britain, on'd do fe? Allwn i ddim wynebu dy golli di. Fel 'se Hitler wedi amseru pethe jyst er mwyn rhoi diwedd ar bob dim.'

Gadawodd iddo'i thynnu'n glòs ato. George oedd ei hunig angor. Cydiai ynddo fel merch oedd yn ofni boddi mewn unigrwydd. Sibrydodd,

''Na pam wi'n ofnus.'

Dechreuodd lawio ac aethon nhw i chwilio am loches yng nghyntedd un o'r swyddfeydd. Doedd hi erioed wedi gadael i George ymddwyn mor warchodol. Ond teimlai'n ddiogel yn swatio yn ei freichiau fel aderyn a'i adain wedi torri. Arhoson nhw yno'n dawel am beth amser. Edrychodd arno.

'Cusana fi, plis.'

Gyda'r gusan, tyfai ei hangen. Newidiodd o fod yn

greadur unig a thawel i fod yn ferch chwantus oedd angen cysur, gan fygwth mygu'r ddau ohonyn nhw yn ei gorffwylltra. Gwthiodd hi yn ei erbyn gan deimlo ei galedwch yn tyfu. Saib. Sibrwd, 'Faint o amser sy 'da ni?'

'Rhaid i fi ddal trên cynnar bore fory.'

'Ti'n mynd gatre heno?'

'Nid am awr neu ddwy.'

'Paid. Plis, aros.'

Saib hir. Siân ofynnodd, 'Allen ni fynd . . . rhywle?'

'Gwesty?'

'Mae 'da fi ychydig o arian.'

'Dydy hynny ddim yn broblem.'

*

Cerddon nhw ar hyd Covent Garden i gyfeiriad Holborn. Wrth grwydro ymhellach ymddangosodd grisiau mawreddog Gwesty Russell o'u blaen. Dringodd y ddau rhwng y bagiau tywod amddiffynnol yn freuddwydiol. Ni lwyddodd prysurdeb na golau llachar y cyntedd mawr i ddiffodd eu llesmair.

Y tu ôl i'r ddesg roedd menyw urddasol, lym ei golwg gyda'i gwallt brith wedi ei gasglu mewn pelen dynn. Gwisgai iwifform ddu a chyffiau gwyn wedi eu startsio'n galed. Gofynnodd George am ystafell gan ymdrechu i swnio'n normal. Edrychodd y fenyw arno fe a Siân, yn llawn dirmyg. Nid gŵr a wraig yn chwilio am loches ar ddiwedd diwrnod o siopa yn Llundain mo'r rhain; yn hytrach gwelai gariadon yn gafael yn dynn yn ei gilydd. A ble'r oedd eu bagiau? Doedd dim hyd yn oed bag dros nos i'w weld! Awgrymai'r iwifform y stori gyfarwydd am ddynion ifainc oedd am golli eu gwyryfdod cyn colli eu bywydau. Ond yn amlwg nid hwren mo'r ferch hon. Roedd ei choesau'n noeth a byddai hwrod Bloomsbury yn gwisgo'n llawer gwell. Cyn y rhyfel buasai wedi dweud wrth y pâr yn blwmp ac yn blaen nad oedd ystafelloedd gwesty o statws y Russell ar gael at bwrpasau anfoesol. Ond roedd pethau wedi newid.

'Dim ond un noson, Syr?'

'Ie.'

'Papur newydd yn y bore?'

'Dim diolch. Bydd rhaid i fi adael yn gynnar er mwyn dal y trên ac ailymuno â'r sgwadron.'

'Gaf i ofyn i chi lofnodi'r gofrestr, Syr?'

Arwyddodd George fel 'Mr a Mrs Smith'.

'Madam?'

Arwyddodd Siân, 'Gloria Smith'. Sylwodd y wraig ar absenoldeb modrwy briodas. Penderfynodd beidio â chreu embaras pellach drwy ofyn a fydden nhw angen help gyda'u bagiau.

Wedi cau drws eu hystafell, dechreuodd y ddau giglan. Safai Siân yn edmygu'r paneli derw coeth, y drych tal *art deco* a'r gwely enfawr.

'O'dd hi'n ein hamau ni?'

'Duw a ŵyr.'

'Am sbel fach ro'n i'n ofnus y byddai hi'n ein gwrthod ni.'

'Wna'th hi ddim.'

'Ti am i fi droi'r golau bant?'

'Na, wi am i ti 'y nadwisgo i.'

*

Byddai awr eto cyn i drên George gyrraedd Peterborough ac wedyn byddai'n rhaid iddo aros yn hir cyn dal ei drên nesaf. Ceisiodd edrych allan drwy'r ffenest. Roedd yn dal yn rhy dywyll iddo weld dim, heblaw ei adlewyrchiad ei hun yn y gwydr. Edrychodd yr adlewyrchiad 'nôl arno. Pwy oedd y dyn smart a hyderus hwn? Nid fel yna y teimlai. Ymddangosai'r rhith mor bwyllog – tybed oedd ganddo fe atebion? Ni allai gredu fod y noson cynt wedi digwydd. Câi ei synnu bob amser gan Siân. Dros y misoedd, na, dros y blynyddoedd diwethaf, cafodd George ei siglo'n gyson ganddi. O'r gusan ffug ym mharti Victoria hyd at neithiwr roedd wedi ei synnu dro ar ôl tro. Ni fu pob achlysur yn bleserus o bell ffordd ac weithiau doedd dim syniad ganddi pa mor greulon y gallai hi fod. Daeth e'n ddibynnol ar yr ysgytwad a'i galluogai i weld y byd yn gliriach. Cyffur oedd Siân, ac roedd yn gaeth iddi. Nid yn unig oherwydd ei phrydferthwch, na pherffeithrwydd ei chorff. Nid oherwydd ei llais swynol na'i meddwl chwim. Yn ei chwmni, teimlai beth o'i hegni trydanol yn cael ei drosglwyddo iddo fe. Gosodai hi batrwm i'w ddilyn. Na, meddai'r adlewyrchiad, doedd dim patrwm. Roedd Siân yn llawer rhy fyrbwyll i ddilyn patrwm.

Tasai e heb gwrdd â Siân fyddai e byth wedi gadael yr Academi fel y gwnaeth. Byddai'r hen George wedi dyfalbarhau tan ddiwedd y cwrs neu tan iddo dderbyn galwad i'r lluoedd arfog. A fedrai'r George newydd dorri ei gŵys ei hun a gwneud penderfyniadau? Edrychodd yr adlewyrchiad arno'n syn gan siglo ei ben. Siân, nid fe, a benderfynodd fod neithiwr yn digwydd. Ni fyddai George byth wedi mynd â hi i westy heb iddi hi awgrymu hynny. Hi, hyd yn oed, ofalodd am y condom, diolch i Victoria.

Gwgodd ar y rhith yn y düwch. Neithiwr, am y tro cyntaf ers iddo gofio, gwelodd fod Siân ar chwâl. Yn ei meddwl, roedd wedi colli pob llygedyn o obaith y byddai'n cyflawni uchelgais ei bywyd, am y tro, o leiaf. Doedd hi ddim yn gallu dygymod â'r syniad o 'efallai yfory'. Roedd hi ar goll. Ymbiliodd arno i'w charu, i'w gwarchod a'i meddiannu. Cydiodd yntau ynddi gydag angerdd. Llenwodd ei hocheneidiau pleserus ei ben wrth iddyn nhw garu. Byddai'n cofio am byth sut y lapiodd ei choesau amdano gan wasgu ei chorff yn ei erbyn a'u clymu bron yn un. Clywodd ei griddfannau o orfoledd wrth iddo ffrydio ei hylif.

Yn oriau mân y bore, a hwythau'n gorwedd yn dawel a blinedig wedi'r holl garu, clywodd ei lais yn sibrwd ei henw. Dywedodd wrthi na fyddai'r rhyfel yn para am byth ac y byddai angen cantorion ar y byd yn dragwyddol. Atebodd hithau nad oedd ots ganddi hi bellach am y canu, dim ond ei fod e'n dal i'w charu. Dyna oedd yr ysgytwad mwyaf.

Cododd e'n dawel erbyn pedwar o'r gloch er mwyn dal ei drên. Wrth chwilio am ei ddillad, rhyfeddai wrth weld perffeithrwydd ei chorff noeth yn ymestyn yn gysglyd dros y gwely llydan wedi ei hanner orchuddio gan y cynfasau gwyn. Sibrydodd wrthi am aros yno tan y bore. Gwrthododd; os oedd rhaid iddo fe fynd, yna fe âi hi gydag e. Wedi gwisgo, camodd y ddau yn dawel i'r cyntedd, gan osgoi'r lifft swnllyd. Wedi i George dalu'r bil, mynnodd hi ddod gyda fe yn y tacsi i King's Cross ac wedyn i'r platfform. Trwy ffenest y trên gwyliodd George ei ffigwr eiddil yn mynd yn llai ac yn llai wrth i'r injan godi stêm. Chwifiodd ei llaw nes iddi doddi i wynder y mwg.

Edrychodd George eto ar y ffenest ond roedd yr adlewyrchiad wedi cilio gyda'r wawr. Caeodd ei lygaid. Roedd gwir angen cwsg arno.

*

Ddeuddydd wedyn, caewyd pob theatr, neuadd gyngerdd, tŷ opera, oriel ac amgueddfa yn Llundain oherwydd y cyrchoedd bomio. Ysgrifennodd Siân at ei mam i roi gwybod y byddai'n dod gartref. Gallai hi fod wedi aros gydag Anti Eli fel morwyn tŷ yn barhaol, ond gwyddai Siân beth oedd goblygiadau hynny, sef gweithio o fore gwyn tan nos. Byddai'n well ganddi fod gartref.

Creodd llythyr Siân broblem i Mair. Wrth gwrs, byddai'n falch o gael Siân 'nôl, yn ddigon pell rhag perygl, ond gwta bythefnos ynghynt roedd wedi cytuno i letya dwy faciwî, merched bach o Lundain. Ei bwriad oedd eu rhoi nhw yn hen ystafell wely Glenys a Siân.

'Rhy fyrbwyll o lawer,' dywedodd ei gŵr. 'Dylet ti fod wedi rhagweld y gallai hyn ddicwydd.'

'Ond wnes i ddim. Beth gallwn ni neud nawr?'

'Ti'n gofyn i fi?'

'Allwn ni ddim cau'r drws yn eu dannedd, na allwn?'

'Pryd maen nhw i fod i gyrraedd?'

'Unrhyw ddiwrnod.'

'Drycha, Mair, ry'n ni'n sôn am ein merch ni. Hi ddyle ga'l blaenoriaeth.'

'Jyst dangos dipyn o drugaredd, wnei di, David? Whech ac wyth yw'r crotenni bach 'ma. Wyt ti am iddyn nhw gysgu ar y stryd?'

Cyrhaeddodd Lizzie a Jane ddau ddiwrnod yn ddiweddarach, yn gafael yn dynn yn nwylo ei gilydd, wedi dychryn am eu bywydau. Roedd Jane, yr ifanca, yn dal i lefen, ei gruddiau druan yn fflamgoch. Edrychai Lizzie o'i chwmpas fel tasai'n pryderu y byddai'r cymylau'n cwympo ar eu pennau. Roedd ganddyn nhw gesys bychain, mygydau nwy a labeli am eu gyddfau. Lizzie siaradai dros y ddwy, er taw digon prin oedd ei geiriau hithau, ond ddywedodd Jane ddim gair am dridiau cyfan. Cymerodd Mair eu cotiau, a'u hetiau gwlân balaclafa, cyn gofyn i'r ddwy eistedd wrth y bwrdd. Dododd blatiaid o fwyd o'u blaenau: tafellau trwchus o fara menyn a jam. Nid oedd angen geiriau wedyn. 'Peidiwch llyncu'r bwyd ar frys rhag ca'l poen yn eich bolie.' Yna, yfon nhw wydraid yr un o laeth cynnes gyda mwynhad amlwg.

Llygadai Jane y cŵn tsieni ar y dresel. Cododd Mair y pâr sgleiniog a'u gosod ar y bwrdd. Stopiodd y merched fwyta.

'Rwyt ti'n hoffi 'nghŵn i, on'd wyt ti? Daethon nhw'r holl ffordd o Gaerfyrddin.'

Sibrydodd Jane rywbeth wrth Lizzie a ofynnodd, 'Beth yw 'u henwe?'

'Nawr, bob tro 'dyn ni'n cael ymweliad gan ddwy ferch fach, ry'n ni'n rhoi enwe newydd iddyn nhw. Bydd rhaid i chi benderfynu ar enwe erbyn y bore.'

'Gartre ma gynnon ni gi go iawn.'

'Beth yw 'i enw?'

Oedodd Lizzie cyn ateb, 'Dog'.

Yn ymyl y drws clustfeiniai David. Cafodd syniad.

✳

Datrysodd Mair ei phroblem. Am fod Arwel draw yn Aldershot dan hyfforddiant, roedd Glenys yn byw ar ei phen ei hun yn ei thŷ bach twt yn Wern Street, felly byddai'n berffaith tasai Siân yn symud i mewn ati. Byddai'r ddwy yn gallu ailgynnau eu hen berthynas glòs a byddai Mair yn gofidio llai am ddiogelwch ei merch ifancaf. Perswadiodd hi Glenys a sgrifennodd Glenys at Siân.

Wythnos yn ddiweddarach eisteddai Siân wrth fwrdd y gegin yn Wern Street yn gwylio ei chwaer yn arllwys te. Un o'r bythynnod un llawr, lle mae Wern Street yn arwain lan at y mynydd, oedd tŷ rhent Glenys ac Arwel: dwy ystafell, cegin gefn a thŷ bach ar waelod yr ardd. Teimlai fel tŷ dol, gyda'i dân a'i ffwrn fechan, dresel bach, bwrdd a thair cadair. Perffaith i bâr o gariadon.

'Ody hi wir yn iawn i fi aros yma, Glen?'

'Wrth gwrs. Pam base hi ddim?'

'T'mod. Dy nyth cariad di ac Arwel yw e. Pam 'set ti moyn i rywun arall fod 'ma?'

'Ma Arwel draw yn Aldershot, on'd yw e? Ti heb sylwi?'

'Beth ddigwyddith pan ddaw e gartre ar *leave*?'

'Gawn ni weld bryd 'ny. Falle cei di gysgu yn y tŷ bach!'

'Diolch yn fawr! Shwt ma dy fywyd di fel Mrs Arwel Evans?'

'Sa i'n gwpod yn iawn. Dim ond pythefnos gawson ni cyn iddo fe fynd bant. Jyst digon hir i ffeindio mas 'i fod e'n chwyrnu fel eliffant. Ond t'mod, ma'r cymydog yr ochor arall yn chwyrnu 'fyd, un cyn waethed â'r llall.' Cymerodd ddracht o de. 'Falle i ni neud camgymeriad wrth rentu. Mae'n neis cael lle i ni 'yn hunen, ond mae'n costio.'

'Bydda i'n talu'r rhent i ti, tra dw i 'ma.'

'Shwt? Sdim swydd 'da ti.'

'Na tithe 'fyd. Enilles i arian da am gyfnod, yn gwitho miwn clwb nos.'

'Fel gweinyddes?'

'Cantores.'

'Jiwcs. Ti weti canu miwn clwb nos yn Llunden!'

'Odw, ond paid gweud, plis, Glen. Base Mam yn mynd yn benwan.'

'O's llunie 'da ti?'

Gwenodd Siân cyn estyn am ei bag. Tynnodd y llun ohoni hi yng ngwisg gyfareddol Gloria. Dododd e ar y bwrdd o flaen Glenys. Sgrechiodd Glenys wrth ddal y llun yn agos ati, er mwyn llyncu pob manylyn.

'Sa i'n gallu cretu hyn. Ti yw'r ferch 'ma, wir?'

'Na, Gloria, fy ffugenw yn y clwb. Wrth gwrs taw fi yw hi.'

"Se Mam ddim yn dy napod di!'

Cipiodd Siân y ffoto'n ôl.

'Chaiff Mam mo'i weld e.'

'Sdim syndod bo' 'da ti gariad golygus. Wow, ti'n groten lwcus, Siân. Pryd welest ti fe ddiwetha? Neu o's casgliad o gariadon 'da ti erbyn hyn?'

'Jyst fe. Cwrddon ni wythnos yn ôl pan gafws e gwpl o ddiwrnode bant.'

'Ody e'n dal o ddifri? Ro'dd e'n amlwg yn dy addoli di adeg y briodas. Ody e wedi gofyn 'to?'

'Na'di, diolch byth.'

'Ti ddim o ddifri! Base fe'n dipyn o gatsh.'

Atebodd Siân ddim. Arllwysodd Glenys ragor o de. 'Be' ti am neud tra byddi di 'ma?'

'Bydd rhaid i fi ga'l swydd yn hwyr neu'n hwyrach. O's rhywbeth ar ga'l yn Liptons?'

'Falle, ond wi'm yn ca'l gwpod. 'Dyn nhw ond yn cyflogi menywod sengl, felly ro'dd rhaid i fi ada'l yn syth ar ôl y briodas.'

'Shwt ti'n byw heb gyflog?'

'Ma Arwel yn hala'r rhan fwya o'i arian ata i, ond digon pitw yw 'i gyflog e o gymharu â be' ro'dd e'n ennill cynt. 'Sen i'n lico cynilo tipyn er mwyn i ni fforddio rhywle mwy pan ddaw e gatre.'

'. . . a dechre teulu?'

'Gobitho. Ond do's dim sicrwydd, nag o's?'

Cododd Glenys gopi o'r *Glamorgan Gazette* wedi ei blygu'n daclus i ddangos un hysbyseb yn benodol.

'Wi'n meddwl am hwn. Mae rhai o'r merched weti mynd yno'n barod. Arian da a bws yn rhedeg o'r sgwâr bob bore.' Edrychodd Siân. Gwelai ddyluniad o fenyw yn gwisgo oferôls gyda sgarff dros ei gwallt yn chwifio baner gyda'r geiriau,

Gwaith Rhyfel.

*Mae ein dynion ifainc yn gwneud eu dyletswydd yn
y Lluoedd Arfog ac yn cael eu cefnogi gan filoedd o
fenywod ifainc. Allwch chi helpu? Bydd yr aros yn
haws, wrth ddisgwyl am ddychweliad eich gŵr, mab
neu gariad. Byddwch chi wrth eich bodd yn chwarae
rhan werthfawr yn Y Fyddin Arfau.*

'Be' ti'n feddwl?'

'Ble ma'r Fyddin Arfau 'ma?'

'Pen-y-bont. Adeiladws y Llywodraeth ffatri anferth
yno i gynhyrchu bomiau ar gyfer y fyddin, y llynges a'r
llu awyr. Ma miloedd o fenywod yn gwitho 'na. Creta di
fi, miloedd! A do's dim gwaharddiad ar fenywod priod,
chwaith.'

'Faint ma'n nhw'n talu?'

'Ti'n cofio Lynnette Walters?'

'Merch Evan Walters, oedd yn yr ysgol 'da ti. Un fer a
thew.'

''Na hi. Wel, ma hi'n ennill punt a deunaw swllt yr
wthnos!'

'Dim yn ddrwg.'

'Bron cymaint ag ma'i thad yn ennill yn y pwll! Yn ôl
Lynnette ma dipyn o hwyl 'na 'fyd; ffreutur a dawnsfeydd.
Merched yn dod o bobman, cyn belled ag Abertawe.'

'Cynhyrchu bomie?'

'Ond dyw e ddim yn beryglus. Rhoi darne wrth ei
gilydd, fel jig-so meddai Lynnette. Be' am fynd 'da'n
gilydd, ni'n dwy, a rhoi cynnig arni? Bydd yn antur, ac yn
well nag aros 'ma fel dwy hen ferch ddiflas.'

*

Gosodwyd cadeiriau'r ystafell gyfarwyddo mewn rhesi ffurfiol. Llenwodd yr ystafell â chriwiau, pawb yn awyddus i gael gwybod ble'r oedd targed y noson honno. Erbyn hyn roedd George a'i griw wedi goroesi cyrch awyr deirgwaith: ymosodiadau ar ddociau Le Creusot a Le Havre ac un cyrch ar Hamburg. Yn ystod ymosodiadau'r dociau roedd y tywydd yn fwyn a phrin oedd yr amddiffynfeydd, ond hollol wahanol oedd Hamburg. Esgynnodd yr awyren i niwl trwchus gan ddringo hyd at 16,000 o droedfeddi er mwyn dianc rhag y cymylau. Ond ni ddiflannodd y niwl a chawson nhw ddim cip o'r ddaear. Heb atgyfeiriadau cywir, collwyd Hamburg a bu'n rhaid gollwng eu bomiau ar dir agored. Ceisiodd Rob ddod o hyd i'w safle ond heb lawer o lwyddiant. Hedfanon nhw adref dros ogledd yr Almaen ac amddiffynfeydd cadarn Bremen, Brunsbüttel ac Emden, hyd at Amsterdam. Cyrhaeddon nhw Cottesmore wedi chwe awr o hedfan, gyda dim ond diferyn o danwydd yn y tanc. Teimlai'r criw ryddhad a gorfoledd wrth gael daear soled o dan eu traed unwaith eto. Ond newidiodd popeth pan glywsant fod pedair awyren heb ddychwelyd. Wedi cyrch, byddai deunaw wyneb yn absennol yn y brecwast traddodiadol o wyau a chig moch. Ymysg y colledigion roedd Antony a'i griw.

Wrth aros am anerchiad Arweinydd y Sgwadron, daeth George yn ymwybodol o ofn yn rhwymo ei berfeddion fel cwlwm. Tu ôl i'r llen o'i flaen, llechai map maint wal o Ewrop. Gwyddai'n barod y byddai cyrch y noson honno yn sioe fawr gan fod y sgwadron gyfan wedi ei chynnwys. Yn ystod y dydd gwelwyd yr holl awyrennau'n cael eu paratoi a'u harfogi. Oedodd yr Arweinydd Sgwadron Henry Wilcox nes i bob un dawelu cyn dymuno noson dda i bawb, yna gyda rhwysg theatrig, tynnodd y llenni yn ôl. Ymestynnai'r llun o Cottesmore hyd at Cologne.

*

Rhwygodd Siân y papur cyn ei grychu'n bêl a'i daflu i'r tân gyda chri o rwystredigaeth. Am y tro cyntaf roedd hi'n ei chael hi'n anodd ysgrifennu at George. Doedd dim geiriau ar gael i fynegi ei theimladau. Allai hi ddim mo'i gofleidio gyda phen a phapur. Dymunai roi mwy o'i hangerdd yn ei llythyr ond po fwyaf dwys y ceisiai fod, gwannaf yn y byd oedd y canlyniadau.

Sylweddolai pa mor annigonol fyddai un o'i llythyrau arferol hi'n llawn clecs diwerth. Tyfodd ei rhwystredigaeth gyda phob llythyr newydd oddi wrtho, pob un yn gorlifo ag angerdd a chariad. Yn ei lythyr diweddaraf dywedai gymaint y gwelai ef ei heisiau. Dyheai amdani. Dychmygai ei freichiau amdani, clywai ei llais yn ei glust yn ystod hediadau hir dros dir tywyll ac anghysbell. Carai bob rhan ohoni, gan glodfori'r rhannau hynny yn eu tro, gan wneud i Siân gochi a chuddio'r llythyr yn ei bag. Anadlodd yn ddwfn cyn cymryd y llythyr mas unwaith eto a gweld llinell pensil las yn dileu enw lle, na ddylsai George fod wedi ei gynnwys. Cochodd yn fwy byth wrth sylweddoli bod un o swyddogion sensro'r RAF wedi darllen y llythyr yn barod! Am embaras! Ond, wedi meddwl, efallai y byddai'r swyddog wedi darllen cannoedd o lythyrau tebyg a ysgrifennwyd gan lanciau ifainc rhwystredig. Am swydd ofnadwy!

Darllenodd ei lythyr am y trydydd tro. Tu ôl i'r angerdd rhywiol roedd dyheadau. Ysgrifennodd am gyfnod 'wedi'r rhyfel' ac am 'fyd gwell gyda'n gilydd' yn y dyfodol. Sylweddolai gymaint roedd hi wedi caniatáu iddo obeithio am oroesi a threulio'i fywyd gyda hi. Faint o ymbilio ddarllenodd y sensor mewn llythyrau gan lanciau ofnus at ferched ifainc, a gawsai eu dyrchafu yng ngolwg eu cariadon i fod yn angylion pur ac yn gyfeillion ffyddlon iddynt am byth?

Dyna'n union y math o ddibyniaeth roedd hi wastad wedi ceisio ei hosgoi. Oedd pethau wedi newid? Oedd. Oedd Siân wedi newid? Tybed? Edrychodd ar ei hadlewyrchiad yn y drych uwchben y lle tân. Tystiai'r gwrid ar ei bochau gymaint roedd y llythyr wedi ei chynhyrfu. Yn wir, roedd hi'n ei garu a theimlai fod arni angen ei nwyd, ond oedd hi'n barod i addo ei hymroddiad iddo am byth? Tasai hi, byddai ei mam a Glenys wrth eu boddau. Yn eu tyb nhw, dylai hi anelu at ddod yn Mrs Kemp-Smith gyda thŷ mawr yn un o faestrefi Lloegr. Roedd rhai agweddau apelgar i hynny. Safodd yn agosach at y drych ac ynganodd y geiriau er mwyn gweld sut roedden nhw'n swnio, 'Mrs Kemp-Smith!' Ystumiodd. 'Ch'mod,' dywedodd wrth ei hadlewyrchiad, 'ma'n well 'da fi aros fel Gloria o'r Blue Parrot 'da pheilot RAF golygus yn gariad rhamantus.' Chwythodd gusan at y drych gan ganu'n dawel,

> *'Mad about the boy*
> *I know I'm potty but I'm mad about the boy!*
> *He sets me 'eart on fire*
> *With love's desire*
> *In fact I've got it bad about the boy!'*

Rhan Pedwar
1941

Trosglwyddwyd George a'i griw o RAF Cottesmore draw i RAF Scampton am hyfforddiant ar awyrennau bomio newydd, sef y Lancasters mawr. O leiaf cawson nhw ysbaid rhag hedfan ar gyrchoedd. Oherwydd y cyfeiriad newydd cafodd llythyrau Siân eu dal, ond wedi iddyn nhw gyrraedd cafodd George wledd o'i sylwadau bachog.

Dywedodd Siân fod y ddwy faciwî o Lundain wedi rhoi cryn dipyn o her i Mair. Ceision nhw ddod â dafad i'r tŷ, ond yn ffodus cafodd y creadur ofn a rhedodd i ffwrdd a bwrw'r ddwy ar eu hyd. Rhegodd y ddwy arni fel glowyr ar nos Sadwrn.

Dywedodd sut roedd hi a Glenys wedi cael cyfweliad am swyddi yn ffatri arfau Pen-y-bont. Yn y Labour Exchange gofynnodd dyn pwysig iddyn nhw ddangos eu gallu wrth ddefnyddio plyciwr i afael mewn darnau o weiren ac i ddosbarthu botymau mewn grwpiau o'r un maint.

'Dyna shwt 'dyn ni i fod ennill y rhyfel?'

Yn rhyfeddol, roedd Owain 'nôl yn gweithio. Gwrthododd fforman y Cambrian e ond yn y pen draw cafodd le yng Nglofa Gorky. Yn sicr, byddai gwrthdaro yno cyn bo hir.

Newidiodd cywair ei hail lythyr yn ddisymwth. Daeth y llawysgrifen yn fwy. Gwelai George sut roedd y pen, wrth naddu'r geiriau ar y papur, wedi gadael pantiau. Dywedodd wrtho pa mor hudolus oedd eu noson yn Llundain. Meddyliai amdano trwy'r dydd, bob dydd. Cymaint roedd hi am ei gofleidio, ei gusanu, ei garu. Dyheai am fynd i Brighton. Fyddai e'n cael *leave* arall yn fuan? Pe bai Brighton yn rhy bell, fyddai hi'n bosibl cwrdd yn rhywle arall? Byddai hi'n hapus i deithio i ble bynnag er mwyn treulio cyfnod gyda fe, hyd yn oed pe na bai ond un noson. Cymaint roedd hi'n ei garu. Cymaint roedd hi ei angen. Cusanau lu.

> 'Night and day, you are the one
> Only you beneath the moon or under the sun
> Whether near to me or far
> It's no matter darling where you are
> I think of you day and night.'

Y noson honno gallasai George fod wedi hedfan heb awyren.

*

Yn nhyb Siân a Glenys edrychai'r bws i ffatri Pen-y-bont yn rhacsyn, yn wahanol i unrhyw fỳs a welsai yr un ohonyn nhw o'r blaen. Cymerodd y bwystfil oriau i besychu a griddfan ei ffordd i lawr y cwm. Galwai yn y Porth, Trebannog a Thonyrefail, wedyn mynd lan at Evanstown, cyn dringo'n araf dros y mynydd, i lawr Glyn Ogwr tuag at Ben-y-bont. Ym mhob pentref casglai'r siarri garfan o fenywod, pob un mewn dillad gwaith, eu gwallt wedi eu cuddio dan sgarff wedi ei chlymu'n dynn.

Atgoffai'r daith Siân o ddiwrnod cyntaf tymor newydd mewn ysgol. Roedd stôr o glecs a sgandalau i'w rhannu, a straeon i'w hadrodd. Roedd absenoldeb dynion yn rhoi rhyddid iddyn nhw fihafio neu gamfihafio fel y mynnent. Roedd hon yn antur, gan nad oedd unrhyw un wedi gweithio mewn ffatri o'r blaen a'r mwyafrif ddim wedi teithio 'mhellach i'r de na Llantrisant. Gwelodd Siân sawl wyneb am y tro cyntaf ers gadael yr ysgol. Cofiai Dot Williams, oedd yn glyfar mewn mathemateg, a Lilian â'i llygaid croes. Roedd Dot yn briod â bachgen o Ben-y-graig a gwrddodd mewn sinema. Gweithiai Lily â'i sbectols trwchus mewn fferyllfa yn Nhreorci. Roedd Betty Jenkins, â'i gwên lydan, wedi canlyn Eidalwr o deulu'r Sidolis ond, ar ddechrau'r rhyfel, cafodd e a'i deulu eu caethiwo mewn gwersyllfa ym Mhen-y-bont fel 'enemy aliens'.

'Wi mor grac, ch'mod? Boi weti 'i eni a'i fagu yn y Porth, yntyfe? A pha gyfrinache alle fe'u rhoi i'r Jermans? Shwt i neud *cappucino*?'

'Ti am aros amdano?'

'Debyg iawn. Wi'n 'i garu ond, t'mod, wi'm am aros amdano fe'n dawel, chwaith. Rhaid i bob merch drio ca'l tipyn o hwyl tra 'i bod hi'n ifanc, on'd oes?'

Yn Nhrebannog dringodd Lenora Walters ar y bws. Gwelodd Lenora Siân a rhewodd. Allai'r un o'r ddwy fentro gair, wrth i wrthdaro dyddiau ysgol lifo'n ôl, fel pe na bai ond ddoe pan oedden nhw wrthi'n cystadlu am rannau yng nghyngherddau'r ysgol neu wobrau yn eisteddfodau'r capel. Dros gyfnod hir Siân enillai y rhan fwyaf a chwynai Edith, mam Lenora, fod y beirniaid yn rhagfarnllyd.

'Shwt mae, Lenora?'

'Ti 'nôl felly?'

'Mae'n disgw'l fel 'na, on'd yw hi?'

'Pethe heb witho mas i ti, efe? Trueni.' Cerddodd Lenora heibio Siân a llenwi'r sedd nesaf at Ethel Edwards Corner Shop. Mewn sibrwd llwyfan dywedodd,

'Ma rhywun weti torri crib y Siân Lewis 'na o'r diwedd.

Do'dd hi byth yn ddicon da i lwyddo yn Llunden. Dim ond achos bod ei thad yn geffyl bla'n yng Nghalfaria yr enillws hi'r holl wobre, ch'mod.'

Ger gatiau'r ffatri safai swyddogion i gofrestru'r menywod a'u harchwilio. Cafodd matsys a sigaréts eu cymryd, er gwaetha'r protestiadau. Cyfarchwyd nhw gan y goruchwyliwr, a siaradai ag acen dwyrain Llundain. Bu Mrs Beavis yn un o hoelion wyth ffatri Woolwich am dros ugain mlynedd, cyn iddi gael ei throsglwyddo i Ben-y-bont. Ei theyrnas hi oedd Grŵp B, Adran Ffiwsiau. Tywysodd hi Siân, Glenys a Betty ar hyd rhesi di-bendraw o gytiau hanner tanddaearol fel twmpathau moch daear enfawr i derfyn dwyreiniol y safle ac i mewn i ystafell gul gyda rhwystr dros y canol. Gorchmynnwyd iddyn nhw adael popeth metel yno; modrwyon, broetsys, hyd yn oed pinnau gwallt. Yna derbynion nhw got o wlân llwyd trwchus gyda botymau rwber, sgidiau meddal arbennig a chapiau brethyn.

'Wi'n falch nad o's drych 'ma,' meddai Betty. 'Am salw!'

Tywyswyd hwy gan Mrs Beavis i'w meinciau priodol. Eu swydd oedd cydosod darnau ffiwsiau taro. Dangosodd Mrs Beavis beth oedd angen ei wneud gan gyfeirio at ddiagram ar y wal. Gofynnodd i bob un yn eu tro gopïo'r modd y rhoddai hi'r switsh, cydbwyso'r lifer a gosod sbring yn y twll bach drwy ddefnyddio plyciwr. Edrychodd arnyn nhw'n llawn amheuaeth,

'Felly, ewch ati. Dylech chi allu gosod pump ar hugain o'r rheina erbyn adeg brêc. Dof i 'nôl yn fuan i weld sut hwyl ry'ch chi'n gael.'

Hwyliodd Mrs Beavis i ffwrdd i ran arall o'i theyrnas.

Canolbwyntiodd Siân i ddechrau ond ciliodd y newydd-deb yn gyflym. Roedd y gwaith yn ddiflas tu hwnt. I'w cadw nhw rhag mynd yn ddwl darlledwyd y BBC Home Service: *Music While You Work* dros yr uchelseinyddion gydag ambell gyfraniad ychwanegol gan fand pres y ffatri.

Wedi gadael y ffatri roedd gan bawb rywbeth i'w ddweud neu stori i'w hadrodd; Lenora wedi ateb Mrs Beasley yn haerllug, Betty wedi fflyrtio gydag un o'r gwarchodwyr, yr arolygwr wedi gweld bai ar rai o ffiwsys Lilian! Cytunai pawb ei fod yn brofiad hollol ddieithr. Wedyn, dechreuodd y canu; hen emynau, caneuon serch poblogaidd y radio ac ambell faled anfoesgar a ddysgodd Ethel Edwards Corner Shop gan ei chefnder. Yn fuan âi'r bws yn dawel, pennau'n pendwmpian ar ysgwyddau, y naill ar ysgwydd y llall. Ceisiai rhai gysgu, cymaint ag roedd yn bosibl wrth i'r bwystfil siglo a hercio ar hyd y lonydd troellog.

∗

Pan dynnodd yr Arweinydd Sgwadron Wilcox y llenni, rhychwantai'r llun yr ardal o Swydd Lincoln draw i ddociau Brest, lle cuddiai llong ryfel Almaenaidd. Y nod oedd ei chadw hi yn y porthladd neu, o ddewis, ei suddo. Byddai'r amddiffynfeydd yn gryf a disgwylid i awyrennau'r gelyn ymosod yn ffyrnig.

Arhosai George ar ddi-hun drwy'r nos cyn pob cyrch awyr yn ceisio tawelu ei bryderon. Gwyddai'n iawn fod y math hwn o deimladau'n gyffredin. Ei ddyletswydd oedd cadw ysbryd ei griw yn uchel. Oherwydd maint a chymhlethdod y Lancaster, roedd ganddo ynnwr arall yn y canol, dyn radio ac anelwr bomiau. Cocni oedd Terry'r gynnwr, dyn hapus, ei drwyn wedi ei dorri, gwên lydan, heb broblem yn y byd. Yr anelwr bomiau oedd yn achosi'r pryder mwyaf i George. Siaradai Harry Rowland yn ddi-stop er mwyn cuddio'i nerfusrwydd, dro arall chwarddai'n groch heb reswm. Yn amlwg roedd yn teimlo'r straen.

Dechreuodd popeth yn hwylus – tywydd perffaith, yr esgyn yn esmwyth a'r hediad heb unrhyw broblem, tan iddyn nhw gyrraedd y targed. Yna daeth cawod o fflac a hanner dwsin o oleuadau i'w croesawu. Gwasgodd George y switsh i agor drysau'r bomiau. Ymlusgodd Harry i mewn i'w le anelu gan orwedd â'i lygaid wedi eu hoelio ar y teclyn anelu a'i fys ar y botwm rhyddhau. Ymddangosai'r amddiffynfeydd yn gryfach nag roedden nhw wedi'i ddisgwyl. Taniai'r gynnau'n ffyrnig i'r awyr. Trawyd yr adain chwith gan ddarnau o srapnel. Lledaenwyd cymylau o fwg trwchus dros yr harbwr i guddio'r targed, ond anelodd George ei Lancaster ar hyd y llwybr lle y dylai'r llong fod yn aros. Rhaid bod y targed yn rhywle odano – nawr! Arhosodd am y floedd 'Bomiau bant' a fyddai wedi caniatáu iddo dynnu'r *joystick* 'nôl a dianc. Ond clywodd lais Harry yn ei glustffonau yn esbonio na fedrai weld y targed. Allai George plis fynd rownd unwaith eto? Gwyddai George am beryglon ail rediad. Yn ogystal â gynnau'r gelyn, roedd peryg gwrthdaro yn erbyn Lancaster arall wrth wneud symudiadau annisgwyl.

Gyda phob cyhyr yn dynn, dilynodd George yr un llwybr eto, yn ymwybodol bod goleuadau'r Almaenwyr wedi dechrau darganfod y pellter cywir. Unwaith eto'r gri 'Fedra i ddim gweld!'

'Uffarn dân, gad i'r ffycin bomiau gwympo, wnei di, er mwyn i ni faglu o 'ma,' gwaeddodd Will.

'Awn ni unwaith 'to,' meddai George, 'ond y tro 'ma pwysa'r blydi botwm er mwyn Duw. Os na elli di weld, jyst rho gynnig arni.'

Y tro yma cafodd yr awyren ei dal ym mhelydrau'r golau a theimlai George taw atyn nhw roedd yr holl amddiffynwyr yn saethu. Sibrydai Frankie yn y sedd nesaf at George gan naill ai gweddïo neu felltithio tra sgrechiai Will ar yr intercom, 'Nawr! Nawr. Pwysa'r ffycin botwm!' Clywyd llais bychan yn dweud 'Bomiau bant' a bloedd o ryddhad gan weddill y criw.

Siaradodd neb wrth hedfan 'nôl, ac wrth i'r awyren lanio llifai'r teimladau arferol o ryddhad. Uchafbwynt unrhyw gyrch oedd gorfoleddu wrth deimlo tir soled dan eu traed a sylweddoli eu bod wedi goroesi, unwaith eto. Byddai coffi twym a rỳm yn eu haros a rheswm i ddathlu. Ond ymysg criw George roedd y cyfeillgarwch wedi ei ddisodli gan ddicter yn erbyn Harry. Ceisiodd George droi'r sgwrs gan ddweud nad dyma'r amser i ddadan-soddi, a chytunai Rob. Ond doedd dim tawelu ar Will.

'Ma pawb yn gwybod na elli di weld y targed bob tro. Dyna pan 'dyn ni'n anfon lluoedd o awyrennau, ti'n gweld? Deall? Does dim ots tasai pump yn methu, os bydd un yn llwyddo. Synnwyr cyffredin? Hyd yn oed os wyt ti'n sicr o fethu'r targed mae'n dal yn well cael gwared â'r llwyth. Beth tasen ni fod i ymosod ar Cologne neu Berlin heno? Does neb yn gwybod yn union beth maen nhw'n fomio dros ddinas fawr, ond ry'n ni'n gwneud ein gorau glas ac wedyn i ffwrdd â ni fel cath i gythrel – dyna pam ry'n ni wedi goroesi hyd yma. Callia, wnei di!'

Cerddai'r criw dros y maes awyr at y ffreutur i fwynhau'r brecwast o wyau a ham. Ond arhosodd Harry yn yr unfan cyn troi a cherdded 'nôl am y barics. Yn dawel dywedodd Rob, 'Skip, ma'r dyn yna'n beryglus.'

✳

Gyda help George parhaodd Harry fel rhan o'r criw. Pwysai'r botwm rhyddhau yn brydlon, efallai'n rhy gyflym weithiau. Ni chwynodd neb.

Dylai George fod wedi bod yn fodlon ond roedd Harry wedi plannu cwestiynau anghyfforddus yn ei ben. Wrth edrych i lawr ar ddinas a dargedwyd, ddeng mil o droedfeddi uwchben ceid golygfa ryfeddol, lawn lliw, symudiadau a drama. Sawl gwaith oedd e wedi rhyfeddu at ysblander yr arddangosfa dreisgar yn erbyn cynfas ddu'r nos; fflamau adeiladau ar dân, fflachiadau oren, melyn a rhuddgoch, bomiau'n ffrwydro mewn rhesi, bob hyn a hyn tanciau tanwydd neu beipiau nwy'n byrstio gan saethu colofnau o dân fel ffynhonnau dig yn uchel i'r awyr. Dros bob dim byddai mwg a dwst yn codi o'r gyflafan gan greu golygfa arallfydol, orwych, hyd yn oed – harddwch o fath. Tybed a oedd hi'n fraint bod yn dyst i'r fath olygfa, neu'n felltith?

Roedd dros gant o awyrennau yn rhan o'r cyrch yn erbyn Hamburg. Gellid gweld y ddinas yn llosgi'n goch hanner can milltir i ffwrdd wrth i'r llu awyr adael y chwalfa. Yn ei hyfforddiant fel capten, pwysleisiwyd wrth George taw ei gyfrifoldeb blaenaf oedd ei gyfrifoldeb i'w griw, i sicrhau eu bod yn gweithio'n effeithiol, ond yn bwysicaf oll, i'w cadw nhw'n fyw. Dyna oedd ei ddyletswydd. Er mwyn cyflawni hynny, roedd yn bwysig peidio ag ystyried y dioddefaint a'r marwolaethau a achosid yn sgil eu hymosodiad. Roedd yn haws gwneud hynny o uchder o ddwy filltir – neu o leiaf roedd wedi bod yn haws, cyn i'r amheuon gymryd gafael.

*

Daliai Lizzie'r gwningen yn gadarn yn erbyn ei mynwes a safai Jane wrth ei hochr yn dal llond dwrn o sgert Lizzie. Edrychai'r ddwy ar Siân gan ddisgwyl ymateb.

'Doris yw 'i henw,' meddai Lizzie, 'fel ein mam-gu. Gallwch chi afa'l ynddi, 'sech chi'n licio.'

''Sen i wrth 'y modd.'

Cymerodd Siân y bwndel o flew, fflwff a chlustiau yn ofalus.

'Rhaid i ti ddal gafa'l arni'n dynn, neu bydd hi'n rhedeg bant.'

Gwyliodd Siân y ddau bâr o lygaid yn sylwi ar y ffordd roedd hi'n dal a thrin Doris druan. Gorweddai'r gwningen yn ei breichiau fel hen glustog talpiog. Ceisiodd ei maldodi.

'Mor lyfli a meddal. Ble mae hi'n byw?'

'Yn ei 'wtsh.'

Daeth y geiriau o geg Jane fel gwich, y tro gyntaf i Siân ei chlywed hi'n yngan gair.

'Ga i weld?'

Nodiodd y ddau ben yn ffyrnig.

'Dewch,' meddai Lizzie. Cydiodd y ddwy mewn darnau gwahanol o ddillad Siân gan ei thynnu hi tuag at ddrws y gegin.

'Rhaid dy fod ti'n ffefryn,' meddai Mair. 'Ffrindie oes.'

'Am lwcus!'

Yn y beili cefn penliniodd Siân i edmygu'r cwt. Gofynnodd hi'r cwestiynau priodol sef: Beth oedd Doris yn ei fwyta? Pwy fyddai'n ei bwydo hi? Pa mor aml? Pryd gafodd y gwellt ei newid? Ceisiodd Jane ei hateb ond baglodd dros ei geiriau.

'Ma Doris yn licio porfa ac felly 'dyn ni'n mynd lan i'r comin a . . . a . . .'

Edrychodd Jane at Lizzie gan ymbil am help. Esboniodd ei chwaer bob manylyn am fywyd Doris, yn enwedig ei harferion cachu a achosodd bwl o chwerthin gan Jane. Wrth wrando, atgoffodd Siân ei hun fod angen canmol ei thad. Ei syniad e oedd casglu'r hen gwt gan Mrs Watkins Nymbar 47. Roedd heb ei ddefnyddio ers hydoedd ac roedd Mrs Watkins yn falch o gael ei wared.

Cafodd David y gwningen gan ffrind o'r lofa oedd yn eu bridio am eu cig. Gofynnodd David am un hen a dof, heb yr egni i brotestio am y driniaeth a gâi gan y merched, na'r ysbryd i geisio dianc. Doris oedd y gwningen a gafwyd.

'Wi'n cyfaddef. Un o dy syniade gore, Mr Lewis,' meddai Mair gan edrych mas trwy'r ffenest. 'Ma'r Doris 'na'n 'u cadw nhw dawel am orie. Bob tro dw i'n disgw'l mas, ma hi'n ca'l 'i bwydo a'i sbwylio. Bydd yn tyfu'n rhy dew i allu aros yn y cwt 'mhen sbel.'

'Wrth gwrs, mae'n bosibl ei bod hi'n feichiog,' rhybuddiodd David. 'Dywedws Phil nad oes dim modd gwpod.'

'Duw a'n gwaredo! Plis, na!'

'Pam?' gofynnodd David. 'Dyna'r ffordd ore iddyn nhw ddysgu am fabanod. Naturiol, on'd ody?'

'Ond byddan nhw'n mynnu cadw'r holl dorllwyth, a bydd y tŷ'n llawn cwningod!'

'Gallwn ni 'u gwerthu nhw 'nôl i Phil am eu cig.'

'Pob lwc i ti wrth esbonio 'ny i'r merched!'

Dros laeth cynnes, bara a jam dywedodd Siân wrth Jane a Lizzie sut y bu hi a Glenys yn cysgu yn yr un ystafell a'r un gwely â nhw, amser maith yn ôl.

'Ydy'r astell wrth y cwpwrdd yn dal i wichian?'

Nodiodd y ddwy yn ffyrnig. 'Ond byddai'r wich yn ein rhybuddio ni, 'se lladron yn torri miwn, a gallen ni redeg bant cyn iddyn nhw ein dal ni,' meddai Lizzie.

''Se bwgan weti ymddangos, ro'n ni weti penderfynu taflu'r pot drosto fe – hyd yn oed os oedd pi-pi ynddo,' meddai Siân.

Pwl o hysteria. Rhybuddiodd Mair Siân i beidio â chynhyrfu mwy arnyn nhw. Sibrydodd Lizzie eiriau cyfrinachol wrth Jane a giglodd hithau, gan edrych mor ddireidus yn llenwi'i cheg â bara jam.

Teimlai Siân gymysgedd o dristwch a mwynhad. Cofiai am yr agosatrwydd rhyngddi hi a Glenys, fel oedd rhwng y ddwy yma. Roedd Siân wedi disgwyl i'w pherthynas hi a Glenys barhau fel cynt; wedi'r cyfan, roedden nhw'n rhannu'r un gwely unwaith eto. Ond wrth weld y ddwy ferch 'ma'n cyfnewid cipolwg a'r ddealltwriaeth gyfrinachol rhyngddynt, sylweddolodd gymaint roedd hi a Glenys, wrth dyfu, wedi ymwahanu.

＊

Gwichiai Evan James a rhuglai ei frest wrth iddo dynnu'r poer i fyny i'w geg cyn pwyso ymlaen i'w boeri fe mas i'r tân. Cwympodd y fflem yn brin a sïodd ar farrau'r grât. Eisteddodd 'nôl yn ei gadair wedi blino gan yr ymdrech a'r boen. Ysgydwodd ei ben cyn edrych i fyny at Owain.

'Sori, boi.'

'Mr James, sdim rheswm i chi ymddiheuro.'Na be' sy'n dicwydd weti tri deg mlynedd yn y pwll. Y perchnogion sy ar fai, a chi sy'n gorfod diodde.'

Gwyliai Luned ei wraig y ddau. Edrychodd ar Owain, 'Mae e wedi diodde effeth y dwst ers blynyddoedd, ond ch'mod, cafws 'i daro'n galed pan gollon ni Stan. Ddim yr un dyn wedi hynny, nag wyt, Evan?' Lapiodd glwtyn am ddolen y tegell du cyn ei godi oddi ar y tân ac arllwys dŵr i bowlen fach.

'Nawr Ev, rho'r tywel dros dy ben a phwysa dros y bowlen 'ma. Ateb Mam oedd ffenigl gwyllt i leddfu'r frest, a hithe'n diodde'n wa'l o'r fogfa.'

Ceisiai Owain ei helpu drwy ddal ysgwyddau'r hen löwr, ond symudodd ar frys i ddal y bowlen a siglai'n beryglus ar ei liniau esgyrnog. Anadlai Evan yn drafferthus, ei gorff yn dangos yr ymdrech.

'Da iawn, Evan,' meddai ei wraig, 'ond tria 'to. Paid

ildio tan i'r ager dreiddio'r holl ffordd lawr, er mwyn i'r ffenigl wneud 'i waith.' Ceisiodd Evan ei orau glas, gan wingo dros y bowlen tan iddo yn y diwedd wthio'r bowlen bant a chwympo'n ôl yn ei gadair.

"Na ddigon. Wi'm yn gallu 'nadlu.'

Cariodd Luned y dŵr mas i'r cefn. 'Diolch, Owain,' sibrydodd yr hen ddyn am y canfed tro.

'Sdim angen diolch i fi, Mr James. Ma dyled arna i i chi'ch dou, am gynnig llety i fi.'

'Wi ddim yn gwpod be' basen ni 'di neud hebddot ti, boi bach.' Roedd hynny'n wir. Wedi i Evan orfod gadael ei waith yng Nglofa'r Cambrian, daeth y pâr i ddibynnu ar yr arian a dalai Owain am letya. Roedd Evan yn rhy sâl i weithio, yn rhy ifanc i gael ei bensiwn, ac wedi tri mis collodd ei fudd-dal salwch. Dadleuodd Owain ar ei ran am iawndal ond heb lwyddiant, hyd yn hyn.

'Licech chi i fi ddarllen, Mr James? Pennod nesa *Robinson Crusoe*, falle?'

'Ddylet ti dim hala cymint o amser 'da hen ddyn diflas fel fi. Ti'n dal yn ifanc. Pam dwyt ti ddim yn y pictiwrs 'da rhyw ferch bert ar dy fraich, yn lle ishte wrth y tên gyda hen Siôn a Siân fel ni?'

'Siawns dicon gwa'l 'se 'da fi, ch'mod. Ma pob merch ifanc dw i'n napod yn canlyn ishws.'

Ailymddangosodd Mrs James o'r gegin fach. 'Paid siarad lol, mae 'na ddicon o ferched 'se'n cwmpo wrth dy dra'd di, 'set ti ond yn cymryd sylw ohonyn nhw.'

Chwarddodd Owain. 'Falle taw'r Sosialaeth sy'n 'u dychryn.'

'Na, y broblem yw dy fod ti'n rhy gyfarwydd â bod yn sengl.'

'Yn bendant, wi'n rhy gyfforddus fan hyn. Pa ferch ifanc alle gystadlu â'ch cwcan chi, Mrs James?'

'Cer o 'ma, ti a dy seboni,' atebodd Luned yn fodlon.

'A paid galw fi'n Mrs James. Wi'n teimlo'n ddigon hen fel ma hi. Luned, plis.'

'Base 'ny'n anodd.'

Gwyddai Luned pam. Llenwai Owain ran o'r bwlch a achoswyd pan fu farw Stan. Siaradai Owain â nhw fel y gwnâi mab â'i rieni. Fyddai Owain byth yn cyfarch ei fam fel 'Mair' a theimlai y byddai galw Mrs James yn 'Luned' yn dangos diffyg parch. Gofalai hi amdano fel y gwnaeth am Stan: âi i'w waith yn y bore gyda thun o fwyd a jac o de a byddai swper yn aros amdano gyda'r nos. Yn yr hen gist de o dan y grisiau, lle byddai Stan yn arfer cadw ei ddillad gwaith, gorweddai dillad Owain erbyn hyn. Roedd hi'n ddiolchgar, fel petai darn o'i Stan druan gyda nhw o hyd, ac nid dim ond y ddelwedd yn y ffrâm ar y silff ben tân.

Dechreuodd Luned osod y bwrdd ar gyfer swper. Trafodai Evan ac Owain broblemau'r ardd, gan fod y lletywr wedi cymryd gofal am y llysiau. Er na chynhyrchai lawer o fwyd, roedd yn destun trafod ffrwythlon. Esboniodd Evan unwaith eto sut gallai Owain amddiffyn y bresych rhag ieir bach yr haf. Gwrandawai Luned. Diolch i'r nefoedd am Owain ac i Stan gael ffrind mor ffyddlon.

✳

Agorodd Siân ei llygaid. Treiddiodd pelydryn cul o heulwen trwy'r llenni caeedig gan daflu streipen o olau dros lun o helwyr a'u ceffylau. Uwch ei phen gwelai ddau drawst pren du yn ymestyn dros y nen anwastad. Doedd hi ddim wedi sylwi ar yr un o'r rheina neithiwr, gan na chymerodd lawer o ddiddordeb ym mhensaernïaeth hen dafarn ar ôl ei thaith hir.

Cymerodd ddiwrnod llawn iddi gyrraedd, gan newid

trenau deirgwaith ac aros yn hir am y trên nesa. Y daith olaf o Birmingham i Nottingham oedd y waethaf, un hynod o araf, oer a diflas, heibio gorsafoedd bychain, gweiddi'r gards a drysau'n clepian. Cofiai dywyllwch derbynfa Gwesty'r Bell, y paneli derw du, y carpedi coch a hefyd yr helwyr mewn siacedi coch ym mhob llun. Cofiai, yn fwy na dim, y tân mawr yn y grât a gwên groesawgar y ferch a'i bochau cochion tu ôl i'r ddesg. Coch ym mhobman.

'Mrs Smith? Ie. Ro'n ni yn eich disgwyl. Mae eich gŵr yn aros amdanoch chi yn yr ystafell fwyta.'

Wridodd hi? George ddewisodd Westy'r Bell oherwydd ei gymeriad hanesyddol a'i agosrwydd at yr orsaf. Doedd dim ots 'da Siân, yr unig beth ar ei meddwl oedd cael gwely clyd. Yn ddelfrydol, byddai George wedi bod yn aros amdani gyda'i freichiau'n llydan agored, bydden nhw wedi cofleidio, a dechrau caru'r eiliad honno. Ond roedd rhaid iddi actio rôl y fenyw barchus. Y tro 'ma roedd ganddi hi fag dros nos i'w ddangos.

Aeth i'r ystafell fwyta a chododd George i'w chyfarch. Cusanodd y ddau fel petaent yn hen gwpl priod. Atseiniai geiriau'r dderbynwraig yn ei chlust, 'eich gŵr yn aros amdanoch'. Gwisgai Siân fodrwy rad o farchnad Pontypridd a edrychai'n lwmpyn rhy lachar. Bwydlen rhyfel oedd ar gael heb lawer o ddewis, ond cynigiai'r gwesty frithyll ffres o afon Trent heb gwponau. Roedd gwir angen bwyd ar Siân, ond artaith llwyr oedd yr awr a dreulion nhw'n bwyta, gan wneud sioe ar gyfer pobl nad oedd ganddynt unrhyw ddiddordeb yn y cwpl dierth.

Gadawon nhw'r ystafell fwyta'n araf, ond diflannodd eu hurddas wrth iddyn nhw ddringo'r ddwy set o risiau'n gyflym nes cyrraedd eu hystafell, ymbalfalu am allwedd, rhuthro i mewn a chloi'r drws gan giglan mewn rhyddhad.

'Wi'n teimlo fel plentyn drwg sy wedi twyllo'n rhieni.'
Tynnodd Siân y fodrwy fel petai am gael gwared ar
bethau ffug. Dadwisgon nhw ei gilydd ar frys, yn fysedd i
gyd wrth straffaglu gyda'u dillad, cyn cwympo ar y gwely.
Cusanon nhw'n nwydus, wrth i'w chwant eu trechu.

'Oes 'da ti'r . . . pethe?'

Y tro 'ma, roedd pecyn gan George. Roedd e'n
barod ac roedd hi'n fwy na pharod i'w dderbyn. Gydag
ochenaid cydiodd ynddo a'i dynnu i lawr arni. Teimlodd
ei wres a'i bwysau a chaeodd ei choesau'n dynn amdano.
Dechreuodd hi wingo oddi tano a gwthio yn ei erbyn.
Roedd y caru'n llawn angerdd, yn frysiog ac yn wyllt,
er bod yr helwyr mewn cotiau cochion yn gynulleidfa
iddynt. Profai donnau o lawenydd a gorfoledd, wedyn
dedwyddwch a chariad a thawelwch. Cysgodd yn ei
freichiau – cwsg dwfn heb freuddwydion.

∗

Dihunodd Siân gan ei deimlo fe'n ymestyn i'w chusanu.
Ymatebodd gan roi ei breichiau amdano a'i dynnu fe
ati hi.

'Oes rhaid i ti ada'l yn glou?'

'Dim tan y prynhawn. A dw i wedi gofyn i'r dderbynfa
beidio ein galw.'

Agorodd llygaid Siân yn llydan. 'Cystal â gweud
wrthyn nhw be' ry'n ni'n neud!'

'Dw i'm yn meddwl y byddan nhw'n synnu llawer.
Dyma lle mae'r swyddogion yn trefnu cwrdd â'u
gwragedd neu . . . '

'Merched drwg?'

'Weithiau.'

'Dyna be' dw i?'

'Nage, wrth gwrs.'

Taflodd Siân y cynfasau'n ôl a dangos ei noethni.

'Ti'n hollol sicr?'

Rhedodd ei law dros ei bronnau ac i lawr ei chorff siapus at ei chluniau. Dywedai ei wyneb y cyfan. Chwarddodd hi.

'Sori, ond wi'n teimlo fel merch ddrwg. On'd 'na'r rheswm am ein hymweliad?' Gwasgodd ei hun yn ei erbyn. Cydiodd ei llaw yn ei galedwch.

'Plis,' sibrydodd. 'Duw, wi dy angen di, gymaint.'

*

Tro George oedd hi i orwedd ar ei gefn yn arolygu'r trawstiau derw gyda phen Siân yn gorwedd ar ei ysgwydd. Roedd y pelydr cul o heulwen wedi symud ar draws cae'r helwyr. Sibrydodd wrthi am y gorfoledd a deimlai am ei bod hi wedi teithio mor bell er mwyn mwynhau noson gyda fe. Rhyfeddai at angerdd ei charu. Credai George ers ei lencyndod taw dim ond i blesio dynion roedd merched yn cael rhyw. Ond unwaith eto roedd Siân wedi ei synnu. Doedd hi ddim yn aberthu ei hun ar allor ei chwant. Synnodd gymaint roedd hi ei angen, at ei hawch a'i hangerdd wrth ei deimlo fe y tu mewn iddi. Rhoddai bopeth i'r weithred. Roedd dealltwriaeth rhyngddynt. Ond beth oedd y rhwymedigaethau? A ddylai cariad a rhyw gorfoleddus fel hyn fod yn rhagarweiniad i ddyweddïo, priodas, plant ac ati? Petrusai rhag gofyn iddi hi ei briodi. Nid ei fod e'n ansicr. Teimlai'n sicr y gallai adeiladu bywyd newydd mewn partneriaeth â'r ferch anhygoel yma. Dyna'r unig ddarn o oleuni oedd ganddo yn ystod yr hediadau tywyll dros dir y gelyn. Yr unig ffordd o dwyllo angau oedd bod â ffydd mewn dyfodol gwell.

Tasai e'n cynnig dyweddïo, byddai'n achlysur per-ffaith, er nad oedd modd rhagweld ymateb Siân. Ymwelsai â gemydd yr wythnos cynt ond o ystyried, ofnai y byddai cynnig o'r fath yn ei dychryn ac efallai'n difetha'r amser prin oedd ganddynt gyda'i gilydd. Anwesodd ei gwallt fel petai'n fregus. Dihunodd hi'n araf. Pefriai ei llygaid glas clir. Sibrydodd hi,

'Oes unrhyw syniad 'da ti pa mor bwysig wyt ti i fi? Unrhyw syniad?'

'Pwysicach na chanu?'

'Pa ganu? Ma hynny weti hen ddarfod.'

'Pwysicach na Chlyd-ych?'

'Pwysicach na phopeth. Wi jyst moyn gorwedd 'ma a chwtsio ynot ti am byth. Anghofio'r byd a'i helynt.'

'Bydd rhaid i ni adael rhywbryd.'

'Wi'n gwpod, gwaetha'r modd! Bydd angen bwyd arna i cyn bo hir. Mae'r holl brancio yn codi chwant bwyd arna i.'

'Ti am i ni godi felly?'

'Na, dim 'to. Wi am fwynhau pob eiliad sy 'da ni.' Cwtsiodd yn glòs yn ei erbyn. 'Hoffet ti glywed cyfrinach?'

'Wrth gwrs.'

'Ti'n cofio parti Vicki? Y tro cynta i ni gwrdd?'

'Pan gest ti dy boeni gan oböydd meddw.'

'Gorfodes i ti i fy nghusanu i er mwyn ca'l gwared â'r niwsans.' Gwên lydan a saib hir. 'Wel, cafflo o'n i. Celwydd noeth.'

'Welais i fe!'

'Do, ond gallwn i fod weti cael gwared arno fe'n hawdd. Ro'dd 'da fi fet 'da Vicki y basen i'n llwyddo i dy gusanu a chwtsio di cyn diwedd y parti.'

'Na! Ti'n jocan. Doeddet ti ddim hyd yn oed yn fy nabod.'

'Ro'n i weti dy weld di o gwmpas. Ti oedd heb sylwi arna i.'

'Doedd 'da ti ddim diddordeb mewn dynion.'

'Dim moyn cariad. Hollol wahanol. Ro'n i'n dal yn gallu sylwi ar fachan golygus gwerth ei brofoco.'

'Pam wyt ti'n cyfaddef wrtha i nawr?'

'Falle i ddangos faint wi'n ymddiried ynot ti? Falle achos taw gwely yw'r lle iawn i rannu cyfrinache? Dy dro di.'

'Be'?'

'I rannu cyfrinach.'

'Mae dy fronnau di'n berffaith.'

Trawodd Siân ei fraich yn galed. 'Dim cyfrinach yw hynny a dyw e ddim yn wir! Ma'r un chwith yn fwy na'r un ar y dde. Paid ti meiddio! Wi moyn clywed rhywbeth fydd yn fy synnu i.'

Ddywedodd George yr un gair.

'Wi'n aros.'

Petrusodd George. Cododd o'r gwely er mwyn chwilio ym mhoced ei iwnifform.

'Ca' dy lygaid.' Ufuddhaodd Siân. 'Rho dy ddwylo mas.' Penliniai Siân ar y gwely gan ymestyn ei dwylo fel plentyn yn chwarae gêm ddyfalu. Cwympodd ei gên wrth iddi synhwyro siâp y blwch bach dwy fodfedd sgwâr a roddodd George yn ei dwylo. Agorodd ei llygaid.

'Agor e.'

Agorodd y blwch ac edrych ar y fodrwy heb ddweud gair.

'Prynais i hi ddoe mewn siop gemwaith yn Lincoln. Dw i'n meddwl ei bod hi y maint cywir, ond fydd dim problem ei newid os bydd angen.'

Rhythodd Siân arni, ei hwyneb wedi colli ei liw. Tynnodd y cynfasau drosti fel petai'n encilio. Petrusodd George cyn gofyn, 'Wyt ti'n 'i hoffi hi?'

''I hoffi hi! Wrth gwrs 'mod i'n 'i hoffi hi. Nid hoffi neu bido yw'r broblem. Wi'n sori. Wi ddim yn gwpod be' 'dy be', bellach. Wi jyst ddim yn barod am hyn. Dim 'to. Wi'n dy garu di, dy angen di, ond wi ddim am dy fodrwy di.'

Caeodd y blwch a'i gynnig yn ôl iddo.

'Ma hon yn fraint ond wi ddim yn gallu 'i derbyn. Wi'm yn gallu addo dim yn ôl i ti, ond wi ddim am dy golli di. Ti wi angen, dim dy fodrwy. Ar hyn o bryd, wi ond yn gallu byw yn y presennol. Alli di fadde i fi?'

Am y tro cyntaf teimlai'r ystafell yn oer.

*

Roedden nhw i fod i adael eu hystafell erbyn un ar ddeg o'r gloch ond cyrhaeddon nhw'r dderbynfa'n hwyr. Yn hytrach na'r ferch gyfeillgar safai dyn a edrychai arnynt yn amheus. Talodd George.

Gadawsant eu bagiau gan gamu dros y ffordd i gaffi bach taclus, lle cawson nhw frecwast; sgons, jam, pot bychan o hufen, a chyflenwad hael o de gwan. Llywiai Siân y sgwrs oddi wrth y fodrwy gan holi am ei deulu, yn enwedig Sally.

Roedd dwy awr ar ôl cyn i George ddal ei fws. Cerddon nhw i lawr at y gamlas ac eistedd yn gwylio'r hwyaid ar y dŵr. Ceisiodd George dorri'r garw lletchwith rhyngddynt drwy ymddiheuro ond torrodd Siân ar ei draws.

'Sdim bai arnat ti! Fi yw'r un sy'n ffili meddwl yn glir nac yn bellach na heddi.'

'Ddylwn i ddim fod wedi . . . '

'Pam lai? George, paid camddeall. Wi'n dy garu di 'da fy holl gorff ac enaid a wi'n gwpod dy fod ti'n 'y ngharu i. Ma'n reddf hollol naturiol 'yn bod ni am i'n cariad bara am byth. Dyna'n union fel y dyle hi fod.'

'Fyddi di ddim eisiau i ni garu'n gilydd am byth?'

Saib hir wedyn. Cymerodd ei ben yn ei dwylo a chusanodd hi fe'n hir ac yn awchus. Edrychodd ym myw ei lygaid,

'Wi am drysori pob eiliad. Taswn i'n dy garu di'n fwy byddwn i'n byrstio. Ti'n gwpod 'ny, on'd wyt? Ond dyna'r cyfan galla i'i gynnig nawr.'

Cerddon nhw'n araf ar hyd llwybr y gamlas yn ôl i'r Stryd Fawr. Dewisodd George ei eiriau yn ofalus. 'Ro'n i wedi penderfynu peidio â gofyn i ti.'

'Plis George, gad lonydd iddi!'

'Na, dw i am ddweud hyn.'

'Fy mai i yw e.'

'Does dim bai ar neb. Dw i'n deall, o leiaf dw i'n credu 'mod i. Mae popeth mor ansicr, pwy a ŵyr beth fydd yn digwydd fory. Falle ei bod hi'n ffôl trio cynllunio, ond plis ... cymera'r fodrwy ... '

'Na ... !'

'Plis! Dw i'm yn disgwyl i ti ei gwisgo. Dw i'n gwybod nad y'n ni wedi dyweddïo, ond taswn i'n ffili dychwelyd rhyw noson ... '

'Paid!'

'Mae'n digwydd yn aml iawn. Taswn i'n ffili dych-welyd wedi cyrch, byddai'n gymorth gwbod bod 'da ti'r fodrwy i gofio amdana i. Falle bydde'n well i ti beidio â'i dangos i neb, ond byddi di'n gwybod faint ro'n i'n dy garu di.'

Amneidiodd Siân.

'A tase pethe'n dynn yn ariannol arnat ti, o leia bydde 'da ti rywbeth gwerth ei bônio.'

Bwriodd hi fe yn ei frest cyn iddyn nhw gusanu'n hir a dagreuol.

∗

Gwyddai Glenys fod rhywbeth o'i le gan nad oedd Siân wedi dweud gair am ei thaith i Nottingham. Cyn iddi hi fynd, dywedodd y byddai'n gweld George, ond roddodd hi ddim manylion pellach. Tybiai y byddai rhai o'i deulu e gyda nhw i gadw pethau'n barchus, fel y gwnaeth hi ac Arwel pan aethon nhw i Weston cyn y briodas. Ond holodd hi mo Siân, rhag ofn ei digio.

Dros y misoedd ers i Siân ddychwelyd i Glydach tyfodd y berthynas rhyngddynt yn agosach unwaith eto, ond deallai Glenys ei bod hi'n well peidio trafod rhai pethau. Roedd hyn yn anoddach iddi hi nag i Siân gan ei bod hi dair blynedd yn iau, a byddai'r Glenys ifanc yn dilyn pob datblygiad ym mywyd Siân gydag edmygedd. Siân oedd yr un fyddai wastad yn arwain y ffordd a gwneud bywyd yn anturus. Dilynai Glenys fuddugoliaethau a thrychinebau Siân fel tasen nhw'n digwydd iddi hi.

Atgofion melys oedd y pethau a wnaeth oroesi yn y cof, a thueddai Glenys i anghofio'r achlysuron hynny pan gawsai ei chwaer fawr ei siomi. Weithiau, byddai nosweithiau tywyll yn eu hystafell fach, wedi i hyder ei chwaer ddisglair gael ei ddiffodd. Wrth syllu ar ei chwaer, gwelodd Glenys yr un arwyddion o ansicrwydd ac unigrwydd unwaith eto. Beth oedd wedi digwydd? Wnaeth George a hi gweryla? Oedd eu perthynas ar ben? Oedd e wedi cwrdd â chariad newydd?

'Croeso i ti drafod pethe 'da fi, 'se fe'n dy helpu di. Wi'n gallu cadw cyfrinach, ti'n gwpod 'ny.' Er syndod i Glenys, agorodd y llifddorau, tonnau o deimladau wedi eu cronni a'r euogrwydd wrth iddi ei beio ei hunan. Cafodd Glenys drafferth i ddilyn ei thrywydd.

'Aeth pethe ar chwâl? Roddws e ddolur iti?'

'Naddo! Fe yw'r dyn mwya caredig a dymunol y galle unrhyw fenyw obitho cwrdd ag e. Odw, wi'n 'i garu a ma fe'n 'y ngharu i – falle ormod.'

'Shwt galle hynny fod yn beth drwg?'

'Am 'mod i'n hen ast greulon a hunanol, a ma fe'n ddigon dwl i gwmpo miwn cariad â fi. Ro'n i wedi'i rybuddio, wir i ti, ac wedi gweud wrtho sawl tro na fasen i'r ferch iawn iddo.'

'Paid siarad dwli!'

'Wir i ti, ond chymerws y twpsyn ddim sylw, a nawr hyn!'

Doedd Glenys ddim mymryn callach beth oedd yr 'hyn'. Gadawodd ei chadair i benglinio ar y llawr o flaen ei chwaer. Cydiodd yn nwylo Siân cyn holi,

'Felly be' ddigwyddws? Ody fe 'di bennu 'da ti?'

Chwarddodd Siân trwy ei dagrau, 'Na, dim byd fel 'na.'

Yna, adroddodd Siân yr holl hanes, heb guddio dim. Amlinellodd bob manylyn, y gwesty, y noson o gariad, a'r bore wedyn George yn cynnig ei phriodi. 'Wir i ti, Glen, dyna'r peth ola ro'n i am glywed.'

Rhythai Glenys ar ei chwaer gyda chymysgedd o syndod ac edmygedd. Hyd yn oed nawr, roedd Siân yn llawer mwy mentrus na hi.

'Wi ddim yn dyall. Ma dyn golygus a chyfoethog wedi cynnig dy briodi. Beth yw'r broblem? Ti ddim eisie'i briodi?'

'Wi'm yn gwpod.'

'Ti'n ame'i air?'

'Na, ma fe'n hollol ddiffuant. Prynws fodrwy, hyd yn oed.'

'A gwrthodest ti hi?'

'Do, ond gofynnws e i fi ei chymryd hi ta beth. Rhag ofn base fe'n ca'l 'i ladd. Ma hi yn 'y mag i, yn y boced ochor.'

Aeth Glenys yn syth at y bag a dod o hyd i'r blwch lledr brown gyda marciau aur. Agorodd e'n araf. Ebychodd, 'Siân, ma hi mor bert! Drycha ar y diemwnte. Wow! Yn bendant ma fe 'di hala ffortiwn.'

'Wi'n gwpod,' atebodd Siân mewn llais bach trist. Caeodd Glenys y blwch cyn ei osod ar y bwrdd.

'Wedi dy ddala di ar y gamfa a thithe heb ga'l amser i feddwl?'

'Rhywbeth fel'na. Ddwedi di ddim wrth Mam, na wnei?'

'Ar fy llw. Ond wi'n gwpod beth fase Mam yn gweud.'

'Beth?'

'Bydd yn ofalus neu byddi di'n 'i golli fe.'

'Wi'n meddwl y base hi'n gweud mwy na 'ny. Ma hi'n fam i ddou fab, cofia. Base hi'n rhoi pregeth i fi am ware 'da theimlade dyn ifanc, ffein. Os nad o'n i o ddifri dylen i hala'i fodrwy 'nôl a bennu â fe. Wi ddim yn gallu neud 'ny. Wi ddim yn gwpod be' i neud.'

'Cwtsio lan.' Gwasgodd y ddwy at ei gilydd yn y gadair, y ddwy yn dal yn ddigon bach i gwtsio fel dwy gath fach. 'Bydd popeth yn gwitho mas yn iawn yn y pen draw. Dyna be 'set ti'n gweud wrtha i, bob tro.'

'Ie wir? Am gyngor twp!'

❋

Cafodd y cyrch awyr ar Berlin ei ddileu ar y funud olaf oherwydd niwl trwchus a thywydd gwael dros y cyfandir. Cynyddu wnâi'r tensiwn yn ystod y cyfnod paratoi. Roedd angen rhyddhad drwy gael sbort yn y ffreutur ac yfed.

Cafodd George gêm dda o rygbi wrth ddefnyddio hen glob oren golau Belisha fel pêl. Wedyn dyfeisiodd Will gystadleuaeth arbennig; cyfuniad o neidio llyfant, datrys rhigymau ac yfed peint wrth sefyll ar un droed. Cafodd George ei ddiarddel yn fuan yn y gêm a chwympodd yn ddiolchgar ar y soffa. Cwynodd e a Rob fod y cwrw yn gythreulig o wan, cyn trafod pêl-droed, awyrennau a merched. Roedd Rob wedi treulio penwythnos arall yn nhŷ Mattie a'i rhieni. Aeth pethau'n gampus, a gan ei fod wedi dyweddïo â Mattie ers pedwar mis teimlai fod pwysau arno i 'enwi'r dyddiad'. Disgrifiodd yr eglwys fach bert yng nghanol pentref gwledig yn Hampshire. Lleoliad perffaith i'r briodas.

'Mae 'da fi gymwynas i ofyn, Skip. Fyddi di'n fodlon bod yn was priodas i fi?'

'Ti ddim o ddifri?'

'Cei di fflyrtio gyda'r morynion priodas.'

'Gwych. Bydd yn fraint. Pryd?'

'Dim byd yn bendant 'to, ond rhywbryd yn y gwanwyn.'

'Dim hast felly?'

'Ond mae'n rhyfedd trefnu pethau pan mae siawns na fydda i yma i'w cyflawni.'

'Mae llawer o'r bois wedi priodi ers . . . '

'Dw i'n gwybod, ond . . . ti'n cofio Antony?'

'Wrth gwrs.'

Trafododd Rob gyda Mattie ai mentro neu aros tan ddiwedd y rhyfel oedd fwyaf synhwyrol. Teimlai fod ei rhieni yn betrusgar, wrth ofni y gallai eu hunig ferch fod yn weddw cyn ei bod yn un ar hugain. Ond doedd dim troi ar Mattie.

'Merch ramantus mewn cariad.'

'Beth am Siân?'

'Gwell ganddi hi aros.'

'Falle taw hi yw'r un synhwyrol.'

'Falle.'

*

Roedd gan y negesydd wyneb crwn fel bachgen bach a chorff tebyg. Pan ymddangosai ymysg cytiau Grŵp B byddai'r menywod yn canu 'You Must Have Been a Beautiful Baby'. Byddai'n cochi'n llachar wrth iddyn nhw chwerthin, pawb heblaw am Rosie Pritchard. Roedd ganddi reddf warchodol a byddai'n ceryddu pawb am eu hymddygiad – 'wedi'r cwbl, ma'n fachgen digon cwrtais.'

Safai Babyface wrth ddrws y cwt. 'Oes 'na Siân Lewis 'ma?' gofynnodd yn swil.

Trodd Betty ati hi, 'Siân, dyma dy ddwarnod lwcus di. Ma dy Prince Charming wedi cyrraedd.'

Ffrwydrodd sgrech o chwerthin cyn i Rosie dawelu pawb.

'Dyma fi.'

'Ga i air, os gwelwch yn dda?'

'Oooooooooh!' bloeddiai'r gweithdy.

'Cymer ofal nawr, Siân. Y rhai tawel yw'r gwaetha,' sibrydodd llais, a sbardunodd bwl arall o chwerthin a sawl awgrym anweddus.

'Gair am be' yn union?'

'Cerddoriaeth. 'Dyn ni wedi clywed taw cantores y'ch chi.'

'Pwy yw'r "ni" sy'n gweud hyn?' Sythodd Babyface cyn ateb,

'Cymdeithas Opera'r Ffatri Frenhinol. 'Dyn ni'n cynnal gwrandawiadau.'

'Gwrandawiade am beth?'

'*The Vagabond King* ym Mhafiliwn Porthcawl,' meddai wrth ennill hyder. 'Mae'r ffatri wedi rhoi arian i ni logi gwisgoedd o Fanceinion a bydd cyfarwyddwr proffesiynol yn ein harwain. Ydy hi'n wir 'ych bod chi wedi'ch hyfforddi yn yr Academi yn Llundain?'

Distawrwydd. Pob llygad ar Siân.

'Ody, am dair blynedd.'

'A'ch bod chi wedi canu'n broffesiynol?'

'Do.'

'Felly, tasai diddordeb 'da chi, bydd y gwrandawiadau yn cael eu cynnal yn y ffreutur ar yr ail ar hugain o'r mis, ar ddiwedd y shifft.'

'Diolch am y gwahoddiad. Bydda i'n sicr o fod yno. O's rhwbeth yn benodol basen nhw moyn i fi ganu?'

'Unrhyw ddarn o opereta – ac os ydych chi eisie cyfeilydd, bydd rhaid i chi ddod â'ch copi o'r gerddoriaeth.'

'Fe wna i, diolch yn fawr.'

Cyn iddo gilio, gofynnodd Siân iddo, 'Be' yw'ch rôl chi yn y cynhyrchiad?'

Chwyddodd Babyface ei frest, 'Ail gynorthwyydd i'r cyfarwyddwr. Dw i'n canu tenor hefyd ac yn gobeithio cael lle yng nghorws y Saethwyr Albanaidd, os bydda i'n ddigon da.'

'Oes enw 'da chi?'

'Ieuan.'

'Wel diolch, Ieuan. Wi'n ddiolchgar am y gwahoddiad.'

Chafwyd dim siw na miw gan y menywod eraill.

'Ma tipyn o urddas 'da Siân, on'd oes?' sibrydodd Betty.

Gadawodd Ieuan y cwt yn edrych fel petai wedi ennill y pŵls.

*

Gwyddai pawb fod cyrch awyr enfawr ar y gorwel. Fel arfer byddai'r targed yn gyfrinachol, ond aeth y gair ar led y byddai hediad arall dros Berlin. Cofiai pawb a fu'n rhan o'r cyrch y tro diwethaf am gryfder yr amddiffynfeydd. O gwmpas y brifddinas lleolwyd cylchoedd o ynnau, lluoedd o oleuadau a heidiau o awyrennau yn barod i ymladd. Ar y daith honno collodd y sgwadron ddwy awyren. Roedd pawb ar bigau'r drain.

Eisteddai George tu fas i'r ffreutur yn ceisio darllen nofel dditectif pan synhwyrodd rywun yn sefyll yn ddistaw wrth ei ochr. Edrychodd a chanfod Harry, yr anelwr bomiau, yn sefyll yn syth, fel petai ar barêd.

'Ie, Harry?'

'Ga i air, Syr?' Gwelai George dyndra yn ei gorff a phendantrwydd yn ei wyneb.

'Beth am fynd am dro bach?' Syniad George oedd cadw'r sgwrs yn anffurfiol ond siglodd Harry ei ben yn gyndyn. Safodd George a dechrau cerdded, felly doedd dim dewis gan Harry ond ei ddilyn dros y porfa.

'Sut mae'r teulu?' gofynnodd George yn hamddenol.

'Da iawn, diolch, Syr.'

'Merch a mab, yntê? Phillip ac Amanda?'

'Ie, Syr.' Arhosodd Harry a llifodd ei eiriau mas, mewn cymalau byrion, 'Dw i'm yn gallu, Syr. Alla i ddim. Nid heno, nac unrhyw noson arall.'

Oedodd George. Roedd wedi ofni y gallai rhywbeth tebyg ddigwydd. Siaradodd yn fwyn. Esboniodd pa mor gyffredin oedd teimladau arswydus o'r fath cyn cyrch awyr. Doedd dim cywilydd mewn bod yn ofnus, er y byddai'n rhaid i Harry, fel pawb arall, oresgyn ei bryderon.

'Na, nid achos 'mod i'n ofnus – er 'mod i'n ofnus tu hwnt cyn pob hediad, ond ma 'da fi wraig a phlant.'

'Fel cannoedd o aelodau eraill o'r llu awyr, y fyddin a'r llynges. 'Dyn ni i gyd yn gorfod dal ati.'

Siglodd Harry ei ben. 'Dydych chi ddim yn deall, Syr. Rydyn ni'n lladd plant pobl eraill, Syr.'

'Yn bomio eu dinasoedd, fel ymateb cyfiawn i'r hyn wnaethon nhw i'n dinasoedd ni. Dyna natur rhyfel, Harry. Does neb yn ei iawn bwyll yn ei gymeradwyo, ond dyna yw ein dyletswydd – dros ein gwlad, ein cymrodyr a'n teulu.'

'Sori, Syr. Allwch chi ddim newid 'y meddwl i. Alla i ddim lladd pobl a phlant diniwed bellach.'

∗

Safai George wrth ochr y swyddfa yn gwrando, tra safai Harry o flaen desg yr Arweinydd Sgwadron Sayer DFC gan ddioddef llif o eiriau cableddus a chwestiynau amhosib i'w hateb.

Fyddai Harry yn gorfodi pobl eraill i frwydro ar ei ran? Beth oedd mor arbennig amdano fe? Nid fe oedd yr unig un i fod ag ofn ac nid fe oedd yr unig un â phlant. Os oedd unrhyw ddiferyn o gariad at ei blant ganddo, dylai Harry ystyried faint y bydden nhw'n ei ddioddef ar ôl i'w cymdogion glywed mai cachgi oedd eu tad, gormod o gachgi i ymladd. Allai Harry ddychmygu'r enwau ffiaidd y byddai'i blant yn eu dioddef ar iard yr ysgol? Oedodd yr Arweinydd Sgwadron Sayer, gan aros am ateb. Ni ddaeth gair.

'Allwch chi weld eu hwynebau? Allwch chi? Oes diferyn o gywilydd ynoch chi?' Crynai Harry. 'Dw i'm yn gallu, Syr. Wir i chi.'

Cododd y Prif Swyddog o'i gadair a chamu'n araf o amgylch y ddesg at Harry. Siaradai'n fygythiol gyda'i geg fodfeddi o'i glust.

'Tasech chi'n dal i fod mor anhygoel o hunanol drwy fethu rhoi eich teulu yn gynta, efallai dylech chi ystyried beth ddigwyddith i chi o barhau ar eich trywydd presennol. Yn sicr, bydda i'n bersonol yn eich anfon chi i'r ffrynt at wŷr traed y fyddin, i wynebu'r gelyn lygad yn llygad gyda gwn a bidog. Bydd dewis gennych chi rhwng trywanu'r gelyn neu dderbyn llafn hir trwy eich perfedd. Gwnaiff eich torri chi'n ddarnau. Neu, wrth gwrs, gallwch wrthod a phledio gorffwylledd a bydd y fyddin yn eich saethu chi'n gelain. Ydych chi'n hoffi'r syniad yna? Ydych chi?'

Er bod Harry yn dal i sefyll yn unionsyth gwelai George sut roedd ei ddwylo'n crynu yn aflywodraethus. Anadlai yn ysbeidiol a thrafferthus. 'Dydw i ... jyst ddim yn gallu ... Syr. Dw i'm yn ...'

Edrychodd yr Arweinydd Sgwadron Sayer tua'r nefoedd cyn siglo ei ben yn araf.

'Iawn!'

Mewn llai na munud arestiwyd Harry. Cafodd ei fartsio i'r barics i bacio ei bethau cyn cael ei dywys i dreulio noson yng nghell yr heddlu milwrol. Y bore canlynol, câi ei gludo mewn cyffion draw i bencadlys y grŵp. Roedd ganddynt broses i ddelio ag achosion LMF.

'*Lack of Moral Fibre*. Dyna'r term swyddogol. O'ch chi'n meddwl 'mod i braidd yn galed arno fe?' holodd Sayer.

'Nid fy lle i yw . . . '

'Oeddech, a byddech chi yn llygad eich lle. Bastard truenus.'

Mynnodd nad oedd dewis ganddo. Gallai dynion fel Harry achosi i lwfrdra ledu fel pla gan heintio gwersyll cyfan. Rhaid sathru arno'n galed ac yn gyflym neu byddai ofn yn lledaenu a threchu'r llu, mewn modd na lwyddai'r gelyn i'w wneud. Doedd dim ots gan y swyddog beth fyddai ffawd Harry, dim ond ei fod e'n ddigon pell o'i sgwadron.

*

'Ond pam fa'ma, Owain? Yn enw popeth, pam Cwm-parc? Oedden nhw'n targedu'r pwll? Os felly, ro'n nhw'n bell ohoni.'

Ymbalfalai'r hen ddyn dros adfeilion ei gyn-gartref. Plygai bob hyn a hyn i godi darnau drylliedig o'i eiddo; llun wedi ei rwygo, hanner jwg, dolen drws, darnau o'r tŷ a gawsai eu dinistrio oriau ynghynt. Atebodd Owain mewn llais mwyn, yn ansicr a oedd yr hen ddyn eisiau ateb neu beidio.

'Wi ddim yn credu taw Cwm-parc oedd y targed. Falle i'r awyrenne golli eu ffordd ar ôl ffili cyrraedd docie

Abertawe, neu drio ysgafnhau'r llwyth er mwyn dianc rhag ein hawyrenne ni. Mwy na thebyg taw nod y criw oedd gwagio'r awyren o'i bomie yn rhywle anghysbell cyn troi sha thre.'

Edrychodd Tom Evans yr hen löwr ar Owain mewn anghrediniaeth. 'Iesu Annwyl! Paid gweud taw damwain o'dd hyn!'

'Na, nid damwain. Yn hytrach, y math o beth sy'n dicwydd miwn rhyfel fodern. Gwallgofrwydd llwyr!'

Siglodd Tom ei ben unwaith eto. Cofiai ddamweiniau'n digwydd yng Nglofa'r Parc. Yn aml disgrifid ffrwydradau nwy, neu gwymp y to, fel 'damweiniau anffodus', ond ym mhrofiad Tom roedd perchennog barus neu reolwr diog wrth wraidd pob 'damwain'. Yn sicr, roedd rhywun ar fai.

'Plis, Tom, dewch i'r festri nawr,' plediodd Owain.

Ciliai golau dydd. Bu'r hen ddyn yn eistedd ar gadair racs ymysg adfeilion ei hen dŷ am oriau, yn gyndyn o adael yr aelwyd lle treuliodd e a'i wraig, Iris, eu bywyd priodasol. Anfonwyd Owain ato i ddod â fe'n ôl i'r festri lle'r oedd gwelyau, blancedi, cawl twym a thatws yn ei ddisgwyl, ond cyndyn oedd Tom i symud.

'Dylen i fod wedi marw yn y ffrwydrad. Wi wedi cael bywyd llawn a 'se wedi bod yn addas. Ond yn fy lle i, cymeron nhw'r plant. Ble mae'r synnwyr?' Edrychodd o'i gwmpas. 'Popeth ar goll, hyd yn oed 'i phethe bach hi.'

'Bydd Iris yn fyw yn ein hatgofion fel gwraig hardd a mam gariadus. Dyna sy'n cyfri.'

'I lawr yn siop y barbwr o'n i. Base hi wastad yn rhoi tafod i fi am bido mynd yn rheolaidd bob wythnos. Tro 'ma fe wnes a dyma pam wi 'ma o hyd. Diolch i Iris.'

'Heb os, Tom, ond plis dewch 'da fi i'r festri. Allwch chi ddim aros 'ma dros nos.'

Nodiodd Tom, 'Dyna sy galla, yntyfe? Dyna be' 'se

hi'n gweud.' Gydag ochenaid, gadawodd yr hen löwr y rwbel a cherdded i lawr Stryd Treharne tua'r capel.

'Glywes i sïon fod Wil Dai a George Watkins wedi eu lladd?'

'Odyn.'

'Dynion ffein, wedi heneiddio fel fi. Dechreuon ni ym Mhwll y Parc yr un pryd fel cryts ifanc. Base Wil wedi byw'n hirach na'r un ohonon ni.'

Wedi cyrraedd y festri, arweiniodd Owain Tom at fwrdd i gael powlennaid o gawl twym a thaten bob. Gosododd flanced gynnes dros ei ysgwyddau. O leiaf teimlai Owain y gallai fod o help, wedi iddo ddod yn syth i Gwm-parc ar ôl clywed am y bomio. Gwelodd y gyflafan, y meirw hen ac ifainc, ond gwyddai taw'r flaenoriaeth oedd gofalu am y rhai oedd wedi goroesi – dyna ddysgodd ei brofiad yn Sbaen iddo.

Tu ôl i fwrdd ar ochr arall y festri arllwysai ei fam gawl i bowlenni. Oedodd i ddod draw at Owain gan sychu ei dwylo yn ei ffedog. Gwelodd ddicter yn ei llygaid hi. Gafaelodd yn llaw ei mab ond ni ddywedodd air. Doedd dim angen. Gwyddai Owain yn union beth oedd ar ei meddwl. Nid dim ond hen ddynion a laddwyd ond pobl ifainc ddisglair a hyderus, dyfodol Cwm-parc.

'Wyddet ti bod Cissie Williams, t'mod, Cissie Pearce, weti ei lladd?'

'Gwyddwn.'

'A Sadie Jones druan. Am wastraff bywyd ifanc. Ro'dd hi'n trefnu ei phriodas at y Sulgwyn.'

Rhestrodd ei fam ddeg i gyd y gwyddai amdanynt, ond yn sicr byddai'r rhestr yn siŵr o dyfu. Yr achos mwyaf dirdynnol oedd teulu Jameson, pedwar faciwî a gafodd eu hanfon i'r Cymoedd er mwyn dianc rhag bomiau Llundain. Bu farw tri ohonynt ond cafodd yr ifanca, Vera, ei hachub. Helpodd Ifor ac Owain i gario cyrff ei dau frawd, George ac Ernest, i'r capel, lle gorweddai'r meirw dan gynfasau gwyn.

'Addawon ni edrych ar eu hôl, Owain. Ro'dd eu rhieni'n ymddiried ynddon ni. Shwt byddan nhw'n teimlo heno? Jyst gwed wrtha i, shwt gall pethe fel hyn ddicwydd? Ti yw'r mab clyfar, yn gwpod am wleid-yddiaeth. Shwt galle hyn ddicwydd?'

'Dim nawr, Mam. Dim nawr.'

Cofleidiodd Owain ei fam a phwysodd hithau'n ddiolchgar yn ei erbyn am ychydig, cyn codi ar frys a chamu'n ôl i'r gegin yn llawn ymroddiad.

Rhan Pump
1942

Ceisiodd Siân sawl gwaith ddilyn ei chydwybod a sgrifennu llythyr i ddod â'i pherthynas i ben a thorri dwy galon. Yn y diwedd, taflodd bob fersiwn i'r tân. Yn lle hynny, derbyniodd George hanes yr opera. Ar gyfer ei gwrandawiad penderfynodd ganu 'Only a Rose'. Benthyciodd ei thad y sgôr er mwyn cyfeilio wrth iddi ymarfer a daeth Mrs Watkins Piano draw i wrando a rhoi gair o gyngor. Eisteddai Mair gyda'r ddwy ferch fach, un bob ochr, a'r rheiny wedi eu taro'n fud am unwaith gan swyn llais Siân.

Roedd y gystadleuaeth yn ffyrnig. Ymddangosodd ymgeiswyr safonol o bob man ledled Morgannwg. Teimlai Siân yn hyderus cyn iddi glywed Val o Gymdeithas Opera Gorseinon a sylweddoli bod ganddi lais cystal â hithau. Roedd gan Val wallt coch a llygaid gwyrdd chwareus. Yn y pen draw enillodd hi ran Huguette, y butain galon aur, a Siân ran Katherine, y brif soprano ramantaidd a oedd yn cynnig ei bywyd i arbed ei chariad. Daethon nhw'n ffrindiau mynwesol, y naill yn genfigennus o rôl y llall.

'Dw i wastad yn chwarae hwrod,' cwynodd Val gyda gwên. 'Bydde Mam wrth ei bodd taswn i'n cael chware merch barchus am unwaith.'

Roedd Val yn genfigennus achos bod gan Siân fwy o ganeuon na hi, yn cynnwys yr un enwoca, 'Only a Rose'. Ar y llaw arall doedd Siân ddim yn or-hoff o gymeriad Katherine, 'llipryn o ferch os bu un ariôd'. Doedd ei gwisg fawr o help. Gwisgai wimpl oedd, yn nhyb Siân, yn gwneud iddi edrych fel lleian, tra gwisgai Val wisg sipsi liwgar a chanu'r gân awgrymog 'Love for Sale' yn ogystal â ffefryn Siân, 'Never Try to Bind Me':

> *Never try to bind me,*
> *Never hope to know,*
> *Take me as you find me,*
> *Love and let me go.*

Cafodd holl garfan ddiffoddwyr tân y ffatri eu recriwtio fel Saethwyr Albanaidd, mewn helmedau a thabardau ac yn cario bwâu hirion. Er mwyn rhoi rhannau i gymaint ag oedd yn bosibl câi Siân ei dilyn gan ddwsin o weision diangen, tra cafodd Val gwmni llu o ferched oedd yn mwynhau ymddwyn fel puteiniaid anfoesol fwy nag y dylen nhw.

Perfformiwyd y sioe am dair noson ym Mhorthcawl, ac roedd si ar led am berfformiad arall ym Maesteg. Cafodd pawb hwyl. Yr unig siom i Siân oedd ei phartner rhamantaidd, Phillip Richards (Villon), a dorsythai o gwmpas y llwyfan mewn teits, fel ceiliog gordew. Canai ddeuawd gyda Katherine ond gan edrych ar y gynulleidfa, â'i ên yn yr awyr. Ar ochr y llwyfan atgoffodd Siân ef ei fod e i fod i ganu i'w gariad, sef hi, a gofynnodd iddo edrych arni weithiau.

Yn nhyb Siân, prif gymhelliad awdurdodau'r ffatri oedd perswadio pawb i barhau yn eu swyddi. Heblaw'r opera, darparwyd chwaraeon, drama a dawnsio a hyd yn oed gystadleuaeth am y teitl Brenhines Harddwch y Ffatri. Ond nid oedd yr hwyl na'r cyflog yn ddigon i gadw pawb wrthi. Diflaswyd nifer gan y teithio hir a mwy eto gan undonedd y gwaith. Ond y prif reswm dros adael oedd yr effaith ar eu hiechyd. O fewn mis sylweddolai Glenys a Siân eu bod yn lwcus o gael gwaith yn cydosod darnau mecanyddol. Cafodd y menywod a weithiai gyda'r powdwr lawer mwy o drafferthion. Chwyddodd wyneb Lilian a throdd ei llygaid yn goch gwaedlyd ar ôl iddi drafod powdwr du yr Adran Ffiwsiau. Ond powdwr melyn yr Adran Belennau a gâi'r effaith waethaf. Lledai i bobman. Ar ddiwedd y sifft deuai'r menywod mas â'u hwynebau a'u dwylo'n felyn llachar. Newidiodd gwallt Ethel o'i liw golau naturiol yn wyrdd, pen brown Gwladys yn oren, a chafodd Maggie Richards ysgytwad wrth weld ei gwallt castan sgleiniog yn newid yn lliw nicotin melyn. Ni allai gael ei wared a chwynai ei mam fod y lliw ar gynfasau'r gwely. Drennydd doedd hi ddim ar y bws.

Ar ôl sgrifennu tudalennau o rwtsh a chlonc gorffennodd Siân ei llythyr difyr â'r geiriau,

'F'atgofion o'r amser a geson ni gyda'n gilydd sy'n cadw fi fynd. Wi'n dy garu di gymaint. Pa mor fuan gallen ni gwrdd eto?

> *Only a rose I give you,*
> *Only a song dying away,*
> *Only a smile to keep in memory,*
> *Until we meet another day!*

Cariad,
Siân xxxx'

Ni soniodd am y fodrwy.

✳

Nid oedd George wedi chwarae ei feiolín ers misoedd. Roedd arno ofn wrth gofio rheol gyntaf Madame Radarowich, sef 'Ymarfer, Ymarfer, Ymarfer'. Tynnodd ei offeryn mas o'i gas gan ryfeddu pa mor fregus ydoedd. Gwnaeth ei orau i diwnio'r feiolín gan ymddiheuro'n dawel wrthi am anwybyddu cyfaill mor annwyl. Rhoddodd hi o dan ei ên yn gyfforddus a chwaraeodd 'Danny Boy' – darn digon syml. Ar ôl aildiwnio chwaraeodd y dôn unwaith eto. Ni chwaraeai â'r un feistrolaeth ag a wnâi chwe mis ynghynt ond doedd dim ots ganddo gan nad oedd cynulleidfa nac arholwr yn gwrando. Chwaraeai er mwyn y rhyddhad. Roedd fel petai'r offeryn yn gallu tynnu'r boen o'i frest a'i bwrw lan i'r awyr iach. Tybed ai dyna oedd gwir werth cerddoriaeth? O'r diwedd, dododd ei feiolín 'nôl yn ei chas. Roedd ganddo ffrind ffyddlon nad oedd byth yn cwyno, a byddai yno pan fyddai ar George ei angen. Yn ôl Madame Radarowich, y feiolín oedd y mwyaf dynol o holl offerynnau'r gerddorfa.

Ysgrifennodd lythyr at Siân yn datgan ei bod hi wedi ei arwain i ddarganfod hanfod dawn y cerddor, nid perffeithrwydd technegol ond dealltwriaeth o'r natur ddynol. Sylweddolai mai canu neu wrando oedd y ffyrdd gorau oll o ddelio â stormydd tymhestlog o deimladau. Yn ystod cyrch awyr, clywai ei llais hi'n canu nodyn hir ac uchel uwchlaw sŵn peiriannau'r Lancaster. Deuai ei llais i'w glyw yn reddfol, yn yr un modd ag y byddai perygl yn gwneud i'w waed bwmpio'n gyflymach.

Ond sylweddolai George fod dealltwriaeth dyner rhwng canwr a gwrandawyr. Hanfod perfformiad oedd gwrando a pharchu. Ymddiheurodd am fod mor fyrbwyll yn Nottingham. Roedd wedi ceisio gorfodi diweddglo i'w hopera bersonol, yn hytrach na gadael i'r broses hollbwysig fynd rhagddi'n naturiol. Roedd yn euog o beidio â gwrando, fel y gwnaeth y prif ganwr, Villon, yn ei hopera.

Allai hi faddau iddo fe?

Cyn noson gyntaf *The Vagabond King*, cnociodd Siân ar ddrws ystafell wisgo Villon a rannai ystafell gyda Dug Bwrgendi, tenor o Ddowlais. Dymunodd bob lwc iddo gan ychwanegu, 'Cofia taw gwrando yw dawn bwysica perfformwyr.'

*

Ar ddiwedd y sifft byddai band swing arall yn perfformio yn y ffreutur, diolch i ENSA. Doedd Glenys ddim yn frwdfrydig. Siglodd ei phen, 'Wi ddim yn gweld be' yw'r atyniad, dim dynion a dim pwrpas ymbinco. Allen i byth deimlo'n glam yn yr hen ddillad 'ma wrth ddawnso 'da chrotenni erill.'

'Ma'n dipyn o hwyl,' atebodd Betty. 'A wi wir angen pob tamed.'

'Man a man i ni fynd,' meddai Siân. 'Bydd y bws yn aros am bawb ta beth.' Roedd rheswm dros eu ham-harodrwydd. Y tro diwethaf iddyn nhw glywed band yn y ffreutur roedd ansawdd y chwarae yn warthus. Dywedodd rhai y dylai'r llythrennau ENSA ddynodi 'Every Night Something Awful'.

Ond heno doedd y sŵn ddim yn poeni clustiau neb. Swynai'r sacsoffon Glenys a theimlai Siân fod y sain felodaidd yn gyfarwydd. Chwaraeai'r band y math o ganeuon y byddai Siân, neu yn hytrach Gloria, wedi eu canu yn nyddiau'r Blue Parrot: 'Over the Rainbow', 'Cheek to Cheek' a 'Let's Face the Music and Dance'. Cerddodd Siân yn dawel at ochr y llwyfan gan edrych ar arweinydd y band. Adnabu e ar unwaith. Wrth i Archie ddiolch i'r gynulleidfa am y gymeradwyaeth, cerddodd hi tuag ato.

Tynnodd ar ei lawes, 'Helô, Archie.' Edrychodd ar Siân heb ei hadnabod yn ei dillad ffatri.

'Sori Miss, ond do's neb yn ca'l dod ar y llwyfan.'

'Archie! Fi sy 'ma!' Tynnodd Siân ei sgarff a siglodd ei gwallt yn rhydd.

Agorodd Archie ei lygaid yn llydan cyn gweiddi 'Gloria!' a'i chofleidio'n dynn, gan chwerthin yn uchel. Wedyn, daliodd hi hyd braich er mwyn sicrhau bod tystiolaeth ei lygaid yn gywir.

'Be' ti'n wneud yma?'

'Allwn i ofyn yr un cwestiwn i ti.'

'T'mod. Jyst trio goroesi'r rhyfel.'

'A finne.'

'Ti'n edrych . . . '

'Yn wahanol?'

'Ro'n i ar fin dweud pa mor dda wyt ti'n edrych, hyd yn oed yn y lle erchyll 'ma. Wyt ti'n iawn?'

'Gweddol, ti'n gwpod.'

Trodd Archie at y band, 'Bois, ga i gyflwyno Gloria, gynt o'r Blue Parrot, cantores heb ei hail.'

Gwnaethon nhw ei chydnabod ond heb fawr o frwdfrydedd, yn amlwg o'r farn bod Archie wrthi'n ceisio plesio merch. 'Wnawn ni ddangos pa mor dda i chi. Gloria, ti'n hapus 'da "The Way You Look Tonight"?'

'Nawr?'

'Pam lai?'

'Yn y wisg 'ma?'

'Plis, ar 'y nghyfer i.'

Erbyn hyn dechreuai'r dawnswyr aflonyddu. Byddai'r bws yn gadael mewn pum munud ar hugain a doedd y band ddim yn chwarae.

'Be' ma Siân yn neud ar y llwyfan?'

'Trio swyno'r boi sy'n ware sacsoffon.'

'Wi'm yn ei beio hi. Mae'n foi lyfli.'

Er mawr syndod i'r menywod, symudodd Siân at y meicroffon a dechrau clicio'i bysedd mewn rhythm. Tapiodd Archie ei droed cyn dechrau'r cyflwyniad. Caeodd Siân ei llygaid er mwyn osgoi gweld y ffreutur. Rhedodd ei llaw i lawr dros ei chluniau gan gofio llymder sidan y wisg lliw eirin gwlanog a lifai y tu ôl iddi yn osgeiddig. Canodd.

> '*Someday, when I'm awfully low*
> *When the world is cold*
> *I will feel a glow just thinking of you*
> *And the way you look tonight.*'

Canodd dair cân arall, 'Pennies from Heaven', 'Indian Love Call' ac 'A Fine Romance'.

Roedd menywod y ffreutur ar ben eu digon, heblaw am Lenora Walters a grechwenodd gan ddweud y byddai Siân 'yn fo'lon neud unrhyw beth i dynnu sylw dynion'. Am ugain munud parhaodd y sioe fel breuddwyd hudolus, gyda Siân yn ei helfen a'r gynulleidfa'n gweiddi a chymeradwyo. Yn greulon o sydyn gwaeddodd llais o'r cefn,

'Bydd y bws yn gada'l miwn pum munud.'

'Gorra go,' esboniodd Siân.

'Gwna i dy yrru di gartre.'

'Diolch ond na. Bydd digon o glecian a dyfalu fel ma hi.'

'Beth yw dy rif ffôn di?'

'Do's dim un 'da fi.' Cusanodd hi e ar ei foch. 'Archie, ti'n ffrind da. Wi byth 'di anghofio shwt achubwst ti fi yn y Parrot. Ceso i hwyl heno, ta beth wnaiff ddicwydd.'

'Gloria, mae'n fraint. Drycha, taswn i'n gallu dod o hyd i waith teidi, fydde diddordeb 'da ti?'

'Wrth gwrs.'

'Brysia, Siân! Bydd y gyrrwr yn gada'l hebddon ni, os

na wnei di hast.' Tynnodd Glenys hi gerfydd ei braich tra gwaeddai Siân dros ei hysgwydd,

'Sgrifenna at Siân Lewis, Cwm Clydach, Rhondda. Bydd hynny'n siŵr o 'nghyrraedd i.'

Roedd gan Siân dipyn o waith esbonio ar y daith gartref.

Rhan Chwech
1943

Llwythwyd y Lancaster ag un bom enfawr 4,000 pwys a 900 o fomiau tân. Berlin oedd y targed unwaith eto. Achosodd baich y bomiau i'r awyren arafu a saethwyd atynt wrth hedfan dros Ddenmarc, ac yna fe ymosodwyd arnynt gan lu o awyrennau dros ogledd yr Almaen. Cadwai George y Lancaster ar ei llwybr priodol ymhlith y tri chant o awyrennau a fyddai'n ymosod ar brifddinas yr Almaen. O'i flaen gwelai awyrennau Pathfinder oedd yn gosod fflerau i ddangos lleoliad eu targed, sef iardiau didoli trenau nwyddau. Ar ddechrau'r ymosodiad daliwyd eu Lancaster yn llafnau goleuadau'r gelyn. Roedd yn hanfodol cadw'r awyren ar y llwybr priodol rhag achosi gwrthdrawiad; er hynny, trodd George 400 troedfedd i'r port, gan golli uchder, mewn ymgais i osgoi llif y sieliau. Rhwygodd bwledi trwy adain y starbord, a saethai Will ei ynnau'n ddi-baid. Pesychodd un injan cyn colli pŵer a chlywyd cri, 'Bomiau bant!', yn llawer rhy gynnar. Gwyddai George fod eu bomiau wedi glanio'n brin gan ddinistrio Duw a ŵyr pwy, neu ble. Y tro 'ma nid canu Siân a glywai yn ei glustiau ond geiriau Harry yn llefain, 'Dydych chi ddim yn deall. Rydyn ni'n lladd plant, Syr.'

Ceisiai George ddileu'r geiriau o'i ben, yn grac wrth glywed yr ymyriad. Gosododd ei gyfeiriad newydd a'i throi hi am adref. Plymiodd i ennill cyflymdra. Wrth i'r awyren ddisgyn yn is anadlodd aroglau cordeit a drewdod dinas ar dân. Cynyddodd y fflac: starbord – port – starbord – port – i lawr – dringo – i lawr eto. Yn raddol, lleihaodd y ffrwydradau, y fflachiadau disglair, yr aroglau cordeit, ond nid y bygythiad.

Eiliadau'n ddiweddarach cafwyd ffrwydrad o fflachiadau glas llachar, a stribynnau o olau coch a melyn gyda sŵn metel yn cael ei rwygo. Siglodd y Lancaster. Neidiodd y ffon lywio yn nwylo George. Gwelodd fod yr adain port wedi cael ei tharo'n wael. Gwaeddodd Will trwy'r clustffonau,

'Messerschmitt Bf 110 yn ymosod uwchben, Skip. Troi i'r port! *Port!*'

Trodd George. Clywodd y gynnau'n rhuglo. Gwelai'r fflamau yn llifo mas o'r injan. Plymiodd i geisio diffodd y tân, ond yn ofer. Lledodd y tân fel seren wib ar hyd ochr yr adain, nes bod cynffon goch, lachar yn ymestyn tua'r cefn. Clywyd sŵn fel ffwrnes enfawr yn chwythu'n gryf, mor gryf nes boddi sŵn yr injans. Erbyn hyn roedd y Lancaster yn darged hawdd. Lledai'r tân mor gyflym fel na allai'r peiriannau diffodd ymdopi. Roedd y peryg yn amlwg. Gallai'r tanciau tanwydd ffrwydro unrhyw eiliad.

'*OK*, bois. Mae'n flin gen i, ond mae'n amser gadael yr awyren.'

Doedd dim panig. Clywodd George ei griw'n dilyn y dril a gawsai ei ymarfer nes iddo ddod yn reddfol. Caeodd pawb strapiau parasiwt y dyn o'i flaen. Mewn trefn, eisteddon nhw wrth ochr y gorddrws dianc cyn neidio mas i'r tywyllwch fesul un. Byddai Will yn dianc yn uniongyrchol o gefn yr awyren. Tynhaodd Rob strapiau George cyn diflannu i'r nos. Ar ei ben ei hun edrychai George ar y deialau'n chwifio'n wyllt. Dangosai'r altimedr uchder o 7,000 o droedfeddi. Hen bryd gadael. Cyn iddo symud ysgytiwyd y Lancaster gan ffrwydrad nerthol. Dechreuodd sbinio mas o reolaeth a chwympo am y ddaear. Ymbalfalodd George am y gorddrws wrth i gorff yr awyren droi o'i gwmpas. Cwympodd yn erbyn rhywbeth caled a miniog. Brwydrodd yn erbyn disgyrchiant a'r gwynt yn rhuo tuag ato. Ni allai eistedd ar yr ochr fel y cawson nhw eu hyfforddi i'w wneud a cheisiodd neidio trwy'r twll. Cafodd ei yrru'n ôl gan y gwynt. Bellach roedd ei barasiwt yn sownd yn yr awyren. Gwelai George oleuadau'r ddaear yn chwildroi wrth iddyn nhw agosáu ato. Teimlai'n sicr mai'r rhain oedd ei eiliadau olaf . . .

Clywai lais Siân yn ei ben yn canu 'Jesu, Joy of Man's Desiring'. Teimlai wres tafod oren y fflamau yn ymestyn tuag ato. A fyddai'n well ganddo ei chwalu ei hun yn ddarnau ar y llawr ynteu llosgi'n ulw? Pwysodd yn galed ar fotwm i'w ryddhau ei hun er mwyn disgyn. Methodd. Yn sydyn, daeth ffrwydrad arall, neidiodd yr awyren a chafodd George ei daflu allan. Disgynnodd yn gyflym. Diflannodd pob sŵn, heblaw am y canu. Aeth pobman yn ddu.

*

Wedi iddi benderfynu, ysgrifennodd Siân y llythyr yn gyflym. Ar ôl simsanu am wythnosau yn cyfansoddi brawddegau yn ei phen, sbardunwyd y weithred dyngedfennol gan lythyr olaf George. Darllenodd Siân y brawddegau dro ar ôl tro – ni dderbyniodd unrhyw ferch lythyr cariadus gwell erioed: sensitif, deallus a thyner. Fe oedd yn ymddiheuro iddi hi, ar ôl iddi hi ei drin mor wael! Roedd ei chydwybod yn pwyso'n drwm arni. Ni allai gyflawni ei ddisgwyliadau. Doedd hi dim yn sant nac yn gariad delfrydol chwaith. Roedd e wir yn haeddu gwell.

Cafodd llwyddiant *The Vagabond King* ddylanwad arni hefyd. Clodforwyd ei chanu mewn papurau newydd o Abertawe i Gaerdydd. Disgrifiodd y *Western Mail* ei llais fel 'a flawless gem'. Dychwelodd ei hen uchelgais. Er y prinder cyfleoedd, rhoddodd cwrdd ag Archie obaith newydd iddi. Roedd e wedi goroesi'r rhyfel drwy chwarae ei sacsoffon a'i dymuniad hithau oedd dal i ganu. Roedd ar George angen partner mewn bywyd, a fyddai'n aros gartref ar ôl y rhyfel, gwraig dda fyddai'n fodlon cadw tŷ, magu plant ac yn awchu am wyrion. Doedd Siân Lewis ddim yn addas, felly byddai gohirio ymhellach yn hunanol a chreulon.

Ysgrifennodd gan ddweud hynny wrtho, er ei bod yn dal i'w garu, gydag addewid y byddai lle iddo yn ei chalon am weddill ei hoes. Plygodd y dudalen las, rhoddodd ei gyfeiriad ar yr amlen, ei selio, rhoddi stamp arni a'i phostio cyn iddi gael cyfle i ailfeddwl. Cerddodd i fyny'r tyle i'w hen guddfan gyfrinachol ar ochr y mynydd, lle gallai edrych dros y cwm a'i pherswadio ei hun ei bod wedi gwneud y peth cywir.

Awr yn ddiweddarach cafodd ei darganfod yno gan Lizzie a Jane, y ddwy faciwî. Roedd Siân wedi dangos ei hencilfa iddyn nhw fisoedd ynghynt. Cynigiodd y chwiorydd ddarn o'u cacen a arbedwyd ganddynt amser te i'w bwyta yma'n gyfrinachol. Llygadodd Lizzie Siân yn sylwgar.

'Pam ry'ch chi'n drist?'

'Ti'n meddwl 'mod i'n drist?'

'Dych chi ond yn dod yma pan ry'ch chi'n drist a dych chi ddim yn edrych yn hapus.'

'Ro'n i'n gorfod anfon newyddion drwg at rywun, dyna'r cwbl.'

'Mae gennym ni newyddion drwg am Doris.'
'Y gwningen? Be' sy'n bod arni?'
'Mae hi wedi rhedeg i ffwrdd.'
'Wir! Da iawn, Doris.'

*

Cododd Siân yr amlenni oddi ar y mat. Marc post Llundain oedd ar y ddwy ond mewn llawysgrifen ddierth. Edrychai'r un frown yn llythyr swyddogol. Amlen las o ansawdd da oedd yr ail â llawysgrifen person ifanc. Penderfynodd agor yr un frown yn gyntaf er mwyn cadw'r un ddiddorol yn ail. Tu mewn roedd tudalen o bapur nodiadau wedi ei dorri'n arw o lyfr. Pendronodd dros y llawysgrifen,

> *Sori am sgrifennu ar frys ond mae amser yn brin.*
> *Addewais chwilio am gyfleoedd i ti a drwy hap,*
> *cwrddais ag Ernie Nelson yn y Shaftsbury. Mae angen*
> *cantores arno ar gyfer taith pythefnos o gwmpas*
> *neuaddau dawns gogledd Llundain, i ddechrau yn*
> *Southgate, Medi 24ain. Mae'n fyr rybudd ond mae'n*
> *fand o ansawdd da a bydd yn talu'n iawn. Llety wedi*
> *ei drefnu hefyd. Ffonia fi ar Camden 794 taset ti*
> *eisiau'r gwaith. Os oes angen, tala i am yr alwad.*
> *Cariad, Archie xxx*

Oedd hi am gymryd y cyfle? Wrth gwrs! Sut i ffonio? Safai blwch ffôn ar gornel y stryd. Gwell iddi beidio â manteisio ar haelioni Archie a thalu ei hun. Oedd digon o sylltau ganddi hi? Pum swllt. Hen ddigon! Tynnodd ei chot amdani cyn gweld yr ail amlen las. Gallai aros ta beth oedd y neges.

Roedd hi'n bwrw ac er taw glaw mân oedd e, gallai wlychu hyd at y croen. Fel bob tro pan fyddai arni angen gwneud galwad ar frys roedd rhywun yn y blwch ffôn o'i blaen. Yn waeth na hynny, safai bachgen tu fas yn aros ei dro.

'Pa mor hir ti wedi aros?'

'Deg munud o leia. Fydd hi ddim yn hir, gobitho.'

'Ma 'da fi alwad bwysig.'

'A finne.'

'Tala i chwe cheiniog i ti os ca i fynd nesa.'

Edrychodd y bachgen arni'n chwilfrydig.

'Swllt?

'Naw ceiniog a ma 'ny'n ormod.'

'Iawn.' Estynnodd ei law.

O'r diwedd, pwysodd Siân Fotwm A, ond cafodd siom. Nid llais Archie atebodd yr alwad. 'Charlie sy 'ma. Na, sori, mae Archie'n gweithio. Croeso i chi adael neges iddo fe.'

Ar ei ffordd adref cofiodd Siân taw partner Archie oedd Charlie, felly byddai'r neges yn sicr o gael ei throsglwyddo. Ond roedd amser yn brin. Pedwar diwrnod yn unig tan y pedwerydd ar hugain. Rhaid iddi siarad â Glenys, talu bil Lewis y groser, esbonio i'w mam a phacio. Dillad! Doedd dim dillad addas ganddi hi, dim byd tebyg i'r wisg lliw eirin gwlanog. Ond roedd hi wedi cynilo peth arian. Doedd dim digon o amser i ymweld â'r wniadwraig Ffrengig yn y Porth. Efallai y byddai'n well ymweld â'r siop ger St Martin's Lane – Bolshakov's. Yn sicr, byddai pethau addas ganddyn nhw. Rhaid iddi gyrraedd Llundain ar frys i roi trefn ar bethau.

Yn Wern Street, arhosodd Glenys am ei chwaer. Pan gyrhaeddodd, dododd y tegell ar dân y gegin tra cwympodd Siân ar y gadair a rhoi'r holl newyddion cyffrous iddi. Wrth weld y llythyr glas ar y bwrdd, penderfynodd ei agor wedi cael disgled.

✳

Agorodd Siân yr amlen. Ar dop y dudalen gwelodd hi gyfeiriad Winchmore Hill. Trodd yr unig dudalen drosodd. Llofnod Sally! Pam? Esboniai sut y gadawodd George gyfeiriad Siân gyda hi gan ofyn iddi ysgrifennu tasai argyfwng o ryw fath yn digwydd. Rhesymodd y byddai'n well i Siân glywed unrhyw newydd drwg gan Sally na gan ei rieni.

> *Dw i'n ysgrifennu atoch chi am i ni gael newyddion*
> *sy'n peri gofid ynglŷn â George. Yn ôl yr RAF mae er*
> *"ar goll". Cafodd ei awyren ei saethu i lawr ond plis*
> *peidiwch â phoeni gormod. Fel ei chwaer dw i jyst yn*
> *hollol sicr y bydd e'n iawn. Mae e'r math o frawd sy'n*
> *glanio mewn trwbl ond wastad yn goroesi, wir i chi.*
>
> *Dywedai llythyr yr RAF fod awyren arall yn*
> *dyst i'r digwyddiad. Gwelodd y criw sawl parasiwt*
> *yn dianc o'r Lancaster sydd, heb os, yn newyddion*
> *gobeithiol. Mae'n debyg bod George yn camu dros gefn*
> *gwlad Ffrainc ar ei ffordd adref erbyn hyn. Byddaf*
> *yn sicr o anfon unrhyw wybodaeth newydd atoch.*
> *Doeddwn i ddim am i chi boeni –*
> *COFIWCH FOD GEORGE YN ANNINISTRIOL –*
> *Fy mrawd yw e!*
> *Yn gywir,*
> *Sally Kemp-Smith*

Llygadrythodd Siân ar y dudalen las tan i'r llaw-ysgrifen bylu. Dim ond unwaith ar y ffôn yr oedd wedi siarad â Sally, ond gallai glywed ei llais cwrtais Saesneg yn datgan, 'Cofiwch fod George yn anninistriol.' Cysur, er nad oedd hynny'n wir, fel y dywedodd George wrthi. Gwyddai Siân fod nifer o fechgyn cryf na ddaethon nhw'n ôl o Sbaen. Beth am Stan? Beth am ddynion a menywod Cwm-parc oedd wedi ymddangos yn anfarwol tan i ryfel ddangos pa mor fregus oeddent?

Roedd hi wastad wedi poeni y byddai rhywbeth fel hyn yn digwydd. Ond daeth i'r un casgliad â Sally, sef bod George yn oroeswr naturiol. Ymddangosai mor ddibynadwy, mor gefnogol, mor soled, yno iddi hi'n ddiffael. Ni allai amgyffred y byddai'n diflannu, yn peidio â bod, fel Stan.

Ddylai hi ymweld â'i deulu? Fyddai George am iddi eu cyfarfod wedi iddi anfon y llythyr 'na. Y llythyr! Teimlai Siân ei hwyneb yn gwrido. Beth tasai'r llythyr wedi bod yn gyfrifol am y ddamwain, ei fod wedi methu canolbwyntio i'w amddiffyn ei hun? Beth i'w wneud? Ateb llythyr Sally wrth gwrs, ond beth ddylai hi ei ddweud? Ddylai hi ganslo ei hymweliad â Llundain? Fyddai hi'n foesol iddi ganu mewn clwb nos wedi i George gael . . . Ond eto, fe ddaeth â'r berthynas i ben, cofio?

Mynnodd Glenys y byddai'n well i Siân fynd i Lundain yn hytrach na chrwydro'r mynyddoedd yn poeni amdano. Ac roedd rheswm i obeithio gan fod parasiwtiau wedi eu gweld yn gadael yr awyren. Cytunodd Glenys i esbonio i'r ffatri ac i'w mam ac i dalu bil Lewis y groser.

'Cer amdani, groten. Dyna dy haeddiant ar ôl perfformiad arbennig y *Vagabond King*. Dyna be' fase George wedi dymuno i ti neud.'

*

'Am ddwy noson yn unig y bydda i yma,' dywedodd Siân wrth Anti Eli. 'Weti 'ny bydda i'n lletya 'da'r band. Tala i fel pob lletywr arferol, gan 'mod i'n ennill nawr.'

Mewn gwirionedd doedd Siân ddim eisiau aros yn 5, Lyme Street un funud yn hirach nag oedd rhaid. Roedd ardal y llety, ym mhen draw Camden High Street, wedi dirywio'n sylweddol, siopau wedi eu cau a'u bordio, tai wedi eu bomio a'r orsaf danddaearol wedi ei chuddio tu ôl i wal o fagiau tywod. Yn bennaf, doedd hi ddim am weini yn y llety, gan wybod o brofiad sut y gallai Anti Eli reoli ei bywyd. Roedd am fod yn rhydd.

Yn wahanol i nifer o siopau eraill o gwmpas St Martin's Lane, roedd siop Bolshakov yn dal ar agor. Ymddangosodd yr un fenyw Rwsiaidd o'r tywyllwch. Ond ni welai wisgoedd yno'n disgleirio fel tân gwyllt. Doedd gwraig y siop ddim yn cofio Siân ond cofiai'r wisg arbennig honno.

'Sidan – lliw eirin gwlanog – wedi ei chreu fan hyn o sidan o'r India. Ro'n i'n meddwl taw Mr Bellini brynodd hi.'

'Ie, i fi.'

'Ahh, chi oedd y gantores. Ond wnaeth e ddim gadael i chi ei chadw? Dim syndod, un tyn gyda'i arian, er ei wên lydan a'i hoffter o actio fel dyn mawr.'

'Be' sy 'da chi?'

Doedd dim llawer. Byddai ei gweithdy'n gallu cynhyrchu pethau cystal â'r ffrog, ond ers dechrau'r rhyfel roedd prinder o bopeth. Tasai ffrog o'r fath ar gael fyddai dim digon o gwponau gan Siân, heb sôn am arian. Esboniodd Siân y byddai'n canu gydag Ernie Nelson a bod yn rhaid iddi ymddangos mewn rhywbeth cyfareddol. Aeth y siopwraig i chwilio. Daeth o hyd i wisg y byddai'n fodlon ei rhentu i Siân wedi derbyn blaendal o bum punt. Er nad oedd hanner cystal, fe wnâi'r tro.

Yna, gwnaeth alwad ffôn o flwch yn y Strand a siarad ag Archie. Yn ogystal â rhoi iddi'r hyfrydwch o glywed ei lais cyfeillgar, esboniodd e y byddai ymarferion band Ernie Nelson y diwrnod wedyn yn Neuadd y Plwyf, Finsbury Park. Gwahoddodd Archie hi i swper. Roedd ei bartner, Charlie, wedi llwyddo i gael wyau ffres ac addawodd wledd o *soufflé* Spam a sglodion.

'Diolch, Archie, edrych ymlaen. Ga i ofyn ffafr?'

'Unrhyw beth, heblaw arian.'

'Allen i roi dy rif ffôn i ffrind, er mwyn iddi hi ada'l neges, tase argyfwng o ryw fath? A'th gyfeiriad i dderbyn llythyre?'

'Ar yr amod y byddi di'n rhannu dy holl gyfrinache 'da ni.'

'Fydd honno ddim yn sgwrs hir!'

Yna, galwodd Winchmore Hill gan weddïo taw Sally fyddai'n ateb.

'Winchmore Hill 227.'

'Sally?'

'Siân!'

'Shwt o't ti'n gwpod?'

'Eich acen wrth gwrs. Anaml ydyn ni'n derbyn galwadau o Gymru.'

'Fel mae'n dicwydd, yn Llundain dw i. Ro'n i am ddiolch i ti am y llythyr, ac am roi rhif ffôn ble gallet ti adael neges, 'se unrhyw newydd.'

'Chi yn Llundain? Croeso i chi ymweld â ni, bydden ni i gyd yn hoffi eich gweld. Mae'n cymryd merch arbennig i drin fy mrawd.'

'Anghywir. Mae e'n lyfli ac mor amyneddgar.'

'Plis, dewch draw.'

Yn amlwg, doedd George ddim wedi sôn wrth ei deulu am ei llythyr, na bod eu perthynas ar ben.

'Wi'n dechrau taith yn canu gyda band.'

'Wir!'

'Dim byd mawr, taith o gwmpas neuaddau dawns, ond mae'n waith.'

Addawodd Siân ffonio eto pan fyddai mwy o amser ganddi. Yn y cyfamser, byddai rhif ffôn Archie yn cael ei gadw yn y cyntedd ger ffôn y Kemp-Smiths nes byddai angen ei ddiweddaru.

*

Aeth y mis heibio'n gyflym. Synnai Siân at ei gallu i ddelio â phobl a digwyddiadau. Cynigiodd Archie a Charlie eu hystafell sbâr tan iddi gael lle mwy addas. Cafodd hwyl fawr wrth weithio gydag Ernie Nelson. Gofynnodd e iddi aros gyda'r band am wythnos breswyl ym mwyty'r Criterion, Piccadilly.

Un rheswm am boblogrwydd y Criterion oedd ei leoliad tanddaearol a gynigiai ddiogelwch rhag y bomio, heblaw am ergyd uniongyrchol. Cyn y rhyfel, câi'r enw o fod yn fan cyfarfod steilus dan gysgod Eros, lle treuliai enwogion a chyfoethogion y brifddinas eu nosweithiau yn dawnsio i fandiau ffasiynol, a phensaernïaeth *art deco* hardd o'u hamgylch.

Erbyn i Ernie Nelson a'i fand ymddangos yno, cawsai'r 'debs' crachaidd a'u cariadon eu disodli gan lwyth o filwyr mewn iwnifform o bob lliw a phob gradd. Byddai milwyr, morwyr ac aelodau'r awyrlu yn llenwi'r cadeiriau aur coeth. Cludai'r gweinyddion gwrw yn hytrach na choctels Americanaidd. Cofiai Siân sut roedd cwsmeriaid y Blue Parrot yn aeddfed, er yn anllad, ond llenwyd y Criterion â chenhedlaeth ifanc, danbaid. Synhwyrodd hi'r gwahaniaeth ar unwaith. Swyddogaeth ei chanu oedd mynegi deisyfiadau emosiynol ei chynulleidfa, yn hytrach na bod yn wrthrych rhywiol. Deallai hi'n reddfol beth roedden nhw ei angen. Roedd pob dyn yn debyg i George a phob merch yn debyg iddi hi. Canai bob cân i George. Ni wyddai'r swyddogion, y milwyr cyffredin, na'r WAAFs neu Wrens hynny ond roedden nhw'n teimlo ac yn gwerthfawrogi dealltwriaeth y gantores. Byddai'n derbyn cymeradwyaeth wresog ei chymdeithion wrth iddyn nhw godi eu gwydrau'n uchel a gwelai ddagrau mewn sawl llygad.

✳

Gorffennodd Siân ei set gyntaf gyda 'I've Got My Love to Keep Me Warm'. Diolchodd hi i'r band cyn gadael i gael deg munud o orffwys, pi-pi a phaned o de. Safai gweinydd ar ochr y llwyfan yn aros amdani.

'Allwch chi ffonio'r rhif yma, Miss Gloria?'

Edrychodd Siân ar y neges, 'Galwa Sally. Pwysig. Charlie x.'

Roedd gan Siân ychydig o geiniogau a sylltau'n barod i wneud galwad o'r fath. Brysiodd at y ffôn yn y coridor nesaf at ei hystafell wisgo. Crynai ei bysedd wrth ddeialu, canodd y ffôn a siaradodd Sally yn gyflym a chroch.

'Siân? Cawson ni delegram gan y Llu Awyr.' Caeodd Siân ei llygaid gan atal ei hanadl. 'Bu Mummy bron â llewygu wrth ei dderbyn, ond mae'n newyddion da, o leiaf yn eitha da. Yn ôl y Groes Goch mae George yn garcharor rhyfel yn yr Almaen.'

'Gafodd e'i niweidio?'

'Does dim manylion pellach. Ond mae e'n fyw. Dywedai'r telegram y bydd llythyr yn dilyn.'

'Newyddion gwych.'

'On'd ydy? Dywedais i y bydde fe'n iawn.'

Teimlai Siân ei chalon yn neidio. Tasai George mewn gwersyll POW roedd ei ryfel ar ben, on'd oedd? Doedd dim perygl bellach iddo gael ei ladd na'i saethu? Gwyddai Siân y disgwyliai Sally iddi ddweud mwy ond cymaint oedd ei syfrdandod fel na allai. Ymhen hir a hwyr meddai,

'Sori, ond ma rhaid i fi ganu eto. Wnei di fy ffonio ar ôl i ti dderbyn y llythyr?'

'Wrth gwrs. Ble ry'ch chi'n perfformio?'

'Y Criterion, Piccadilly.'

'WOW! I'r byddigions! Ga i ddod i wrando?'

'Croeso. Ond paid â phrynu diod 'ma. Gallwn i brynu tafarn yn y Rhondda am bris gwydraid o gwrw fan hyn.'

'Dydw i ddim yn ddigon hen eto, ta beth. Ond bydda i y flwyddyn nesa.' Ymddangosodd Ernie yn y coridor. 'Dere, Gloria fach. Ry'n ni'n aros amdanat ti!'

'Ta-ta, Sally. Gorra go.'

'Bye.'

✳

Edrychodd Siân ar yr amlen mewn syndod. Sut ar y ddaear y llwyddodd dyn y post i ddehongli'r llawysgrifen annarllenadwy? Dim ond un dudalen oedd y tu mewn. Edrychodd ar y llofnod – tad George! Pam roedd Sally wedi cael ei disodli fel negesydd? Darllenodd neges hynod o ffurfiol.

Parthed hysbysiad swyddogol y Gweinidog Rhyfel yn datgan bod George wedi goroesi, a'i fod bellach yn garcharor rhyfel yn Stalag Luft III ger Sagan, Silesia Isaf, derbyniasom, fel ei deulu agos, gerdyn oddi wrth y Groes Goch i'n sicrhau ei fod yn fyw. Gwahoddwyd ni i anfon pecyn o nwyddau a fyddai'n cael ei drosglwyddo iddo. Mae mam George wrthi'n penderfynu beth ddylem ei gynnwys yn y pecyn. Cawn hefyd anfon un llythyr. A fyddwch chi eisiau ysgrifennu neges neu hoffech chi ychwanegu rhywbeth at gynnwys y pecyn?

Yr ydym yn ymwybodol bod gan fy mab barch mawr tuag atoch ac rydym yn sicr y byddai'n falch o dderbyn gair oddi wrthych. Esgusodwch ein haerllugrwydd wrth eich gwahodd i ymweld â ni er mwyn trafod opsiynau amgen. Byddwch yn deall bod fy ngwraig yn awyddus i gwblhau pecyn George cyn gynted â phosibl.

Yr eiddoch yn gywir,
Arthur Kemp-Smith

Cofiai Siân rybudd Sally taw dim ond llythyrau busnes y gallai ei thad eu hysgrifennu. Ond sut gallai hi sgrifennu at George ar ôl iddi hi orffen eu perthynas? Ddylai hi esbonio hynny i'w deulu? Roedd yn rhaid iddi. Am embaras! Fyddai hi'n well torri'r garw mewn llythyr, neu eu hwynebu'n bersonol? Beth am ffonio? Na, gwell iddi ymwroli a mynd yno. Dyna'r peth cywir i'w wneud.

*

Gadawodd y trên King's Cross yn brydlon. Cyfrifai Siân y gorsafoedd i Winchmore Hill gan astudio ei *A to Z*. Ar ôl gadael y platfform a mynd trwy'r gât docynnau, trodd i'r dde at y Green. Am ei bod hi'n gynnar, bu'n lladd amser drwy ymgolli yn ffenestri rhes o siopau bychain, y Bon Marché a'r siop de lle addawodd George y byddai'n mynd â hi ryw ddiwrnod. Trwy'r ffenest gwelai'r llieiniau bwrdd gingham, menywod yn taenu marjarîn ar eu sgons a gweinyddesau mewn ffedogau wedi eu startsio a hetiau bach gwyn. Dychmygai hi a George y tu mewn, a wnaeth iddi ddrysu.

Ymwrolodd gan ddilyn y map i lawr y tyle tuag at Yr Alders ar hyd stryd dawel, gyda choed yn gysgod i'r tai parchus, ffug-Duduraidd. Sylwodd ar y ffenestri bwa mawr a'r toeau teils coch. Tyfai rhosynnau yng ngardd flaen rhif 10 lle safai car Rover drudfawr o flaen y garej. Yn wyrthiol agorodd y drws a safai merch â gwên lydan ar y rhiniog.

'Siân? Helô, Sally dw i.' Swniai'r croeso yn gynnes a diffuant. ''Dyn ni i gyd wedi bod ar bigau drain yn aros amdanoch chi.'

Roedd Sally'n dalach nag a ddisgwyliai Siân, ond gwelai'r tebygrwydd teuluol yn ei llygaid a'i thrwyn.

Gwisgai ffrog haf bert. Ymddangosodd ei mam y tu ôl iddi mewn siwt smart las, crys hufen a mwclis o berlau. Yn amlwg roedd y teulu wedi paratoi at yr achlysur. Daeth llais Arthur y tu ôl iddynt,

'Mor falch i'ch croesawu chi.'

Ysgydwodd y triawd law Siân yn eu tro, cyn i Grace hebrwng pawb i'r ystafell ffrynt. Canmolwyd gwisg Siân a'r tywydd braf. Gobeithiai Arthur ei bod wedi cael taith gyfforddus. Gofynnodd Grace i Sally nôl y troli te. Er ei hanfodlonrwydd amlwg, aeth gan ddweud, 'Peidiwch dweud dim byd diddorol tan i fi ddod yn ôl.'

'Fyddwch chi ddim yn ein cofio ni, ond gwelson ni chi unwaith yng nghyngerdd yr Academi. Mwynheodd Arthur yn fawr eich clywed yn canu.'

'Do. Dywedodd Sally eich bod chi'n canu ar hyn o bryd? Yn y Criterion? Roedden ni'n arfer mynd yno cyn y rhyfel, on'd oedden ni, Grace?'

'Ddim ers y dauddegau, Arthur. Bydd y lle wedi newid cymaint erbyn hyn.' Aeth y mân siarad ymlaen yn yr un cywair nes i Arthur roi ei gwpan i lawr, clirio ei wddf a throi at fusnes.

'Mae'n amlwg i ni fod George a chithau yn ffrindiau agos, Miss . . . ?'

'Lewis. Ond galwch fi'n Siân.'

Pwysodd Grace Kemp-Smith ymlaen, 'Enw pert.'

'Cymreig, ar ôl fy mam-gu.'

Cliriodd Arthur ei wddf unwaith eto er mwyn adennill y sylw. Doedd e ddim am ymyrryd ym musnes preifat ei fab, ond tasai Siân am gyfathrebu â George, byddai'n rhaid iddi ddefnyddio sianeli'r Groes Goch . . .

'Beth mae Daddy'n trio'i ddweud yw tasech chi'n sgrifennu llythyr cariadus ato fe, fydde fe ddim yn breifet.'

'Sally!' protestiodd ei mam.

Sylweddolodd Siân eu bod nhw am wybod pa mor glòs oedd y berthynas rhyngddi hi a George. Yn amlwg doedd George heb ddatgelu llawer.

'Basen i'n hoffi ysgrifennu ato fe. Rydyn ni wedi cyfnewid llythyrau ers amser a dw i'n hoff iawn ohono fe.'

'Ac mae e'n dwli arnoch chi.'

'Sally, plis!'

'Mae'n wir! Ydych chi wedi dyweddïo?'

Er i Grace esgus bod yn ddig wrth ei merch, gwrandawodd yn astud.

'Na, 'dyn ni ddim.'

Astudiodd Siân eu hwynebau. Ddangosodd Grace ddim mwy nag y byddai cerflun marmor wedi ei wneud. Oedd yna awgrym o ryddhad ar wyneb Arthur? Gwelodd siom amlwg ar wyneb Sally wrth iddi ddweud, 'Ma 'mrawd mor araf! Fyddwch chi ddim yn hir, dw i'n siŵr.'

Llyncodd Siân yn galed wrth ddechrau adrodd ei geiriau parod, 'Dylen i esbonio 'mod i wedi ysgrifennu llythyr at George wythnos neu ddwy cyn i'w awyren ga'l ei saethu lawr, yn esbonio . . .'

''Dyn ni'n gwybod.'

'Ydych?'

'Ydyn. Maen nhw yma. Allet ti nôl nhw, Sally?'

Gwaeddodd hithau o'r cyntedd,

'Ble maen nhw?'

'Ar y ddesg wrth y stand ambarél!' Siglodd Grace ei phen mewn anobaith at benchwibandod ei merch. Esboniodd sut y cafodd holl bapurau a llythyrau George eu hanfon ymlaen i'w gartref, felly fyddai e ddim wedi derbyn llythyrau diweddaraf Siân. Ond byddai pecyn y Groes Goch yn cyrraedd yn weddol gyflym i lenwi'r bwlch. Dyna pam y meddyliodd Grace yr hoffai Siân gynnwys rhywbeth yn y pecyn.

Ymddangosodd Sally yn chwifio dwy amlen.

'Ro'n ni'n ansicr a fyddech chi eisiau cynnwys y llythyron hyn.'

'Na fasen,' meddai Siân, braidd yn rhy gyflym. 'Maen nhw jyst yn llawn o bethe dibwys. Gwell i fi sgrifennu rhywbeth mwy priodol.'

Rhoddodd Sally'r llythyrau i Siân.

'Dyna chi. Wnes i mo'u stemio nhw er i fi gael 'y nhemtio!'

*

Ymwelodd Siân â'r Alders eilwaith er mwyn trafod cynnwys y pecyn. Doedd dim cyfyngiad ar ei faint ond roedd rhaid ystyried ei bwysau. Mynnodd Sally anfon cacen a losin. Byddai llyfrau yn rhy drwm, ond meddyliodd Grace y byddai George yn mwynhau derbyn copi o'r papur lleol. Torrodd Arthur ar eu traws gan awgrymu y dylen nhw anfon pethau ymarferol gan y byddai Silesia yn hynod o oer. Y peth gorau fyddai cot drwchus. Dywedodd Arthur y byddai'n gyrru draw i Huntington i gasglu ei got fawr RAF. Siomwyd Sally gan benderfyniad mor ddiddychymyg, ond cododd Siân ei chalon wrth awgrymu y gallen nhw lenwi pocedi'r got â Spangles, Polo Mints a negeseuon. Dewisodd Siân gynnwys tudalen o gerddoriaeth 'Only a Rose' yn y pecyn gyda'r neges 'I George o waelod fy nghalon'.

Dros y misoedd nesaf ysgrifennodd Siân gyfres o lythyrau at George gan lenwi tudalen o bapur tenau â manylion ei bywyd prysur. Soniodd wrth George am y pleser a gawsai wrth ddod i adnabod ei deulu a'i bod hi a Sally bellach yn 'ffrindiau mawr'. Siaradodd Sally â hi am ei phenbleth ynglŷn â dewis beth i'w wneud ar ôl gadael ysgol. Deuai Siân ymlaen yn dda gydag Arthur wedi iddo ymlacio ychydig yn ei chwmni.

'Doeddet ti ariôd weti gweud wrtha i pa mor ddoniol y gall dy dad fod.'

Oedd George yn cael digon o fwyd? Oedd pobl yn gyfeillgar? Roedd hi'n torri ei chalon wrth feddwl amdano heb gerddoriaeth. Gorffennodd gan ddatgan ei chariad.

Cymerai wythnosau, neu fisoedd, i lythyrau George gyrraedd o Silesia. Weithiau ni dderbyniai Siân amlen am fis ac wedyn byddai dwy yn cyrraedd gyda'i gilydd. Dywedodd George taw'r got fawr oedd y peth gorau y gallen nhw fod wedi ei anfon. Doedd ei feiolín ddim gyda fe ond roedd wedi dechrau côr bychan yn ei gaban. Buon nhw'n ymarfer trefniant harmoni pedair rhan o 'Only a Rose' a chael canmoliaeth gan y gards, ac addawodd un o'r swyddogion chwilio am biano iddynt. Roedd llun Siân wrth ochr ei wely, yn destun eiddigedd i weddill y caban.

Breuddwydiai am Brighton.

*

Wrth ddarllen, holai ei hun a deimlai hi mor angerddol tuag ato â chynt, gan fod cerddoriaeth wedi dod mor bwysig iddi unwaith eto. Wedi iddi gael gwrandawiad, enillodd le gydag Opera D'Oyly Carte. Byddai'n teithio o amgylch ffatrïoedd a gwersylloedd milwrol am fis. Byddai'n canu yn y corws, ac yn ddirprwy gantores i sawl rhan. Hoffai'r cyfarwyddwr ei chyfuniad o hyfforddiant clasurol a'i phrofiad o ganu *cabaret*. Perffaith gogyfer â Gilbert a Sullivan. 'Mae cyfathrebu â'ch cynulleidfa yn hollbwysig,' meddai.

Câi gysur o wybod bod George yn ddiogel, er ei fod ymhell i ffwrdd. Oedd, roedd hi'n dal i'w garu, ond petai hi'n hollol onest â hi ei hun, roedd yn gyfleus nad oedd yno i ofyn cwestiynau anodd am eu dyfodol. 'Byw un diwrnod ar y tro,' ddywedai ei mam.

❋

Cymerai Arthur ei ddyletswyddau fel warden cyrchoedd awyr o ddifri. Ef oedd yn gyfrifol am chwe chant o gartrefi hyd at Wades Hill. Roedd ganddo swyddfa mewn siop wag ar y Green, lle goruchwyliai ei garfan o sgowtiaid a hen ddynion. O'i bencadlys medrai ganu'r seiren, hysbysu'r awdurdodau a ffonio am y frigâd dân.

Ei brif ddyletswydd oedd patrolio'r strydoedd er mwyn sicrhau effeithlonrwydd y blacowt. Nid oedd pawb yn fodlon, gan ddadlau y byddai'r Almaenwyr yn ynfyd i wastraffu bomiau ar Winchmore Hill. Fel arfer, llwyddai ei lais mwyn, awdurdodol i berswadio'r amheuwyr. Ond wrth i'r rhyfel dreiglo ac i gyrchoedd llu awyr yr Almaen gilio, daeth trigolion Winchmore Hill yn gyndyn i ddefnyddio'r llochesau. Ar ôl nosau anesmwyth mewn lloches oer a llaith, dechreuodd nifer anwybyddu'r seiren ac aros yn eu gwelyau cynnes. Roedd merch Arthur ymysg y gwrthryfelwyr. Ond gwyddai'n union beth oedd ei ddyletswydd e a pharhaodd i batrolio'n drylwyr.

Un noson o Hydref, clywai awyrennau'n hedfan uwchben a sŵn brwydr i'r dwyrain. Er y blacowt, dangosai'r lleuad barasiwt yn disgyn yn araf. Disgleiriai'r sidan gwyn yn erbyn y tywyllwch. Ymddangosai fel petai'n debygol o ddisgyn yn ei ardal e . . . rhywle o gwmpas Drayton Gardens? Curai ei galon. Dyfalod Arthur mai peilot oedd e, neu aelod o'r criw wedi dianc o awyren ar dân. Gallai fod yn Almaenwr neu'n aelod o lu awyr Prydain. Doedd dim dryll gan Arthur ac yr oedd dan orchymyn i beidio â cheisio delio â gelynion ar ei ben ei hun.

Y noswaith honno, yn groes i'w natur a'i holl hyfforddiant, ni wnaeth Arthur ufuddhau i'r drefn swyddogol. Efallai fod gweld y parasiwt wedi tanio delweddau o'i fab yn cwympo ar dir anghysbell. Efallai iddo ymateb yn reddfol gyda'r nod o achub bywyd. Efallai nad oedd amser i alw am gymorth. Beth bynnag oedd y rheswm, rhedodd i lawr y stryd ac yn syth i mewn i Drayton Gardens. Efallai iddo sylweddoli ei gamgymeriad yn rhy hwyr i'w achub ei hun. Cynlluniwyd y bom dan y parasiwt i ffrwydro cyn taro'r ddaear, er mwyn creu'r dinistr mwyaf posib. Safodd Arthur o dan y bom gan edrych i fyny arno. Cafodd ei ladd mewn amrantiad.

*

Cynhaliwyd y cynhebrwng yn Eglwys St Paul's. Cafodd Grace gymorth Uncle Geoffrey a Belinda gyda'r trefniadau. Er bod rhwystrau rhag teithio, daeth nifer o hen gymrodyr Arthur ynghyd, yn ogystal â chyd-weithwyr, ffrindiau, cymdogion, a charfan o wardeniaid ARP.

Cafodd y seddi blaen eu cadw i'r teulu, a Siân yn eu plith. Gofynnodd Grace iddi ganu a dewisodd hi'r 'Largo' o *Xerxes* gan Handel. Uncle Geoffrey a roddodd y deyrnged, gan bwysleisio ffyddlondeb ei ddiweddar frawd, ei wladgarwch ac iddo gyflawni ei ddyletswyddau tan y diwedd. Canodd y gynulleidfa 'I Vow to Thee, My Country'. Dywedodd y ficer air i'w cysuro, cyn iddynt symud allan i'r fynwent. Yno, safai Grace yn stond gan rythu yn syth o'i blaen, ei hwyneb yn hollol ddifynegiant.

Darparwyd te a brechdanau yn neuadd yr eglwys. Daeth nifer at Siân i'w llongyfarch ar ei chanu. 'Teulu ydych chi?'

'Dyweddi George,' esboniodd Sally.

'Ffrind i George dw i. 'Dyn ni ddim wedi dyweddïo.'

'Bron â bod.'

Cydymdeimlai un wraig â Siân, 'Yn naturiol mae'n anodd arno fe, wrth gwrs, ond does neb yn meddwl am y ferch unig gartref.' Dywedodd un arall, 'Mae'n gysur mawr iddo wybod bod merch mor brydferth yn aros amdano.'

Safodd Grace yn yr unfan am yn hir wrth i'r llinell o alarwyr gydymdeimlo â hi fesul un. Achubwyd hi gan Uncle Geoffrey a gwahoddodd hi a Sally i aros yn eu tŷ nhw am ddiwrnod neu ddau. Gwrthododd Grace.

'Alla i eich ffonio os bydda i angen gair?' holodd Sally.

'Croeso. Unrhyw bryd.'

*

Roedd cwmni opera D'Oyly Carte yn gweddu i Siân a hithau iddynt hwy. Cafodd gyfle i symud o'r corws pan ddewiswyd hi ar gyfer rhan Phoebe yn *The Yeomen of the Guard*. Cynhaliwyd ymarferion yr opera yn Llundain cyn dechrau ar daith i wersylloedd milwrol, neuaddau tre, ffatrïoedd a hyd yn oed un sgubor. Mwynhâi Siân deithio a datblygodd y cwmni yn deulu iddi. Nid oedd lle i *prima donnas* wrth rannu ystafell wisgo gyda chaniau llaeth neu roi help llaw wrth lwytho'r set i'r lorri wedi'r perfformiad.

Yng ngwersyllfa'r fyddin yn Ipswich, a hwythau'n paratoi i berfformio, derbyniodd neges gan Charlie, 'Ffonia Sally – ar frys.' Grace atebodd,

'Winchmore Hill 227.'

'Helô, Mrs Kemp-Smith? Siân sy 'ma.'

'Pwy?'

'Siân. Siân? Ffrind i George?'

Dim ateb. Distawrwydd hir. Clic, ac aeth y llinell yn farw. Edrychodd un o swyddogion y fyddin arni, 'Problemau 'da'r cariad, Miss?'

'Nage.'

Rhoddodd Siân gynnig arall arni o flwch ffôn tu fas i gatiau'r gwersyll. Y tro yma atebodd Sally.

'Siân. Diolch i chi am ffonio'n ôl.'

'Be' sy'n bod?'

'Popeth. Mae Mummy wedi ei cholli hi'n llwyr. Bron byth yn cysgu ac yn bwyta'r nesa peth i ddim.' Roedd Uncle Geoffrey wedi ceisio estyn cymorth, ond yn ofer. Er ei fod yn un digon siriol, roedd yn anobeithiol wrth ddelio â menyw dan straen ac roedd ymdrechion Belinda yn waeth byth. Cwerylodd y ddwy gan gyfnewid geiriau cas, nes i Grace ofyn i Belinda adael y tŷ. Ar ôl hynny ni fedrai Sally gael gair synhwyrol allan o'i mam. Treuliai Grace oriau yn eistedd ac yn edrych ar gloc y silff ben tân, fel petai'n disgwyl i rywbeth ddigwydd.

'Be' ti am i fi neud?'

'Sori, Siân, ond dw i'm yn gwybod i bwy arall i ofyn. Ac mae problem arall o bwys, does neb wedi sgrifennu at George eto.'

'Be'? Dyw George ddim wedi clywed am ... ?'

'Daddy. Na, dyw e ddim!' Ceisiodd Grace sawl gwaith ond heb gyrraedd ymhellach na'r cyfeiriad. Meddyliodd Sally am ofyn i Uncle Geoffrey, ond gwyddai y byddai'n gas gan George dderbyn y newydd oddi wrtho fe. 'Allech chi fy helpu fi i'w sgrifennu, er mwyn Mummy?'

Distawrwydd.

'Dw i'n gwybod 'mod i'n gofyn cymwynas fawr ond chi yw'r unig berson sy'n deall George yn ddigon da i sgrifennu llythyr addas. Plis!'

'Ffonia i ti 'nôl miwn awr. Aros ger y ffôn.'

'Diolch, Siân. Chi'n sbesial.'

Chwiliodd Siân am reolwr y cwmni. Doedd e ddim yn fodlon. Ei swyddogaeth e oedd cynnal taith *Yeoman* gyda chwmni bychan ac er bod ganddo ddirprwy gantores i ganu rhan Phoebe, byddai hynny'n gadael y corws yn brin.

'Sori, ond does dim dewish 'da fi,' meddai Siân mor finiog nes peri syndod iddi hi ei hun.

*

Ar y trên i Lundain gofynnodd Siân iddi'i hun dro ar ôl tro, 'Pam?' Wedi'r cwbl, nid ei dyletswydd hi oedd datrys problemau'r teulu Kemp-Smith. A oedd yr alwad yn rheswm digonol i gyfiawnhau cynhyrfu'r cwmni opera? Doedd hi ddim am ennill enw fel perfformiwr annibynadwy. Pam roedd hi'n rhedeg i Lundain i ddatrys problem nad oedd a wnelo hi ddim â hi mewn gwirionedd? Pam? Ai talu dyled 'nôl i George yr oedd hi? Ond doedd dim dyled arni, nag oedd? Efallai – am iddi beidio â thorri'r cysylltiad yn llwyr, fel y ceisiodd ei wneud ynghynt? Am ei bod hi wedi cymryd yr opsiwn hawdd – sef gobeithio y byddai treiglad amser yn datrys ei phroblem? Dyna'r gwir amdani. Cyfaddefai fod cael cariad oedd yn POW wedi bod yn gyfleus, ac yn esgus i wrthod dynion eraill. Pwysodd nifer arni hi i'w canlyn, ond doedd dim diddordeb ganddi ac roedd ganddi gyfiawnhad perffaith dros wrthod. Erbyn hyn, doedd wiw i neb ei hatal rhag dilyn llwybr esmwyth yn ei gyrfa.

Felly, pam y daith i Winchmore Hill?

*

Aeth y ddau ddiwrnod yn Yr Alders heibio'n weddol esmwyth. Cynorthwyodd Siân Sally i ymdopi â'r stof.

Cynhyrchwyd stiw gweddol a mynydd o datws stwnsh i gyfeiliant syrffed o giglan. Bwytaodd Grace fwy na chynt. Siaradai hi am Arthur fel petai'n dal yn fyw wrth boeni am y ffens a gafodd ei chwalu gan stormydd Chwefror, 'Bydd Arthur yn ei thrwsio'n fuan.'

Cyfansoddwyd llythyr i George tra cysgai Grace, ond cymerodd fwy nag un ymgais i daro ar y cywair cywir. Y bore wedyn, darllenodd Sally'r cynnwys i'w mam a llofnododd hithau'n araf.

*

Aeth gweddill y dydd yn weddol hwylus tan i Siân anfon Sally mas i'r ardd lysiau i godi moron i ginio. Wedi munudau o aros edrychodd trwy'r drws cefn i weld pam ei bod yn cymryd cymaint o amser. Gwelodd Sally'n sefyll yn stond a lletchwith wrth yr ardd lysiau yn crio'n dawel. Aeth Siân draw ati, cymryd y fforch o'i gafael a chodi'r moron.

'Ry'ch chi'n gwybod sut i wneud popeth!' meddai Sally. Chwarddodd Siân. Doedd Sally erioed wedi defnyddio fforch o'r blaen?

'Naddo. Dyna'r gwahaniaeth rhyngoch chi a fi, chi'n gweld?' Cofleidiodd Siân hi,

'Llefa di os ti moyn, ma llefen yn lles. Ti wedi derbyn un ysgytwad ar ôl y llall. Ma bob hawl 'da ti grio.' Llifai'r dagrau gyda'i geiriau. Roedd hi mor ddig; at ei thad am farw, at ei brawd am fod yn garcharor, ati hi ei hun am fod mor ddi-werth mewn argyfwng, heb allu hyd yn oed i godi moron. A hithau'n ddwy ar bymtheg! Roedd arni ofn y nos, ofn lladron yn torri i mewn i'r tŷ. Beth petasai ffiwsys yn chwythu? Neu bibell ddŵr yn byrstio fel y llynedd? Sut oedd trwsio ffiwsys?

'Sal, gelli di neud y pethe 'ma i gyd! Wir i ti. 'Dyn nhw

ddim yn anodd.' Esboniodd Siân sut i droi'r cyflenwad dŵr i ffwrdd pe bai angen. Chwilion nhw am y stopfalf o dan sinc y gegin. Chwilion nhw o dan y grisiau am y blwch ffiwsys a dangosodd Siân sut i roi darn newydd o wifren yn ei le.

'Beth am ladron?'

'Cloi pob drws a ffenest a chadw pocer trwm wrth ochor y gwely – rhag ofn. A gwaedda di nerth dy ben – basen nhw'n siŵr o redeg.'

*

Er mwyn codi hwyliau'r ddwy ohonyn nhw tywysodd Siân Sally draw i'r Green am baned. Roedd awyrgylch y siop de hen ffasiwn wastad yn bleserus er bod y menyn wedi troi'n farjarîn a'r sgons wedi crebachu oherwydd y rhyfel. Siriolodd Sally a dechrau parablu – un rhibidirês o eiriau yn trafod popeth a dim byd, ond dychwelai bob tro at gyflwr ei mam. Mentrodd Siân y byddai hi'n gwella ymhen amser.

'Nid sâl yw hi, o leia ddim yn gorfforol.' Yn nhyb Sally rhoesai ei mam y gorau i feddwl drosti hi ei hun ar ôl priodi. Ei gwaith hi oedd cadw tŷ, coginio, magu plant a chefnogi ei gŵr. Fyddai hi byth yn mynegi barn ar ddim y tu fas i'w chegin. Felly, wedi marwolaeth Arthur roedd hi ar goll.

'Sally, rhaid bod yn amyneddgar. A ma angen help arnat ti. Gan fod pethe'n chwerw rhwng dy fam a Belinda, oes mwy o deulu?'

'Mae chwaer hŷn gan Mummy, o'r enw Ruth. Chi'n cofio'r fenyw oedd yn gwisgo ffwr yn yr angladd? Mae hi'n neis, hen ffasiwn a dibynadwy, ond yn anffodus mae hi'n byw ymhell i ffwrdd, ar yr arfordir.'

'Ma angen cwmni arnat ti, Sal. Gwir angen. Oes

'na ffrind ysgol y gallet ti ofyn iddi ddod i aros am rai nosweithie? Jyst i ga'l rhywun arall yn y tŷ.'

'Falle byddai Philippa yn dod tasai ei Mummy'n fodlon.'

'Wnei di ofyn?'

'Gwnaf.' Gwenodd Sally'n wan. 'Diolch, Siân.' Pwysleisiodd Siân y gallai Sally ei ffonio. Fel cantores, allai hi ddim addo y byddai ar gael bob tro ond addawodd ateb cyn gynted â phosibl.

Cofleidiodd Sally Siân, 'Chi'n seren.'

'A tithe.'

*

Yr wythnos wedyn, cyrhaeddodd Ruth, chwaer Grace. Synhwyrai fod angen gweithredu ar frys. Roedd ganddi hi a'i gŵr dŷ mawr yn Bournemouth. Heblaw am un ferch yn agos at oedran Sally, gadawsai'r plant eraill y nyth flynyddoedd ynghynt. Byddai Ruth wrth ei bodd yn cael y ddwy yno i fyw.

Ond a oedd hyn yn deg â Sally? Doedd hi ddim wedi gorffen yn y chweched dosbarth eto. Dywedodd Sally yn syth y byddai'n methu'r arholiadau beth bynnag ac y byddai'n well ganddi osgoi'r embaras o'u sefyll. Cafodd Ruth syniad campus. Beth petasai Sally yn dilyn ei merch, Flory, a chofrestru mewn coleg hyfforddi ysgrifenyddesau? Nid unrhyw goleg ond yr enwog Mrs Middleton's Private Secretarial College yn Bournemouth. Bu Flory yno ers dechrau'r tymor ac roedd yn cael hwyl fawr arni.

'Dw i'n gwybod y byddwch chi'n meddwl 'mod i wedi rhoi'r ffidil yn y to ynglŷn ag ysgol,' ysgrifennodd Sally at Siân, 'ond ry'ch chi'n anghywir. Ysgol sydd wedi hen orffen â fi. Rhaid i bawb fod yn realistig.'

Atebodd Siân fod Sally wir yn haeddu tipyn o hwyl. Pob lwc iddi. Ond roedd rhaid iddi gael anghytuno â'i brawddeg olaf – 'Rhaid i bawb fod yn realistig'.

'Byth! Bod yn realistig oedd yr athroniaeth a fu bron â chwalu dy frawd. Paid gadael i'r un peth ddigwydd i ti. Rhaid i bawb fagu breuddwydion.'

Rhan Saith
1944

Dododd Mair y toriad papur newydd diweddaraf yn ofalus yn yr hen lyfr ysgol. Byddai angen ail gyfrol yn fuan er mwyn cadw ei chofnod o bob theatr a phob dinas y perfformiodd Siân ynddynt yn gynhwysfawr. Darluniai bererindod ei merch wrth i'w gyrfa fynd o nerth i nerth. Teithio'r oedd y D'Oyly Carte y rhan fwyaf o'r amser a doedd dim modd gweld adolygiadau'r *Buxton Gazette* na'r *Leeds Advertiser* yng Nghlydach, hyd yn oed yng nghasgliad papurau'r Sefydliad. Ei hunig ffynhonnell gwybodaeth felly oedd llythyrau wythnosol Siân a'u cynnwys amhrisiadwy.

Gwelai Mair dwf yn y nifer o weithiau y cafodd Siân glod personol, yn enwedig ar ôl iddi ddechrau canu rhan Phyllis yn *Iolanthe*. Byddai'n joio mas draw er ei bod hi'n ansicr sut i dderbyn clod yr *Oldham Chronicle*: 'Her sublime singing of "Nay, tempt me not" combined musical excellence with a delightful flirtatiousness.'

Ni ddangosai'r toriadau papur newydd i neb. Roedd yn well ganddi gadw rheolaeth ar lif y wybodaeth. Darllenai ddetholiad yn uchel i David ac Ifor. Adroddai'r hanes i'w chymdogion gan ddyfynnu sylwadau oedd yn ei phlesio ond osgoi'r rhai nad oeddent at ei dant hi. Er ei balchder dros gampau Siân, siomid hi bob tro y gwelai hi'r enw

'Gloria Alexandra'. Beth oedd o'i le ar enw bedydd ei merch? Enw ei mam druan! Ac roedd gan y Lewisiaid enw parchus yng Nghlydach a ledled Tonypandy, on'd oedd?

Yn anochel, gollyngwyd y gath o'r cwd. Pan gyrhaeddodd y cwmni Lundain ar gyfer eu pythefnos o dymor yn Sadler's Wells, cafodd cynhyrchiad *Iolanthe* glod arbennig gan y wasg. Gwerthwyd pob tocyn. Gofynnodd newyddiadurwr o'r *Western Mail* am gyfweliad â Gloria Alexandra wedi iddo glywed si taw Cymraes oedd hi. Y dydd Sadwrn canlynol yn ei golofn wythnosol 'Wales and the World', ymddangosodd llun mawr ac erthygl yn adrodd hanes gyrfa Gloria Alexandra ac yn proffwydo dyfodol disglair iddi. Er mwyn cipio sylw darllenwyr Cymreig cynhwysodd fanylion ei theulu, ei hysgol, ei chapel, ei hoff emyn ('Mi glywaf dyner lais') ac wrth gwrs, ei henw bedydd.

Aeth High Street yn ferw gwyllt. Ymfalchïai pawb yn llwyddiant y seren o Nymbar 90, gan rannu eu hatgofion am ei phranciau fel croten yn eu mysg a sut roedden nhw i gyd wedi rhagweld dyfodol serennog iddi (heblaw Lenora Walters a'i mam). Er mawr syndod i Mair, achosodd ei henw llwyfan ddim gair o feirniadaeth. Cymerai'r mwyafrif y newid fel prawf o'i llwyddiant yn y byd cerddorol tu hwnt i'r cwm.

Cyn hynny roedd Gwilym Huws y llyfrgellydd wedi chwilio'n gyson ond yn ofer am enw Siân yn adolygiadau'r *Telegraph* o berfformiadau D'Oyly Carte. Nawr cafodd rwydd hynt i dynnu sylw'r holwyr at y tudalennau oedd yn adrodd hanes Gloria – y *diva* fach o Glydach. Yn raddol, tyfodd campau Gloria Alexandra yn chwedl boblogaidd yn y cwm a phallodd y cof am y Siân Lewis go iawn.

Cafodd blwyddyn odidog Siân (a Gloria) ei choroni adeg y Nadolig pan dderbyniodd hi wahoddiad i ganu'r rhan soprano unawdol mewn perfformiad o'r *Messiah* gyda chôr St Martin's. Anrhydedd a gwefr i'w trysori am weddill ei hoes.

Rhan Wyth
1946

'Esgusodwch fi am ymddangos heb rybudd. Dylwn i fod wedi ysgrifennu.'

Edrychodd David ar y ffigwr estron yn sefyll ar stepen y drws. Meddyliodd taw gwerthwr drws i ddrws oedd y dyn, ond doedd dim nwyddau ganddo a siaradai Saesneg coeth, fel sylwebydd ar y radio. Roedd yn dal, yn denau ac yn gwisgo siwt frown, het drilbi a math o got a wisgai dynion oedd newydd adael y fyddin.

Mentrodd David, 'Sori, ddylen i'ch napod chi?'

'George. Chi'n cofio? Chwaraeais y feiolín ym mhriodas eich merch.'

'George! Diawch, sori. Dewch miwn, George! Bydd Mair yn wyllt o glywed 'mod i wedi'ch gada'l chi'n sefyll ar stepen y drws fel wnes i, ond . . .'

'Peidiwch â phoeni, Mr Lewis. 'Dyn ni i gyd wedi newid dipyn dros y blynyddoedd diwetha.'

Mwy na thipyn, meddyliodd David. Yn y gegin, cynigiodd gadair wrth y tân iddo a chwiliodd am gwpanau. 'Disgled o de? Mae hi'n weddol ffres ac yn cadw'n dwym ar y pentan. Mae Mair lan y stryd yn cloncan, felly bydd rhaid i chi fodloni arna i tan iddi hi ddod gatre.'

'Peidiwch mynd i unrhyw drafferth, Mr Lewis.'

'Dim trafferth, boi. 'Na chi, twym a chryf.'

Eisteddai'r ddau ddyn yn wynebu ei gilydd, y ddau yn chwilio am y cwestiynau a'r geiriau cywir i bontio'r gagendor o amser a dealltwriaeth rhyngddynt. Mentrodd David ddweud pa mor falch oedd ei deulu o glywed bod George yn fyw ac yn iach ar ôl bod yn garcharor rhyfel. Sut oedd amodau'r gwersyll POW? Sut driniaeth gafodd e? Pwy gyrhaeddodd wersyll y POW gyntaf i'w rhyddhau, y Prydeinwyr neu'r Americanwyr?

Gwrandawodd David yn astud tra adroddai George ei hanes yn y gwersyll, yr ymosodiad ar y lle gan y Fyddin Goch, a'i hanes ef ei hun yn cael ei ryddhau o'r RAF yn ddisymwth ryw bythefnos yn ôl, gydag ôl-daliad cyflog a siwt oedd yn rhy fawr. Aeth i aros at ei fam a'i chwaer am dipyn ond doedd hi ddim yn gyfleus iddo aros yno'n hirach.

Synhwyrai George fod David yn osgoi gofyn y cwestiwn amlwg. Atebodd heb i'r cwestiwn gael ei ofyn, 'Des i yma i drio dod o hyd i Siân. Ysgrifennon ni'n gyson trwy'r rhyfel ond dw i heb glywed oddi wrthi ers misoedd bellach. Ydy hi'n iawn?'

Broliodd David lwyddiant Siân a'i bod hi'n brysurach nag erioed. Anfonai lythyrau bob wythnos ac weithiau raglenni neu bosteri o ddinasoedd gwahanol. Mair oedd yn cadw cofnod o'i pherfformiadau. Y perfformiad diwethaf y gwyddai David amdano oedd un o waith Gilbert a Sullivan yn y Grand Theatre, Leeds. Nodiodd George, roedd ei siomedigaeth yn amlwg.

'Ydy Owain o gwmpas? Anfonodd e lyfrau a phamffledi ataf pan o'n i'n garcharor. Baswn i'n licio diolch iddo.'

'Erthyglau Sosialaidd, wi'n cymryd?'

'Ie a nage, ond rhai hynod o ddiddorol. Sut mae e?'

'Yr un Owain yn gwmws, ch'mod; yr un mor gadarn ei ddaliade ac mor ystyfnig ag ariôd. Os o's trwbl yn rhywle bydd e ynghanol y cyffro. Fe gynhaliws streic yng Nglofa Gorky chwe mis yn ôl am nad oedd brêcs effeithiol ar y tramie. Enillon nhw hefyd. Roedd Owain yn llygad ei le. Na'th e rwystro damwain a o'dd yn siŵr o ddicwydd. A, credwch neu bido, ma fe wedi ca'l ei ethol yn gynghorydd lleol, un o dri Chomiwnydd gafws eu hethol y llynedd.'

'Ble galla i ddod o hyd iddo?'

''Sech chi am ei weld e ma fe yn y Sefydliad, mwy na thebyg, yn darllen neu'n pleto. Dyna ei loches 'da'r nos gan amlaf.'

Gan ddiolch iddo, gorffennodd George ei de a chydio yn ei het.

'Allwch chi ddim gada'l nawr. Arhoswch am Mair. Bydde hi'n tampo 'sen i'n gada'l i chi fynd heb iddi'ch gweld.'

'Do i yn ôl i'w gweld hi eto, dw i'n addo.'

'Pa mor hir y'ch chi'n aros?'

'Dim syniad.'

'Ble ry'ch chi'n aros?'

'Mae gen i ystafell yn y Clydach Vale Hotel.'

'Rhaid i chi ddod draw am swper.'

'Diolch. Byddai hynny'n wych, tasai Mrs Lewis yn fodlon.'

*

Eisteddai Owain wrth un o'r desgiau yn ystafell ddarllen y Sefydliad yn codi nodiadau o lyfr. Ni ddangosodd unrhyw syndod wrth weld George, bron fel petai'n ei ddisgwyl. Safodd a chynnig ei law.

'Ro'n i'n gobitho delet ti 'nôl 'ma. Croeso, wi'n falch o dy weld di miwn un darn.'

'A finnau! Diolch am y pamffledi, yn enwedig yr un diwethaf.'

'Yr un gan Harry Pollitt? Da, on'd oedd e?'

'Ysbrydoliaeth. Pam wnest ti ei anfon?'

'Amau base fe o ddiddordeb i ti. Y tro diwetha i ni gwrdd ro't ti'n edrych am ystyr, pwrpas a chyfeiriad miwn bywyd.'

'Duw annwyl, pa mor naïf ro'n i'n swnio!'

'Diffuant, a diniwed o bosib. Naïf? Na, wi'm yn meddwl. Shgwl, 'dyn ni ddim fod siarad fan'ma. Be' am fynd dros yr hewl ac fe bryna i beint i ti. Mae arna i un i ti ers pedair blynedd.'

'Wyt ti'n gallu fforddio talu?'

'Ma 'da fi beth arian nawr, boi bach. Mae'n rhyfeddol shwt ma arian yn llifo amser rhyfel. Wi'n weithiwr da ac mae'r rheolwr yn cydnabod bod 'da fi syniade o werth am shwt i redeg pwll heb roi bywyde yn y fantol.'

'Ond rwyt ti'n dal yn Gomiwnydd?'

'Yn sicr.'

'Mae pethau wedi newid.'

'Ma'r byd yn newid.'

Cerddodd y ddau ar draws y sgwâr i'r Clydach Hotel. Archebodd Owain ddau beint cyn troi at fwrdd yn y cornel i siarad. Roedd Siân wedi rhannu gwybodaeth am hanes George gyda'i brawd hŷn ond mynnodd Owain ei fod yn llenwi'r bylchau, yn enwedig sut y goroesodd ddamwain y Lancaster. Cymerodd George lwnc cyn dechrau adrodd yr hanes.

Ar ôl cael ei daflu'n rhydd o'r awyren, roedd wedi plymio i'r ddaear yn llawer rhy gyflym. Agorodd y parasiwt yn rhy hwyr, ac er iddo arafu ei gwymp, glaniodd yn galed. Cofiai orwedd ar ei fola ar y borfa wlyb yn cydio yn y ddaear â'i ddwylo wrth geisio stopio'r byd rhag troelli. Cofiai'r eiliad ogoneddus pan sylweddolodd fod tir oddi tano. Gorweddodd am sbel yn ceisio'i argyhoeddi ei hun ei fod e'n dal yn fyw, gan geisio dyfalu sut roedd wedi goroesi. Clywodd ffrwydrad enfawr wedyn a dorrodd ar draws ei fyfyrdod a gwelodd olau coch, llachar. Wrth edrych i fyny gwelodd ddarnau o'r awyren yn llosgi o'i gwmpas. Ceisiodd symud. Cododd un fraich heb drafferth ond câi boen yn ei fraich chwith. Ceisiodd sefyll ond roedd ei goesau'n rhoi oddi tano a chwympodd. Cofiai o'i hyfforddiant fod angen casglu'r parasiwt a'i guddio rhag i batrôl Almaenaidd ei weld, ond doedd dim pwrpas gwneud hynny. Byddai'r fflamau'n tynnu sylw beth bynnag, felly anghofiodd amdano a phenderfynodd geisio cuddio yn rhywle. Baglodd ar draws y cae, daeth o hyd i gât a herciodd ar hyd hewl ffarm am dipyn cyn llithro'n ddamweiniol i mewn i ffos ddofn. Dyna lle'r arhosodd, mewn poen ac yn rhy flinedig i symud. Yn ei boced cariai arian, cwmpawd, map wedi ei brintio ar sidan a bariau o siocled a ddylai fod yn help iddo ddianc. Cofiai ei gysuro ei hun y byddai'n ddoeth iddo guddio yno tan y bore cyn symud.

Y peth nesaf a gofiai oedd edrych i olau tortsh, a baril sawl dryll, a chlywed corws o weiddi yn yr iaith Almaeneg. A dyna oedd diwedd y rhyfel i George Kemp-Smith.

'Pam elen nhw â ti mor bell â Silesia?'

'Wn i ddim. Falle eu bod nhw'n amau rhywbeth?'

'A gweddill dy griw?'

'Collon ni William, y gynnwr cefn, gan fod ei ddarn e o'r Lanc wedi'i chwythu'n ddarnau. Doedd dim gobaith ganddo. Torrodd Rob ei wddw wrth lanio. Cafodd pawb arall eu dal fel carcharorion heblaw am Frankie o Ganada. Llwyddodd e i fynd 'nôl trwy'r Swistir. Ti am beint arall?'

'Plis.' Roedd mwy i'w drafod.

＊

Toc ar ôl i George ddiflannu lan y tyle, aeth David i'r cyfeiriad arall i lawr y stryd i rif 62. Camodd yn dawel trwy'r drws ffrynt agored i'r gegin, lle'r oedd sŵn lleisiau. Creodd ei ymddangosiad beth syndod – rhaid bod ganddo neges o bwys i fentro torri ar draws busnes Chwaeroliaeth Capel Calfaria. Gadawodd Mair y cyfarfod ar frys tra edrychai'r aelodau eraill arni'n llawn chwilfrydedd. Wrth gerdded gartref esboniodd David fod George wedi galw.

'Ac mae'n aros miwn gwesty! Ti'n siŵr?'

'Odw.'

'Am gywilydd! Beth fydd pobl yn gweud? Whilo am Siân ma fe?'

'Ie, yn bendant.'

'A hithe heb 'yn rhybuddio ni!'

'Dyw hi ddim yn gwpod, achos do's dim modd 'da fe gysylltu â hi.'

'Ond buon nhw'n sgrifennu trwy gydol y rhyfel.'

'Do, ond ma'n nhw wedi stopo sgrifennu.'

Arhosodd Mair gan edrych ar David, 'Be' sy 'mlân 'da'r groten 'na?' Dechreuodd gerdded eto'n llawn pwrpas, 'Af i draw at Glenys.'

'Nawr?'

'Ie, ma'r ddwy 'na drwyn wrth drwyn. Bydd Glen yn gwpod be' sy'n dicwydd a ma hi'n mynd i esbonio'r cwbl i fi, neu bydd 'na rycsiwns.'

∗

Pam, meddyliodd Owain, roedd George wedi dod i Gwm Clydach? Nid i drafod pamffledi Sosialaidd. Siân oedd yr atyniad, ond byddai'n rhaid iddo fynd draw i Leeds, neu Fanceinion, neu lle bynnag roedd y cwmni opera erbyn hyn i'w gweld hi.

'Chwiliais i amdani yn y papurau ond yn ofer.'

'Am be' o't ti'n chwilo? Siân Lewis? *No way*, boi! Cymerws hi enw llwyfan flwyddyn neu fwy yn ôl gan ailfedyddio ei hun yn Gloria Alexandra.' Cododd George ei aeliau. 'Wi'n gwpod, enw gwag-ymhongar. A hithe mor amlwg yn Gymraes o'r Cymoedd, yr eiliad ma hi'n agor 'i phig.'

Chwarddodd George cyn newid y pwnc. 'Achosodd dy bamffledi gryn dipyn o drafodaeth ymysg bois y caban yn Silesia.'

'Pa un?'

'*How to Win the Peace.*'

Cofiai George sut roedd y lleill yn ei chael hi'n anodd ymdopi â'u sefyllfa. Ar ôl bywydau mor brysur a pheryglus, anodd oedd dilyn trefn mor ddiflas ac undonog â'r gwersyll. Goroesodd George ei dair blynedd gyntaf o'r rhyfel drwy beidio â meddwl gormod. Llanwyd ei ben â gwybodaeth dechnegol a thactegau hedfan. Yr unig nod oedd aros yn fyw. Yn Silesia aeth e'n ôl at y tro cyntaf y cwrddodd ag Owain, a cheisio gwneud synnwyr o'r rhyfel. Roedd ganddynt ormod o amser i fyfyrio, rhesymu a phendroni, a sbardunai llyfrau Owain drafodaeth. Deuai trigolion y caban o bob haen o gymdeithas ac o bob cornel o Brydain, a byddai anghytuno ar bopeth heblaw'r ffaith y byddai diwedd y rhyfel yn gyfle euraidd i ail-lunio cymdeithas. Gan fod Prydain fel gwlad yn gallu cynnull digon o bobl a darparu nwyddau diddiwedd er mwyn ennill y rhyfel, gellid gwneud yr un peth er mwyn dileu tlodi, anwybodaeth ac afiechyd. Trafodwyd y cyfeillion a laddwyd a phwysigrwydd sicrhau nad oeddent wedi marw heb reswm, ac mai'r unig ffordd o dalu teyrnged iddynt fyddai adeiladu byd gwell i'r genhedlaeth nesaf.

'Ti miwn dyled iddyn nhw, felly.'

'Yn union, ac i'r bobl wnes i eu hanafu, eu lladd, neu eu gadael yn amddifad. Pan o'n i'n bomio o uchder o bymtheg mil o droedfeddi, yr unig beth a welwn oedd ffrwydradau, mwg, tân a'r goleuadau yn chwilio amdanon ni. Weles i mo'r hen ddynion, y menywod na'u plant yn cael eu chwalu'n yfflon.'

'Felly ti'n teimlo'n euog?'

'Dim euogrwydd, efallai, ond yn sicr, dyled. Dw i'n falch o'r hyn wnaethon ni fel criw: pum deg o gyrchoedd peryglus a fyddai yna ddim cymhelliad hunanol gan yr un ohonon ni. Doedd dim atgasedd gynnon ni at yr Almaenwyr chwaith. Ein hunig nod oedd peidio siomi, dilyn gorchmynion ac aros yn fyw. O'r awyr does dim ymwybyddiaeth o'r dioddefaint mae'r bomiau yn ei achosi. Yn swyddogol, targedau milwrol, neu ddiwydiannol, a gâi eu bomio. Mewn gwirionedd, roedd yn amhosib peidio taro sifiliaid. Ydy dweud taw dilyn gorchmynion oedden ni'n swnio fel esgus gwantan?'

'Sdim hawl 'da fi feirniadu. Gwrddest ti â rhywun nele wrthod bomio?'

'Fel mae'n digwydd, do. Gwrthododd un o 'nghriw ollwng bomiau.'

'Be' ddigwyddws iddo?'

'Dw i ddim yn gwybod, er, mae'n bosib iddo gael ei saethu. Ar y pryd, roeddwn i'n methu penderfynu ai fe oedd y dewraf o'r criw neu'r cachgi mwyaf.'

'Ac yn awr?'

'Nawr rwy'n ystyried Harry druan fel un o'r rhengoedd o bobl mae dyled fawr arnaf fi iddyn nhw. Yr unig ffordd i dalu'r ddyled yn ôl fydd "sicrhau heddwch", chwedl Harry Pollitt.'

Gwych, meddyliodd Owain gan ei longyfarch ei hun. Yn sicr, cafodd werth ei arian o'r ddau swllt a gostiodd y pamffled iddo. Trodd George ato bron yn heriol,

'Ond sut i droi'r weledigaeth yn realiti? Beth alla i ei wneud?'

'Ti o ddifri?'

'Yn hollol o ddifri.'

Wedi colli ei dad, ei gartref, ei yrfa fel feiolinydd, a nawr yn methu dod o hyd i'w gariad, ei ddewis oedd anobeithio'n llwyr neu ailadeiladu ei fywyd. Cofiai ddod ato'i hun yn yr Almaen a darnau o'r Lancaster yn ffrwydro o'i gwmpas. Roedd wedi derbyn y byddai'n marw, yna cofiai gydio yn y glaswellt a theimlo mor rhyfeddol o fyw ac mor lwcus, fel petai wedi cael cyfle i ailddechrau ei fywyd.

'Llechen lân?'

'Yn union. Ail gyfle.'

'Ti am beint arall?'

'Na, dw i wedi cael digon. Doedd dim llawer o gwrw ar gael yn Silesia, felly mae dau beint yn ddigon i mi.'

'Dere 'nôl i Marion Street am ddisgled 'te.'

'Dyna ble rwyt ti'n byw?'

'Lletya 'da Mrs James, gweddw. Ble ti'n aros?'

'Yma, yn y gwesty.'

'Be'? I'r diawl â 'ny.'

∗

'Mam, siarad yn dawel, wnewch chi, plis, rhag dihuno Dafydd. Dim ond munude'n ôl aeth e i gysgu.'

Anadlodd Mair yn ddwfn cyn eistedd.

'Iawn. Gwed bopeth ti'n wpod am berthynas Siân a George a phaid gada'l dim byd mas.'

'Pam ry'ch chi'n meddwl 'mod i'n gwpod mwy na chi, Mam?'

'Glenys, ateb. Odyn nhw wedi dyweddïo?'

Ceisiodd Glenys osgoi wynebu ei mam wrth ateb, 'Dim miwn gwirionedd.'

'Be' ti'n feddwl? Odyn nhw, neu nag y'n nhw?'

'Mae'n gymhleth, Mam.'

'Ody e wedi gofyn?'

'Ody, debyg.'

'A beth o'dd ateb Siân?'

'Mam, ma'n nhw wedi bod ar wahân am dros ddwy flynedd.'

'A nawr, ma fe 'ma, yn aros yn y Clydach Hotel, ynghanol y chwain, am nad yw e'n gwpod beth yw 'i bwriad hi. O's modrwy 'da hi?'

Petrusodd Glenys wrth ystyried pa siawns oedd ganddi hi o gael ei mam i gredu celwydd noeth.

'O's ... fel petai ... '

'O's ... fel petai! Glenys! Dwed, welest ti'r fodrwy?'

'Do. Cliper o fodrwy. Weti costo ffortiwn.'

'Felly, pam ma hi'n 'i adael e fel pysgodyn ar slab heb wpod ydy hi'n bwriadu'i briodi neu bido?'

'Ch'mod. Ma hi'n fishi 'da'i chanu, a chi'n gwpod mor bwysig yw 'i gyrfa iddi hi. Ma 'i phen yn llawn o Gilbert a Sullivan.'

Siglodd Mair ei phen. 'Chlywes i ariôd am y fath greulondeb a hunanoldeb yn 'y mywyd. Wyt ti'n gwpod shwt ma cysylltu â hi?'

'Ma 'da fi rif ffôn iddi hi yn Llunden. Lle i ada'l negeseuon gyda ffrind.'

'Rho'r rhif i fi.'

Aeth Glenys at y dresel i chwilio yn un o'r jygiau.

'Dyma fe, Mam. Odych chi am i fi ffono?'

'Nag'w i! A finne'n meddwl 'mod i wedi'ch magu chi'ch dwy yn well. Ma arna i gywilydd o Siân a tithe 'fyd.'

*

Ymddiheurodd Owain i Mrs James am ddod â ffrind 'nôl heb ofyn am ei chaniatâd.

'Paid â sôn, Owain bach. Ma croeso i unrhyw un sy'n ffrind i ti.'

Byddai Luned James wedi bod yn hynod o unig heb Owain a'i ffrindiau. Ar ôl marwolaeth ei gŵr, byddai wedi poeni sut i dalu'r biliau a byddai'r hiraeth wedi ei lladd. Rhoddai Owain reswm iddi godi ben bore, cynnau'r tân, dodi brecwast ar y bwrdd a gosod dillad gwaith ei lletywr mas yn barod. Roedd ffrindiau Owain yr un mor gwrtais a diolchgar ag ef ei hun. Cawsai fwynhad wrth wrando ar eu clebran a derbyn eu canmoliaeth am ei choginio.

Gofynnodd iddynt eistedd a dweud y byddai hi'n paratoi swper, dim byd 'ffansi', dim ond plataid o gaws a thomato wedi ei dostio, tocyn o fara a llond tebot o de. Atebodd gwestiynau George am ei gwreiddiau yn Sir Gâr, am Evan a sut y dioddefodd e mor greulon gyda'r 'dwst', am Stan a gafodd ei ladd yn Sbaen, a'r cysur a gawsai o wybod bod Owain ei ffrind gorau yn bresennol yn ei angladd. Diolchai i Dduw am gael Owain yn agos i'w hatgoffa hi o'i mab. Tynnodd Luned luniau oddi ar y silff ben tân i ddangos ei dau ddyn iddo, ei gorchest bersonol hi.

Pwy fyddai'n cysgu ble? Cynigiodd Luned gysgu ar yr hen soffa, er mwyn i George gael ei gwely hi, gan ddweud iddi gysgu yno gannoedd o weithiau ynghynt. Na, meddai Owain, byddai Luned yn codi'n gynt na neb arall yn y tŷ, felly roedd yn haeddu cael noson dawel o gwsg. Beth bynnag, byddai George ac yntau ar eu traed yn siarad tan i'r tân gilio. Fyddai noson ar y soffa ddim yn galed i'r naill na'r llall. Fel hen filwyr roedden nhw wedi treulio nosweithiau dan amodau llawer gwaeth.

Gwenodd Luned wrth ddymuno 'Nos da', cyn diflannu lan y grisiau.

Gwyliodd George hi'n mynd cyn troi at Owain a dweud, 'Gallet ti fod yn fab iddi.'

'Wi'n gwpod.'

'Ydych chi'n perthyn? Rydych chi'n amlwg yn glòs.'

'Na, ddim yn perthyn, ond dyna Clydach. 'Dyn ni i gyd yn glòs a fe gymeres i le'r mab a gollws hi.'

'Mae yna oblygiadau yn sgil llenwi bwlch o'r fath.'

'Wi'n gwpod.'

'Pam felly? Oherwydd y gofal? Yn sicr, mae hi'n lletywraig ragorol.'

'Fel tithe, ro'dd arna i ddyled iddi hi, neu i'w mab.'

Edrychodd y ddau i ddyfnder y fflamau.

'Does dim rhaid i ti esbonio os o's well 'da ti beidio.'

'Dywedaist ti wrtha i yn y dafarn bod dyled arnat ti, i helpu i greu byd gwell, neud rhyw synnwyr mas o'r holl aberth a'r dioddefaint.'

'Fe wnaeth y dewisiadau wnes i arwain at farwol-aethau.'

'A finne. Stan druan o'dd eu hunig fab. Bachan ffein, gonest a chyfeillgar er nad y clyfra yn y cwm, yn dwli ar Siân am gyfnod hir, felly ma 'da chi rywbeth yn gyffredin.'

'Fu e farw yn Sbaen?'

'Do.'

Ers dyddiau ysgol copïai Stan beth bynnag a wnâi Owain. Roedd fel brawd mawr iddo a phan âi Owain draw i chwarae ar y mynydd, dilynai Stan. Âi Owain i ddosbarthiadau yn trafod Marcsiaeth a chofrestrodd Stan. Ymunodd Stan â'r Blaid Gomiwnyddol am fod Owain yn aelod ac o ganlyniad cafodd orchymyn i wirfoddoli i ymladd yn Sbaen. Er bod arno ofn, doedd dim dewis ganddo, ond dilyn y gorchymyn. Bodlonodd

Stan gan wybod y byddai Owain yno gyda fe a thawelodd hynny bryderon Luned ac Evan hefyd. Roedd Stan yn filwr anobeithiol gan iddo ffaelu ymdopi â'r rheolau a'r drefn. Yn ystod yr enciliad o'r Ebro cafodd ei saethu yn ei frest gan un o saethwyr cudd y Ffasgwyr gan agor twll mawr yn y cnawd. Sgrechiodd ar Owain, gan ymbil arno i'w achub. Doedd dim gobaith, gan nad oedd uned feddygol o fewn cyrraedd. Ceisiodd Owain ei orau trwy bwyso ar ei fron i stopio llif y gwaed, ond yn ofer. Sgrechiai Stan yn wyllt, ei lygaid yn rholio wrth ymbil ar Owain i'w achub.

Oedodd Owain, a gadawodd George i'r tawelwch barhau. Mudlosgai'r tân yn isel.

'Saethes i fe yn ei ben, yr unig beth y gallen i fod wedi'i neud i leddfu'i bo'n. Pan aneles y dryll ato, nodiws ei ben a chytuno. Ro'dd yn dal i ymddiried ynof i neud y peth iawn, hyd yn oed i'w ladd. Dyna 'nghyfrinach i a'r rheswm bod 'da fi ddyled i'r bobl 'ma, er na alla i byth ad-dalu'r ddyled honno. Dyna pam wi'n Gomiwnydd a bydda i'n dal yn ffyddlon gydol fy oes.'

Safodd Owain. 'Amser gwely.'

❋

Doedd Mair ddim yn hoff o ddefnyddio'r teleffon, am na allai weld wynebau pobl wrth siarad â nhw. Roedd yn casáu y blychau ffôn cyhoeddus â chas perffaith wrth iddi ddrysu rhwng y botymau A a B, ac yn aml byddai'n gadael heb wneud ei galwad ac wedi colli ei harian. Esboniodd wrth y gweinidog, y Parchedig John Elias, fod ganddi argyfwng teuluol a tybed a fyddai'n bosibl iddi wneud galwad o'r Mans a thalu'r gost, wrth gwrs?

'Peidiwch â phoeni, Mrs Lewis,' atebodd y gweinidog. 'Dewch ar ôl swper a byddwch chi'n rhydd i eistedd yn y cyntedd a gwneud cymaint o alwadau ag y byddwch yn ei ddymuno. Gwnawn ni gadw drws y parlwr ar gau, er mwyn i chi cael preifatrwydd. Nid rhywbeth i bryderu gormod amdano, gobeithio?'

'Fy merch, Siân. Ch'mod shwt mae plant yn dal i greu probleme, hyd yn oed ar ôl iddyn nhw dyfu a gada'l y nyth.'

Nodiodd y gweinidog gyda chydymdeimlad personol a phryder proffesiynol. Cofiai Siân fel seren mewn sawl cyngerdd llwyddiannus yng Nghalfaria. Dilynai ei wraig ei gyrfa yn nhudalennau'r *Daily Chronicle*. 'Cymerwch eich amser, Mrs Lewis. Does gennym ni ddim defnydd pellach o'r teleffon heno.'

Eisteddodd Mair yn anghyfforddus ar gadair galed. Dechreuodd gyda'r rhif ffôn Llundain a gawsai gan Glenys. Esboniodd wrth y llais yng Nghyfnewidfa Pont-ypridd fod arni eisiau gwneud galwad hirbell. Canodd y ffôn bedair gwaith ac atebodd llais dyn,

'Kentish Town 218. Gaf i helpu? Charlie yn siarad.'

'Noswaith dda, Charlie. 'Swn i'n lico siarad â Siân Lewis os gwelwch chi'n dda. Ody hi 'na?'

'Nac ydy, ma hi wedi bod *on the road* am dair wythnos nawr.'

'"*On the road*"? 'Dy hynny'n barchus?'

Wedi i Charlie a Mair ddod i ddeall ei gilydd, cafodd fanylion am daith D'Oyly Carte ganddo. Yr wythnos yma roedd y cwmni'n perfformio yn Theatr Alhambra, Bradford. Sut gallai Mair siarad â hi? Awgrymodd Charlie y dylai roi cynnig ar Directory Enquiries.

'Diolch yn fawr, Charlie. Ry'ch chi wedi bod o help mawr.'

'Pleser cael siarad â mam Siân. Mae gennych chi ferch mor arbennig. Nos da, Mrs Lewis.'

Cysylltodd Cyfnewidfa Pontypridd Mair â Directory

Enquiries. Roedd sawl rhif ar gyfer Theatr Alhambra. Pa un roedd arni ei eisiau?

Esboniodd Mair, "Swn i'n lico siarad â fy merch. Ma hi'n canu yno.'

Awgrymodd y llais byddai'n well iddi ffonio'r swyddfa docynnau.

Wedi iddi ffonio ateb swta a gafodd, "Dyn ni ar gau, lyfli. Ma'r sioe wedi dechrau.'

"Swn i'n lico siarad â fy merch. Ma hi'n canu yn yr opera.'

Synhwyrodd Mavis yn y swyddfa docynnau mai llais mam bryderus a glywai. Creodd tôn llais Mair ddigon o gydymdeimlad ynddi a gwnaeth yr acen Gymreig gref iddi oedi hefyd. Ffoniodd ei rheolwr.

'Mr Evans? Mae gen i Gymraes ar y ffôn sydd am siarad â'i merch sy'n canu yn y sioe. Fyddech chi'n fodlon cael gair â hi?'

Fel arfer, byddai Eynon Evans yn gwrthod cais o'r fath, drwy ofyn i'r galwr alw'n ôl yn ystod oriau'r swyddfa, ond roedd e'n Gymro alltud. Cytunodd i dderbyn yr alwad. Cafodd Mair ac e sgwrs hir yn cynnwys hanesion teuluol y ddau. Yr unig ddryswch oedd deall mai'r un person oedd Siân Lewis a Gloria Alexandra.

'Nawr 'te, Mrs Lewis, mae eich merch, Siân, ar y llwyfan ar hyn o bryd ond rhowch eich rhif ffôn i fi ac fe wnaf i sicrhau y bydd yn eich ffonio chi bore fory.'

'Bydd yfory'n rhy hwyr. Rhaid i fi siarad â hi heno.'

'O'r gore, a' i lawr at ochor y llwyfan i roi'r neges iddi fy hunan. Gall ffonio o fy swyddfa breifet y funud bydd y sioe yn gorffen.'

'Diolch o galon, Mr . . . ?'

'Evans, ond Eynon, plis.'

'Diolch, Eynon. Mae'n bleser siarad â gŵr bonheddig.'

'Diolch. Arhoswch wrth y ffôn a dw i'n addo bydd

Miss Alexandra yn rhoi galwad mewn rhyw hanner awr.'

'Diolch, Mr Evans.'

Eisteddodd Mair yn amyneddgar. Doedd dim oriawr ganddi ond teimlai'n sicr bod hanner awr wedi mynd heibio, a rhoddodd ei phen rownd drws y parlwr ac ymddiheuro am aros mor hir yn y cyntedd. Esboniodd ei bod yn disgwyl i Siân ei galw o Bradford yn fuan.

'Peidiwch â phoeni, Mrs Lewis. Weithiau mae rhaid i ni i gyd ddangos amynedd.' Yr eiliad honno, canodd y ffôn a brysiodd Mair ato.

'Siân, ti sy 'na?'

'Ie, Mam, beth yw'r broblem? Ces neges wrth y rheolwr yn gofyn i fi alw ar frys, a chaniatâd i ddefnyddio ei ffôn preifet. Wi'n dal yn 'y ngwisg llwyfan. Be' yn y byd sy 'di dicwydd?'

*

Cafodd Siân daith hir ac anghyfforddus: chwe awr oer, newid trenau yn Leeds a Birmingham a Chaerdydd. Brwydrai dicter a rhwystredigaeth yn erbyn blinder a chwant bwyd. Wedi iddi gyrraedd gorsaf Tonypandy hwyliodd heibio'r swyddfa docynnau gydag urddas *diva* opera. Edrychodd o gwmpas ond doedd dim rhes o dacsis yno fel oedd yn King's Cross, dim ond fan Co-op a phedwar bachgen yn chwarae marblis ar ganol hewl wag. Roedd ganddi ges trwm am y byddai'n ailymuno â'r cwmni yn Lerpwl. Gallai fod wedi gofyn i reolwr y cwmni anfon ei ches yn y lorri gyda'r set a'r gwisgoedd llwyfan, ond ofnai ei bod wedi trethu ei amynedd i'r eithaf yn barod.

Wynebai daith gerdded hir ar hyd Stryd Dunraven a lan y tyle serth i Gwm Clydach. Edrychodd o gwmpas yn gobeithio gweld wyneb cyfarwydd a allai ei helpu, ond ymddangosai pawb yn ddierth iddi. Pe bai un neu ddau wedi edrych arni, merch ddierth mewn dillad drud fydden nhw wedi ei gweld. Gwisgai Gloria ei chot gynnes werdd wedi'i theilwra o wlân meddal, gyda phatrwm gleinwaith ar ei llabedi ac ar ei phocedi sgwâr.

Dychwelodd i'r swyddfa docynnau i fynnu tacsi.

'Tacsi?' atseiniodd Siencyn Tocynnau.

'Ie, tacsi i 'nghario fi a 'nghes trwm lan i Glydach.'

Edrychodd Siencyn gyda chwilfrydedd ar y ferch bert yn ei dillad drud. Teimlai'n sicr ei fod e wedi ei gweld hi yn rhywle, ond ble? Falle taw un o'r perfformwyr a welodd e a'i wraig yn actio yn yr Empire oedd hi. Âi Siencyn a'i wraig i bob sioe gerddorol yno.

'Mae'r garej yn rhedeg tacsi, weithie. Heblaw nhw, mae gan Griffiths y trefnwyr angladde geir swanc, du.'

'Wi ddim moyn ca'l 'y nghladdu, jyst 'y nghario draw i High Street.'

'Mae 'na fws o'r sgwâr.'

'Wi'n gwpod 'ny ond ma'r ces 'ma'n rhy drwm i fi 'i gario. Trïwch y garej, wnewch chi, plis?'

Cymerodd Siencyn ei amser. Daliai i bendroni, yn ceisio cofio pryd neu ble y byddai e wedi gweld y ferch gyfareddol hon o'r blaen. Tybed ai hi oedd y *soubrette* a ganodd ran Margot yn *The Desert Song*? Canodd y ffôn. Byddai car y garej o flaen yr orsaf cyn bo hir.

Ugain munud yn ddiweddarach dringodd Siân i gefn y tacsi tra dodai Mr Evans ei ches yn y bŵt. Gwyliodd Siencyn y car yn diflannu lan y tyle gan grychu ei dalcen mewn penbleth. Pwy yn y byd oedd hi? Yn amlwg, nid un o ferched y cwm. A beth oedd hi'n ei wneud yn Nhonypandy? Ofnai Siencyn na fyddai'n gallu cysgu heno nes câi wybod.

*

Parhaodd cyfarfod y Sefydliad yn hirach nag roedd George yn ei ddisgwyl, ond doedd dim unrhyw arwydd o flinder ymysg y gynulleidfa o ugain ar eu seti caled. Hon oedd y drydedd o bum darlith a thrafodaeth a drefnwyd gan Owain. Agorai pob noson gyda darlithydd gwahanol yn traethu ar wahanol agweddau ar Adroddiad Beveridge a sut i'w weithredu. Fesul un, deliodd y grŵp â'r pump o 'gewri' gwahanol y byddai'n rhaid eu concro cyn y gellid ailadeiladu Gwladwriaeth Les: Angen, Afiechyd, Anwybodaeth, Budreddi a Segurdod.

Nid am y tro cyntaf, cafodd George ei ysbrydoli gan y syniadau a theimlai y dylai fod yn rhan o'r chwyldro heddychlon hwn. Ar ôl y sesiwn, cerddodd ar ei ben ei hun lan i'r mynydd gan ddilyn y llwybr a ddangosodd Siân iddo adeg priodas Glenys ac Arwel. Eisteddodd ymysg y grug yn edrych i lawr dros y cwm. Dyma le i enaid gael llonydd ac i'w ymennydd gael amser i ddatgloi cwlwm ei ddryswch.

Beth oedd ei opsiynau? Doedd dim brys arno i benderfynu. Wrth edrych ar ei gyfrif banc yr wythnos cynt, synnodd faint o arian oedd ganddo: ei gynilion, ac ôl-gyflog yr RAF o'i gyfnod yn garcharor rhyfel. Ond beth fyddai ei gam nesaf? Cafodd ei hen gartref yn Winchmore Hill ei werthu y flwyddyn cynt. Cafodd wahoddiad i aros yn Bournemouth gyda'i Anti Ruth, ei fam a'i chwaer, ond mewn gwirionedd, doedd dim digon o le yn y tŷ hwnnw iddo fe hefyd. A beth bynnag, byddai wedi diflasu ar Bournemouth yn gyflym iawn. Nid y math o le i gynnal chwyldro na lladd cewri. Byddai'i Uncle Geoffrey yn Winchmore Hill yn fodlon cynnig lle iddo. Roedd ganddo fe a'i wraig dŷ digon mawr ac ystafelloedd gwely sbâr, ond gwyddai y byddai ei ewythr yn trio'i berswadio i ddilyn traddodiad y teulu ac ymuno â busnes yn y Ddinas. Byddai cyfle iddo ennill arian, ond ymddangosai'r llwybr hwnnw yn rhyw fath o frad. Byddai'n troi ei gefn ar yr holl werthoedd oedd bellach yn hanfodol iddo. Am y degfed tro daeth i'r un casgliad, ond nid yr un hawsaf.

Dros beint yn y Clydach Hotel gofynnodd i Owain a fyddai Mrs James yn fodlon iddo aros yno am sbel eto, nes iddo ddod o hyd i rywle parhaol i aros. Esboniodd ei benderfyniad i aros yn y Rhondda a chwilio am waith. Cymerodd beint arall i berswadio Owain ei fod o ddifri. Allai Owain ei helpu i gael gwaith?

'Be' alli di neud?'

'Chwarae feiolín a hedfan awyren.'

'Does dim llawer o alw am beilotiaid cerddorol yn Nhonypandy.'

'Allet ti fy helpu i gael swydd yn y Gorki?'

'Fel glöwr?'

'Dyna beth mae pawb yn ei wneud yn y cwm, heblaw rhedeg tafarne.'

'Ti'n tynnu 'ngho's i.'

'Dim o gwbl. Rhaid cyfaddef nad ydw i erioed wedi bod dan ddaear, ond doeddwn i erioed wedi bod 12,000 o droedfeddi uwch y ddaear chwaith, tan i rywun roi'r cyfle i fi.'

'Ma gwitho lawr y pwll yn waith caled.'

'Doedd hedfan yn isel uwchben Berlin gyda phob gwn *ack-ack* yn y ddinas yn anelu at dy ben-ôl ddim yn beth hawdd, chwaith.'

'Hollol wahanol. Nid yr ofn sy'n llethu, ond natur y gwaith eithriadol o gorfforol. Os nad wyt ti 'di ca'l dy fagu . . .'

'Dw i'n deall, ond paid â meddwl amdana i fel rhyw lipryn. Gwnes i hyfforddiant sylfaenol yr RAF a chadwes i'n ffit yng ngwersyll y POW.'

'Nid fi sy'n cyflogi pobl ta beth. Dyn ceg fawr yr undeb wi.'

'Os gall bechgyn ifanc oroesi dan ddaear, yn sicr galla i roi cynnig arni.'

'Mae crwt yn gwitho 'da byti, dyn o brofiad, ei dad neu berthynas sy'n gallu ei ddysgu.'

'Felly, gallwn i weithio fel dy byti di? Er mwyn i fi gael dysgu'r sgilie?'

Distawrwydd.

'Pam wyt ti moyn mentro?'

'Mae'n teimlo fel y peth iawn i'w wneud.'

Oedodd Owain cyn cydio yn ei beint.

'O'r gore! Os ti'n ddigon twp, caf i air 'da'r fforman ac os bydd y rheolwr yn cytuno, byddi di'n dechre wythnos nesa.'

'Diolch.'

'Paid diolch i fi eto, boi. Byddi di'n gweld mor uffernol o galed yw e.'

'Dw i'n barod.'

'*Diawch.* Mae hyn yn galw am beint arall. A fi sy'n talu.'

✳

Byddai Mair wastad wrth ei bodd yn cael gweld ei phlant. Beth bynnag oedd yr achlysur, neu pa mor bell bynnag y crwydrent, nhw oedd ei phlantos hi. Owain wnaeth grwydro bellaf yn ddaearyddol, ond rhoddai llwyddiant Siân hi ar y brig.

Cofleidiodd y ddwy. Oedd chwant bwyd ar Siân? Am daith ofnadwy! Fyddai cawl a bara ffres o'r popty yn gwneud y tro?

'O plis, Mam! Jyst y peth.'

Dododd Mair y bowlen boeth o flaen ei merch. Ni ddywedodd Mair air am y tacsi er yr ystyriai hi'r fath gost yn wastraffus. Cymerodd y got werdd a'i hongian y tu ôl i'r drws, gan feddwl bod Siân yn dangos ei hun yn ormodol wrth ei phrynu. Yn amlwg, roedd ffordd Llundain o fyw wedi dechrau dylanwadu ar ei merch. Chwarae teg iddi, yn ystod ei phlentyndod erfyniai ei mam arni i fanteisio hyd yr eithaf ar ei photensial. Tasai mwy o amser ganddi, byddai Siân wedi cael ei cheryddu am ei henw llwyfan yn ogystal ag am 'swancio' o flaen y cymdogion, ond pwysai materion mwy sensitif arni. Awgrymodd Mair wrth David y byddai'n well i Siân a hithau siarad ar eu pen eu hunain fel mam a merch. Cytunodd David, yn hollol fodlon treulio awr neu ddwy yn y Sefydliad yn rhoi trefn ar ei gasgliad cerddorol.

Gadawodd Mair amser i'w merch fwyta a dechrau ymlacio yng nghlydwch y gegin, gan wybod pa mor bwysig oedd yr aelwyd i'r Siân ifanc. Dyma ble cafodd ddathlu, wylo, cyfaddef a chael ei suo i gysgu yn eu tro. Byddai gwres y tân a thician yr hen gloc yn meddalu ei hystyfnigrwydd. Gwthiodd Siân ei phowlen i'r naill ochr ac arllwysodd Mair ddisgled ffres o de iddi, cyn agor y sgwrs.

'Siân, dwed wrtha i, beth sy 'mlân rhyngot ti a George?'

Anadlodd Siân yn ddwfn. 'Mam, wi heb weld George ers dwy flynedd a hanner.'

'Ond ma fe 'ma.'

'Ei benderfyniad e yw hwnna.'

'. . . ond ma fe 'ma o dy achos di!'

Atebodd Siân mo'i mam, a theimlodd Mair ei gwaed yn dechrau twymo.

'Siân, mae e 'ma, yng Nghlydach, ac wedi bod 'ma ers diwrnode. Pam?'

'Well i chi ofyn iddo fe.'

'Rhag dy gywilydd! Nele 'ny mo'r tro. Cofia fod George yn ddyn ffein, sy'n haeddu ca'l 'i drin yn iawn, yn enwedig o gofio gymaint ma fe wedi'i ddiodde.'

'Dw wedi'i drin e'n deg!'

Fflachiodd llygaid Siân yn heriol. Dywedai David wrth ei wraig yn aml ei bod hi a'i merch hynaf yn rhy debyg i'w gilydd i rannu'r un tŷ. Canfu Mair fod Siân yn agos at wylltio ond nid oedd hi am gymodi.

'Be' sy 'mlân rhyngoch chi'ch dou?'

'Mam, dim merch ysgol ydw i bellach. Fy musnes i yw 'nghariadon i, yntyfe?'

'Ie, tan iddyn nhw effeithio ar enw da'r teulu yma yng Nghlydach. Ma High Street i gyd yn clebran amdanoch chi'ch dou. Arwr wedi dod 'nôl o'r rhyfel yn disgwyl croeso gan ei ddyweddi, a hithe'n rhy fisi'n mwynhau ei hunan yn rhywle arall! Dyna be' yw'r si sydd ar led. Dw i'n cwato yn y tŷ achos do's dim clem 'da fi beth i'w weud wrth bobl. Da'th Mrs Watkins Piano rownd deirgwaith wythnos diwetha 'da'r esgus o fenthyg cwpaned o rywbeth do'dd dim ei wir angen arni. Ma pawb yn gwpod taw ti yw'r rheswm ma fe 'ma.'

'Ble mae e'n aros?'

'Gyda Luned James, Marion Street.'

'Gydag Owain?'

'Ie.'

Rholiodd Siân ei llygaid. 'Luned druan. Byddan nhw'n trafod gwleidyddiaeth o fore gwyn tan nos.'

'Nawr gwed yn blaen. Odych chi'n gwpl neu be'?'

'Ro'n ni'n ffrindie agos am dros dair blynedd, cyn iddo ga'l 'i saethu lawr.'

'Mwy na ffrindie! Rodd hynny'n amlwg i bawb ym mhriodas Glenys.'

Petrusodd Siân yn anghysurus. 'O'n, yn llawer mwy na ffrindie.'

'Odych chi 'di dyweddïo?'

'Nag 'dyn!'

'Dw i'n mynd i ofyn i ti unwaith 'to, Siân, a phaid trio

'nhwyllo i. Wyt ti 'di addo dy hun iddo?'

'Naddo, Mam. Fe wnaeth e ofyn, ond wnes i ariôd dderbyn.'

'Siân, ti'n gweud celwydd.'

Crychodd Siân ei thalcen. 'Wi ddim!'

'Diawch, ferch, ma 'da ti 'i fodrwy e.'

Distawrwydd llethol.

'Shwt y'ch chi'n gwpod?'

Eisteddodd Mair yn ôl yn ei chadair. 'Ti'm yn gwadu hynny, nag wyt?'

Edrychodd Siân i fyw llygaid ei mam. 'Nag'w . . . ond dyw'r fodrwy ddim yn meddwl beth y'ch chi'n feddwl.'

'Modrwy yw modrwy! Os gwnaiff merch dderbyn modrwy gan ddyn, yna ma hi wedi dyweddïo 'da fe. Ma pawb yn dyall hynny.'

'Gwrthodes i ddyweddïo, Mam. Wir i chi, ar fy llw. Ond gofynnws e i fi gadw'r fodrwy i gofio amdano, rhag ofn y base fe'n ca'l 'i ladd yn y rhyfel. Falle 'i fod e'n syniad rhyfedd ond dyna'r gwirionedd. Dwy flynedd yn ôl câi peilotiaid fel George eu lladd bob nos. Collws e gymaint o'i ffrindie a galle fe 'di bod yn un ohonyn nhw. Allen i ddim bod mor greulon â gwrthod, allen i? Chi'n dyall 'na, on'd y'ch chi?'

Nodiodd Mair yn araf ac ochneidio'n dawel. 'Falle base hi 'di bod yn well 'set ti wedi bod yn greulon bryd hynny. Wrth ada'l i bethe fod, rwyt ti 'di neud pethe'n wêth. Ond ti'n gwpod be' rwyt ti'n gorfod neud nawr, on'd wyt ti?'

'Ydw, rhoi'r fodrwy yn ôl iddo.'

'Neu 'i dderbyn e.'

'Mam, wi ddim moyn priodi neb ar hyn o bryd. Tasen i, ie, George fydde'r un, ond wi ddim am ada'l i unrhyw ddyn reoli 'mywyd i, yn enwedig pan wi'n dechre ennill enw fel cantores ac yn derbyn cynigion gwych i ganu.'

Anadlodd Mair yn ddwfn. 'Bydd angen dechre teulu arnat ti rywbryd.'

'Plant? Dim diolch. Sori, Mam, ond wi'n ddicon hapus i fod yn anti i Dafydd bach Glenys.'

'Gobitho na wnei di ddim difaru, Siân.'

'Ch'mod, fydd 'da fi neb ond fi fy hunan i'w feio.'

*

Clydach, heb os, oedd y lle gwaethaf yng Nghymru i Siân a George gynnal sgwrs breifat. Byddai llygaid yn eu gwylio o'r eiliad y camai'r naill neu'r llall dros y rhiniog mas i'r stryd, yn awchu i wybod beth fyddai'r datblygiad nesaf.

Gan edrych yn syth ymlaen, camodd Siân yn feiddgar heibio ffenestri High Street yn ymwybodol bod gwylwyr cudd tu ôl i'r llenni. A'i gên yn uchel, camodd i gyfeiriad 36, Marion Street. Cyfarchodd sawl un ar y ffordd cyn curo ar y drws. Cymerodd gam yn ôl wrth ddisgwyl am ateb. Tasai Luned yn agor y drws byddai angen esboniad arni. Ond byddai wynebu Owain yn anoddach fyth. Tasai George yn ateb, byddai'n rhaid iddyn nhw gyfarch ei gilydd am y tro cyntaf ers dwy flynedd a hanner ar stepen drws a byddai o leiaf hanner Marion Street yn dyst i hynny. Er mawr ryddhad chafodd hi ddim ateb.

Trodd ar ei sawdl a chroesi draw i Howard Street ac wedyn i'r chwith i gyfeiriad y Sefydliad. Wyddai hi ddim a fyddai George neu Owain yno ai peidio, ond dyna'r lle amlycaf iddyn nhw fod. Doedd dim gwaharddiad rhag i ferched ddefnyddio cyfleusterau'r Sefydliad, ond tiriogaeth y dynion oedd hwn. Dim ond unwaith cyn hynny yr aeth Siân ymhellach na'r cyntedd pan aeth ei thad â hi, Glenys a'i brodyr i gyngerdd yn y neuadd uwchlaw. Cofiai gael cipolwg ar y llyfrgell dywyll a'r ystafell ddarllen ddirgel cyn dringo'r grisiau. Heno, ymddangosai'r cyntedd yn weddol fychan a'r grisiau'n llai mawreddog na'r darlun yn y cof. Edrychodd o gwmpas ond welodd hi neb heblaw am Gwilym Huws, y llyfrgellydd, yn gweithio yn ei swyddfa.

'Mr Huws?'

Edrychodd y llyfrgellydd arni'n syn. 'Sori. Ydw i'n 'ych nabod chi?'

'Siân, Siân Lewis. Merch David?'

'Wrth gwrs, Siân! Bobol bach, ry'ch chi gatre am sbel. Beth ga i neud i chi?'

'Wi'n whilo am Owain,' petrusodd hi, 'a ffrind i fi o'r enw George Smith. Fasech chi'n gwpod ble ma'n nhw?'

'Ma'n nhw wedi bod 'ma trwy'r prynhawn.' Edrychodd Siân o gwmpas yn ofer.

'Yn yr ystafell ddarllen ochor arall i'r cyntedd. Mae Owain yn arwain grŵp trafod.'

Camodd Siân yn dawel i'r ystafell ddarllen, ond ni fyddai'i mynediad wedi creu mwy o stŵr petasai ffanffer wedi seinio a hithau'n cael ei chludo i mewn ar elorwely ar ysgwyddau corws o gaethweision Nwbiaidd yn canu Verdi. Gan fod Owain yn eistedd o flaen y grŵp yn wynebu'r drws, fe welodd Siân gyntaf. Pylodd beth bynnag roedd e'n ei ddweud ar ei wefusau. Dilynodd gweddill y pennau i'r un cyfeiriad â threm Owain gyda chwilfrydedd ac wedyn syndod, wrth weld y ddelwedd danbaid o'u blaen.

Nid y got werdd a dynnodd eu sylw, er mor steilus oedd hi. O safbwynt Owain edrychai fel petai ei chwaer fach wedi tyfu chwe modfedd. Safai'n stond yn wynebu'r gymuned wrywaidd yn eu cynefin sanctaidd. Ni fyddai llawer o fenywod Clydach wedi mentro i'w tiriogaeth. Prin i'r eithaf oedd menywod oedd â'r gallu i draarglwyddiaethu ar lond ystafell o ddynion heb ddweud gair. Crwydrodd ei llygaid dros y gynulleidfa fel petai'n eu harolygu, ond mewn gwirionedd chwilio am George oedd hi. Gwelodd e, yn edrych yn deneuach a braidd yn welw. Edrychodd ar y cadeirydd gan osgoi llygaid George.

'Do'n i ddim am dorri ar draws eich trafodaeth . . .' meddai hi'n gwrtais.

Dyna'n union be' ti wedi'i wneud, meddyliodd Owain, ond yr unig beth a ddywedodd oedd, 'Gwell i ni ga'l brêc, wi'n meddwl, gyfeillion.'

Cytunodd y gynulleidfa a gwasgaru'n grwpiau o ddau neu dri, a chroesodd George y llawr at Siân. Rhoddodd gusan barchus ar ei boch a gadawodd y ddau.

'Lan y mynydd? Heibio Parc y Glowyr?'

Cytunodd George. Dyna oedd y llwybr cyflymaf i fod y tu hwnt i glustiau a llygaid pobl Clydach. Cerddon nhw'n dawel heibio Calfaria, lan y tyle i Morton Street ac o'r fan honno dilyn y llwybr ar hyd ochr y cwm na chawsai ei difetha gan y glo. Dringodd y ddau am ddeng munud heb brin gyfnewid gair, heibio i'r parc, tan iddynt gyrraedd clwstwr o gerrig. Eisteddodd y ddau dan gysgod y graig ac edrych draw dros y cwm. Ni allai'r naill na'r llall feddwl sut i agor y sgwrs. George dorrodd y garw mewn cywair lled ffurfiol a gofalus o gwrtais.

'Yn gyntaf, diolch i ti am yr help roddest ti i'm mam a Sally. Mae Sally yn meddwl y byd ohonot ti.'

'Ro'n i'n falch i ga'l helpu. Mae Sally yn ferch lawn addewid.'

'Ydy.' Saib hir. 'Dw i'n gwir werthfawrogi dy fod ti wedi canu yn angladd fy nhad. Roedd hwnna yn fy helpu pan glywais am ei farwolaeth.'

'Ro'n i'n wir hapus i'w neud. Ro'n i'n hoff o dy dad.'

'Ac yntau yn hoff ohonot tithau.'

Saib.

'Wi'n sicr bydd dy fam a Sally wrth eu bodde i dy weld di 'nôl.'

'Falle.'

Yna, disgynnodd distawrwydd anghysurus rhyngddynt. Oedodd George cyn cymryd yr awenau.

'Siân, rhaid i ni drafod ein perthynas.'

Trodd Siân ei phen ato gan gytuno'n eiddgar. Llifodd ei geiriau. Ymddiheurodd am ei siomi wrth fethu ag ymddwyn fel y dylai cariad ei wneud, yn enwedig at berson mor garedig a hael, ac yntau'n dychwelyd o'r rhyfel yn arwr, yn disgwyl cael adeiladu bywyd newydd iddo'i hun. Ond roedd hi wedi dweud y gwir wrtho amser maith yn ôl, cyn iddo fe gael ei garcharu. 'Wi ddim ...'

'Dw i'n gwybod.'

'Ond ti'm yn dyall.'

'Ydw, mwy nag rwyt ti'n feddwl. Gaf i fentro dweud, Siân, na fyddai'n perthynas ni'n dau fel cwpl priod erioed wedi llwyddo yn y pen draw.'

Edrychodd Siân arno'n syn. Agorodd ei cheg, ond cymaint oedd ei syfrdandod fel na ddywedodd hi'r un gair. Syllodd i fyw ei lygaid.

'Ti wir yn meddwl 'ny?'

'Ydw, erbyn hyn.'

'Felly, pam y dest ti 'ma i'r Rhondda, os na ddest ti i whilo amdana i?'

'Ie, ti oedd y prif reswm. Pan stopiaist ti anfon llythyrau, doedd dim cyfeiriad gen i i ti, heblaw High Street. Roedd yn rhaid i fi ddod yma er mwyn cysylltu â ti.'

'Sori, dylen i fod wedi sgrifennu ...'

'Popeth yn iawn, roeddwn i'n deall. Doedd gen ti ddim mwy i'w ddweud wrtha i.'

Gyda llais rhesymol George yn atsain yn ei chlustiau, edrychodd Siân draw ar bâr o adar yn codi ac yn aros ar wifren y teleffon.

'Mae rheswm arall dros ymweld â Chlydach, heblaw ti. Cred neu beidio, rwy'n teimlo'n gartrefol yma. Ar ôl holl aberth ac erchylltra'r rhyfel, dw i'n teimlo rhyw ysfa bersonol gref i gyfrannu at greu byd gwell. Ydy hynny'n swnio'n sentimental?'

'Ody, a bod yn hollol onest.'

'Beth bynnag, dyna fy ail reswm am ddod i Glydach – rwy'n bwriadu aros yma.'

'Aros 'ma?'

Dyna'r eildro mewn munud iddo'i synnu.

'Ie, yng Nghlydach.'

Synnwyd hi unwaith eto gan gywirdeb ei ynganiad.

'Dywedest ti Clydach yn iawn!'

'Ces i athrawes ardderchog.'

Yn nhyb George, y Cymoedd, a llefydd diwydiannol tebyg, fyddai'r peiriant i yrru'r Brydain Sosialaidd newydd. Gyrrid y peiriant gan bŵer y glowyr. Doedd Bournemouth ddim yn lle i ddechrau chwyldro, ond byddai cyfle fan hyn.

'Dw i wedi trefnu i gael llety dros dro gan Luned, ac yn gobeithio cael gwaith, diolch i ymdrechion Owain.'

'Fel be'?'

'Fel glöwr.'

'Fyddi di ddim yn para wythnos, diwarnod hyd yn oed.'

'Gawn ni weld.'

'Byddi di'n difetha dy ddwylo feiolinydd!'

'Neu eu defnyddio at alwedigaeth newydd.'

'Am ffolineb. Ti wedi colli dy ben 'da Sosialaeth. Allet ti ga'l swydd gyfforddus yn ninas Llundain, fel dy dad.'

'Siân, ti'n f'adnabod i cystal â neb. Fyddai hynny wedi gweithio?'

Saib ac ochenaid, 'Annhebyg, ond ti'n gerddor talentog 'fyd.'

'Cerddor cymwys, amser maith yn ôl.'

'Felly ti am ymuno ag Owain ac aberthu dy ddyfodol dros . . . pa achos bynnag.'

'Dim aberthu. Dw i'n bwriadu mwynhau fy hunan. Wedyn, os na lwydda i o dan y ddaear bydd cyfle i ystyried swyddi eraill, hyd yn oed bod yn athro.'

Chwarddodd hi. 'Wir, mae ysgolion yn llawn o bobl sy'n breuddwydio'n barod. Baset ti'n ffito'n berffeth yn eu canol.' Siglodd ei phen, 'Da iawn ti. Ai dyna'r rheswm y basen ni'n anaddas fel cwpl priod? Ti'n llawn delfrydiaeth a finne jyst yn gantores hunanol, galon-galed, yn canolbwyntio dim ond ar fy ngyrfa ac yn crwydro o fan i fan?'

'Yn ystod ein cyfnod gyda'n gilydd roeddwn i wedi sylwi ar yr elfen ddirgel yn dy lais, yr elfen swynol sy'n absennol yn lleisiau'r cantoresau eraill. Wrth gwrs, mae dy sain yn bur, dy glust yn gywir a'th dechneg yn berffaith, ond i fi, y cynhwysyn sy'n dy godi di uwchlaw'r lleill yw dy allu i dynnu'r gwrandawyr yn glòs atat, a hyd yn oed i rannu dy gariad gyda nhw. Does dim byd hunanol yn hynny.'

'Ti'n hollol sicr?'

'Meddylia, Siân. Tasai'r cwmni opera ond yn talu swllt yr wythnos i ti, fyddet ti'n dal i ganu iddyn nhw?'

Cododd ei hysgwyddau cyn ateb, 'Ti'n agosach at y gwir nag wyt ti'n feddwl. Dyw'r cwmni ddim yn talu'n dda, ro'n i'n ennill llawer mwy fel cantores yn y Blue Parrot, lle ro'dd y tips yn hael. 'Sneb yn derbyn tips yn y celfyddydau "legit". Ma'n grêt ennill arian da, ond wi wedi hen arfer byw ar geinioge, felly . . . '

'Beth am y got 'na?'

'Paid â sôn! Y ffordd edrychws Mam arni, allet ti feddwl 'mod i 'di dwgyd hi. Ers hydoedd ro'n i moyn cot dwym fel dy un di – cofio'r got camel foethus brynws dy fam i ti?'

'Y got Daks! Beth ddigwyddodd iddi, tybed? Ydy dy got werdd di'n ddrud?'

'Cyflog tair wythnos yn Derry a Toms. Ody hynny'n beth drwg?'

'Dy arian di yw e. Ond dweud ro'n i nad wyt ti'n canu jyst er mwyn gallu prynu cot foethus, nag wyt?'

'Na, ma canu'n bopeth i fi.'

'A 'dyn ni i gyd yn dy garu di oherwydd hynny. Ti'n gweld, rwyt ti'n gwneud y byd yn lle gwell i fyw ynddo trwy dy ganu.'

'Os lici di. Do's dim athroniaeth tu ôl i 'nghanu i. Dyna 'mhethe i. Canu.'

'Mor reddfol â hediad aderyn.'

'Na, mae'n waith hynod o galed.'

Distawrwydd eto. Hedfanai'r ddau aderyn uwchben gan ddenu George a Siân i wylio'u taith dros yr wybren.

'Ro'n ni'n gwpl da gyda'n gilydd, on'd o'n ni?' meddai Siân o'r diwedd.

'Doedd dim un cwpl yn mwynhau gyda'i gilydd yn fwy na ni.'

'Do's 'na neb arall, ti'n gwpod. A fydd neb byth eto, o leia neb cystel.'

'Dylet ti fod yn gwybod yn barod mai ti yw'r peth gorau ddigwyddodd i fi.'

'Fe wnei di gwrdd â rhyw ferch arall.'

'Efallai.'

'Os arhosi di yng Nghlydach bydd Mam yn siŵr o dy fyddaru di miwn mis, os gadewi di iddi. Ta beth, byddi di moyn plant, dyna dy natur di.' Pwysodd Siân 'nôl yn erbyn y graig. 'Mae'n siom meddwl na lwyddon ni i gyrraedd Brighton.'

'I hedfan o dop y clogwyn?'

'Ie. Roedd e'n teimlo mor bwysig ar y pryd, ond wetyn dysgest ti hedfan go iawn.'

'Do, ond nid gyda'r RAF. Ro'n i'n gystal caethwas 12,000 o droedfeddi yn yr awyr ag o'n i ar y ddaear. Mwy hyd yn oed. Ti roddodd adenydd go iawn i fi.'

'Wir? Dyna syniad neis.' Oedodd Siân. 'Shwt?'

'Drwy fy helpu i sylweddoli beth o'n i wir eisiau'i wneud a magu digon o blwc i fynd amdani.'

'Mor syml â hynny?'

'Na. Mae'n waith hynod o galed.'

Edrychodd Siân o gwmpas cyn sefyll. 'Do's dim angen Brighton, dere gyda fi. Gallwn ni ga'l y te a'r sgons nes ymlaen,' meddai wrth gamu o amgylch y garreg fawr lle buon nhw'n eistedd.

'Beth wyt ti'n feddwl?'

Safodd ar ben y graig gan edrych i lawr arno. Ymestynnodd ei breichiau gan daflu ei phen yn ôl.

'Wi am hedfan.'

'A finnau i fod i dy ddal di?'

'Dere 'ma plis. Wrth fy ochr i.' Dringodd George ati ond gan aros yn ddigon pell o'r dibyn. Gostyngodd Siân ei breichiau. 'Ti am hedfan? Dyma beth o't ti am neud pan driest ti 'nenu i'r Brighton Belle am benwythnos, a cha'l sbri amheus ar lan y môr?'

''Dyn ni'n dau 'di aeddfedu cryn dipyn ers hynny.'

'Ai ti'r oedolyn aeddfed sy'n siarad? Paid â'n siomi i fel 'na.'

'Sori.'

Cynigiodd ei llaw mewn osgo operatig. Atgoffai hynny George o Carmen yn gorchymyn Don José. Wedi meddwl am eiliad, camodd ymlaen a chydiodd yn ei llaw gan sefyll ochr yn ochr â hi ar ddibyn y graig, gan edrych dros y cwm.

Taflodd Siân ei phen yn ôl i groesawu'r gwynt, yn llawn ymroddiad, fel Senta, y soprano, wrth iddi ei thaflu ei hun oddi ar y clogwyn ac esgyn i'r nefoedd ar ddiwedd trydedd act *The Flying Dutchman*. Caeodd ei llygaid i fwynhau'r ias.

'Dyna shwt mae'n teimlo i hedfan?'

Chwarddodd George. 'Dim byd tebyg.'

'Ta beth. Mwynha'r eiliad.'

'Ti am ddisgled?'

'A chacen?'

'Wrth gwrs. Yn y Bracchi?'

Daeth Siân 'nôl at ei choed.

＊

Wrth iddynt gerdded i lawr y mynydd cododd y ddau aderyn oddi ar weiren y teleffon a hedfan yn uchel uwchben, ond gan fynd i gyfeiriadau gwahanol.